W0330650

KNAUR

Über die Autorin:
Renee Milan, geboren im Fränkischen, lebt und arbeitet mit ihrem Ehemann in München und ist viel auf Reisen, um Menschen und Orte kennenzulernen, über die sie schreibt.

RENEE MILAN

Die Leihmutter

Roman

KNAUR

Besuchen Sie uns im Internet:
www.knaur.de

FSC
www.fsc.org
MIX
Papier aus verantwortungsvollen Quellen
FSC® C083411

Originalausgabe Juli 2018
Knaur Taschenbuch
© 2018 Knaur Verlag
Ein Imprint der Verlagsgruppe
Droemer Knaur GmbH & Co. KG, München
Alle Rechte vorbehalten. Das Werk darf – auch teilweise – nur mit Genehmigung des Verlags wiedergegeben werden.
Redaktion: Regine Weisbrod
Covergestaltung: ZERO Werbeagentur, München
Coverabbildung: © FinePic / shutterstock
Satz: Daniela Schulz, Rheda-Wiedenbrück
Druck und Bindung: CPI books GmbH, Leck
ISBN 978-3-426-52155-7

2 4 5 3 1

ERSTER TEIL
Ein seltsames Angebot

1.

Es war ein sonniger Frühlingstag, gerade richtig, um mit dem Sportcabrio eine Spritztour zu unternehmen. Jens Siebert wandte sich mit einem fröhlichen Grinsen an seine Begleiterin: »Wohin möchtest du fahren, Linda? Zur Auswahl stehen das neue Musical in Hamburg, eine Filmpremiere in Berlin oder Gletscher-Skifahren in der Schweiz.«

Linda Holmes, eine hübsche, schlanke Blondine, schüttelte den Kopf. »Nichts von alledem. Zum einen habe ich nicht einmal eine Zahnbürste bei mir, und zum anderen wäre deine Mutter zutiefst gekränkt, wenn wir ihre Party heute Abend schwänzen.« Ihr anglokanadischer Akzent war nicht zu überhören.

Jens verzog das Gesicht. »Stimmt, die Party hätte ich beinahe vergessen. Vaters alter Freund Max wird sechzig, und ich habe noch nicht einmal ein Geschenk. Ich muss dringend nach München zurück und etwas besorgen.«

Nach einem kurzen Blick in den Rückspiegel hielt er an, wendete, bevor ein Auto entgegenkommen konnte, und fuhr in hohem Tempo die Strecke zurück, die sie gekommen waren.

»Puh, das war aber gefährlich!«, rief Linda erschrocken.

»Ich habe alles im Griff.« Jens lachte und beschleunigte den Wagen. Als er knapp vor einem entgegenkommenden Wagen überholte, schrie Linda entsetzt auf.

»Fahr bitte langsamer!«

Stattdessen trat Jens noch stärker aufs Gas. »Ich will für Max noch was in seinem Lieblingsteeladen kaufen, doch der macht am Samstag früher zu. Daher muss ich mich beeilen.«

Erst als sie München erreicht hatten, mäßigte er sein Tempo, überschritt aber immer noch die erlaubte Höchstgeschwindigkeit.

Linda hatte sich noch längst nicht beruhigt. »Das machst du kein zweites Mal mehr«, schimpfte sie.

Jens nickte zwar, drückte aber den Gashebel seines Sportboliden kurz bis zum Anschlag durch und amüsierte sich über eine ältere Frau, die auf dem Gehweg vor Schreck zur Seite sprang.

»Die ist noch ängstlicher als du!«, spottete er.

Linda sah ihn kopfschüttelnd an. »Du bist und bleibst ein Kindskopf.«

In dem Augenblick, in dem die Ampel vor ihnen auf Rotgelb umschlug, schoss Jens los. Die breiten Reifen des Sportcabrios hinterließen schwarze Schleifspuren, und einige Passanten schimpften hinter dem Auto her.

Jens lachte nur und missachtete die Anzeige seines Tachos, der auf über achtzig stand. Innerhalb kürzester Zeit erreichte er die nächste rote Ampel, doch diesmal bremste er. Eine halbe Sekunde später hielt ein schwerer SUV neben ihm.

»Sieh an, mein geliebter Cousin Ralf mit seinem Heuwagen. Der wird nur meinen Auspuff sehen«, rief Jens, zeigte dem Fahrer des SUV den Mittelfinger und legte den Gang ein.

»Mach keinen Unsinn!«, bat Linda, doch Jens schien das nicht zu hören. Er kam sehr schnell von der Ampel weg, aber sein Cousin blieb trotz des höheren Gewichts seines Fahrzeugs knapp hinter ihm.

An der nächsten Ampel standen sie wieder nebeneinander. Nun zeigte Ralf Siebert seinerseits den Stinkefinger und brachte seinen Motor auf Touren, um keine Zehntelsekunde zu verlieren.

»Nicht mit mir!«, stieß Jens hervor und raste los, kaum dass das letzte Auto die Straße gequert hatte.

Ralf Siebert beschleunigte nur um einen Sekundenbruchteil später.

An der nächsten Kreuzung war die Querstraße leer, und so fuhr Jens trotz roter Ampel einfach durch.

»Bist du verrückt?«, kreischte Linda. »Wenn da ein anderes Auto gekommen wäre …«

»Ist es aber nicht«, stieß Jens aus.

Für ihn war das Einzige, was noch zählte, den verhassten Cousin hinter sich zu lassen. Dass er eigentlich ein Geschenk für Max Christaller hatte besorgen wollen, war längst vergessen.

Trotz aller Finten konnte er seinen Cousin nicht abhängen. Erst als sich die beiden Fahrspuren auf eine verengten, blieb Ralf nichts anderes übrig, als sich hinter Jens einzureihen. Dieser zog davon und ignorierte die Tachoanzeige, die wieder weit über den erlaubten fünfzig Stundenkilometern stand.

Eine weitere rote Ampel kam in Sicht. Ein Blick nach links und rechts zeigte Jens, dass ihm kein Fahrzeug in die Quere kommen konnte, und so raste er über die Ampel hinweg.

Linda schrie gellend auf.

Im Vertrauen auf die rote Ampel fuhr gerade ein schwerer Lkw aus einer Einfahrt auf die Straße und blockierte diese. Im letzten Augenblick trat Jens auf die Bremse und schaffte es gerade noch, anzuhalten. Sein Cousin wollte seinen Wagen ebenfalls zum Stehen bringen, doch es war zu spät. Mit einem hässlichen Geräusch prallte der SUV auf das Heck des Cabrios und schob das leichtere Fahrzeug unter den Lkw.

2.

Lisbeth Siebert starrte auf das von medizinischen Geräten umgebene Bett, in dem ihr Sohn lag, und spürte, wie sich ihr Herz schmerzhaft zusammenzog. Mit einer schroffen Bewegung wandte sie sich an den Arzt, dessen Miene tiefes Mitgefühl ausdrückte.

»Es muss doch eine Möglichkeit geben, Herr Doktor! Sie dürfen meinen Sohn nicht sterben lassen!«

Sie trug noch immer das gold schimmernde Paillettenkleid und die Schuhe mit hohen Absätzen, die sie für Max Christallers Geburtstagsparty angezogen hatte. Max selbst, ein trotz seiner sechzig Jahre agil wirkender Herr, war mit ihr gekommen, wusste aber nicht, wie er seine Freundin trösten sollte.

Mit einer resignierenden Geste wies der Arzt auf die Apparaturen rechts und links neben dem Bett. »Es gibt Grenzen, die auch die moderne Medizin nicht überschreiten kann, Frau Dr. Siebert. Ihr Sohn wird nur noch durch diese Geräte am Leben erhalten. Würde ich eines davon ausschalten, wäre er in fünf Minuten tot.«

»Gibt es denn nichts mehr, was man für Jens tun kann? Holen Sie so viele Geräte und Spezialisten, wie Sie benötigen. Geld spielt keine Rolle!«, erwiderte Lisbeth Siebert mit brüchiger Stimme.

»Wir haben Ihrem Sohn alle Hilfe angedeihen lassen, die möglich war, Frau Dr. Siebert«, versicherte der Arzt. »Selbst wenn Sie eine Million einsetzen, würde es an dem Ergebnis nichts ändern.«

»Er muss überleben!«, erklärte sie schluchzend.

Max Christaller legte den Arm um sie. »Lisbeth, der Arzt hat gewiss alles getan, was in seiner Macht steht.«

»Nicht nur ich«, erklärte dieser. »Ich habe sofort meinen Kollegen, Professor Foscara, sowie drei weitere Spezialisten hinzugezogen. Wir können Ihren Sohn eine Weile mit unseren Geräten am Leben erhalten. Es wäre jedoch ein Wunder, wenn er aus dem Koma erwachen würde. Und selbst dann wären seine Gehirnverletzungen zu schwer, als dass er je wieder ein normales Leben würde führen können.«

Für einen Augenblick sah es so aus, als würde Lisbeth Siebert unter dieser Information zusammenbrechen. Dann aber richtete sie sich auf und blickte Max mit zornerfüllter Miene an. »Ralf ist schuld. Er wollte Jens umbringen.«

»Es war ein Unfall, Lisbeth«, wandte Max ein. »Ralf ist selbst verletzt. Das hätte er niemals riskiert, wenn …«

»Verletzt? Ha!«, unterbrach Lisbeth ihn erregt. »Er hat sich ein paar Prellungen zugezogen, das ist alles. Er wusste, dass sein Airbag ausgelöst werden würde. Jens aber wurde durch den Aufprall unter dem Lkw zerquetscht.«

»Trotzdem halte ich es für ausgeschlossen, dass es Absicht war«, sagte Max mit fester Stimme.

»Auf jeden Fall ist Ralf schuld.« Lisbeth blickte erneut auf ihren Sohn hinab. »Ich lasse nicht zu, dass er und sein Vater einen Vorteil aus dieser Tat ziehen können. Was Carl und Ralf Siebert meinem Mann und mir alles angetan haben, weißt du selbst.«

Max Christaller kannte die Hintergründe der langjährigen Familienfehde, und ihm war klar, dass es keinen Sinn hatte, auf Lisbeth einzureden. In ihren Augen war der Neffe ihres verstorbenen Mannes an Jens' Schicksal schuld, genauso, wie Ralfs Vater und zuletzt auch dieser selbst für die meisten Schwierigkeiten verantwortlich waren, mit denen ihr Mann und sie während langer Jahre hatten kämpfen müssen.

»Wenigstens ist Linda nicht viel passiert«, sagte Max, um Lisbeths Gedanken auf etwas anderes zu lenken.

Die Frau nickte, sah dann aber den Arzt an. »Wie geht es Linda Holmes?«

Froh, eine positive Antwort geben zu können, hellte sich die Miene des Arztes auf. »Frau Holmes hat einen Schock erlitten und ein paar Schnittwunden und Prellungen davongetragen. Ihr Glück war, dass der Aufbau des Lkws an ihrer Seite höher war als auf der Seite Ihres Sohnes und sie den Sitz weit nach hinten gestellt hatte. Sie wird die Klinik wahrscheinlich innerhalb einer Woche verlassen können.«

»Das freut mich«, antwortete Lisbeth Siebert, obwohl es ihr tausendmal lieber gewesen wäre, wenn ihr Sohn an Lindas Stelle gewesen wäre. Irgendwie empfand sie es als eine Ironie des Schicksals, dass Jens tödliche Verletzungen davongetragen hatte, während Linda keine Armlänge von ihm entfernt glimpflich davongekommen war. Oder war es eher ein Glücksfall, dass Linda den Unfall so gut überstanden hatte?

Dieser Gedanke ließ Lisbeth nicht mehr los. Vielleicht konnte doch noch etwas gut werden. Immerhin war Linda Jens' Verlobte und würde verstehen, was sie von ihr fordern musste.

»Sie sagen, es gibt keine Aussicht mehr, dass mein Sohn je wieder ohne Geräte leben kann?«, fragte sie den Arzt.

»Bedauerlicherweise kann ich Ihnen da wirklich keinerlei Hoffnung machen.«

»Sie werden verstehen, dass ich meine Hoffnung auf einen Enkel nicht einfach aufgeben will«, erklärte Lisbeth Siebert. »Daher frage ich Sie, ob es möglich ist, das Sperma meines Sohnes zu gewinnen und aufzubewahren. Er kann dafür natürlich auch in eine andere Klinik verlegt werden.«

Der Arzt zögerte einen Augenblick, da er begriff, dass Lisbeth Siebert plante, ihr Enkelkind durch eine Leihmutter austragen zu lassen. Den Gesetzen nach war dies hier in Deutschland verboten, anderswo jedoch erlaubt. Schließlich nickte er. »Es ist nicht nötig, Ihren Sohn zu verlegen. Wenn Sie es wünschen, werde ich alles Nötige veranlassen.«

»Ich wünsche es.« Für den Augenblick entspannte sich Lisbeths Gesicht ein wenig.

»Was hast du vor?«, fragte Max verwundert.

Mit glitzernden Augen wandte Lisbeth sich zu ihm um. »Linda ist Jens' Verlobte. Also wird sie sein Kind austragen. Das ist sie mir schuldig.«

»Das ist …« Max Christaller brach mitten im Satz ab.

Zwar verstand er Lisbeths Beweggründe, und doch sträubte sich alles in ihm gegen diesen Vorschlag. Lisbeth hätte es gewiss fertiggebracht, das Kind eines sterbenden Verlobten auszutragen. Aber ob Linda Holmes dazu bereit war, darauf wollte er nicht wetten.

»Kann ich mit Linda sprechen?« Lisbeths Frage galt wieder dem Arzt.

Dieser wiegte zweifelnd den Kopf. »Frau Holmes steht noch unter Schock und …«

»Du solltest ihr ein paar Tage Zeit geben«, unterbrach Max die zögernde Antwort des Arztes. »Wenn es ihr wieder besser geht, wird sie deinen Vorschlag gewiss positiver aufnehmen als jetzt.«

Diesem Rat konnte Lisbeth sich nicht entziehen, und so nickte sie. »Ich rede nächste Woche mit ihr, werde sie aber vorher besuchen. Könntest du dich darum kümmern, dass sie jeden Tag frische Blumen ins Zimmer gestellt bekommt?«

»Das mache ich gerne«, antwortete Max. Er hätte noch so vieles mehr für Lisbeth getan. Doch im Augenblick konnte niemand die Mauer durchdringen, die durch den schweren Unfall ihres Sohnes in ihrem Kopf entstanden war.

3.

Von Geschäftspartnern wurde Lisbeth Siebert die Eislady genannt, denn bei Verhandlungen war sie kalt bis ins Mark. Als sie eine knappe Woche nach dem Unfall ihres Sohnes in Linda Holmes' Krankenzimmer trat, waren ihre Miene und ihre Haltung jedoch sanft und zugewandt. Max begleitete sie auch diesmal und schob ihr den Stuhl neben das Bett.

Das Zimmer stand voll duftender Blumen, und auf dem Nachttisch lagen ein Sachbuch und eine fast leere Schachtel Pralinen. Abgesehen von der verbundenen linken Hand und einem großen Pflaster auf der Wange sah Linda Holmes gut aus. Sie war etwas größer als der Durchschnitt, hatte lange, hellblonde Haare und ein ebenmäßiges Gesicht mit großen, blauen Augen. Ihr Studium hatte sie in Kanada mit Auszeichnung abgeschlossen und dort nur deswegen noch keinen Job angenommen, weil sie bei Jens hatte bleiben wollen.

»Hallo, Linda«, grüßte Lisbeth sie.

Linda richtete sich lächelnd auf. »Hallo, Lisbeth. Schön, dass du mich wieder besuchst. Hier im Krankenhaus ist es wirklich langweilig. Ich bin froh, dass ich morgen entlassen werde.«

»Darüber bin ich auch froh.«

»Gibt es etwas Neues von Jens? Die Ärzte haben mir nur gesagt, dass er verletzt sein soll?«, fragte Linda.

Ein Schatten huschte über Lisbeths Gesicht, und sie nickte. »Er liegt im Koma, und die Ärzte bezweifeln, dass er überleben wird.«

»Er wird nicht überleben?« Für Linda war es ein Schock. Damit brach ihre gesamte Lebensplanung zusammen. Sie hatte es sich so schön vorgestellt, an Jens' Seite eine bedeutende Stellung in der High Society einzunehmen. All das war vorbei, nur weil er wie ein Verrückter jede Regel im Straßenverkehr hatte brechen müssen.

»Das tut mir leid«, sagte sie daher überraschend kühl.

Im Gegensatz zu Linda spürte Lisbeth den Schmerz um den Sohn wie glühenden Draht, der sich in ihren Kopf bohrte, und wischte sich über die tränenfeuchten Augen. »Es ist an uns, dafür zu sorgen, dass sein Vermächtnis nicht verloren geht.«

»Ich werde ihn niemals vergessen«, versprach Linda.

»Das weiß ich doch.« Lisbeth fasste nach der rechten Hand der jungen Frau und hielt sie fest. »Du warst Jens' Verlobte und hast ihm nähergestanden als jeder andere. Daher wirst du mir gewiss meinen innigsten Wunsch erfüllen.«

»Welchen Wunsch?«, fragte Linda mit einer gewissen Abwehr in der Stimme.

»Ich will einen Enkel!«, erklärte Lisbeth eindringlich. »Die Ärzte haben Jens' Sperma entnommen und bereiten alles für eine künstliche Befruchtung vor. Du wirst gewiss glücklich sein, sein Kind zur Welt zu bringen.«

Max hatte dem Gespräch angespannt gelauscht und trotz aller Zweifel gehofft, Linda würde Lisbeths Vorschlag nicht von vorneherein ablehnen. Doch als er das entgeisterte Gesicht der jungen Frau wahrnahm, spürte er, dass diese Unterredung für Jens' Mutter mit einer Enttäuschung enden würde.

Linda schüttelte heftig den Kopf. »Ich soll das Kind eines quasi Toten austragen? Das ist krank!«

»Du hast Jens doch geliebt«, antwortete Lisbeth ebenso verzweifelt wie verärgert.

»Ja, das schon. Aber wir haben beide keine Kinder gewollt«, behauptete Linda.

Sie hatte sich vorgestellt, nach einer Heirat mit Jens erst einmal das Leben zu genießen. Kinder wären für sie, wenn überhaupt, frühestens in zehn Jahren infrage gekommen. Der Gedanke, nun ein Kind ohne Ehemann zu bekommen und es im Schatten der Großmutter aufziehen zu müssen, wirkte so irrsinnig auf sie, dass sie sämtliche Stacheln aufstellte.

»Tut mir leid, aber das kann nicht dein Ernst sein. Außerdem habe ich keine Zeit dafür. Ich wollte bereits nach Abschluss meines Studiums in Professor Longhorns Forschungsteam eintreten und habe es nur Jens' wegen nicht getan. Gestern habe ich den Professor angerufen und erfahren, dass der Platz noch frei ist.«

»Longhorn forscht doch in Kanada!«, rief Lisbeth erschrocken.

Linda nickte lächelnd. »Nach diesem schrecklichen Erlebnis will ich in meine Heimat zurückkehren. Das musst du verstehen.«

»Ich verstehe nur eins: Du willst Jens und mich im Stich lassen!«, antwortete Lisbeth empört. »Dabei geht es um weit mehr als nur um den Wunsch einer alten Frau nach einem Enkelkind. Wenn mein Sohn ohne Nachkommen stirbt, fällt unsere Firma einem alten Erbvertrag zufolge an meinen Schwager Carl, und dessen Sohn ist schuld am Tod meines Sohnes.«

Besorgt trat Max zu ihr hin und legte ihr den Arm um die Schulter. »Reg dich bitte nicht auf. Wenn Linda nicht will, können wir nichts daran ändern.«

Lisbeth musterte die junge Frau mit einem kalten Blick. »Wenn du Jens je geliebt hast, solltest du auf meinen Vorschlag eingehen. Denke darüber nach.«

Es war ein Versprechen von einem Leben im Reichtum. Doch Linda war klar, dass es eher einem goldenen Käfig gleichen würde. Solange Lisbeth lebte, würde sie nur für das Kind da sein dürfen und keine Chance bekommen, ihr Leben so zu führen, wie sie es wollte. Dies schloss auch eine neue Partnerschaft aus. Dazu aber war sie nicht bereit.

»Ich fliege nächste Woche nach Vancouver und werde so schnell nicht nach Deutschland zurückkommen«, erwiderte sie.

»Nächste Woche schon?« Für einen Moment sah es so aus, als würde Lisbeth die Fassung verlieren. Dann aber zuckte sie mit den Schultern. »Wenn du meinst. Ich wünsche dir eine gute Reise.«

Mit diesen Worten stand sie auf und verließ ohne einen Abschiedsgruß das Krankenzimmer.

Max folgte ihr mit betrübter Miene. An der Tür blieb er noch einmal kurz stehen, drehte sich um und sagte: »Viel Glück.«

»Danke«, antwortete Linda und wartete, bis er die Tür hinter sich geschlossen hatte.

Dann griff sie zum Telefon, wählte die Nummer der Air Canada und ließ sich ein Ticket für die kommende Woche reservieren. Das nächste Telefonat galt Professor Longhorn, und als sie es beendet hatte, war sie tatsächlich in dessen Forschungsteam aufgenommen. Zwar würde sie in ihrer Heimat kein Leben in der High Society führen können, wie es ihr als Jens' Ehefrau möglich gewesen wäre. Aber sie war frei und würde nicht von einer alten, verbitterten Frau abhängig sein, die sie zu einer Gebärmaschine degradieren wollte.

4.

Lisbeth Siebert schwieg, bis sie neben Max im Auto saß und sich von ihm nach Hause fahren ließ. »Du hattest recht«, sagte sie. »Lindas Liebe zu Jens war nur äußerlich. Im Herzen hat es sie nie berührt.«

»Bist du nicht ein wenig streng mit ihr?«, fragte Max. »Vielleicht hättest du ihr mehr Zeit geben sollen. So aber bist du mit der Tür ins Haus gefallen.«

»Ob heute oder in einem Monat oder zwei. Wenn Linda Jens wirklich geliebt hätte, wäre sie auf meine Bitte eingegangen. Sie hatte wohl nur ein mondänes Leben an seiner Seite im Kopf.«

»Auf jeden Fall musst du die Sache aufgeben.«

Lisbeth schüttelte mit einem verkrampften Lächeln den Kopf. »Das Wort ›Aufgeben‹ existiert nicht in meinem Wortschatz, mein Lieber. Ich will einen Enkel, und ich werde ihn bekommen.«

»Und wie, da Linda doch nicht will?«

»Es gibt noch andere junge Frauen. Mit Geld ist das auf jeden Fall zu machen. Sobald das Kind geboren ist, gehört es mir, und ich kann es so erziehen, wie ich es will. Das hätte eigentlich mein erster Gedanke sein sollen. Stattdessen habe ich Linda angeboten, als meine quasi verwitwete Schwiegertochter bei mir zu bleiben. Damit hätte ich mir nur Ärger an den Hals gebunden. So ist es auf jeden Fall besser.«

Max winkte begütigend ab. »Du solltest dich nicht in einen so verrückten Gedanken verrennen, Lisbeth. Leihmutterschaft ist hier in Deutschland verboten. Würde dein Plan bekannt, dürften Carl und sein Sohn Himmel und Hölle in Bewegung setzen, um dich daran zu hindern. Es würde eine Schlammschlacht werden und das Ganze mit Sicherheit vor Gericht landen.«

Lisbeth dachte eine Weile nach. »Dann muss es anders gehen. Wenn Carl und Ralf Siebert glauben, sie könnten sich jetzt meine Firma unter den Nagel reißen, haben sie sich getäuscht. Da mein Sohn sie nicht weiterführen kann, soll dein Junge sie bekommen.«

»Du vergisst den Erbvertrag deines Schwiegervaters«, wandte Max ein. »Darin heißt es, dass die Anteile der Firma an den überlebenden Zweig der Familie fallen sollen, wenn der andere ohne Erben erlischt.«

»In dem Vertrag ist von Firmenanteilen die Rede, nicht von getrennten Firmen.«

»Das ist Auslegungssache. Carl Siebert wird auf diesen Passus pochen. Du solltest ihn und seinen Sohn nicht unterschätzen.«

»Das tue ich gewiss nicht.« Lisbeths Miene wurde hart, und in ihren Augen glühte der Hass auf die Verwandtschaft ihres verstorbenen Mannes, die nicht nur ein Mal mit harten Bandagen versucht hatte, sie und ihre Firma aus dem Geschäft zu drängen.

»Wenn ich Carl und Ralf nur durch einen leiblichen Enkel meines Mannes fernhalten kann, werde ich dafür sorgen, dass ich einen erhalte. Und komm mir nicht mit dem Gesetz! In Deutschland mag Leihmutterschaft verboten sein, anderswo ist sie es nicht. Wir müssen nur klug und unter strengster Geheimhaltung vorgehen. Da ist es gut, dass Linda nach Kanada zurückfliegt. So ist sie aus dem Spiel, kann aber von uns noch als Schachfigur verwendet werden.«

»Das verstehe ich nicht«, antwortete Max und fluchte dann leise, weil er bei dem intensiven Gespräch beinahe übersehen hätte, dass ein Wagen vor ihm stark bremste, um in eine Parklücke einzuscheren.

Lisbeth lehnte sich in den Sitz zurück und sah ihren Begleiter triumphierend an. »Wir müssen die Sache geheim halten, aber wenn etwas heraussickert, werden wir behaupten, dass Linda die Mutter meines zukünftigen Enkels ist. Damit verhindern wir auch jedes Gerede über eine Leihmutterschaft. Ist Jens' Sohn dann erst einmal auf der Welt …«

»Und wenn es ein Mädchen ist?«, fragte Max mit einem Hauch von Spott.

»Dann habe ich eben eine Enkelin. Die ist genauso erbberechtigt«, meinte Lisbeth versonnen, um sich dann wieder in die knallharte Geschäftsfrau zu verwandeln, als die Max sie kannte. »Nach außen hin soll es so aussehen, als wäre Linda nach der Geburt ihres Kindes nach Kanada zurückgekehrt. Das braucht uns derzeit noch nicht zu kümmern. Ich rufe jetzt Haase an und bitte ihn, zu mir nach Hause zu kommen. Er wird mir die entsprechende Frau besorgen. Sie muss jedoch einige Bedingungen erfüllen.«

»Und welche?«

»Sie soll Linda so ähnlich sehen, dass man sie auf eine gewisse Entfernung für diese halten wird. Außerdem setze ich eine höhere Intelligenz und einen entsprechenden Bildungsstand voraus.«

Max lachte leise. »Du suchst die Eier legende Wollmilchsau als Quasischwiegertochter. Ob du da die Richtige findest, bezweifle ich.«

»Lass mich nur machen, mein Lieber«, antwortete Lisbeth und nahm ihr Mobiltelefon zur Hand, um den Termin mit ihrem Anwalt zu vereinbaren.

5.

Seit diesem Gespräch war fast ein Monat vergangen. Am anderen Ende von München, weit entfernt von den Villen der Reichen, starrte Daniela Reuss mit brennenden Augen auf den kleinen Wandkalender in ihrer Gefängniszelle. Der fünfundzwanzigste April war rot umrandet. Sie nahm einen Bleistiftstummel aus dem Spind und strich den Dreiundzwanzigsten durch. Heute war der Vierundzwanzigste und damit der letzte Tag, den sie im Gefängnis verbringen musste.

Für diesmal, setzte sie in Gedanken hinzu. Wahrscheinlich würde sie schon bald wieder hier sein. Es sei denn, sie nahm das Angebot einer früheren Nachbarin an. Die flotte Lola arbeitete als Prostituierte und hatte ihr in mehreren Briefen vorgeschlagen, ebenfalls ins horizontale Gewerbe einzusteigen. Aber so tief, dass sie sich und ihren Körper für ein paar Kröten an fremde Kerle verkaufen musste, war sie noch nicht gesunken.

Zu ihren Eltern konnte sie nicht mehr zurückkehren. Gefangen in der kleingeistigen Welt einer Sekte hatte ihr Vater sie, als sie sechzehn geworden war, so heftig geschlagen, dass sie erst nach einiger Zeit am Boden liegend und mit blutdurchtränkter Kleidung zu sich gekommen war. In seinen Augen hatte sie eine Todsünde begangen, indem sie sich Antibabypillen besorgt hatte, um mit ihrem damaligen Freund, einem Schulkameraden, intim werden zu können. Der strengen christlichen Gemeinde zufolge, der ihre Eltern angehörten, musste eine Braut rein und unberührt in die Ehe gegeben werden. Das hieß, Jungfrau zu bleiben, bis es irgendeinem pickligen Burschen aus der Kirchengemeinde einfiel, ihren Vater um ihre Hand zu bitten.

»Zustände wie im Mittelalter«, murmelte sie bei den Erinnerungen an ihre Kindheit.

Sie hatte sich schon geraume Zeit gegen die enge Weltsicht ihres Vaters aufgelehnt, war dabei gegen himmelhohe Mauern gerannt und immer wieder verprügelt worden. Seit jenem unvergesslich schlimmen Tag, an dessen Ende ihr Körper nur noch aus blutigen Striemen und blauen Flecken bestanden hatte, war ihr einziges Bestreben gewesen, aus ihrem Elternhaus freizukommen. Es war nicht leicht gewesen, denn man sperrte sie abends ein und ließ sie tagsüber von anderen Sektenmitgliedern überwachen. Doch schließlich war es ihr gelungen, auszureißen und zu ihrem Freund zu fliehen. Der hatte noch bei seinen Eltern gewohnt und war zu feige gewesen, ihr zu helfen. So viel zur Liebe, dachte sie mit bitterem Spott. Schließlich war sie bei einem Typen gelandet, den sie ein paar Wochen zuvor in einem Einkaufszentrum kennengelernt hatte.

Seit damals waren über zwei Jahre vergangen, und Daniela fand, dass die Zeit besser hätte verlaufen können. Sie hatte das Gymnasium abbrechen müssen, um nicht von dort zu ihren Eltern zurückgeschleppt zu werden, und sich mit Gelegenheitsjobs durchgebracht, für die keine Papiere verlangt wurden. Bei der Wahl ihres Freundes hatte sie jedoch danebengegriffen. Mike hatte sie dazu gebracht, in einem Supermarkt, in dem sie geputzt hatte, in die Kasse zu greifen. Prompt war sie erwischt worden und hatte eine Bewährungsstrafe aufgebrummt bekommen.

»Ich hätte es bei dem einen Mal belassen sollen«, flüsterte Daniela, die immer wieder von ihren Erinnerungen gequält wurde.

Doch Mike, der keiner geregelten Arbeit nachgegangen war und, wie sie jetzt wusste, sein Geld recht unregelmäßig als Dealer verdiente, hatte so lange gedrängt, bis sie erneut lange Finger machte, um nicht von ihm auf die Straße geworfen zu werden.

Dabei bestellte er in jener Zeit ohne ihr Wissen Waren im Internet auf ihren Namen und verkaufte sie bei eBay, um Schulden bei seinem Großdealer zu bezahlen und den Handel mit Rauschgift fortsetzen zu können. So kam es, dass in ihrem Schrank bei einer Hausdurchsuchung Kokain gefunden wurde. Man verurteilte sie wegen Ladendiebstahls, Online-Handel-Betrugs und des Besitzes von Rauschgift.

Der Richter hatte ihr nicht geglaubt, dass sie von dem Kokain nichts gewusst hatte, und ihr angesichts ihrer Vorstrafe ein halbes Jahr Gefängnis ohne Bewährung aufgebrummt. Am nächsten Morgen würde sie entlassen werden und stand dann vor dem Nichts. Ihr Freund oder besser gesagt ihr Ex-Freund war, wie sie von ihrer Nachbarin erfahren hatte, von einem Tag auf den anderen verschwunden und hatte ihr einen Haufen Schulden hinterlassen. Dabei gab es für sie nicht die geringste Chance, irgendwie an Geld, einen Job und damit an eine Wohnung zu kommen.

»Entweder zu der flotten Lola und ihren Freiern oder zur Bahnhofsmission. Etwas anderes bleibt mir wohl nicht übrig«, setzte Daniela ihr Selbstgespräch fort. Da sie ihre Strafe vollständig abgesessen hatte, gab es nicht einmal einen Bewährungshelfer, bei dem sie sich melden und nach einer Unterkunft hätte fragen können.

Es wurden bittere Stunden für sie, da sie an diesem Tag nicht mehr zur Arbeit in der Gefängnisküche gehen konnte. Das hätte sie wenigstens abgelenkt. Stattdessen konnte sie nichts anderes tun, als über ihr verpfuschtes Leben nachzudenken.

Ein Klopfen an der Tür riss sie aus ihren trüben Gedanken.

»Was ist los?«, fragte sie.

»Sie haben Besuch, Frau Reuss.« Es war Irmgard, die Wärterin, die immer einen gemeinen Spruch auf den Lippen hatte. Daher wunderte Daniela sich, dass sie stumm blieb, als sie die Zelle aufschloss und beiseitetrat, damit die Gefangene herauskommen konnte. Sie konnte sich nicht vorstellen, wer sie besuchen sollte. Außer der flotten Lola gab es niemanden, der sich für sie interessierte, und die schrieb ihr nur Briefe, denn sie hasste diesen Ort, weil sie selbst schon hier eingesessen hatte.

Als die Wärterin die Tür des Besuchsraums öffnete, wunderte Daniela sich noch mehr, denn auf der anderen Seite des Tisches saß ein Herr in einem perfekt sitzenden Nadelstreifenanzug, einem Seidenhemd und einer dezent gemusterten Krawatte.

Daniela konnte sich nicht vorstellen, dass er ihretwegen gekommen war, und nahm an, Irmgard habe sich geirrt. Wahrscheinlich würde man sie gleich wieder in ihre Zelle zurückbringen.

»Setzen Sie sich!«, forderte der Herr sie auf.

Daniela gehorchte unwillkürlich.

Ihr Gegenüber schlug einen dünnen Ordner auf und schaute kurz hinein. »Sie sind Daniela Reuss, neunzehn Jahre alt, geboren in Lichtenfels«, las er vor.

»Das stimmt«, antwortete Daniela.

»Sie sind wegen Rauchgiftbesitzes, Online-Betrugs und Ladendiebstahls zu einem halben Jahr Gefängnis verurteilt worden und werden morgen entlassen«, fuhr der Mann fort.

»Das mit dem Rauschgift und dem Online-Betrug war ich nicht, und was den Ladendiebstahl angeht, weiß ich nicht, ob es in diesem Land gerecht ist, für eine Tube Hautcreme und eine kleine Salami für ein halbes Jahr eingesperrt zu werden, während Leute, die einen anderen Menschen zusammenschlagen und schwer verletzen, mit Bewährung und Sozialstunden davonkommen«, erklärte Daniela. Es war doppelt bitter, denn nach Mike hätte sie um einiges mehr klauen sollen, es aber dann doch nicht getan.

»Ich muss Sie darauf hinweisen, dass es nicht Ihr erster Ladendiebstahl war. Sie sind immerhin schon mal mit Bewährung davongekommen. Beim letzten Mal haben Sie zugegebenermaßen einen ungewöhnlich strengen Richter erwischt, denn ein Warnarrest von zwei Wochen und anschließende Sozialstunden hätten es auch getan. Was die Sache mit dem Rauschgift betrifft, ist diese vom Tisch. Ein Bekannter Ihres damaligen Lebensgefährten hat gestanden, dass sie Ihren Schrank als Versteck verwendet haben.«

Daniela fuhr empört auf. »Und warum musste ich dann das halbe Jahr absitzen? Schließlich war das Kokain der Hauptgrund, weswegen man mich in den Knast gesteckt hat.«

Dann aber sagte sie sich, dass die zwei Wochen Warnarrest, von denen der Mann gesprochen hatte, ebenfalls dazu geführt hätten, dass sie ihre Unterkunft verlor und auf der Straße stand.

»Sie wissen ja verdammt viel über mich, während ich nicht den geringsten Dunst habe, wer Sie sind«, fuhr sie ruhiger fort.

Der Mann lächelte nachsichtig. »Ich habe mich über Sie schlaugemacht. Sie werden morgen in Freiheit sein, aber ohne Perspektive – und das mit insgesamt zehntausend Euro Schulden am Hals. Ich bezweifle, dass Sie diese Summe in absehbarer Zeit durch liegende Arbeit verdienen können, und eine andere werden Sie angesichts Ihres Strafregisters kaum noch finden.«

Irmgard, dieses Mistvieh, musste die Briefe, die sie mit der flotten Lola gewechselt hatte, gelesen und an diesen Mann weitergegeben haben, dachte Daniela und stellte ihre Stacheln auf. »Es geht Sie einen Scheißdreck an, wie ich mein Geld verdiene!«

»Es könnte sein, dass Sie einem Irrtum unterliegen«, antwortete der Herr und zog ein paar Blätter aus seinem Ordner.

Daniela sah sie durch und begriff nach einer Weile, dass er ihre Schulden bei ihrem und Mikes Vermieter, jene bei den Versandhäusern und die bei der Staatskasse für die Kosten der Verurteilung beglichen hatte. Die Summe stand unten aufgelistet und betrug 10 493 Euro.

»Sie können noch von Glück sagen, dass mehrere Versuche Ihres bisherigen Lebenspartners, weiterhin auf Ihren Namen Waren zu beziehen und bei eBay zu versteigern, misslungen sind.«

»Aber was soll das Ganze?«, fuhr Daniela auf. »Wer gibt Ihnen das Recht, in mein Leben einzugreifen? Wenn ich schon auf die Schnauze falle, will ich wenigstens wissen, warum ich das tue.«

»Wer sagt, dass ich Sie – wie Sie es nennen – auf die Schnauze fallen lassen will?«, antwortete der Mann noch immer lächelnd.

Dabei musterte er die junge Frau gründlich. Trotz ihres vor Empörung verzerrten Gesichts und des verkrampften Körpers fand er sie hübsch. Die schulterlangen Haare mit ihren verschiedenen Rottönen waren gewöhnungsbedürftig, doch ihr Ansatz zeigte ein Weizenblond. Das Gesicht war fein gezeichnet, und die blauen Augen sprühten vor Leben.

»Stehen Sie auf und drehen sich einmal um die eigene Achse! Ganz langsam, bitte«, setzte er hinzu, als Daniela ihn verblüfft anschaute, sich aber erhob und drehte.

Sie war vielleicht zwei, drei Zentimeter kleiner als erhofft, hatte jedoch eine schlanke und trotz des Gefängnisaufenthalts sportliche Figur. Ihr Busen hätte eine Körbchengröße mehr vertragen können, und ihr Gesäß war einen Hauch zu knabenhaft. Doch im Großen und Ganzen war er mit dem, was er sah, zufrieden.

»Wer sind Sie?«, fragte Daniela noch einmal, als sie sich wieder gesetzt hatte. »Und sagen Sie nicht, Sie wären vom Fernsehen und suchen eine blöde Kuh für eine noch blödere Fernsehsendung.«

»Als blöde Kuh würde ich Sie nicht bezeichnen. Laut der Gefängnispsychiaterin sind Sie sehr intelligent, auch wenn Sie keinen Gebrauch davon machen.«

»Muss ich mir Ihr Geschwätz noch länger anhören?«, fragte Daniela ätzend.

»Sie können natürlich auch wieder in Ihre Zelle zurückgehen

und morgen die tolle Lola aufsuchen, um sich von ihr anlernen zu lassen.«

Es kam so trocken, dass Daniela nicht wusste, ob es spöttisch oder ernst gemeint war. »Wie ist das mit meinen Schulden? Da Sie diese bezahlt haben, bin ich doch aus dem Schneider«, stichelte sie.

Der Mann lehnte sich ein wenig zurück. »Ich habe die Schulden nicht für Sie bezahlt. Sie wurden von Ihren Schuldnern auf mich übertragen. Es gibt einen Paragrafen, der dies möglich macht. Er wird in der Regel von Inkassounternehmen genützt, und wer es mit denen zu tun bekommt, hat meistens nichts zu lachen.«

»Und was wollen Sie dann von mir?«

»Ich will, dass Sie mir zuhören und sich danach eine Meinung bilden.«

Daniela stieß protestierend die Luft aus der Nase. »Sie quatschen mich doch schon die ganze Zeit voll.«

»Das waren nur die Präliminarien, sprich die Einführung, wenn Sie so wollen. Bevor ich zum Zweck meines Hierseins komme, möchte ich Ihnen zwei Ereignisse näherbringen.

Es geschah vor etwa einem Monat. Ein junger Mann – Sie werden noch mehr von ihm hören – hatte seine Verlobte abgeholt und fuhr mit ihr in seinem Sportwagen durch die Stadt. Man kann annehmen, dass die beiden in dem Augenblick vollkommen glücklich waren.«

»Das wäre ich bei einem Freund mit einem schweren Sportwagen auch«, wandte Daniela bissig ein.

»Lassen Sie mich weiterreden.« Der Mann verfiel wieder in seinen erzählenden Tonfall. »Die beiden fuhren im Cabrio durch die Stadt. Der junge Mann war ein – nennen wir es mal so – sehr sportlicher Fahrer. Unterwegs traf er auf einen Bekannten, und die beiden fochten gewissermaßen ein Duell aus, wer schneller ist.«

»Also ein illegales Autorennen«, fand Daniela.

»Jedenfalls kam es zu einem Unfall, bei dem sich die Begleiterin des jungen Mannes leichte Blessuren zuzog, er aber so schwer verletzt wurde, dass er nun im Koma liegt und wohl nie mehr aufwachen wird.«

»Schön und gut, aber was hat das mit mir zu tun?«, fragte Daniela. Sie hatte wahrlich genug eigene Probleme am Hals.

»Ich bin noch nicht fertig«, tadelte der Mann sie sanft. »Der junge Mann hat eine Mutter, die durch das Schicksal ihres Sohnes tief getroffen ist. Sie wünscht sich dringend ein Enkelkind und hat daher Sperma ihres Sohnes nehmen lassen. Ihre Hoffnung war, seine Verlobte würde ihr zu dem ersehnten Enkel verhelfen. Aber aus Gründen, die aufzuzählen ich nicht für relevant halte, lässt sich dies nicht verwirklichen.«

»Die Alte erwartete anscheinend Treue über den Tod hinaus. Mir kommen gleich die Tränen«, spottete Daniela.

»An dieser Stelle komme ich ins Spiel«, fuhr der Mann fort, ohne sich von ihrem Zwischenruf aus dem Konzept bringen zu lassen. »Meine Aufgabe ist es, eine junge Frau zu finden, die bereit ist, meiner Mandantin zu einem Enkelkind zu verhelfen.«

»Was wollen Sie dann bei mir?«, fragte Daniela, begriff erst dann, was seine Worte bedeuteten, und schüttelte empört den Kopf.

»Sie meinen mich? Nein danke, kein Bedarf. Eher gehe ich für die zehntausend Mäuse wieder in den Knast.«

»Wenn ich mich nicht irre, befinden Sie sich im Augenblick in einer Frauenhaftanstalt, und ich habe nicht den Eindruck, als würden Sie diese sehr wohnlich finden.«

»Ich mache es nicht, nicht für zehntausend Euro und nicht für zwanzigtausend.«

»Wie wäre es mit einhunderttausend?«

Nun riss es Daniela vor Verblüffung beinahe vom Stuhl.

Einen Augenblick später begann sie zu lachen. »Das Ganze ist doch hirnrissig. Außerdem ist Leihmutterschaft, soviel ich weiß, hier in Deutschland verboten.«

»Es kommt immer darauf an, wie man die Verträge abschließt«, antwortete der Mann. »Wenn Sie auf das Angebot eingehen, werden diese hunderttausend Euro auf ein Sperrkonto übertragen. Sie erhalten die Summe samt den bis dahin aufgelaufenen Zinsen in dem Augenblick ausbezahlt, in dem Sie Ihren Vertrag zur Gänze erfüllt haben.«

»Was heißt das?«, fragte Daniela misstrauisch.

»Meine Mandantin will, dass Sie, wenn das Kind geboren ist, es zwei Jahre pflegen und persönlich stillen. Der zweite Geburtstag des Kindes gilt als Stichtag für die Erfüllung des Vertrags.«

»Das sind ja fast drei Jahre!«

»Wahrscheinlich noch ein wenig mehr, da Sie ärztlich untersucht und auf die Schwangerschaft vorbereitet werden müssen. Sie haben früher einmal Drogen genommen. Von denen muss Ihr Körper gereinigt werden.«

»Was heißt hier gereinigt? Das ist über zwei Jahre her. Ich habe das Zeug einmal probiert und dann nie wieder, weil es mir darauf fürchterlich schlecht gegangen ist. Mein Freund Mike war ganz froh darum, denn so konnte er das, was ich sonst genommen hätte, an andere verkaufen.«

Daniela war sauer und wäre am liebsten gegangen. Das aber konnte sie erst, wenn Irmgard kam und die Tür aufsperrte. Daher stellte sie die Frage, die ihr schon geraume Zeit auf der Zunge lag. »Wie sind Sie überhaupt auf mich gekommen?«

»Meine Mandantin wünscht eine Frau, die der Verlobten ihres Sohnes ähnlich sieht. Ein Zufall brachte es mit sich, dass ich Ihnen vor einem halben Jahr im Gerichtsgebäude begegnet bin. Damals ist mir Ihre Ähnlichkeit mit der jungen Dame aufgefallen, die mit dem Sohn meiner Mandantin verlobt war. Als ich den Auftrag erhielt, eine Frau zu suchen, die meiner Mandantin zu ihrem Enkel verhelfen soll, habe ich mich an Sie erinnert.«

Er verschwieg ihr, dass er fast vier Wochen lang vergebens nach einer passenden jungen Frau gesucht hatte und ihm Daniela erst in den Sinn gekommen war, als er bereits hatte aufgeben wollen.

Er beugte sich vor und fasste nach ihrer Hand. »Hören Sie mir genau zu! Wenn Sie auf mein Angebot eingehen, werden Sie für einige Monate in den Niederlanden leben. Dort wird auch die künstliche Befruchtung vorgenommen. Bis zur Geburt des Kindes und darüber hinaus werden Sie Ihr Abitur nachholen. Nach Ablauf des Vertrags erhalten Sie die genannten einhunderttausend Euro sowie die Gelegenheit für ein Studium Ihrer Wahl. Sie bekommen genügend Taschengeld, um sich ganz auf das Studium konzentrieren zu können. Außerdem wird Ihnen eine Wohnung zur Verfügung gestellt.«

»Ihre Mandantin ist anscheinend Krösus' Witwe«, erwiderte Daniela, die dem Mann längst nichts mehr glaubte.

»Sagen wir, sie besitzt genug Geld, um sich diese Extravaganz leisten zu können«, erklärte der Anwalt. »Sie selbst könnten es nicht besser treffen. Für die nächsten drei Jahre haben Sie damit einen festen Job und hinterher die Gelegenheit zu einer Ausbildung, mit der Sie diesen Ort hier für immer vergessen können.«

Der Anwalt schwieg einige Augenblicke, um seine Worte auf Daniela wirken zu lassen. Danach fuhr er im beschwörenden Tonfall fort: »Überlegen Sie es sich gut, ob Sie mein Angebot ausschlagen wollen. Ihre Alternativen sind entweder Prostitution, ein Leben in Obdachlosenasylen oder weitere Gefängnisaufenthalte. Ich lasse Sie jetzt allein. Wenn Sie morgen um neun Uhr entlassen werden, steht mein Wagen vor der Tür. Sie brauchen nur einzusteigen.«

Damit gab er Danielas Hand frei und drückte den Knopf, der der Wärterin anzeigte, dass das Gespräch beendet war.

6.

Als Daniela in ihre Zelle zurückgebracht wurde, wusste sie nicht, wo ihr der Kopf stand. Entweder war sie verrückt oder dieser nadelgestreifte Mensch war es.

Irmgard hingegen musterte sie neugierig. »Ich wusste gar nicht, dass du Herrn Dr. Haase kennst.«

»Heißt er so?«, fragte Daniela.

Irmgard nickte. »Der Herr ist ein bekannter Anwalt, und seine Kanzlei vertritt die ganz großen Fälle. Persönlich kommt er nur selten ins Gericht, aber wenn er es tut, geht es um Summen von einer Million aufwärts.«

Daniela spürte die Neugier der Vollzugsbeamtin, aber da die Frau sie ein halbes Jahr lang schikaniert hatte, war sie nicht bereit, auch nur eine Andeutung zu machen.

»Keine Ahnung, was der von mir wollte«, sagte sie daher und war froh, als die Zellentür hinter ihr geschlossen wurde.

Die Fragen aber blieben. Was war das für eine Frau, die mehr Geld ausgeben wollte, als die meisten Leute in etlichen Jahren harter Arbeit verdienten, um einen Enkel zu bekommen? Wahrscheinlich würde es noch um einiges teurer, da die einhunderttausend Euro nur die Summe waren, die Anwalt Haase ihr versprochen hatte.

»Die Welt ist verrückt«, murmelte sie, während sie sich auf ihr Bett legte und zur Decke starrte. Haases Vorschlag erschien ihr so abstrakt, dass sie den Gedanken an diese Begegnung zunächst weit von sich schob. Aber als sie das Abendessen erhalten hatte und ihre Zellentür zum letzten Mal verschlossen wurde, konnte sie sie nicht mehr fernhalten. Das Ganze konnte doch nicht ernst gemeint sein. Andererseits hatte der Mann nicht den Eindruck gemacht, als würde er sich nur einen Spaß mit ihr erlauben.

Was steckt dahinter?, fragte Daniela sich. Ging es tatsächlich nur um eine Frau, die sich nach dem Tod des Sohnes einen Enkel wünschte? Der Gedanke, das Kind eines im Koma liegenden Fremden auszutragen, hatte etwas Gespenstisches an sich. Andererseits war künstliche Befruchtung heutzutage etwas fast Normales.

Ihre Gedanken ließen ihr keine Ruhe. War es wirklich so schlimm, einer alten Dame diesen Wunsch zu erfüllen? Gut, ihr Körper würde neun Monate mit einem Untermieter beschäftigt sein, aber das hatten auch andere Frauen gut überstanden. Sich für fremde Männer hinzulegen und an sich herummachen zu lassen, war in ihren Augen weitaus schlimmer. Welche Möglichkeit hatte sie sonst? Das Sozialamt? Dort konnte man ihr höchstens einen Platz in einer Unterkunft für obdachlose Frauen besorgen. Und das wäre nicht mehr als ein Zwischenbehelf. Ohne einen festen Wohnsitz fand sie keine Arbeit, und ohne Arbeit verdiente sie nicht das Geld für einen festen Wohnsitz. Wenn sie Pech hatte, würde sie den nächsten Winter unter den Isarbrücken verbringen müssen. Ob die obdachlosen Männer dort sie in Ruhe lassen würden, hielt sie für fraglich.

Wie sie es auch drehte und wendete, es gab überall einen Pferdefuß, und daher freundete sie sich allmählich damit an, sich Haases Angebot wenigstens einmal näher anzusehen. In drei Jahren war sie zweiundzwanzig und hatte ihr Leben noch vor sich.

Sie stellte sich vor, wie es wäre, zu studieren. Schon als junges Mädchen hatte sie es sich gewünscht, doch ihr Vater war strikt dagegen gewesen. Ohne das Eingreifen des Lehrers, der ebenfalls zu der Sekte gehörte, wäre es ihr nicht einmal möglich gewesen, aufs Gymnasium zu gehen. Wie es aussah, konnte sie nun neu beginnen und später ein Leben führen, in dem der Aufenthalt in diesem staatlichen Nullsternehotel eine kleine Episode bleiben würde. Mit dieser Überlegung schlief sie endlich ein.

7.

Als Daniela am nächsten Morgen erwachte, war sie überzeugt, sie hätte das Gespräch mit Rechtsanwalt Haase nur geträumt. Kein normaler Mensch würde einer wildfremden Frau einen solchen Vorschlag machen.

Erste Zweifel kamen ihr, als die Tür aufgeschlossen wurde und Irmgard das Frühstück hereinbrachte.

»Guten Morgen, Frau Reuss. Heute geht es in die Freiheit. Sie freuen sich sicher darauf«, grüßte die Vollzugsbeamtin. Dabei hatte sich ihr Wortschatz um diese Zeit sonst nur auf ein geknurrtes »Aufstehen! Frühstück!« beschränkt.

An diesem Tag lag sogar ein Stück Brot auf dem Tablett, das mit Salami belegt war und nicht mit einer Scheibe undefinierbaren Leberkäses. Verwundert stand Daniela auf, wusch sich und putzte sich die Zähne. Danach zog sie sich an und begann zu essen. Sogar der Kaffee schien ihr besser als sonst.

Wenig später erschien Irmgard mit den Kleidungsstücken, die Daniela bei ihrem Haftantritt getragen hatte. Diese waren in der Gefängniswäscherei gewaschen worden, jemand hatte sogar die Löcher in den Jeans und dem T-Shirt gestopft. Im ersten Moment ärgerte Daniela sich darüber, dann schoss ihr durch den Kopf, dass sie sich Haase besser nicht mit zerrissenen Sachen präsentieren sollte.

»Haase …«, murmelte sie. Würde er wirklich draußen auf sie warten, wie es er angekündigt hatte?

Daniela beendete ihr Frühstück, zog sich an und kam sich gleich wie ein anderer Mensch vor. Doch sie fühlte sich gespalten. Einesteils sehnte sie ihre Entlassung herbei, und andererseits fürchtete sie sich davor.

Als Irmgard erschien und ihr ankündete, dass es so weit wäre, atmete sie tief durch und folgte der Wärterin in das Zimmer, in dem sie den Rest ihrer Sachen ausgehändigt bekam. Viel war es nicht, eine billige Uhr, deren Batterie den Geist aufgegeben hatte, ein Schlüsselmäppchen ohne Schlüssel, da sie diese an den Besitzer der Wohnung hatte zurückgeben müssen. Dazu kamen ein Geldbeutel mit zehn Euro und vierunddreißig Cent.

Während sie ihre spärlichen Habseligkeiten einsteckte, ärgerte Daniela sich, dass sie ihrem Freund am Abend vor ihrer Verhaftung die beiden schwer verdienten Fünfzigeuroscheine überlassen hatte. Mike ist ein Schwein, dachte sie. Was hatte sie nur je an dem Kerl gefunden? Mein Gott, war ich blöd!, hallte es in ihren Gedanken. Und da behauptet dieser Haase, ich wäre intelligent.

»Das wäre alles, Frau Reuss«, sagte Irmgard und lächelte zum ersten Mal, seit Daniela sie kannte. »Viel Glück in der Freiheit!«

»Danke, das kann ich brauchen«, antwortete Daniela.

Als die Tür der Frauenhaftanstalt hinter ihr zuschlug, dachte sie daran, wie oft sie sich vorgestellt hatte, was sie der Wärterin zum Abschied alles sagen würde. Doch irgendwie war das nun nicht mehr wichtig.

Sie trat auf den Gehsteig und sah keine zehn Meter weiter eine große Limousine stehen. In dem Augenblick, in dem sie daran vorbeigehen wollte, wurde die Fahrertür geöffnet, und eine junge Frau mit Pagenschnitt in einem dunkelgrauen Kostüm stieg aus.

»Frau Reuss, wenn ich mich nicht irre«, sagte sie.

Daniela blieb vor ihr stehen und kniff die Augen zusammen. »Sie irren sich nicht.«

»Herr Haase schickt mich, um Sie abzuholen. Wo haben Sie Ihr Gepäck?«

»In meinen Hosentaschen. Mehr besitze ich im Augenblick

nicht.« Daniela sah die Frau an, dann das Auto und begriff, dass sie sich entschieden hatte.

Die junge Frau wies einladend auf den Wagen. »Steigen Sie ein. Ich bin Adrienne Wiegel und werde Sie in der nächsten Zeit betreuen. Sobald Sie mit Herrn Haase gesprochen haben, sollten wir einen Einkaufsbummel machen.«

»Ich habe derzeit zehn Euro vierunddreißig im Geldbeutel. Sie werden mir zeigen müssen, wie ich damit einen Einkaufsbummel machen kann«, antwortete Daniela mit bitterem Unterton.

»Das sind Betriebsausgaben«, erklärte Adrienne und wies auf den Beifahrersitz.

Daniela nahm Platz, schloss den Sicherheitsgurt und sah zu, wie Adrienne losfuhr.

»Gehören Sie zu Haases Stall?«, fragte sie nach einer Weile.

»Hasenstall? Ach so meinen Sie das.« Adrienne lachte auf, bevor sie weitersprach. »Ich bin als Anwaltsgehilfin in Dr. Haases Kanzlei angestellt. Für die nächsten Monate ist es jedoch meine Aufgabe, Sie zu betreuen.«

»Was heißt hier betreuen?«

»Ich werde erst einmal dafür sorgen, dass Sie neu eingekleidet werden. Außerdem werde ich Ihren Umzug nach Holland in die Wege leiten. Sie werden einige Monate dort bleiben«, erklärte Adrienne, während sie sich dem Verkehrsfluss anpasste.

»Noch ist nichts in trockenen Tüchern«, wehrte Daniela ab.

Allerdings war es angenehmer, in diesem Auto zu sitzen als in Bahn oder Bus. Das kannst du nun immer haben, meldete sich jener Teil ihres Bewusstseins, der sich längst für Haases Angebot entschieden hatte.

Daniela fühlte sich gespalten. Zwar lockte das bessere Leben, aber es würde sie vorerst der Freiheit berauben, tun und lassen zu können, wofür sie sich selbst entschied. Auch stellte sie es sich nicht so leicht vor, ein Kind auszutragen. Ist ja bloß für neun Monate, tat etwas in ihr diesen Einwand ab und fügte verlockend hinzu: Nie mehr putzen gehen! Nie mehr stehlen müssen!

»Ja, aber ich muss darüber hinaus noch für zwei Jahre die Milchkuh spielen«, sagte sie und sprach damit aus, was ihre rebellische Seite ihr einflüsterte.

»Was sagten Sie?«, fragte Adrienne.

»Nichts«, antwortete Daniela knapp und lehnte sich zurück.

Bevor sie sich den Kopf weiter zerbrach, wollte sie erst einmal wissen, welche Pferdefüße der Rechtsanwalt ihr noch vorsetzen würde.

8.

Lisbeth Siebert und Max Christaller standen in einem Büro der Anwaltskanzlei und sahen durch das Fenster zu, wie die Limousine vor der Tür anhielt und zwei Frauen ausstiegen. Da sie die Anwaltsgehilfin kannte, richtete Lisbeth ihre Aufmerksamkeit auf deren Begleiterin.

»Das soll die Frau sein, die Jens' Kind zur Welt bringen soll? Sie sieht Linda überhaupt nicht ähnlich«, stellte sie naserümpfend fest.

»Warte erst einmal ab, wenn du sie von Nahem siehst«, wandte Max ein. »Ihr Gesicht erinnert schon an Linda, und wenn sie entsprechend geschminkt wird …«

Nun bemerkte Lisbeth ebenfalls, dass das Mädchen auf die Entfernung mit Linda verwechselt werden konnte, aber das nahm sie nicht für die Unbekannte ein, die nun hinter Adrienne das Haus betrat. Angespannt wandte Lisbeth sich dem Computermonitor zu, der das Bild der Überwachungskamera in Dr. Haases Büro zeigte. Der Anwalt saß in seinem bequemen Sessel, hatte einen Aktenordner vor sich liegen und blickte zur Tür.

Wenig später klopfte es, und die beiden Frauen traten ein. Lisbeth vergrößerte Danielas Bild so, dass deren Gesicht beinahe den ganzen Bildschirm ausfüllte.

»Eine gewisse Ähnlichkeit ist tatsächlich vorhanden«, sagte sie. »Aber die kurzen, rot gescheckten Haare passen wirklich nicht. Mit denen wird niemand sie für Linda halten.«

»Du willst also immer noch vorgeben, dass Linda die Mutter des Kindes ist?«, fragte Max.

»Nur so lange, bis es zur Welt gekommen ist, sonst geben wir

Carl schon im Vorfeld Munition gegen uns in die Hand. Aber die Frau hier, die geht gar nicht.«

»Dann nimm dein Handy und teile Dr. Haase mit, er soll die Sache abblasen.«

Lisbeth schüttelte den Kopf. »Noch nicht.«

Ihr Begleiter lächelte nachsichtig. »Eigentlich ist es gleichgültig, ob die junge Frau Linda ähnlich sieht. Ist sie erst einmal schwanger, haben dein Schwager und sein Sohn ausgespielt.«

»Denen traue ich alles Schlechte zu«, stieß Lisbeth aus, ohne den Bildschirm mit Daniela aus den Augen zu lassen. »Sie würden gewiss alles versuchen, die Geburt des Kindes zu verhindern.«

»Ist das nicht ein wenig zu weit hergeholt?«, fragte Max.

Er wusste jedoch selbst, mit welchen Methoden Carl Siebert gegen seinen Bruder Ludwig und nach dessen Tod gegen Lisbeth vorgegangen war. Einen Mord an der jungen Frau würde Carl Siebert wohl nicht begehen, aber den Versuch, bei der Schwangeren eine Fehlgeburt herbeizuführen, hielt er für möglich.

»Wir werden gut auf das Mädchen achtgeben müssen«, sagte er leise.

Lisbeth hob die Hand. »Bitte, sei still! Haase redet gerade mit ihr.«

9.

Das große Büro mit dem riesigen Schreibtisch und den wuchtigen Schränken, die mit juristischen Werken gefüllt waren, schüchterte Daniela doch etwas ein. Hier in seinem Reich war Rechtsanwalt Dr. Haase eine noch beeindruckendere Erscheinung. Er musterte sie mit einer gewissen Zufriedenheit und schob ihr den Aktenordner zu.

»Soll ich das alles lesen?«, fragte Daniela erschrocken.

»Nur die Passagen, die ich mit roten und blauen Markern gekennzeichnet habe. Die roten Passagen enthalten die Bedingungen, die Sie einzuhalten haben, die blauen diejenigen, die meine Mandantin erfüllen muss, sprich, Ihr Honorar für diese Aktion«, erklärte Haase.

»Das interessiert mich am meisten.« Noch während sie es sagte, schlug Daniela den Ordner auf und überflog einige Seiten. Der Vertrag war geschickt aufgesetzt, denn es war kein einziges Mal von Leihmutterschaft oder Ähnlichem die Rede. Stattdessen hieß es, dass Daniela Reuss von einer Firma für ein mehrjähriges Projekt engagiert worden sei und nach Abschluss dieses Projekts das Ergebnis ihrer Auftraggeberin zu überlassen habe. Daniela las auch den Passus mit dem Honorar durch, das sie erhalten sollte. Es stimmte mit dem überein, was Haase ihr am Vortag angeboten hatte. Dieses Geld würde für sie der Schlüssel für den Eintritt in ein anderes Leben sein, in dem sie nicht erneut lange Finger machen musste, um ihren Hunger zu stillen.

»Und was muss ich leisten?«, fragte sie und suchte die erste rote Markierung. Die Formulierungen beinhalteten die Forderung, das Projekt geheim zu halten und niemandem gegenüber auch nur die geringste Andeutung fallen zu lassen. Eine Anmerkung brachte sie dazu, den Kopf zu heben.

»Hier steht: Weitere Vertragsbedingungen siehe Anlage zwei. Aber die finde ich hier nicht.«

»Das können Sie auch nicht, da diese unter Verschluss gehalten wird.«

»He, so haben wir nicht gewettet! Ich will wissen, was darin steht«, rief Daniela empört.

»Das ist Ihr gutes Recht.« Dr. Haase zog eine dünne Mappe aus seinem Schreibtisch und las den Inhalt vor. »Sie haben sich während der Zeit des Projekts eines gesunden Lebenswandels zu befleißigen. Das heißt, nicht zu rauchen, keine Drogen zu nehmen sowie keinen Alkohol zu trinken. Männerbekanntschaften und sexuelle Kontakte sind während der gesamten Vertragszeit verboten …«

»Nachdem ich mit meinem Freund Mike so danebengegriffen habe, habe ich derzeit keinerlei Bedarf an einer intimen Beziehung«, warf Daniela ein.

»Dann steht nichts dagegen, dass Sie diesen Vertrag unterschreiben.«

»He, so schnell mach ich das nicht! Da ist noch mehr, und das haben Sie mir bisher noch nicht vorgelesen.« Empört wies Daniela auf die Mappe in seiner Hand.

»In diesen Passagen versichern Sie, dass Sie die Anweisungen der Ärzte und der mit Ihrer Betreuung beauftragten Personen befolgen werden. Diese Passagen wurden aus dem Hauptvertrag ausgegliedert und sind streng geheim. Im offiziellen Vertrag werden sie durch andere Klauseln ersetzt. Diese Mappe wird, sobald Sie unterschrieben haben, an einer sicheren Stelle aufbewahrt«, antwortete der Anwalt.

»Die Klauseln sind also nicht koscher, sprich verfassungskonform«, trumpfte Daniela auf.

»Wenn Sie mit Verfassung das Bürgerliche Gesetzbuch meinen, muss ich Sie enttäuschen. Diese Klauseln mögen Ihnen und anderen vielleicht seltsam vorkommen, doch sind sie weder gesetz- noch sittenwidrig.«

»Und warum sollen sie dann an geheimer Stelle verwahrt werden?«

»Das ist für Sie persönlich irrelevant. Meine Auftraggeberin wünscht es so.«

Dr. Haase klang, als verliere er allmählich die Geduld mit Daniela. Trotzdem beantwortete er ihre Fragen ausführlich und wies sie zuletzt darauf hin, dass sie, wenn sie unterschrieb, keine Rücktrittsmöglichkeiten mehr habe.

»Ich bin dann, wie es aussieht, so was wie eine Sklavin«, antwortete Daniela bissig, obwohl sie längst wusste, dass ihr keine andere Wahl blieb, als auf dieses Angebot einzugehen, wenn sie jemals ein Leben führen wollte, wie sie es sich vorstellte.

»Sie sind in der vertraglich vereinbarten Zeit zumindest verpflichtet, die Anweisungen, die man Ihnen gibt, zu befolgen. Das müssten Sie in einer Firma ebenfalls«, sagte der Anwalt und blickte auf die Zeitanzeige seines Handys. Es war nur eine Geste, die Daniela dazu bringen sollte, zu unterschreiben.

Zwei Zimmer weiter blickte Lisbeth mit wachsender Abscheu auf den Bildschirm. »Diese Proletin soll die Mutter meines Enkels werden? Eine, die aus dem Gefängnis kommt und nicht einmal weiß, wie man mit Messer und Gabel isst?«, sagte sie erbittert.

»Du kannst die Sache immer noch absagen«, mahnte Max.

Lisbeth schüttelte den Kopf. »Damit Carl gewinnt? Haase hat mich auf einen für mich relevanten Passus im Übergabevertrag aufmerksam gemacht, den mein Schwiegervater mit beiden Söhnen geschlossen hat. Sie schreibt den Rückfall des gesamten Betriebsvermögens an den überlebenden Familienteil vor. Gerade deshalb ist es wichtig, dass Jens so lange am Leben erhalten wird, wie es nur irgendwie möglich ist. Sobald er tot ist, wird Carl meine Firma fordern.«

»Dass solche Verträge überhaupt möglich sind …«, sagte Max verwundert.

»Mein Schwiegervater wollte Ludwig und Carl damit zur gedeihlichen Zusammenarbeit zwingen. Was daraus geworden ist, weißt du ja.«

»Nach seinem Tod haben die beiden Brüder sich heillos zerstritten«, erwiderte er.

»Carl hat Ludwig aus der Firma gedrängt und mit ein paar in seinen Augen wertlosen Grundstücken abgefunden. Darauf haben wir von meinem Geld die Fabrik gebaut, und die könnte Carl mir nun, wenn mein Sohn stirbt und ich keinen Enkel bekomme, einfach wegnehmen.«

»Dann können wir nur hoffen, dass diese … wie heißt sie?«

»Daniela Reuss«, half Lisbeth Max aus.

»… dass das Mädchen bald schwanger wird und du Carls Griff nach deiner Firma abwehren kannst.«

»Ich habe mir so gewünscht, Linda würde es tun, aber die ist nach Kanada zurückgekehrt und hat mir nicht einmal ihre neue Adresse mitgeteilt.« Lisbeth Siebert war immer noch gekränkt, weil die Verlobte ihres Sohnes ihre Bitte um einen Enkel so schroff abgewiesen hatte. Nun blieb ihr nur diese absolut unmögliche junge Frau, die Haase aus dem Gefängnis rekrutiert hatte. Ihr Blick streifte das Telefon. Sie musste nur einen Knopf drücken, um dem Anwalt zu signalisieren, dass sie mit dieser Kandidatin nicht einverstanden war. Es juckte sie in den Fingern, es zu tun. Doch was war, wenn Haase keine andere geeignete Frau fand? Immerhin hatte sie Bedingungen für das Aussehen und die Intelligenz der Frau gestellt, die ihren Enkel zur Welt bringen sollte, die allein dieses heruntergekommene Subjekt erfüllte.

Der Knopfdruck unterblieb. Stattdessen sah Lisbeth wieder auf den Bildschirm und nickte trotz aller Bedenken, als Daniela sich von Dr. Haase einen Füllfederhalter reichen ließ und das aus mehreren Teilen bestehende Vertragswerk zu unterschreiben begann.

10.

Wenn sie es genau nahm, hatte Daniela nicht die geringste Ahnung, worauf sie sich hier einließ. Wie wird die ganze Sache ablaufen?, fragte sie sich beklommen. Dennoch war sie erst einmal froh, nicht zum Sozialamt oder der Bahnhofsmission gehen zu müssen, geschweige denn zur flotten Lola.

Sie unterschrieb und reichte den Füller zurück. »Sind Sie jetzt zufrieden?«

»Aber ja«, antwortete der Anwalt, wirkte jedoch missgestimmt.

»Dann kann ich mich, wie Adrienne versprochen hat, auf eine Shoppingtour machen. Ich habe nämlich nicht einmal eine Zahnbürste.«

Daniela hatte nicht viele Wünsche, doch sie benötigte dringend ein paar Pflegemittel und etwas Garderobe.

Dr. Haase schüttelte den Kopf. »Es tut mir leid, doch Sie werden Ihren Einkaufsbummel verschieben müssen. Es ist wichtig, dass Sie München noch heute verlassen. Adrienne wird Sie begleiten. Wenn Sie an Ihrem Ziel angekommen sind, werden Sie alles bekommen, was Sie benötigen.«

»Ja schon, aber …« Daniela empfand die Sache nun arg verwirrend.

»Sie werden weder hier in München noch auf der Reise mit irgendjemandem darüber sprechen, wer Sie sind, wohin Sie wollen noch was Sie vorhaben.«

»Ich bin doch nicht bescheuert! Wenn ich erzähle, was in den letzten vierundzwanzig Stunden passiert ist, steckt man mich in die Klapsmühle. Vielleicht gehöre ich sogar dorthin, weil ich mich auf diesen Scheiß eingelassen habe«, erwiderte Daniela giftig, doch der Anwalt ging nicht darauf ein.

»Sie haben Ihre Anweisungen erhalten. Ich rufe jetzt Adrienne, damit sie Ihre Abreise vorbereitet. Sie warten inzwischen in einem Raum meiner Kanzlei, der nicht dem Publikumsverkehr dient. Ach ja, Sie sollten sich ab jetzt einer gepflegteren Sprache bedienen. Es ist erwiesen, dass Kinder bereits vor der Geburt einen Teil des Wortschatzes der Mutter aufnehmen.«

»Falls Sie es vergessen haben sollten: Noch bin ich nicht schwanger.«

»Sie werden es aber bald sein und sollten bis dorthin lernen, ohne Worte wie Scheiße, Klapsmühle und Ähnlichem auszukommen.« Noch während er es sagte, drückte der Anwalt eine Taste.

Kurz darauf kam Adrienne herein. »Ist alles erledigt, Herr Dr. Haase?«

Der Anwalt nickte. »Frau Reuss hat sich bereit erklärt, das Projekt zu übernehmen. Sie werden jetzt zwei Fahrkarten für den nächsten ICE nach Hamburg besorgen und von dort aus mit dem Nachtzug nach Amsterdam weiterfahren.«

»Wieso nach Hamburg? Wäre Köln hier nicht besser?«, fragte Adrienne.

»Und warum nehmen wir nicht das Auto statt die doofe Bahn, die sowieso immer zu spät kommt?«, mischte sich Daniela ein, bevor Haase antworten konnte.

»Ich habe Hamburg gewählt, um mögliche Nachforschungen zu erschweren. Sie werden dort erst die Fahrkarten nach Amsterdam kaufen, und zwar in bar«, beantwortete der Anwalt Adriennes Frage, um dann weitere Anweisungen zu geben. »Sobald Sie in den Niederlanden angekommen sind, werden Sie einen Wagen mieten. Er soll der unteren Mittelklasse angehören und unscheinbar sein. Dieses Fahrzeug tauschen Sie alle vier Wochen aus.«

»Soll das etwa ein James-Bond-Abenteuer werden?«, fragte Daniela misstrauisch.

»Natürlich nicht. Aber es geht niemanden etwas an, wer Sie sind, wohin Sie fahren und was Sie dort tun.« Der Anwalt lächelte zwar, doch Daniela kam es falsch vor.

»Wie es aussieht, steckt mehr hinter der Sache, als Sie mir gesagt haben. Ich will …«

»Sie werden sich jetzt ein wenig ausruhen, eine Erfrischung zu sich nehmen und danach mit Adrienne nach Hamburg fahren«, fiel Dr. Haase ihr ins Wort. »Sie können ganz beruhigt sein. Meine Mandantin wünscht nur, dass ihr Vorhaben nicht bekannt wird. Ach ja, in den Niederlanden können Sie shoppen, so viel Sie wollen.«

»Warum nicht in Hamburg? Wie ich bereits sagte, habe ich nicht einmal eine Zahnbürste bei mir«, wandte Daniela ein.

»Adrienne wird Ihnen sicher eine der ihren leihen und ebenso einen Schlafanzug. Oder ziehen Sie ein Nachthemd vor?«

Daniela beschloss, nicht darauf zu antworten, sondern wandte sich missmutig an Adrienne. »Bringen Sie mich schon mal in die Zelle, in die ich hier eingesperrt werden soll, bis unsere Reise beginnt. Weiß der Teufel, worauf ich mich da eingelassen habe. Aber wenn die Kohle hinterher nicht stimmt, werde ich sauer.«

»Zum einen werden Sie hier nicht eingesperrt, und zum Zweiten wird die Kohle, wie Sie es nennen, hinterher stimmen.«

Der Rechtsanwalt gab seiner Untergebenen einen Wink, Daniela hinauszubringen. Als das geschehen war, musterte er die Verträge, mit denen Daniela Reuss drei Jahre ihres Lebens an Lisbeth Siebert verkauft hatte.

Das Geräusch der sich öffnenden Tür holte ihn aus seinen Gedanken. Lisbeth trat herein.

»Glauben Sie wirklich, dass diese Person für unser Vorhaben die Richtige ist?«, fragte sie voller Zweifel.

Dr. Haase sah mit einer resignierenden Geste zu ihr auf. »Sie ist die Einzige. Alle anderen Versuche, jemanden zu engagieren, sind fehlgeschlagen. Dabei habe ich alles versucht. Ich habe auf Kontaktanzeigen geantwortet und zuletzt sogar mit mehreren, nicht allzu erfolgreichen Schauspielerinnen gesprochen, die Linda hätten darstellen können. Entweder entsprach ihre Intelligenz nicht den Anforderungen, die Sie stellen, oder sie hatten kein Interesse daran, sich für drei Jahre zu verpflichten. Dazu ist wohl nur eine Frau bereit, die unter die Räder gekommen ist und das nie wieder erleben will.«

»Eine Diebin, die im Gefängnis gesessen hat«, sagte Lisbeth angewidert.

»Ein aufgewecktes, intelligentes Mädchen, ein überstrenges Elternhaus und falsche Freunde sind eine Mischung, aus denen leicht Hass gegen die bürgerliche Gesellschaft entstehen kann. Wichtig ist allein, dass die junge Frau bereit ist, auf Ihr Angebot einzugehen.«

Wenig überzeugt nickte Lisbeth. »Leider sind wir auf Daniela Reuss angewiesen. Aber warum bringen Sie sie auf so umständliche Art von hier weg?«

»Ich will nichts riskieren«, antwortete der Anwalt. »Es kann durchaus sein, dass meine Suche nach einer passenden Leihmutter nicht unbemerkt geblieben ist. Carl Siebert ist kein Idiot und wird eins und eins zusammenzählen. Da Jens nie mehr aus der Intensivstation herauskommen wird, dürfte Ihr Schwager vermuten, was Sie vorhaben, und alles daransetzen, es zu verhindern.«

»Das soll er versuchen!«, fauchte Lisbeth. »Ich werde …«

»Sie werden alles mir überlassen«, fiel ihr der Anwalt ins Wort. »Bleiben Sie ruhig, und wenn er Forderungen stellt, erklären Sie ihm, dass ich darauf antworten werde. Ich verspreche Ihnen, Frau Siebert, jeden halbwegs legalen Trick zu benutzen, ihn aufzuhalten. Wir sind Ihrem Schwager gegenüber im Vorteil, denn er will gewinnen, während wir nur den Status quo erhalten wollen. Außerdem haben wir mit Daniela Reuss ein Ass im Ärmel. Hoffen wir, dass es sticht!«

»Das hoffe ich auch.« Lisbeth seufzte und wandte sich Max Christaller zu, der ihr gefolgt war.

»Hast du es Bernd schon erzählt?«

Max schüttelte den Kopf. »Nein, natürlich nicht. Ohne deine Zustimmung wollte ich es nicht tun.«

»Wir müssen ihn wohl oder übel einweihen. Immerhin ist er der stellvertretende Geschäftsführer der Ludwig-Siebert-Werke.«

»Ich würde eher sagen, Lehrling in der Geschäftsleitung«, erwiderte Max mit einem leisen Lachen. »Denk daran, du hast ihn frisch von der Uni eingestellt. Mir wäre es lieber gewesen, wenn er andernorts ein wenig Erfahrung hätte sammeln können.«

»Das kann er auch in meiner Firma.« Lisbeth betonte das Wort »meiner«, um anzuzeigen, dass sie die Firma niemals zugunsten der verhassten Verwandtschaft aufgeben würde.

»Wenn Carl Siebert so handelt, wie wir es befürchten, wird Bernd schneller lernen müssen, als er und Sie beide es erwartet haben«, erklärte Dr. Haase und fragte Max, ob er mit ihm einen Cognac trinken würde.

»Für Sie wie immer einen Haselnusslikör?«, setzte er an Lisbeth gewandt hinzu.

Diese nickte. »Schenken Sie mir einen ein. Ich lasse mir von den Verwandten meines Mannes nicht die kleinen Freuden des Lebens verderben.«

»So ist es richtig«, lobte der Anwalt sie und holte die beiden Flaschen. Kurz darauf stießen sie miteinander an.

»Darauf, dass Ihre Wünsche in Erfüllung gehen«, brachte Haase als Trinkspruch aus.

»Auf den Enkel, den ich hoffentlich bald in meinen Armen halten werde«, antwortete Lisbeth.

Max lächelte verlegen. »Auf die junge Frau, die ihn dir schenken soll.«

Im ersten Augenblick wollte Lisbeth diesen Spruch ablehnen, begriff dann aber selbst, dass nun alles Weitere an Daniela hing, und nickte.

»Ja, auch auf sie.«

11.

Daniela erhielt eine Tasse Tee und ein paar Kekse, musste aber nicht lange warten, bis Adrienne zurückkehrte.

»Ich wohne nicht weit weg«, sagte diese und schob einen großen Rollkoffer und einen Trolley herein. »Ich habe Zahnpasta, Zahnbürste, ein paar Pflegesachen, einen Schlafanzug und etwas Unterwäsche für Sie eingepackt. Auf Oberbekleidung habe ich verzichtet. Meine Röcke und Blusen wären Ihnen zu weit.«

»Wird schon gehen«, sagte Daniela und streckte sich.

»Ist Ihnen langweilig?«, fragte Adrienne.

Daniela lachte bitter auf. »Das ist eine seltsame Frage in meiner Situation. Aber wenn es Sie beruhigt … Wenn man wie ich das letzte halbe Jahr einen absolut geregelten Tagesablauf hatte, ist es ganz schön, mal alle viere hängen zu lassen. Danke für die Sachen.«

»Es tut mir leid, dass wir vor der Abfahrt nichts mehr besorgen können, aber Herr Dr. Haase ist der Meinung, es wäre besser, wenn wir uns sofort auf den Weg machen. Das Taxi wartet unten auf uns.«

»Wir könnten doch mit der U-Bahn zum Bahnhof fahren«, schlug Daniela vor, die niemals auf die Idee gekommen wäre, Geld für ein Taxi auszugeben.

»Herr Dr. Haase besteht auf einem Taxi. Wir werden damit zum Bahnhof Pasing fahren und von dort den Zug nach Augsburg nehmen. In Augsburg steigen wir dann in den ICE nach Hamburg um«, erklärte Adrienne.

Daniela schüttelte verwirrt den Kopf. »Warum einfach, wenn es kompliziert geht? Für mein Gefühl hat Ihr Chef zu viele

James-Bond-Filme gesehen. Oder steckt doch mehr hinter der Sache, als er mir gesagt hat?«

Adrienne zuckte mit den Schultern. »Das kann ich nicht beurteilen. Ich habe meine Anweisungen. Herr Dr. Haase wird sich etwas dabei gedacht haben. Kommen Sie!«

Mit dem Gefühl, einer skurrilen Komödie beizuwohnen, stand Daniela auf und griff nach dem Rollkoffer.

»Den nehme ich«, rief Adrienne rasch.

»Ich klaue ihn schon nicht.«

Da schob Adrienne ihr den Trolley hin. »In den habe ich die Sachen für Sie gepackt.«

Daniela bekam einen roten Kopf. »Tut mir leid. Ich wollte Sie nicht anblaffen.«

»Ich hätte auch diplomatischer sagen können, dass ich den großen und Sie den kleinen Koffer nehmen sollen.« Adrienne lächelte freundlich und ließ Daniela den Vortritt.

Wenig später erreichten sie über einen Hinterhof eine schmale Straße, in der ein Taxi wartete. Der Taxifahrer stand, die Hände in den Hosentaschen, neben seinem Wagen, setzte sich dann aber in Bewegung und hob die beiden Koffer in den Kofferraum.

»Wo soll's denn hingehen?«, fragte er, als die beiden Frauen im Taxi saßen.

»Zum Pasinger Bahnhof«, erklärte Adrienne und schloss den Sicherheitsgurt.

Während das Taxi losfuhr, dachte Daniela daran, dass ihr Leben besser hätte verlaufen können. Doch bei einem Vater, in dessen Augen der Widerspruch einer Frau oder eines Mädchens ein Verstoß gegen Gottes Gebot war, war sie froh gewesen, mit Mike einen Freund gefunden zu haben, der Verständnis für sie aufgebracht – oder vielmehr geheuchelt – hatte. Im Nachhinein war ihr klar, dass er nur darauf aus gewesen war, auf ihre Kosten zu leben. Sie hatte gearbeitet und die Miete und einen großen Teil der Lebenshaltungskosten bezahlt, während es Mikes Lebenszweck gewesen war, mit einer Flasche Bier vor dem Fernseher zu sitzen und öde Science-Fiction-Serien anzusehen. Gelegentlich hatte er schwarz gearbeitet und hinter ihrem Rücken gedealt, aber es war nie viel dabei herausgekommen. Die Schulden, die er ihr mit seinen Betrügereien aufgehalst hatte, schmerzten sie, obwohl Anwalt Haase ihr erklärt hatte, dass die Sache für sie erledigt wäre.

»Ist sie nicht«, sagte sie leise. »Ich möchte Mike zu gerne etwas dafür reinwürgen, schon allein wegen des Kokains, für das sie mich verknackt haben.«

»Was sagen Sie?«, fragte Adrienne.

Die Ankunft am Pasinger Bahnhof enthob Daniela einer Antwort. Sie stieg aus und hob die Koffer aus dem Kofferraum, während Adrienne den Taxifahrer bezahlte.

Wenig später saßen beide im Zug nach Augsburg, und Daniela hatte wieder Zeit, ihren Gedanken nachzuhängen. Adrienne holte eine Mappe aus ihrem Trolley und blätterte darin. Dabei runzelte sie mehrmals die Stirn und blickte immer wieder zu Daniela hin.

»Ist irgendetwas?«, fragte diese schließlich.

»Nein, ich lese nur in einer alten Akte«, antwortete Adrienne, doch Daniela war sicher, dass es um sie ging, und fragte sich ein weiteres Mal, worauf sie sich eingelassen hatte.

12.

In einer großen Villa in einem südlichen Vorort von München goss sich Carl Siebert einen Whisky ein und zählte drei Eiswürfel ab, die er einen nach dem anderen ins Glas fallen ließ. Dann trank er seinem Sohn zu.

»Darauf, dass die Firma meines lieben Bruders bald uns gehört.«

»Stimmt das mit diesem Erbvertrag?«, fragte Ralf lauernd. »Wenn es so ist, habe ich Jens wohl zur richtigen Zeit abgeschossen.«

»Das mit dem Vertrag stimmt. Mir wäre es trotzdem lieber gewesen, wenn dein Name nicht mit dem Unfall in Verbindung gebracht werden könnte. Zum Glück hat eine Passantin Jens' rowdyhafte Fahrweise bestätigt. Daher dürfte ihm eine Mitschuld an dem Unfall sicher sein. Meine Schwägerin wird trotzdem alles unternehmen, um die Firma behalten zu können.«

»Was kann sie schon tun, wenn es diesen Vertrag gibt?«, erwiderte Ralf lachend und schenkte sich ebenfalls einen Whisky ein. »Möchtest du noch einen?«

Sein Vater schüttelte den Kopf. »Im Augenblick nicht.«

Er stellte sein Glas hart auf die Anrichte und starrte vor sich hin.

»Ich habe jahrelang alles unternommen, um Ludwig zu übertreffen. Als es mir gelungen ist, ihn mit gefälschten Bilanzen aus der Firma zu drängen und mit ein paar damals wertlosen Grundstücken abzufinden, war ich überzeugt, es geschafft zu haben. Aber ein halbes Jahr später wurden die sumpfigen Felder als Gewerbegebiet ausgewiesen, und prompt konnte Ludwig einen Teil der Fläche mit ordentlichem Gewinn verkaufen. Von dem Erlös und von Lisbeths Erbe hat er dann seine eigene Fabrik aufgebaut und mir heftig Konkurrenz gemacht. Inzwischen ist seine Firma fast genauso groß wie die meine.«

»Fast genauso groß?«, fragte Ralf spöttisch. »Du weißt so gut wie ich, dass die Umsätze und Gewinne der Ludwig Siebert GmbH die unserer Firma mittlerweile übertreffen.«

»Und es hätte nicht mehr lange gedauert, da wäre Lisbeth als Konkurrenz übermächtig geworden. Daher bin ich heilfroh, das jetzt ändern zu können.«

»Wie lange willst du Tante Lisbeth noch warten lassen?«, fragte Ralf.

»Ich will genau wissen, wie es um Jens steht. Da die Klinik keine Informationen herausrückt, werde ich Stengel beauftragen, mir eine Kopie der Krankenakte zu besorgen.«

»Das ist gut«, erwiderte Ralf mit einem erwartungsvollen Grinsen. »Der kostet uns zwar ein bisschen Geld, aber wenn es uns die Ludwig-Siebert-Werke einbringt, ist das gut angelegt.«

»Das ist es ganz bestimmt.« Carl Siebert lachte so befreit auf wie lange nicht mehr. Der Kampf mit dem Bruder und dessen Witwe, den er schon verloren geglaubt hatte, neigte sich dem Ende zu, und durch eine Laune des Schicksals würde er ihn gewinnen.

ZWEITER TEIL
Unter fremdem Willen

1.

Daniela verstand zwar nicht alles, was Adrienne zu der Kosmetikerin sagte, war aber nach den bisherigen Erfahrungen misstrauisch. Inzwischen befanden sie sich in einer Stadt südlich von Amsterdam, und das war nicht die erste Station in diesem Land. Seit ihrer überstürzten Abreise aus München war Daniela aus dem Wundern nicht herausgekommen. Kleidung hatte Adrienne ihr bereits in einem Ort namens Snijdelwijk gekauft, und das Ergebnis war eher abschreckend. Sie musste nun rosafarbene Stretchjeans und eine hellgrüne Bluse tragen, die sie freiwillig niemals angezogen hätte.

Als die Kosmetikerin vor ihr ein Sammelsurium an Töpfchen, Flakons und Pinseln bereitstellte, befürchtete sie das Schlimmste. Was sie kurz darauf im Spiegel sah, übertraf diese Befürchtungen noch. Grüner Lidschatten, fast zu zwei Strichen zusammengezupfte Augenbrauen, kräftiges Rouge auf den Wangen und ein Lippenstift der Sorte Extrarot ließen sie im Spiegel wie eine Fremde erscheinen. Sie erkannte sich selbst kaum mehr.

»Das sieht sehr gut aus«, lobte Adrienne die Kosmetikerin, als sie Daniela mit einem Foto von Linda Holmes verglich. Die Niederländerin hatte sich viel Mühe gegeben und ihre Kundin so gestylt, dass Daniela selbst aus der Nähe für die junge Kanadierin gehalten werden konnte.

»Meine Freundin sieht sehr gut aus. Besten Dank«, sagte Adrienne noch einmal ganz deutlich zu der beflissen lächelnden Kosmetikerin und geizte beim Bezahlen nicht mit Trinkgeld.

»Was geschieht jetzt?«, fragte Daniela genervt, als sie wieder im Auto saßen.

»Wir fahren zu einem Frisiersalon. Ihre Haare sind zu kurz und müssen länger werden«, erklärte Adrienne freundlich.

Eine Haarverlängerung erschien Daniela so exotisch, dass sie nichts darauf zu antworten wusste. Sie schwieg daher, bis Adrienne sie in der nächsten Stadt in ein Friseurgeschäft führte. Auch hier war alles vorbereitet, und sie musste sich nur noch auf den Frisierstuhl setzen.

Adrienne erklärte den beiden Friseurinnen, wie sie Danielas Haare gestylt sehen wollte, setzte sich in die Warteecke und nahm eine Zeitschrift zur Hand.

Unterdessen ließ Daniela alles über sich ergehen. Als das Zupfen an ihren Haaren zu schmerzhaft wurde, verzog sie jedoch das Gesicht. »Muss das wirklich sein?«

»Es ist eine Vorgabe, die einzuhalten ist«, erklärte Adrienne.

Wie viel Zeit sie im Frisiersalon verbrachte, hätte Daniela zuletzt nicht mehr zu sagen vermocht. Auf jeden Fall ging diese Aktion weit über »Waschen und Föhnen« hinaus. Sie sah auf die vorbereiteten Strähnen, mit denen ihre eigenen Haare verlängert werden sollten, und fragte sich, wem dieser Schwachsinn eingefallen war. Die neuen Haare waren platinblond, und durch den massiven Einsatz von Chemie waren ihre eigenen Haare bereits von derselben Farbe.

»Wie lange dauert das denn noch?«, fragte sie genervt.

»Bis alles fertig ist«, antwortete Adrienne.

Die Anwaltsgehilfin saß mit endloser Geduld auf ihrem Stuhl und blätterte mittlerweile die fünfte oder sechste Modezeitschrift durch. Ob sie viel darin lesen konnte, bezweifelte Daniela, da es niederländische Zeitschriften waren.

Mit einem Mal hob Adrienne ihre Zeitschrift so hoch, dass Daniela das Foto im Spiegel sehen konnte.

»So einen Sportdress müssen wir Ihnen auch noch besorgen.«

»Aber doch nicht in Rosa!«, rief Daniela aufstöhnend.

»Doch! Genau die Farbe sollte es sein«, antwortete Adrienne. »Lassen Sie mich nur machen.«

»Wenn Sie so weitermachen, sehe ich bald aus wie Piggy«, protestierte Daniela.

»Sie werden gut darin aussehen.« Adrienne lächelte, obwohl es sie viel Geduld kostete, Daniela davon zu überzeugen, dass sie so und nicht anders angezogen und frisiert werden musste. Adrienne hatte die Zeit während der Bahnfahrt genutzt, um den Ordner mit den Anweisungen durchzulesen, den Dr. Haase ihr vor ihrer Abreise in die Hand gedrückt hatte. Diese waren unmissverständlich. So sollte Daniela Reuss in eine möglichst genaue Kopie von Linda Holmes verwandelt werden, um Carl und Ralf Siebert zu täuschen. Laut Dr. Haase würden die beiden Himmel und Hölle in Bewegung setzen, um die Leihmutterschaft als Aufhänger zu nehmen, Lisbeth Sieberts Ruf zu ruinieren und deren Firma an sich zu bringen. Allerdings glaubte Adrienne ebenso wenig wie ihr Chef, dass die beiden sich in eigener Person auf den Weg machen würden, falls etwas von Lisbeths Plan durchsickerte. Ein Fremder aber, der Linda nur vom Bild her kannte, sollte Daniela für Jens' Freundin halten.

Einige Zeit später präsentierten die Friseurinnen voller Stolz ihr Werk. Während Danielas Zustimmung verhalten blieb, klatschte Adrienne begeistert in die Hände.

»Das ist einfach unglaublich. Sie sehen jetzt genauso aus wie …« Sie brach ab, weil Daniela laut Dr. Haases Anweisungen nicht über alles informiert werden sollte. »Wer Sie vorher gesehen hat und jetzt, der würde nicht glauben, dass Sie dieselbe Person sind«, sagte sie stattdessen und zahlte die nicht unbeträchtliche Friseurrechnung ebenso in bar, wie sie es bereits im Kosmetiksalon, bei der Kleidung und den Fahrkarten getan hatte.

Unterdessen betrachtete Daniela sich im Spiegel und fragte

sich, wie eine Frau so herumlaufen konnte. Mit den langen Haaren, den auffälligen Wimpern und dem mit rotem Lippenstift sanft modellierten Mund glich sie mehr einer Puppe als einem Menschen.

»Ich sehe aus wie rosa Zuckerwatte auf dem Rummel«, stöhnte sie.

Adrienne lächelte nur und ging nach draußen. Immer noch von ihrem neuen Aussehen irritiert folgte Daniela Adrienne und versuchte dabei, mit der ungewohnten Haarpracht fertigzuwerden. Der Wind blies scharf, und so stoben die langen Strähnen immer wieder auf.

»Es wäre die richtige Strafe für Sie, mir jeden Tag Zöpfe flechten zu müssen«, meinte sie halb im Scherz.

»Sie werden tatsächlich Zöpfe bekommen, zumindest dann, wenn Sie Sport treiben.« Adrienne hatte einen ganzen Ordner mit Bildern und Beschreibungen von Linda bei sich und wusste, dass diese ihre Haare beim Laufen oder beim Tennis meistens zu einem Zopf geflochten hatte.

»Ich habe Hunger«, meldete Daniela sich und wies auf ein kleines Restaurant, das Pfannkuchen anbot.

Ein wenig Rücksicht musste sie auf ihren Schützling nehmen, dachte Adrienne und nickte daher. »Also gut, essen wir etwas.«

Daniela steuerte auf das Pannekoekenhuis zu und trat ein. Es roch köstlich, und sie setzte sich. Adrienne nahm neben ihr Platz und griff nach der eingeschweißten Speisekarte.

Daniela grinste. »Als James Bond wären Sie ein Versager.«

Adrienne blickte irritiert auf. »Wie meinen Sie das?«

»Sie geben sich alle Mühe, mein Aussehen zu verändern. Doch wenn uns jemand folgen wollte, müsste er sich nur auf Sie konzentrieren, denn Sie tragen das gleiche dunkelgraue Kostüm wie gestern auf der Bahnfahrt.«

Zu ihrem Erstaunen zuckte Adrienne zusammen. »Wie

kommen Sie darauf, dass uns jemand folgen könnte?«, fragte sie mit einem gezwungenen Lächeln.

»Wegen des ganzen Aufwands, den Sie betreiben.«

»Das ist doch nur, weil die Mutter des jungen Mannes verlangt, dass Sie wie dessen Freundin aussehen.«

Es mochte stimmen, dennoch vermutete Daniela mehr dahinter. Sie begriff aber auch, dass sie von Adrienne nichts weiter erfahren würde, und widmete sich der Speisekarte. Es gab Pfannkuchen in allen Variationen und dazu Poffertjes, die sie nicht kannte. Sie entschied sich für einen Pfannkuchen mit Apfel und Zimt, während Adrienne einen mit frischen Erdbeeren wählte.

»Ich möchte eine Cola«, sagte Daniela, als die Kellnerin die Bestellung aufnahm.

»Sie sollten Tee nehmen. Cola ist nicht gesund«, wandte Adrienne ein.

»Ich glaube nicht, dass ich von einem Glas Cola tot umfalle«, spottete Daniela.

»Es tut mir leid, aber unsere Auftraggeberin hat entsprechende Richtlinien für Ihre Speisen und Getränke vorgegeben.«

»Unsere Auftraggeberin soll froh sein, dass ich diesen Job übernehmen werde. Oder wollen Sie es tun?«, ätzte Daniela.

Adrienne senkte den Kopf. »Tut mir leid, ich wollte Sie nicht verletzen. Herr Dr. Haase hat mich jedoch angewiesen, die Vorgaben punktgenau einzuhalten.«

»Dann also Tee«, erwiderte Daniela seufzend.

Adrienne beobachtete sie von der Seite. Noch immer wusste sie nicht, was sie von ihrer Begleiterin halten sollte. Immerhin hatte ihr Chef Daniela aus dem Gefängnis geholt, und es musste einen Grund gegeben haben, weshalb sie dort gewesen war. Nun sollte sie die Leihmutter eines Kindes werden, das einmal viele Millionen erben würde. Beides passte nicht zusammen. Oder vielleicht doch? Nur eine Frau, die am Rande der Gesellschaft angelangt war, konnte bereit sein, ihren Bauch zu vermieten.

Reiß dich zusammen und erledige deinen Job!, sagte Adrienne sich und wandte sich Daniela zu. »Da Sie mein Kostüm stört, werde ich mir etwas anderes besorgen.«

»Mich stört es nicht.«

»Ich dachte, ich sehe für Sie zu sehr nach Anwaltskanzlei und Gericht aus.« Adrienne ärgerte sich, weil sie nicht daran gedacht hatte, Kleidung in einem anderen Stil mitzunehmen. Zwar glaubte sie nicht, dass ihnen irgendwelche Neugiersnasen folgen würden, durfte aber nichts riskieren.

Als die Kellnerin mit den Pfannkuchen kam, verebbte das Gespräch. Daniela war hungrig und bestellte sich noch eine Portion Poffertjes. Zuerst wollte Adrienne sie zurechtweisen, stand dann aber auf.

»Bleiben Sie hier sitzen. Ich muss noch rasch etwas erledigen.«

»Kommen Sie aber wieder. Ich glaube nicht, dass ich unsere Zeche zahlen kann«, antwortete Daniela und überlegte, ob sie sich während Adriennes Abwesenheit nicht doch eine Cola gönnen sollte.

2.

Adrienne nutzte die Zeit, um sich einzukleiden. Außerdem gab sie den Leihwagen ab und besorgte sich einen anderen. Auch wenn sie nicht annahm, dass Lisbeth Sieberts Verwandte ihnen bis in die Niederlande folgen würden, durfte sie kein Risiko eingehen.

Als sie zum Lokal zurückging, entdeckte Adrienne unterwegs in einem Schaufenster die gleiche Sonnenbrille, mit der Linda erst kurz vor dem Unfall fotografiert worden war. Sie trat ein und kaufte sie. Das Utensil würde Danielas Tarnung perfekt machen.

Zufrieden erreichte sie das Pfannkuchenhaus, bezahlte die Rechnung und führte Daniela zum Wagen.

»Ui, der ist ja neu!«, rief Daniela.

»Mir hat die Farbe des anderen nicht mehr gefallen«, antwortete Adrienne und wunderte sich, als Daniela zu glucksen begann.

»Was ist jetzt los?«

»Der hat dieselbe Farbe wie der alte«, antwortete Daniela und wurde wieder ernst. »Also ist doch jemand hinter uns her.«

»Natürlich nicht. Unsere Auftraggeberin will nur nicht, dass irgendein doofer Journalist auf der Suche nach einer tollen Story hinter uns herschnüffeln kann. Nach außen hin soll es eben so aussehen, als würde die Freundin ihres Sohnes das Kind austragen. Aus dem Grund werden Sie auch als Linda Holmes in der Klinik einchecken, und ich werde Sie ab jetzt Linda nennen. Sie sollten sich rasch daran gewöhnen. Ach ja, wenn wir fahren, setzen Sie bitte diese Sonnenbrille auf.« Sie reichte Daniela das Päckchen mit der Brille und startete den Wagen.

»Ich wette, die ist auch rosa«, spottete Daniela und nahm die Sonnenbrille heraus. Deren Form übertraf ihre schlimmsten Befürchtungen. Seufzend sagte sie sich, dass sie das Ganze ohnehin nur mit Humor ertragen konnte, und setzte das Ding auf.

Adrienne fuhr los und konzentrierte sich auf ihr Navigationsgerät, das sie in die hinterste Prärie zu lotsen schien. Schließlich fuhren sie durch endlose Reihen von Treibhäusern, die das gesamte Land zu bedecken schienen. Daniela lagen etliche spöttische Kommentare auf der Zunge, doch sie hob sich diese für später auf. In den letzten achtundvierzig Stunden war einfach zu viel auf sie eingestürmt, und sie brauchte Ruhe, um wenigstens einen Teil verarbeiten zu können.

Nach einer guten Stunde bog Adrienne von der Hauptstraße ab und folgte den Angaben des Navi bis zu einem großen Gebäudekomplex, der sich am Rand einer kleinen Stadt erstreckte. Ein hoher Zaun umgab das Gelände, und so musste Adrienne am Tor klingeln und erklären, weshalb sie Einlass forderte. Ihre Auskunft auf Englisch schien dem Pförtner zu genügen, denn die Schranke öffnete sich, und sie konnten hineinfahren.

Zu Danielas Verwunderung lenkte Adrienne den Wagen nicht zu dem großen Gebäudekomplex, sondern bog ein Stück davor ab. Auf ihrem Weg kamen sie an einem Sportplatz vorbei, auf dessen Laufbahn einige ihre Runden drehten. Dahinter standen zehn kleine Häuser mit dunklen Klinkermauern und tief herabgezogenen Dächern.

»Halten Sie bitte nach der Nummer neun Ausschau. Das ist unser Domizil«, bat Adrienne sie.

»Dort ist es.« Daniela hatte das Schild neben der Haustür entdeckt.

Adrienne fuhr auf den Parkplatz vor dem Haus und atmete auf. »Das hätten wir geschafft.«

»Was wollen wir hier?«

»Das Haus ist für die nächsten Monate unser Heim. Es gehört zu einer der besten Privatkliniken Europas. Hier lassen Sportler aus aller Welt, aber auch betuchte Leute ihre Verletzungen behandeln.«

»Ich bin nicht verletzt«, wandte Daniela ein.

»Das nicht, aber Sie müssen in Form gebracht werden. Immerhin hatten Sie das letzte halbe Jahr eine sitzende Tätigkeit.«

Daniela dachte an die Gefängnisküche, in der sie acht Stunden zumeist stehend verbracht hatte, und kniff ärgerlich die Lippen zusammen.

Ihre Begleiterin bemerkte ihre Verstimmung nicht, sondern sprach weiter. »Nicht weit von hier gibt es eine weitere Klinik mit einer ausgezeichneten gynäkologischen Abteilung. Sie werden dort morgen Vormittag untersucht. Am Nachmittag geht es dann hier weiter.«

Daniela stieg aus und sah sich um. Um die Häuser herum lag ein kleiner Park. Bis zum Sportplatz waren es vielleicht zweihundert Meter, bis zum eigentlich Klinikkomplex weitere zweihundert Meter. Das nächste Haus lag etwa dreißig Meter entfernt. Aus diesem trat ein Mann mit knöchellangem Hemd heraus und ging zu einem schweren Geländewagen. Ihm folgten zwei Frauen, die bis auf einen schmalen Schlitz in Augenhöhe schwarz verhüllt waren.

»Ich glaube nicht, dass das Sportler sind«, sagte Daniela.

Adrienne sah sich kurz um und zuckte mit den Schultern. »Ich sagte ja, dass auch andere Leute hierherkommen, um sich behandeln zu lassen. Beim Sport verletzen sich viele.«

»Und werden mit dem berühmten Gipsbomber nach Amsterdam und dann hierhergebracht«, warf Daniela kichernd ein.

Ein Blick zu den übrigen Häusern hatte ihr gezeigt, dass auch dort Autos einer Kategorie standen, von denen achtundneunzig Prozent der Menschheit nur träumen konnten.

»Ich glaube kaum, dass sich ein Normalsterblicher diese Klinik leisten kann«, setzte sie hinzu.

»Das sollte uns nicht kümmern. Wer hierherkommt, möchte, dass seine Privatsphäre respektiert wird. Jetzt will ich das Haus inspizieren und abchecken, ob alles so eingerichtet ist, wie Dr. Haase es beauftragt hat. Vorher mache ich noch ein paar Fotos von Ihnen und schicke sie ihm. Er ist sehr daran interessiert, zu sehen, was aus Ihnen geworden ist.«

»Eine Barbiepuppe«, stöhnte Daniela, stellte sich aber bereit, damit Adrienne mit ihrem Handy ein paar Aufnahmen schießen konnte.

3.

Das Haus war größer, als es von außen wirkte. Im Erdgeschoss gab es vier Zimmer plus Küche und Flur, und das Obergeschoss war in sechs Räume aufgeteilt. Zuerst wunderte Daniela sich darüber, doch als sie die Frauen sah, die sich zu ihrer Begrüßung im Wohnzimmer versammelten, begriff sie, weshalb so viele Zimmer benötigt wurden.

»Dies ist das Team, welches mein Chef engagiert hat, Linda«, erklärte Adrienne auf Deutsch und wechselte dann ins Englische. »Das ist Linda, unser Schützling. Wenn Sie sich jetzt bitte selbst vorstellen würden.«

Die sechs Frauen sahen sich an, dann trat die Älteste von ihnen vor. »Ich bin Katrijn, die Köchin, Spezialgebiet Diätküche. Und das ist Luana. Sie ist als Putzfee eingestellt und wird mir im Haushalt zur Hand gehen.«

Eine eigene Köchin und eine Putzfrau, das fängt ja schon gut an, dachte Daniela.

Unterdessen trat eine schlanke, drahtig wirkende Frau um die dreißig auf sie zu und reichte ihr die Hand. »Ich bin Carolien, Ihre Fitnesstrainerin. Wir werden übermorgen, wenn die ersten Untersuchungen abgeschlossen sein werden, mit den Übungen anfangen.«

Daniela musterte sie misstrauisch, denn so, wie die Frau aussah, würde sie erst aufgeben, wenn sie fit genug für eine Olympiateilnahme war.

»Ich bin Nicolet, Ihre Physiotherapeutin«, stellte sich eine junge Frau vor, deren Wiege oder die ihrer Vorfahren irgendwo in Asien gestanden haben musste.

»Diese vier wohnen bei uns im Haus«, erklärte Adrienne.

»Die beiden Damen im weißen Kittel sind Ärztinnen aus der Sportklinik und der gynäkologischen Abteilung der Frauenklinik. Sie wollen Sie sich kurz ansehen, um für die Untersuchungen morgen vorbereitet zu sein.«

»Wenn Sie bitte mitkommen würden? Eines der Zimmer hier unten ist als Untersuchungsraum eingerichtet«, forderte eine der Ärztinnen Daniela auf.

Diese folgte ihr und deren Kollegin in einen Nebenraum. Er war etwas größer als die üblichen Untersuchungszimmer in Krankenhäusern, wies aber dieselbe Nüchternheit auf. In der Mitte stand eine Liege, während die Wände mit Schränken vollgestellt waren. Dazu gab es ein Waschbecken und eine kleine Anrichte, auf der ein Plastikbeutel mit einer großen Zahl kleiner Röhrchen lag.

Als die Ärztinnen Danielas Blick bemerkten, erklärte eine von ihnen, dass sie ihr gleich heute Blut abnehmen würden, damit die Ergebnisse am nächsten Morgen vorlägen.

»Ziehen Sie sich bitte aus!«, forderte die Gynäkologin sie auf.

Daniela begann damit, sah dann aber durch das Fenster einen Mann keine zehn Schritte vom Haus entfernt stehen und schnaubte. »Spanner mag ich besonders gern.«

Obwohl sie es auf Deutsch sagte, wurden die Ärztinnen auf den möglichen Zuschauer aufmerksam. Die Sportärztin zog den Vorhang zu und drehte sich zu Daniela um. »So wird es gehen.«

»Danke.«

Daniela legte ihre Kleidung ab und stand kurz darauf nackt im Raum. Die nächste halbe Stunde kam sie sich wie ein Gegenstand vor, der vorne und hinten befingert, gedreht und auf den Kopf gestellt wurde. Sie wurde gemessen und gewogen und ihr Blutdruck sowohl im Ruhezustand wie auch unter Belastung kontrolliert. Dabei machten sich die beiden Frauen immer wieder Notizen. Zuletzt nahm die Frauenärztin den Beutel mit den Röhrchen in die Hand und trat auf Daniela zu.

»Jetzt nehmen wir Ihnen noch Blut ab, anschließend kommt die Urinprobe, und dann sind Sie uns für heute los.« Sie band eine Schlinge um Danielas rechten Arm, forderte sie auf, eine Faust zu machen, und setzte die Nadel so geschickt, dass es kaum wehtat.

Daniela sah naserümpfend zu, wie zuerst die eine und dann die andere Ärztin ihre Röhrchen füllte.

»Habe ich jetzt überhaupt noch Blut in den Adern?«, fragte sie, als die beiden fertig waren.

Die Gynäkologin lachte leise. »Aber natürlich. Wir haben Ihnen weniger Blut abgenommen, als es bei einer Blutspende üblich ist. Trotzdem sollten Sie sich heute ein wenig schonen.«

»Und den Saft von roten Rüben trinken. Das raten wir Kindern immer, wenn sie ängstlich sind«, sagte die Sportärztin lächelnd und streckte ihr die Hand hin. »Auf Wiedersehen. Bis morgen.«

»Bis morgen«, antwortete Daniela, die sich die ganze Sache anders vorgestellt hatte. Doch jetzt steckte sie mittendrin und musste es durchziehen.

Als sie zurück ins Wohnzimmer kam, waren dort nur noch Adrienne und Nicolet anwesend.

»Hat man Sie sehr geschunden, Linda?«, fragte die Physiotherapeutin.

»Es ging. Jetzt habe ich Durst auf etwas Warmes.«

»Katrijn ist bereits in der Küche und bereitet Tee zu. In einer halben Stunde gibt es Abendessen. Danach sollten Sie noch für eine Stunde in Ihr Arbeitszimmer gehen und anfangen, Ihr Schulwissen aufzufrischen. In spätestens zwei Wochen sollten Sie in der Lage sein, mit dem Fernunterricht zu beginnen, um Ihr Abitur nachholen zu können«, erklärte Adrienne.

»Hat das nicht noch ein bisschen Zeit?«

»Unsere Auftraggeberin besteht darauf.«

Diesen Satz würde Daniela in den nächsten Tagen noch öfter hören …

4.

Am Abend desselben Tages saß Max Christaller in einer großzügigen Villa am Rande von München und musterte amüsiert seinen Sohn, der ihm gegenüber auf einem Stuhl Platz genommen hatte und so steif wie ein Hackstock wirkte. Bernd gab seinen Blick irritiert zurück.

»Ich kenne Tante Lisbeth jetzt schon so lange, aber sie ist wohl immer noch für eine Überraschung gut«, meinte er schließlich.

»Was würdest du denn unternehmen nach alledem, was zwischen ihrem Mann und seinem Bruder vorgefallen ist? Die Hände in den Schoß legen und warten, bis die Geier über dich herfallen?«, fragte Max.

Sein Sohn fuhr sich mit den Fingern durchs Haar. »Trotzdem ist es krass.«

»Es ist die einzig sichere Chance, ihre Firma vor dem Zugriff des anderen Familienzweigs zu retten. Die Ludwig-Siebert-Werke würden dem Erbvertrag des alten Siebert zufolge nach Jens' Ableben an Carl Siebert fallen.«

»Ist dieser Vertrag wirklich in dieser Art aufgesetzt worden?«

»Leider ja. Ludwigs und Carls Vater wollte seine Söhne zu einer konstruktiven Zusammenarbeit zwingen. Wie gut das geklappt hat, weißt du selbst – nämlich gar nicht.«

Bernd hob mit einer hilflosen Geste die Hände. »Mir tut es um Tante Lisbeth leid. Aber ich muss ihr dennoch eine gewisse Mitschuld zusprechen. Sie hat Jens im Hass gegen seine Verwandten aufgezogen und damit die Rivalität zwischen ihm und seinem Cousin angeheizt.«

»Wenn du den Unfall meinst: Dr. Haase versucht alles, um

Ralf Siebert die Hauptschuld anzulasten. Schließlich konnte er nicht mehr bremsen und hat damit Jens' Unfall verursacht. Das könnte eine Chance für Lisbeth sein, ihre Firma zu behalten, denn der Unfallverursacher darf nicht von dem Unfall profitieren. Aber diese Lösung ist kaum mehr als ein Strohhalm, und sie durchzusetzen, würde jahrelange Prozesse nach sich ziehen. Ein Kind, das nachweislich von Jens stammt, ist jedoch ein Trumpf, mit dem Lisbeth ihren Schwager mühelos aus dem Feld schlagen kann.«

Bernd nickte zögerlich. »Hoffen wir, dass der Trumpf sticht. Aber was macht Tante Lisbeth, wenn es nicht klappt?«

»Dann geht alles den Bach hinunter. Sie verliert die Firma an den Bruder ihres Mannes, obwohl sie selbst viel Geld investiert hat. Der Erbvertrag nimmt darauf keine Rücksicht.«

»Sie könnte ihren Anteil aus der Firma herausklagen«, schlug Bernd vor.

»Natürlich muss sie in gewisser Weise ausbezahlt werden. Aber die Firma ginge trotzdem an ihren Schwager – und ob sie vollständig entschädigt würde, bleibt dahingestellt. Allein die Aussicht, dass ihr und Ludwigs Lebenswerk an den verhassten Schwager fällt, würde sie ins Grab bringen.«

»Ich drücke Tante Lisbeth die Daumen, dass es mit dem Enkelkind klappt. Allerdings frage ich mich, ob Dr. Haase nicht eine bessere Leihmutter als eine Knastschwester hätte finden können.«

»Dr. Haase hat sehr viel unternommen«, sagte Max. »Aber nur diese eine junge Frau entspricht Lisbeths Anforderungen und ist auch bereit, sich zur Verfügung zu stellen. Du solltest deshalb nicht so negativ über sie reden. Laut Haase hatte sie eine lieblose Jugend und ist später in schlechte Gesellschaft geraten.«

»Mir kommen gleich die Tränen«, spottete Bernd. »Na, hoffen wir, dass sie ihren Job gut macht.«

»Wenn es nicht klappt, bist du deinen Posten als stellvertretender Geschäftsführer der Ludwig-Siebert-Werke schneller los, als du dir vorstellen kannst«, gab sein Vater verärgert zurück.

»Ich werde schon etwas anderes finden«, antwortete Bernd mit einem Achselzucken. »So ideal, wie Tante Lisbeth sich das vorgestellt hat, ist es nämlich für mich nicht. Bolger, den ich ersetzen soll, würde gerne über seinen achtundsechzigsten Geburtstag hinaus auf seinem Posten bleiben, und in der Hierarchiestufe darunter sind einige, die gehofft haben, Bolger nachfolgen zu können.«

»Hast du Schwierigkeiten? Dann werde ich Lisbeth informieren.«

»Das wirst du nicht tun! Wenn ich mich nicht selbst durchsetze, bin ich für diesen Job wohl kaum geeignet.«

»Vielleicht hättest du doch in meine Fußstapfen treten und Architektur studieren sollen«, sinnierte Max.

»Ich bin mit meinem Abschluss ganz zufrieden. Nur hätte ich gerne ein paar Jahre in anderen Betrieben gearbeitet, anstatt gleich in Tante Lisbeths Firma einzusteigen. Aber was soll's. Entweder beiße ich mich durch, oder ich bin nicht so gut, wie ich immer geglaubt habe.« Bernds Grinsen machte wenig Hehl daraus, dass er von Ersterem überzeugt war.

Die Gedanken seines Vaters drehten sich jedoch weniger um die Zukunft seines Sohnes als um die junge Frau, die Rechtsanwalt Haase aufgetrieben hatte, um Lisbeth zu einem Enkel zu verhelfen. Wenn sein Sohn Daniela Reuss so gesehen hätte wie er, als er mit Lisbeth zusammen die junge Frau in Haases Kanzlei beobachtet hatte, wären seine Kommentare wahrscheinlich noch drastischer ausgefallen.

»Weißt du, dass du ein arger Pharisäer bist?«, entfuhr es ihm unwillkürlich.

Bernd schaute interessiert auf. »Das ist mir zwar neu, aber du wirst mir sicher gleich erläutern, was du damit sagen willst.«

»Ich hätte mehr Verständnis für Lisbeths Sorgen von dir erwartet.«

»Ich habe Verständnis für sie«, antwortete Bernd, »und ich wünsche ihr auch viel Erfolg. Meiner Meinung nach aber hätte sie Linda für diese Aufgabe gewinnen müssen.«

»Das hat sie doch versucht.«

»Aber wie! Sie wollte einen Enkel von ihr, sonst nichts. Tante Lisbeth hätte Linda anbieten müssen, ihre Nachfolgerin zu werden. Darauf wäre die Frau sicher eingegangen.«

Max musterte seinen Sohn und schüttelte dann den Kopf. »Dazu kam es gar nicht erst. Linda wollte von Anfang an nicht.«

Nun wirkte Bernd doch etwas verwundert. »Ich dachte immer, sie wollte jemand darstellen. Lisbeth hätte sie zu ihrer Nachfolgerin als Firmenchefin aufbauen müssen, und damit wäre sie eine allseits geachtete Persönlichkeit geworden. Aber das hätte wohl zu viel Arbeit und Verantwortung bedeutet.«

»Es ist nicht jeder so berechnend wie du«, erwiderte Max empört.

Sein Sohn lächelte. »Lassen wir das, und überlegen wir uns lieber, wie Carl und Ralf Siebert reagieren werden. Wenn wir das herausfinden, sind wir ihnen einen Schritt voraus.«

»Das ist der erste kluge Gedanke, den ich heute Abend von dir höre«, meinte Max und goss sich einen Whisky ein. »Willst du auch einen?«

»Gerne«, antwortete Bernd und hoffte, dass damit der kleine Streit vergessen sein würde. Noch immer fragte er sich, was das für eine Frau sein mochte, die sich auf einen solchen Deal einließ.

5.

Sofie Vandereelst, die Gynäkologin, las die Ergebnisse der Untersuchungen und musterte Daniela zufrieden. »Ihre Blutwerte sind ausgezeichnet. Dabei hieß es, bei Ihnen könnten noch Spuren von Drogen nachweisbar sein. Aber da ist nichts.«

»Ich habe das Zeug nur ein einziges Mal genommen. Danach war mir so übel, dass ich die Finger davongelassen habe«, antwortete Daniela.

»Das war das Beste, was Sie tun konnten«, lobte die Ärztin sie. »Auch sonst ist alles in Ordnung. Sie sind eine junge, gesunde Frau und müssten bei einer künstlichen Befruchtung rasch schwanger werden.«

Daniela hatte eine geschlagene Stunde auf dem Untersuchungsstuhl verbringen müssen. Da war die Aussicht, die künstliche Befruchtung würde auf ähnliche Weise erfolgen, nicht gerade erhebend. Einen Augenblick lang dachte sie daran, dass nun auch die letzte Möglichkeit vorbei war, von diesem Vertrag zurückzutreten. Könnte sie keine Kinder bekommen, hätte sie bereits am nächsten Tag die Klinik verlassen dürfen. Sie war jedoch zufrieden, gesund zu sein. Zudem war ein Kind die Bedingung, die sie erfüllen musste, um ein besseres Leben führen zu können.

Wollte sie das wirklich?, fragte sie sich. Immerhin war sie von zu Hause ausgerissen, um der angeblich so heilen, bürgerlichen Welt und all ihren erstickenden Regeln und Vorschriften zu entkommen. Bei dem Gedanken erinnerte sie sich an die versiffte Wohnung, in der sie danach hatte leben müssen, und an ihren Ex-Freund Mike, der sie dazu gebracht hatte, im Supermarkt zu stehlen. Da war es besser, diese drei Jahre hinter sich zu bringen und danach zu studieren, sodass sie einen Job bekam, mit dem sie notfalls nicht nur sich selbst, sondern auch eine Familie ernähren konnte.

»Geht es Ihnen gut?«, fragte die Ärztin, da sie keine Antwort erhielt.

»Mir geht es ausgezeichnet«, antwortete Daniela munter.

Da kein Grund dagegen sprach, dass sie ein Kind bekam, würde sie diese Aufgabe so schnell wie möglich hinter sich bringen. Dann musste sie innerlich über sich selbst lachen. Neun Monate Schwangerschaft waren gewiss nicht etwas, das sich so nebenbei erledigen ließe.

»Die restlichen Befunde erhalte ich morgen. Ich erwarte jedoch kaum, dass sich da noch etwas Negatives ergibt. Kommen Sie gegen fünfzehn Uhr hierher, damit wir die weitere Vorgehensweise besprechen können«, erklärte die Ärztin.

»Morgen, fünfzehn Uhr«, wiederholte Daniela und wandte sich zur Tür. »Auf Wiedersehen.«

»Tot ziens.« Die Ärztin lächelte zufrieden, denn nach dem Vorbericht hatte sie erwartet, ein halbes Wrack aufpäppeln zu müssen. Stattdessen war ihre neue Patientin so gesund, wie eine Frau um die zwanzig ohne sportliche Betätigung nur sein konnte.

Als Daniela das Wartezimmer betrat, legte Adrienne die Zeitschrift, in der sie geblättert hatte, beiseite und sah sie fragend an. »Und? Was sagt die Ärztin?«

»Ihrer Ansicht nach bin ich gesund und damit für den Job, für den man mich engagiert hat, geeignet.«

»Sehen Sie die Geburt eines Kindes als Job an?«, fragte Adrienne verblüfft.

»Ich werde dafür bezahlt. Also ist es mein Job.«

Daniela schob den Gedanken an das Kind, das sie austragen und zur Welt bringen sollte, vorerst weit von sich. Erst einmal ging es für sie darum, wieder festen Boden unter die Füße zu bekommen. Der Anwalt hatte ihr genau das angeboten, und sie wollte ihren Teil der Abmachung erfüllen.

»Es ist gleich Zeit fürs Mittagessen«, erklärte Adrienne. »Anschließend gehen wir in die Sportklinik zur dortigen Untersuchung.«

Die würde dir auch guttun, dachte Daniela, da ihre Begleiterin das eine oder andere Pfund zu viel auf den Rippen mit sich herumtrug. Sie sagte jedoch nichts, sondern folgte Adrienne zum Klinikausgang. Obwohl ihr Haus nur knapp zwei Kilometer entfernt lag, hatte Adrienne das Auto benutzt. Nun fuhren sie zurück und wurden von der Köchin bereits erwartet. »Sie hätten keine fünf Minuten später kommen dürfen, sonst wären meine Grünkernbrätlinge hart geworden«, sagte Katrijn und begann mit Luanas Unterstützung den Tisch zu decken. Wenig später saßen alle beim Essen. Es schmeckte zwar, dennoch hielt Daniela die Grünkernbrätlinge für gewöhnungsbedürftig. Als sie noch mit Mike zusammen gewesen war, hatten sie entweder von geklauten Sachen oder möglichst billig gelebt, und im letzten halben Jahr hatte sie die wenig abwechslungsreiche Kost im Gefängnis essen müssen.

»Zur Untersuchung in der Sportklinik kommen Nicolet und ich mit«, erklärte Carolien, als sie mit dem Essen fertig waren.

Adrienne nickte. »Das wird das Beste sein. Dann wissen Sie, wie weit Linda belastet werden kann.«

»Warum soll ich belastet werden?«, fragte Daniela.

»Ihre Auftraggeberin will, dass Sie sowohl körperlich wie auch mental in bestem Zustand sind«, belehrte Adrienne sie.

»Ich muss anhand der Untersuchungsergebnisse Ihren Trainingsplan aufstellen«, setzte die Sportlehrerin hinzu. »Es bringt nichts, wenn ich Ihnen zu viel zumute und Sie hinterher verletzt sind.«

Daniela fand das Ganze verwirrend, aber wenn es zu ihrem Job gehörte, würde sie es halt mitmachen.

Während sie ihren Tee austrank, checkte Adrienne ihre Mails auf dem Smartphone und wandte sich dann Daniela zu. »Herrn Dr. Haases Sekretärin wird uns heute noch den Lehrplan der Fernschule mailen, damit wir Ihre Wissenslücken füllen können, bevor der normale Unterricht beginnt.«

»Viel Spaß dabei«, spottete Daniela, da sie überzeugt war, das meiste, was sie in der Schule gelernt hatte, wieder vergessen zu haben.

6.

War die Untersuchung in der gynäkologischen Klinik langwierig und teilweise etwas unangenehm gewesen, aber nicht sonderlich anstrengend, schien es die Sportärztin darauf anzulegen, Daniela bis in die letzte Körperzelle durchzutesten. Es begann mit einem normalen EKG, dann wurde sie verkabelt, auf ein Trimmrad gesetzt und musste nach den Anweisungen der Ärztin in die Pedale treten.

Zuletzt lief ihr der Schweiß in Strömen über Gesicht und Rücken, und sie wurde langsamer. »Ich kann nicht mehr«, stöhnte sie.

»Nur noch fünf Minuten«, forderte die Ärztin sie auf.

Daniela biss die Zähne zusammen. Schließlich hing sie erschöpft über dem Lenker und war froh, als das Ziehen in den Oberschenkeln endlich nachließ.

»Die Ergebnisse sind nicht schlecht, müssen aber besser werden«, befand die Ärztin nach einem Blick auf den Bildschirm. »Linda ist etwa so fit wie eine Büroangestellte, die keinen Sport treibt.«

»Das wird sich ändern«, warf Carolien ein.

In Danielas Ohren klang das wie eine Drohung. Ihr wurde noch einmal Blut abgezapft, und danach war leichtes Jogging angesagt, allerdings nicht in der freien Natur, sondern auf einem Laufband. Schon bald wurden ihre Beine schwer und verkrampften.

Nun kam Nicolet zum Einsatz. Sie tastete Danielas Beine ab und zeichnete die verhärteten Muskelpartien auf einem Vordruck ein.

»Wenn wir hier fertig sind, werde ich Sie massieren«, versprach sie.

Mike hatte ihr gelegentlich den Nacken massiert, was ziemlich schmerzhaft gewesen war. Der Gedanke, es könnte jetzt noch schlimmer kommen, erschreckte Daniela.

»Sie können sich jetzt duschen. Danach kommen noch ein paar Untersuchungen, und anschließend haben Sie frei«, sagte die Ärztin und öffnete die Tür zu einem nebenliegenden Badezimmer.

Nicolet begleitete sie. »Ich möchte auch Ihre anderen Gliedmaßen abtasten«, meinte sie und nahm, als Daniela sich auszog, deren Sachen entgegen.

»Sie sollten frische Sachen anziehen, sie sind ganz verschwitzt«, riet sie ihr.

»Wir können Adrienne damit beauftragen, welche zu holen.« Daniela grinste.

Die Therapeutin nickte. »Der Spaziergang würde ihr sicher guttun.« Auch Nicolet hatte offenbar erkannt, dass Adrienne Bewegung braucht, dachte Daniela mit einem Anflug von Gehässigkeit und stellte sich unter die Dusche. Anschließend frottierte Nicolet sie trocken und tastete dabei ihre Arme, ihren Rücken und ihren Bauch ab.

»Das kriegen wir schon hin. Zwei Monate langsam gesteigertes Training, und Sie sind voll fit.«

»Was nennen Sie gesteigertes Training?«, fragte Daniela entsetzt.

»Das können Carolien und ich Ihnen heute Abend näher ausführen. Wir werden nach Abschluss der Untersuchungen zusammen mit der Ärztin Ihren Trainingsplan entwickeln.«

»Dabei wünsche ich Ihnen viel Vergnügen«, sagte Daniela bissig. Sie selbst würde dabei wohl kaum Vergnügen haben. Zwar hatte sie nichts dagegen, gesund zu leben und sich fit zu halten, fand aber den Aufwand, der mit ihr betrieben wurde, weit übertrieben. Sie fühlte sich hier fast wie in einem zugegebenermaßen luxuriösen Gefängnis. Nur war sie dort nicht so wie hier auf einem Tretrad geschunden worden.

Wenigstens waren die restlichen Untersuchungen nicht mehr so anstrengend. Als sie schließlich zusammen mit Adrienne die Klinik verließ, hatten sich ihre Beinmuskeln so weit beruhigt, dass sie gerade gehen konnte. Adrienne hatte ihr tatsächlich frische Unterwäsche und einen neuen Jogginganzug besorgt. Dieser war nicht rosa, sondern zartgrün, eine Farbe, die Daniela kaum besser fand. Jene Linda, die sie darstellen sollte, hatte offenbar eine Vorliebe für entsetzlich kitschige Farbtöne. Zu gerne hätte sie ihre Kleidung selbst ausgesucht. Nun hatte sie sich jedoch mit Haut und Haaren einer ihr unbekannten Person verschrieben und musste tun, was diese von ihr verlangte, auch wenn es ihr noch so verrückt erschien.

Bei dem Gedanken fragte sie sich, weshalb ihre Auftraggeberin unbedingt wollte, dass sie dieser ominösen Linda glich. War es wirklich nur, um irgendwelche Leute zu täuschen? Oder wollte die Frau nicht eher für sich das Gefühl haben, ihr Enkel könnte ein Kind ihres Sohnes mit seiner Verlobten sein? Es waren Fragen, auf die sie keine Antwort wusste und von denen sie auch nicht annahm, dass sie ihr je beantwortet werden würden. Sie war für diese fremde Frau nur ein Mittel zum Zweck, und das musste sie akzeptieren.

Wie stark sie sich dem Willen dieser Fremden zu unterwerfen hatte, erfuhr Daniela nach dem Abendessen. Während Katrijn und Luana in der Küche aufräumten, versammelten sich Adrienne, Carolien und Nicolet um sie, jede mit einer Mappe in der Hand.

Adrienne deutete auf Carolien. »Fangen Sie an. Sie sind morgen als Erste an der Reihe.«

Die Trainerin sah noch einmal auf ihren Plan und schob eine Kopie davon Daniela zu. »Sie werden jeden Morgen um sechs

Uhr fünf Runden auf dem Sportplatz laufen, und zwar zuerst im Schritttempo. Ab dem dritten Tag werden Sie Ihre Geschwindigkeit nach meinen Anweisungen steigern. Anschließend duschen und frühstücken Sie, und nach dem Frühstück geht es in den Fitnessraum des Klinikums. Dort werden Sie unter meiner Aufsicht fünf Übungseinheiten machen. Auch die werden im Lauf der Zeit gesteigert. Für den Vormittag wäre dies alles.«

»Und für den Nachmittag?«, fragte Daniela und wusste dabei nicht, ob sie lachen oder weinen sollte.

»Gegen siebzehn Uhr werden Sie noch einmal fünf Runden auf dem Sportplatz laufen und danach zusammen mit mir Rad fahren. Keine Sorge, bis zum Abendessen um neunzehn Uhr sind wir wieder zurück.«

»Das klingt ja erfreulich«, meinte Daniela in einem Tonfall, der das Gegenteil besagte.

»Nach dem Morgentraining wie auch nach dem Abendessen werde ich Sie massieren und kontrollieren, wie Ihr Körper auf die Belastung reagiert. Wenn diese Besprechung vorbei ist, fangen wir gleich an«, warf nun Nicolet ein.

»Vorher möchte ich Linda noch den Schulungsplan für die nächsten Wochen mitteilen«, erklärte Adrienne. »Der Unterricht beginnt nach der Morgenmassage um halb zehn und geht bis Mittag. Nach dem Essen werden Sie sich eine halbe Stunde hinlegen, um zu relaxen. Um halb zwei geht der Unterricht weiter. Die einzelnen Fächer habe ich hier auf diesem Plan notiert. Die Arbeitsunterlagen und die Mappen liegen in Ihrem Arbeitszimmer bereit.«

»Habe ich auch einmal Zeit für mich selbst?«, fragte Daniela bissig.

»Nach der Abendmassage bis zum Wecken am nächsten Morgen«, antwortete Adrienne.

»Wie großzügig!«, spottete Daniela und sah die Therapeutin

auffordernd an. »Meine Muskeln könnten jetzt eine Massage vertragen. Darf ich anschließend fernsehen?«

»Sie können fernsehen, ins Internet gehen, lesen – ganz wie es Ihnen gefällt«, erklärte Adrienne. »Allerdings sollten Sie um halb elf im Bett sein.«

»Ich glaube nicht, dass ich abends etwas vorhabe und deswegen länger aufbleibe«, erwiderte Daniela beißend und folgte Nicolet in den Raum, der für die Massage benutzt wurde.

Während die Physiotherapeutin sie durchknetete, kam Daniela der Gedanke, dass ihr Aufenthalt hier sich nicht so sehr von ihrem Gefängnisaufenthalt unterschied, nur dass ihre jetzige Wärterin Adrienne um einiges freundlicher war als der Drache Irmgard im Knast.

7.

Lisbeth Siebert betrachtete das Foto, das Dr. Haase ihr hinhielt, und reichte es weiter an Max.

»Das ist doch Linda!«, rief dieser aus, schüttelte dann aber den Kopf. »Nein, es muss die Frau sein, die Sie für Lisbeth engagiert haben, Herr Dr. Haase. Ihr Gesichtsausdruck ist zu lebhaft für Jens' Verlobte, und dieser Frau hier fehlt auch Lindas Blasiertheit. Doch Sie werden Carl Siebert und dessen Sohn auf jeden Fall irreführen. Ich weiß zwar nicht, wie Sie es geschafft haben, Daniela Reuss so zu verwandeln, dass man sie für Linda Holmes halten kann, aber es ist Ihnen gelungen.«

»Die Anerkennung gebührt meiner Mitarbeiterin Adrienne Wiegel. Sie hat die entsprechenden Friseur- und Kosmetiksalons im Internet ausgesucht und die Kleidung für Frau Reuss besorgt«, antwortete der Rechtsanwalt sichtlich erleichtert, weil es ihm gelungen war, seine Klientin und deren Begleiter zu verblüffen.

»Jetzt beginnen das Training und die Ausbildung der jungen Frau«, fuhr er fort. »Frau Wiegel hat einen Unterrichtsplan für sie erstellt, damit sie innerhalb eines guten Jahres ihr Abitur nachholen kann.«

»Hoffen wir, dass sie die Prüfungen mit Anstand schafft.« So ganz war Lisbeth nicht von Danielas Qualitäten überzeugt. Trotzdem war sie froh, dass die junge Frau nun zumindest optisch ihren Vorstellungen entsprach.

Max Christaller atmete ebenfalls auf. Zwar hielt er die Verbissenheit, mit der Lisbeth ihren Plan verfolgte, für übertrieben, doch er half ihr, so gut er es vermochte.

»Kann ich das Foto haben? Ich würde es gerne Bernd zeigen«, fragte er Dr. Haase.

Dieser wechselte einen kurzen Blick mit Lisbeth, sah sie nicken und reichte ihm das Bild. »Nehmen Sie es. Sie können auch noch ein paar andere haben. Frau Wiegel hat mir einen ganzen Schwung übers Handy geschickt. Gute Aufnahmen übrigens, die Frau Reuss' Fortschritte bestens dokumentieren. Mir wäre es ganz recht, wenn Ihr Sohn einen Kommentar dazu abgeben würde. Immerhin hat er Linda Holmes und Jens weitaus öfter gesehen als ich.«

»Danke.« Max steckte das Foto ein und legte die Hand auf Lisbeths Schulter. »Wir werden es schaffen. Verlass dich darauf.«

»Hat man schon etwas von meinem Schwager gehört?«, fragte Lisbeth den Anwalt.

Dr. Haase schüttelte den Kopf. »Der hält sich noch zurück. Es würde sich nicht gut machen, wenn er vor dem Tod Ihres Sohnes etwas unternähme.«

»Wir müssen trotzdem auf alles vorbereitet sein«, erwiderte Lisbeth und wandte sich an Max. »Fährst du mich nach Hause, oder soll ich anrufen, damit mich mein Chauffeur holt?«

Max überlegte kurz und schüttelte dann den Kopf. »Weder noch. Wir beide fahren jetzt in die Berge, gehen ein wenig spazieren und essen anschließend gemütlich in dem Lokal, das dir letztens so gut gefallen hat. Du musst auch einmal an etwas anderes denken als an Jens und die Frau, die unser Freund Haase als Leihmutter für dich gewonnen hat.«

»Ob sie ein Gewinn ist, wird sich zeigen.« Lisbeth schnaubte leise, sagte sich dann aber, dass Max recht hatte. Es brachte nichts, wenn sie sich in ihrem Haus verkroch und darauf hoffte, es würde alles gut gehen.

»Also gut, fahren wir«, sagte sie und verabschiedete sich von Haase.

»Gut gemacht«, flüsterte der Rechtsanwalt Max zu, als der

ihm die Hand zum Abschied reichte. Nach all den Jahren vertrauensvoller Zusammenarbeit begriff er, dass Lisbeth Siebert etwas Abwechslung brauchte, um nicht immer an ihren im Koma liegenden Sohn denken zu müssen.

Der Spaziergang am Schliersee und das ausgezeichnete Abendessen taten Lisbeths angespannten Nerven gut. Als sie wieder nach Hause fuhren und Max eine CD mit ihren Lieblingssongs abspielte, lehnte sie sich zurück und schloss die Augen. Wenn alles gut geht, dachte sie, würde zwar ihr Sohn sterben, ihr aber mit einem Kind sein Vermächtnis hinterlassen. Darauf freute sie sich, auch wenn die Mutter eine Schlampe war, die im Gefängnis gesessen hatte.

8.

Nachdem Max Lisbeth zu ihrer Villa gebracht hatte, fuhr er zu sich nach Hause. Als er eintrat, saß sein Sohn am Laptop, und seine Miene verriet Ärger.

»So spät noch fleißig?«

»Ich wollte noch etwas nachschauen. Carl Siebert hat uns einen Auftrag vor der Nase weggeschnappt, und zwar mit einem Angebot, das so knapp unter unserem liegt, dass es kein Zufall sein kann«, antwortete Bernd und scrollte die Seite, die er sich angesehen hatte, nach oben.

»Aber wie ist das möglich?«

»Das würde ich zu gerne wissen. In der Firma kannten außer mir nur vier Personen die Einzelheiten unseres Angebots, nämlich Bolger, dessen Sekretärin sowie die beiden Abteilungsleiter, die gerne Bolgers Platz einnehmen würden.«

»Verrennst du dich nicht in eine Verschwörungstheorie?«, mahnte Max seinen Sohn.

»Es wäre schön, wenn es nur eine Theorie wäre. Aber das Angebot, das Carl Siebert abgegeben hat, ist zu achtundneunzig Prozent mit unserem identisch. Nur an ein paar Stellen sind die Zahlen leicht niedriger. Für mich sieht es so aus, als hätte Tante Lisbeths Schwager unser Angebot gekannt und ein paar Kleinigkeiten geändert, um uns auszustechen.«

»Zutrauen würde ich es ihm«, gab Max zu. »Aber wie soll er an die Unterlagen gekommen sein? Und woher hast du sein Angebot?«

»Dem Geschäftsführer unseres Kunden ist die Ähnlichkeit aufgefallen. Auch wenn er der Entscheidung des Verwaltungsrats folgend Carl Sieberts Angebot annehmen musste, hat er mich informiert.«

»Ich kann mir nur schlecht vorstellen, dass jemand bei euch Interna an Carl Siebert weitergibt. Dessen Firma ist doch eure schärfste Konkurrenz.«

»Bis zu dem Augenblick, in dem ich als stellvertretender Geschäftsführer eingestellt worden bin, hätte ich deine Aussage unterschrieben. Jetzt aber fühlen sich einige übergangen oder vor den Kopf gestoßen. Ich hätte Tante Lisbeths Angebot besser ablehnen und vorschlagen sollen, dass Jens den Job übernimmt.«

»Jens wollte als Firmeninhaber nicht gleichzeitig den Posten des Geschäftsführers einnehmen«, antwortete Max. Ihm war klar, dass Lisbeth ihren Sohn härter hätte anfassen müssen, denn sie hatte ihm nie beigebracht, echte Verantwortung zu übernehmen.

Nachdenklich musterte er seinen Sohn. Obwohl Bernd im gleichen Alter war wie Jens, wirkte er sehr viel ernsthafter. Auch hatte er von keinerlei Frauengeschichten gehört, dabei sah der Junge gut aus und hatte genügend Gelegenheiten, Mädchen kennenzulernen. Er war etwa so groß wie Jens, aber breiter in den Schultern. Seine kurz geschnittenen, brünetten Haare verliehen seinem Gesicht einen leicht herben Anflug, was dazu beitrug, dass er männlicher und erwachsener wirkte als Jens oder auch Ralf Siebert.

»Warum hast du eigentlich keine Freundin?«, fragte Max aus einem Impuls heraus.

»Wie kommst du denn jetzt darauf?«

»Ich habe gerade an Lisbeth gedacht und daran, dass sie einen Enkel haben will. Vielleicht will ich das auch.«

Der Gedanke, dass sein Vater sich Enkel wünschen könnte, brachte Bernd zum Lachen.

»Was ist daran so komisch?«, fragte Max verschnupft.

»Gar nichts«, antwortete sein Sohn, der sich schnell wieder

gefangen hatte. »Es kam nur etwas überraschend. Aber wenn du willst, sorge ich dafür, dass du bald Großvater wirst.«

»Lieber nicht. So, wie du dich anhörst, würde es eine Katastrophe. Eine Ehefrau kann man nicht engagieren wie eine Angestellte.«

»Wer sagt, dass ich dafür heiraten muss?«, fragte Bernd amüsiert.

»Ich will geordnete Familienverhältnisse«, protestierte sein Vater. »Außerdem will ich das Mädchen kennenlernen, bevor du mit ihr meine Enkel produzierst.«

»Da wirst du ein wenig warten müssen. Zuerst muss ich herausfinden, was in der Firma vorgeht.«

»Du glaubst tatsächlich an Werkspionage?«

»Ich bin davon überzeugt.«

»Dann hoffe ich, dass du bald einen Beweis in der Hand hältst.«

Max wollte seinem Sohn bereits Gute Nacht wünschen, als ihm das Bild einfiel, das er von Haase erhalten hatte. »Schau mal, das Foto wollte ich dir mal zeigen.«

Max reichte Bernd das Bild und sah ihm gespannt zu, wie er es betrachtete.

»Das ist doch Linda! Nein, ist sie nicht. Die Frau hier hat einen kleineren Busen und weniger Hintern. Aber es ist eine gute Kopie. Das ist wohl die Frau, die Tante Lisbeth zu ihrem Enkel verhelfen soll.«

Mit den Worten reichte Bernd das Foto zurück und wandte sich wieder seinem Bildschirm zu. Als er die nächste Seite aufrief, hatte er das engagierte Mädchen und das Bild bereits wieder vergessen.

9.

Daniela biss die Zähne zusammen, dass es knirschte, und stemmte sich mit aller Kraft gegen die Hantel. Ganz langsam kam diese aus der Ruhestellung, und sie schaffte es, die Arme zu strecken, bevor sie unter dem Gewicht nachgeben musste. Sie brauchte jedoch Caroliens Hilfe, um die Hantel wieder abzustellen.

»Tut mir leid, aber das ist Tierquälerei«, stöhnte sie.

Ihre Trainerin zählte unterdessen das Gewicht der einzelnen Platten der Hantel zusammen und schüttelte ärgerlich den Kopf. »Ich habe extra gesagt, dass die Hantel ein Gewicht von fünfunddreißig Kilo haben soll. Aber das hier sind sechzig.«

»Sechzig Kilo? Das ist doch mehr als ein Zentner«, rief Daniela verblüfft.

Carolien antwortete nicht darauf, sondern ging zu dem Verantwortlichen und beschwerte sich heftig.

Dieser machte eine beschwichtigende Geste. »Tut mir leid, ich hatte vorhin einen anderen Patienten hier, der die sechzig Kilo haben wollte. Leider bin ich noch nicht dazu gekommen, das Gewicht wieder zu reduzieren.«

»Das sollten Sie aber! Wenn so etwas noch einmal passiert, werde ich es melden. In Ihrem Plan steht, wann Linda zum Bankdrücken kommt und wie viel ihr aufgelastet werden soll. Wenn ein anderer Patient in der Zeit etwas für seine Fitness tun will, soll er gefälligst ein anderes Gerät nehmen.«

Carolien ging es nicht nur um Daniela, sondern auch um den Ruf der Klinik. Wenn ein solches Versehen öfter vorkam, waren nicht nur Beschwerden zu erwarten, sondern unter Umständen auch Verletzungen, und das würde einen Rattenschwanz an Schwierigkeiten nach sich ziehen.

Unterdessen lag Daniela auf der Drückbank und starrte die Hantel an. Seit ein paar Tagen trainierte sie bereits und hatte eines begriffen: Ihre Trainerin nahm ihren Job verdammt ernst. Auch an diesem Tag hatte sie ihre fünf Stadionrunden laufen müssen. Carolien lief mit, und bei ihr sah es spielerisch aus, während sie schon nach der Hälfte der Strecke ihre Zunge hinter sich herschleifte.

Mit einem leisen Zischen packte Daniela die Hantel und stemmte sie hoch. Diesmal ging es leichter, und sie schaffte es auch, das Gewicht ohne Hilfe wieder aufzulegen.

Als Carolien das sah, stürmte sie aufgebracht auf sie zu. »Sind Sie verrückt? Das Gewicht ist für diese Trainingsphase noch zu schwer. Wenn Sie sich verletzen, müssen wir warten, bis Sie wieder gesund sind, und dann von Neuem beginnen.«

Obwohl die Frau recht hatte, ärgerte Daniela sich. Ihr Tagesablauf war nach einem eng gefassten Plan getaktet, und sie hatte kaum Zeit für sich, weil Adrienne inzwischen der Ansicht war, sie könne auch noch am Abend für das Abitur lernen. Die Abscheu vor der genormten, von Vorschriften eingeengten Welt, die sie vor gut drei Jahren aus ihrem Elternhaus getrieben hatte, stieg bitter in ihr hoch, und sie ärgerte sich, weil sie sich auf diese Sache eingelassen hatte.

Missmutig wartete sie, bis die Hantel das richtige Gewicht hatte, und stemmte dann ihre fünfunddreißig Kilo. Es ging leichter als erwartet und stellte Carolien zufrieden.

»Sie machen Fortschritte«, sagte sie, als Daniela das Gewicht zum letzten Mal in Ruhestellung gebracht hatte. »Damit sind wir für heute Vormittag fertig. Gehen Sie nach Hause und duschen Sie. Ich mache am Nachmittag mit Ihnen weiter.«

Daniela nickte, nahm ihr Handtuch und wischte sich den

Schweiß von der Stirn. Als sie ihrer Trainerin folgte, sprach diese noch einmal den Angestellten an.

»Morgen will ich die geforderten fünfunddreißig Kilo auf der Hantel sehen, verstanden?«

»Ich kümmere mich darum«, versprach der Mann eingeschüchtert.

Daniela kehrte in ihre Unterkunft zurück, duschte und wurde dann von Nicolet massiert. Obwohl die Frau gut war und ihr Körper auf die Behandlung ansprach, fragte sie sich, wie sie all die vor ihr liegenden Monate durchhalten sollte, wenn sie bereits nach einer Woche einen Koller bekam. Der straffe Stundenplan erstickte sie, und als sie sich anschließend in ihr Arbeitszimmer setzte, um zu lernen, trieben die Wissenslücken, die sie bei sich entdeckte, sie nahezu in eine Depression.

Das Gefühl ließ auch nicht nach, als sie am Mittagstisch saß. Katrijn kochte zwar gut, aber streng nach dem Ernährungsplan, den die Gynäkologin Sofie Vandereelst erstellt hatte, und es ärgerte Daniela maßlos, dass sie nicht sagen durfte, was sie gerne essen würde.

10.

Genau nach Plan ging es weiter. Nach dem Mittagessen musste Daniela auf ihr Zimmer gehen und sich für eine halbe Stunde hinlegen. Schlafen konnte sie nicht, und so hing sie trüben Gedanken nach und hätte am liebsten geweint. Anschließend musste sie sich wieder ihrem Unterricht widmen. Da sie ihr Abitur in einem Fernkurs nachholen sollte, benötigte sie einen Laptop. Seit ihrer Schulzeit hatte sie mit keinem solchen Gerät mehr gearbeitet und kämpfte daher mehr mit dem Computer als mit dem Unterrichtsstoff. Immer wieder musste sie Adrienne bitten, ihr weiterzuhelfen.

»Ich komme mit diesem verdammten Ding einfach nicht zurecht«, klagte sie, als die Anwaltsgehilfin erneut eine Fehlschaltung mit einem einzigen Tastendruck rückgängig machte.

»Das wird schon«, meinte diese und sah sich die Prüfungsaufgabe an, die Daniela zu Trainingszwecken hatte beantworten müssen.

»Hier sind zwei Fehler«, sagte sie und wies auf die entsprechenden Zeilen.

»Kann mir einer sagen, wen es heute noch interessiert, welcher Kaiser wann nach Canossa gegangen ist?«, fragte Daniela bissig.

»Es kommt nicht darauf an, was Sie interessiert, sondern was hier gefordert wird. Also klicken Sie das nächste Mal Heinrich IV. an.«

»Sie haben anscheinend schon einen Prozess gegen ihn gewonnen, weil Sie ihn so gut kennen«, fauchte Daniela und brachte Adrienne zum Lachen.

»Dafür hätte ich Ende des elften Jahrhunderts leben müssen.

Aber damals hätte ich gewiss keinen Prozess gegen einen Kaiser gewonnen, den selbst der Papst freisprechen musste.«

Daniela machte weiter und blieb beim Rest der Aufgaben fehlerfrei.

Während Daniela mit allem haderte, atmete Adrienne auf. Dr. Haase und seine Auftraggeberin werden zufrieden sein, dachte sie.

Doch schon kurz darauf gab es die nächste Diskussion.

»Ich sehe nicht ein, weshalb ich so viel Zeit für Englisch vergeuden soll. Ich spreche doch mit Carolien, Nicolet und Katrijn die ganze Zeit Englisch und lerne es dabei.«

»Das Sprechen ja, aber nicht das geschriebene Wort«, tadelte Adrienne sie. »Wenn Sie die Schreibweise nicht lernen, laufen Sie Gefahr, Englisch so zu schreiben, wie Sie es sprechen.«

Damit hatte Adrienne zwar recht, trotzdem fragte Daniela sich, weshalb alles so straff gehen musste und man ihr nicht die geringste Freiheit ließ.

Der Gedanke beschäftigte sie auch noch, als der Unterricht zu Ende war und Carolien sie zum Nachmittagstraining holte. Zunächst absolvierte sie die fünf Stadionrunden, danach ging es mit dem Rad in flottem Tempo über Land.

Unterwegs durchquerten sie einen Ort, und in den engen Straßen musste Carolien zwangsläufig langsamer werden. Da entdeckte Daniela einen kleinen Supermarkt und hielt an. Ihre Trainerin fuhr weiter, doch dies war ihr im Augenblick gleichgültig. Zwar besaß sie nicht mehr als die zehn Euro, die ihr bei ihrer Entlassung aus dem Gefängnis ausgehändigt worden waren, doch das Geld hatte sie zum Glück eingesteckt. Da sie einen rasenden Appetit auf Schokolade hatte, stellte sie ihr Rad ab, trat in den Laden und kaufte zwei Tafeln.

Als sie wieder nach draußen kam, stand Carolien mit verärgerter Miene vor der Tür.

»Linda! Was haben Sie sich jetzt wieder gedacht?«

»Ich dachte, ich könnte ein Stück Schokolade vertragen. Falls Sie es mir wegnehmen wollen, warne ich Sie. Ich kratze und beiße nämlich.«

Carolien stand einen Augenblick verwirrt da, sah dann die Schokolade an und lachte. »Stecken Sie sie ein. Aber essen Sie nicht alles auf einmal! Sie werden es sonst morgen beim Training spüren.«

Es war nur ein kleiner Sieg, aber er stellte Daniela zufrieden. Als sie sich nach dem Abendessen und der Massage in ihr Zimmer verzog, nahm sie eines der Schulbücher zur Hand und naschte, während sie lernte, nebenbei eine halbe Tafel Schokolade. Den Rest hob sie sich für die nächsten Tage auf.

11.

Während Daniela Schokolade mampfte und dabei büffelte, wanderte Carl Siebert wie ein gefangener Tiger im großen Wohnzimmer seiner Villa bei München auf und ab. Sein Sohn saß in einem Sessel, hielt ein Glas Wein in der Hand und beobachtete ihn spöttisch.

»Was ist denn los, Vater? Es läuft doch alles ausgezeichnet.«

»Das tut es eben nicht!«, schnaubte Carl Siebert. »Ich habe heute Nachricht von meinem Rechtsanwalt erhalten. Wenn es Lisbeths Rechtsverdreher gelingt, dir eine größere Schuld an dem Unfall zuzuweisen, könnte die Übernahme ihres Werks durch irgendeinen dummen Paragrafen platzen. Im günstigsten Fall müssten wir Lisbeth das Geld, das sie in die Firma investiert hat, vollständig auszahlen. Aber das können wir nicht.«

»Wieso soll ich an dem Unfall mehr schuld sein als Jens?«, rief Ralf empört. »Schließlich hat er mich provoziert.«

»Aber du hast ihn unter den Lkw gerammt. Haase unternimmt alles, uns daraus einen Strick zu drehen.« Carl Siebert war laut geworden, mäßigte dann aber seine Stimme. »Wieso konnte Jens nicht gegen einen Baum knallen und auf die Weise aus dem Leben scheiden?«

»Was machen wir, wenn Haase sich mit seiner Ansicht vor Gericht durchsetzt?«, fragte Ralf besorgt.

»Wir haben einen Vorteil, und das ist der Erbvertrag. Solange diese Sache nicht gerichtlich geklärt ist, kann Lisbeth ihre Firma weder verkaufen noch in eine andere Rechtsform umwandeln«, erklärte sein Vater. »Außerdem können wir die Angebote ihrer Firma unterbieten, sodass wir den Zuschlag erhalten und daran verdienen, wenn auch etwas zu wenig. Wie ich Lisbeth kenne, wird sie Bolger daraufhin aus der Firma werfen und den jungen Christaller als neuen Geschäftsführer einsetzen.«

»Ich habe Bernd auf der Uni kennengelernt. Er ist ein scharfer Hund«, antwortete Ralf besorgt.

»Das wird ihm nichts helfen«, sagte sein Vater. »Wir haben unseren Informanten, und solange der nicht auffliegt, können wir Lisbeths Firma das Wasser abgraben. Sie wird glauben, dass sie mit Bernd Christaller einen Fehlgriff getan hat, kann ihn aber nicht einfach feuern. Max Christaller war ein enger Freund ihres Mannes, und es heißt, sie hätte ein Verhältnis mit ihm.«

Das kurze Gespräch hatte Carl Sieberts Unruhe beseitigt, und er konnte bereits wieder lachen. »Gleichgültig, was passiert, wir sitzen am längeren Hebel. Es ist aber wichtig, dass wir Informationen über Jens' Zustand erhalten. Wird er nur noch künstlich am Leben erhalten, können wir Lisbeth auffordern, der Zusammenlegung unserer Firmen zuzustimmen. Ich werde ihr großzügig etliche Anteile anbieten, aber auf eine Weise, dass ich das alleinige Sagen habe.«

»Ich glaube nicht, dass sie darauf eingeht.«

Carl Siebert lachte noch lauter. »Ich auch nicht. Aber wir müssen so vorgehen, dass wir für die Außenwelt die Guten sind und nur unser Recht fordern.«

Ralfs Gedankenwelt war nicht so komplex wie die seines Vaters, und so sah er ziemlich verdattert drein.

»Das begreife ich nicht.«

»Du wirst es begreifen, wenn es so weit ist«, antwortete Carl Siebert. »Außerdem finde ich, dass es für dich an der Zeit ist, dich mehr in der Firma zu engagieren, anstatt mit deinem Geländewagen durch die Landschaft zu brettern.«

Er vergaß die Bemerkung jedoch gleich wieder und dachte darüber nach, wie er seine Schwägerin ausschalten konnte.

Dafür würde er erneut auf Stengel zurückgreifen müssen, denn der Detektiv war nicht nur gut, Informationen zu beschaffen, sondern ab einer gewissen Honorarhöhe auch bereit, zugunsten seines Auftraggebers einzugreifen. Wie Carl Siebert seine Schwägerin kannte, würde dies womöglich auch nötig sein.

DRITTER TEIL
Es geht los

1.

Nach der fünften Stadionrunde trabte Daniela locker aus und drehte sich zu Carolien um. »Und, wie war ich?«

»Ein neuer Rekord«, antwortete ihre Trainerin anerkennend. »Du hast dich in den letzten zwei Monaten gut gemacht. Ich glaube nicht, dass ich dir jetzt noch davonlaufen könnte.«

»Du bist immer noch schneller als ich«, erwiderte Daniela ohne Neid.

Sie war nun seit acht Wochen im Training und fühlte sich so fit wie noch nie im Leben. Inzwischen kam sie auch mit Carolien gut zurecht. Diese hatte begriffen, dass sie ihr ein gewisses Maß an Freiheit lassen musste, um sie zu motivieren.

Ein ähnliches Verständnis hätte sie auch von Adrienne erhofft, doch diese klammerte sich an die Vorgaben ihrer Auftraggeberin. Daher hätte sie Danielas Aufenthalt am liebsten auf den Sportplatz, den Fitnessraum und ihre Unterkunft beschränkt. Mal in ein Café gehen und dort Tee trinken, wie Carolien es mit ihr tat, dafür brachte Adrienne kein Verständnis auf.

Daniela schämte sich, weil Carolien nicht nur die Café-Rechnungen bezahlen musste, sondern ihr auch pro Woche eine bis zwei Tafeln Schokolade besorgte. Doch als sie Adrienne aufgefordert hatte, ihr wenigstens ein gewisses Taschengeld zuzuteilen, hatte diese sie verständnislos angestarrt. »Sie haben doch hier alles, was Sie brauchen.«

»Ich hätte trotzdem gern ein wenig eigenes Geld.«

»Ich weiß nicht, ob das gut ist.«

»Ich würde sicher nicht davonlaufen, wenn ich ein paar Euro in der Tasche hätte, würde mir aber gerne die eine oder andere

Kleinigkeit kaufen.« Daniela war laut geworden, doch prallte ihr Appell an Adrienne ab.

»Wenn Sie etwas benötigen, sagen Sie es mir. Steht es nicht auf der Liste der verbotenen Dinge, werde ich nachfragen, ob Sie es bekommen können.«

Daniela schüttelte die Erinnerung an dieses Gespräch ab und sah Carolien auffordernd an. »Und jetzt gehen wir in den Kraftraum.«

Zu ihrer Verwunderung schüttelte ihre Trainerin den Kopf. »Heute ist das Frühstück früher angesetzt, weil nachher ein Gespräch mit den Ärztinnen eingeplant ist.«

»Und warum erfahre ich nichts davon?«, fragte Daniela verärgert.

»Ich dachte, Adrienne hätte es dir gestern Abend mitgeteilt.«

»Hat sie nicht.« Daniela fragte sich verärgert, weshalb Adrienne es ihr verschwiegen hatte. An ein Versehen glaubte sie nicht, dafür war die Anwaltsgehilfin zu gründlich.

»Habe ich wenigstens noch Zeit zum Duschen und für eine Massage?«

Ihre Trainerin blickte auf die Uhr. »Dafür reicht es, wenn du dich ein wenig beeilst.«

»Bin schon unterwegs.« Daniela legte die paar hundert Meter bis zum Haus im Laufschritt zurück. Nicolet wartete bereits auf sie und räumte sofort die Schuhe, die Socken und den Laufdress weg, die Daniela am Eingang der Dusche abgestreift hatte. Die Unterwäsche folgte, dann stellte Daniela sich unter die Brause und drehte das Wasser auf. Von Nicolet hatte sie gelernt, abwechselnd kalt und warm zu duschen.

Nicolet hielt bereits das Frottiertuch in der Hand und rieb sie trocken. »Ein wenig Zeit für eine Massage haben wir noch.«

»Danke.« Daniela lächelte ihr zu und legte sich auf den Massagetisch. Sie genoss es, von Nicolet massiert zu werden. In der

Hinsicht, dachte Daniela, hatte der Aufenthalt in den Niederlanden sich gelohnt. Wenn sie noch ein wenig eigenes Geld gehabt hätte, wäre er ideal gewesen.

Nicolet reichte ihr frische Unterwäsche. Es ist ein Vergnügen, solche Sachen zu tragen, dachte Daniela, so etwas Gutes hatte sie noch nie besessen. Auch die übrige Kleidung war, abgesehen von den schrecklichen Farben, von bester Qualität. Dennoch fühlte sie sich nicht wohl. Irritiert fragte sie sich, weshalb ein Gespräch einberufen worden war und man ihr vorher nichts gesagt hatte. Sie hielt sich daher nicht lange im Massageraum auf, sondern trat ins Speisezimmer, in dem Katrijn und Luana gerade den Frühstückstisch deckten.

»Magst du lieber Rührei oder Spiegelei?«, fragte die Köchin.

Daniela wunderte sich, denn bislang hatte ihr Frühstück aus einem speziellen Powermüsli und Obst bestanden. »Wurde der Speiseplan geändert?«

»Ab heute«, erklärte die Köchin. »Adrienne hat mir gestern Abend den Zettel gegeben. Ich war vorhin einkaufen und habe die Sachen besorgt.«

»Und was gibt es noch außer Rührei?«

»Ein kleines Schälchen Müsli sowie Toastbrot mit Butter und Honig«, berichtete Katrijn.

»Ich will gerne ein Spiegelei.« Daniela schenkte der Köchin ein herzliches Lächeln und nahm Platz. Sofort schenkte Luana ihr Tee ein, obwohl außer ihr noch niemand am Tisch saß.

Wenig später kamen Nicolet und Carolien in den Raum und setzten sich. Bis Adrienne erschien, dauerte es mehrere Minuten. Unter dem Arm trug sie einen Ordner, legte diesen neben sich auf den Tisch und blätterte während des Frühstücks darin.

Daniela aß ihr Müsli, das auch ein wenig anders schmeckte als bisher, und widmete sich dann mit Genuss dem Spiegelei. Dabei äugte sie immer wieder zu Adrienne hinüber. Schließlich wollte sie sich nicht mehr zurückhalten. »Gibt es einen bestimmten Grund, warum heute das Training im Kraftraum ausgefallen ist?«

»Ja. Ich wollte es Ihnen gestern schon sagen, habe es aber vergessen.« Obwohl sie bereits über zwei Monate zusammen waren, duzten Daniela und Adrienne sich nicht. Bei Carolien, Katrijn, Luana und Nicolet hingegen war Daniela längst beim Du angelangt. Die vier kannten mittlerweile auch ihren richtigen Namen und sprachen sie auch damit an, wenn Adrienne nicht dabei war.

Daniela schob diesen Gedanken beiseite und sah Adrienne an.

»Und was haben Sie vergessen?«, fragte sie neugierig.

»Es geht um das Vorgespräch. Aber essen Sie erst einmal. Die beiden Ärztinnen werden gleich kommen«, erklärte Adrienne und blätterte wieder in ihrem Ordner.

Mit einem Achselzucken widmete Daniela sich ihrem Frühstück. Ärgern wollte sie sich nicht, denn dafür schmeckte es heute zu gut. Sie lobte Katrijn dafür und sah die Köchin zufrieden lächeln.

Während Katrijn und Luana wenig später den Tisch abräumten, folgten Daniela und die beiden anderen Frauen Adrienne ins Wohnzimmer. Wenig später erschien die Sportärztin ebenfalls mit einem dicken Ordner und grüßte Daniela freundlich.

»Sie sind inzwischen gut in Form. Das haben wir nicht zuletzt Carolien zu verdanken. Sie ist ein ausgezeichneter Coach und wird Ihnen auch in den nächsten Monaten zur Seite stehen. Allerdings werden Sie Ihre Übungen im Lauf der Zeit reduzieren müssen.«

Noch während sie es sagte, trat die Gynäkologin ein, auch sie mit einem Ordner in der Hand. »Einen schönen guten Morgen«, grüßte sie.

Sofie Vandereelst legte ihren Ordner auf den Tisch und blickte in die Runde. »Ich finde, Phase eins unseres Projekts kann abgeschlossen werden. Linda ist durch die entsprechende Ernährung und das leistungsgerechte Training so gesund und fit, wie man es sich nur wünschen kann. Aus diesem Grund sollten wir die zweite Phase beginnen.«

»Und die wäre?«, fragte Daniela.

»Die künstliche Befruchtung. In drei Tagen will ich den ersten Versuch starten.«

Daniela rauschte es in den Ohren. Über dem ganzen Training und dem vielen Lernen hatte sie ganz verdrängt, weshalb sie engagiert worden war. Mit einem Mal überkam sie Angst, und sie hätte die Sache am liebsten abgeblasen. Doch dann würde Haase sie wegen Vertragsverletzung in den Knast bringen. Die letzten Wochen hatten ihr jedoch gezeigt, dass sich das Leben in Freiheit trotz eines vorgeschriebenen Trainings- und Lehrplans um so vieles besser ertragen ließ als im Gefängnis. Ihr fiel es erstaunlich leicht, sich an die Einschränkungen zu halten, die ihre Verpflichtung mit sich brachte. Das war vermutlich auch kein Wunder, denn sie hatte sechzehn Jahre lang in einem dichten Netz von Vorschriften und Regeln gelebt. Damals hatte jeder Verstoß ihr Schläge eingetragen, hier aber wurde sie durch die Freundlichkeit und Fürsorge der Frauen um sie herum entschädigt. Auch Adrienne war trotz ihrer pedantischen Art ein weitaus angenehmerer Umgang als der Drache … die Vollzugsbeamtin Irmgard.

»Wie wird die Sache ablaufen?«, fragte sie die Gynäkologin.

»Ich werde Sie morgen noch einmal untersuchen und Ihnen einige Medikamente geben, die eine Befruchtung unterstützen sollen.«

»Ich meine das Danach.« Daniela wollte den Begriff Zeugung oder Befruchtung nicht aussprechen. Es schauderte sie, dies in einem sterilen Labor auf einem Untersuchungsstuhl liegend ertragen zu müssen.

»Wir haben in der Klinik ein spezielles Zimmer dafür«, erklärte die Gynäkologin. »Morgen werde ich es Ihnen zeigen. Es geht darum, unseren Patientinnen die Anspannung zu nehmen. Die ist eine der größten Hindernisse bei diesem Vorgang. Sie können Ihr iPad mitnehmen und Musik hören, damit Sie abgelenkt sind.«

»Ich habe kein iPad.«

»Das kriegen wir auch so hin«, versprach die Ärztin und begann zu erläutern, wie Daniela sich in den ersten Tagen nach der künstlichen Befruchtung verhalten sollte. Ihr Training sollte sie auf ein Viertel reduzieren und auch weniger vor dem Laptop sitzen.

»Es ist wichtig, dass Sie ausreichend ruhen«, beschwor sie Daniela.

»Ich werde dafür sorgen, dass Linda Ihre Vorgaben befolgt«, warf Adrienne ein.

Obwohl Daniela eine entsprechende Vereinbarung unterschrieben hatte, verzog sie das Gesicht. Es war ein solcher Eingriff in ihre Intimsphäre, dass sie am liebsten laut »Nein!« geschrien hätte. Sie versuchte sich vorzustellen, wie es war, ein Kind auszutragen. Ihr einziges Vorbild war ihre Mutter, die mit achtunddreißig noch einmal schwanger geworden war und die ganze Zeit über alle möglichen Beschwerden gejammert hatte.

»Dann machen wir es so«, sagte Adrienne.

In Gedanken versunken hatte Daniela den Rest des Gesprächs nicht mitbekommen, wollte aber auch nicht fragen und stand daher mit den anderen zusammen auf. Was sie zu tun hatte, würde man ihr schon sagen, dachte sie, als sie in ihr Arbeitszimmer ging und den ersten Schulordner zur Hand nahm. Lernen war die beste Möglichkeit, sich abzulenken, und so vertiefte sie sich so intensiv in den Lehrstoff, dass Adrienne sie zum Mittagessen holen musste.

2.

Am nächsten Tag erfolgte die Untersuchung, gleichzeitig wurde das Trainingsprogramm reduziert. Auch Danielas Speiseplan wurde den neuen Bedingungen angepasst. Die Kost wurde abwechslungsreicher, und es gab sogar Nachtisch. Daniela fand diese Verbesserung jedoch teuer erkauft, denn sie zitterte bei dem Gedanken, bald der Ärztin und ihren Instrumenten ausgeliefert zu sein.

Auch die Stimmung im Haus wurde durch diese Situation belastet. Carolien und Nicolet musterten sie immer wieder, als fragten sie sich, was für eine Frau sie sein musste, weil sie sich als Leihmutter zur Verfügung stellte. Im Gegensatz zu ihnen war Katrijn von überbordender Fürsorglichkeit und tat alles, um ihr den Aufenthalt zu erleichtern.

Am Tag, an dem es geschehen sollte, massierte Nicolet Daniela noch einmal sanft und reichte ihr anschließend ihre Kleidung. »Bist du aufgeregt?«, fragte sie.

Daniela versuchte zu lächeln, doch es wurde nur eine Grimasse daraus. »Ich bin so eiskalt wie die Sahara im Hochsommer.«

»Es muss etwas Wundervolles sein, ein Kind in sich heranwachsen zu fühlen.«

»Wie wundervoll, werde ich bald feststellen können.« Daniela kniff kurz die Augenlider zusammen und setzte sich in Bewegung.

Adrienne wartete bereits auf sie. »Sind Sie aufgeregt?«, wollte auch sie wissen.

Daniela schüttelte den Kopf. »I wo. Mir schwirrt nur der Kopf, und ich habe ein flaues Gefühl im Magen.«

»Laut Frau Doktor Vandereelst sind Sie körperlich im besten

Zustand, um schwanger werden zu können«, antwortete Adrienne mit einem leisen Tadel.

Die Frau handelt das Ganze wirklich wie ein Geschäft ab, dachte Daniela. Aber es war ja auch eins. Sie hatte unterschrieben, dass sie ein Kind von einem ihr unbekannten Mann bekommen und es dessen Mutter überlassen würde. Plötzlich klickte es förmlich in ihrem Gehirn. Hoppla, es wird zur Hälfte ja auch mein Kind sein. Daniela schluckte und fragte sich, weshalb sie ausgerechnet jetzt darauf kam. Bislang war es für sie so gewesen, als würde sie das Kind von fremden Leuten austragen. Die biologische Mutter würde jedoch sie selbst sein.

Der Gedanke beschäftigte sie weiterhin, während Adrienne sie zur Frauenklinik und in die entsprechende Station brachte.

Dort war alles vorbereitet. Die Ärztin hatte ein kleines Team um sich gesammelt und begrüßte Daniela freundlich. Danach hob sie mit einer bedauernden Geste die Hände.

»Wir müssen leider noch einen Augenblick warten. Die Lieferung des Spermas verzögert sich.«

Daniela lag eine bissige Antwort auf der Zunge. Doch sie setzte sich stumm auf den Stuhl, der für sie bereitgestellt wurde, während Adrienne immer nervöser wurde und alle paar Sekunden auf ihr Handy starrte.

Wenig später wurde die Tür geöffnet, und Dr. Haase kam herein. In der Hand hielt er einen kleinen, metallbeschichteten Koffer.

»Entschuldigen Sie die Verspätung, aber es hat ein wenig gedauert, weil mich der Taxifahrer zuerst zur Sportklinik gefahren hat«, sagte er und musterte Daniela neugierig.

Die Bilder, die Adrienne ihm geschickt hatte, hatten ihm bereits verraten, wie vorteilhaft die junge Frau sich entwickelt hatte. Sie war Linda Holmes in gewisser Weise ähnlich, wirkte aber hübscher und war in einem besseren körperlichen Zustand als Jens Sieberts ehemalige Freundin.

»Einen schönen guten Tag wünsche ich Ihnen. Sie haben bis jetzt ausgezeichnet kooperiert«, meinte er.

Unterdessen beäugte die Ärztin misstrauisch den Koffer. »Ich hoffe, Sie haben die Vorschriften zum Transport von Samenflüssigkeit beachtet. Nicht, dass das Sperma zu warm geworden ist und nicht mehr befruchtungsfähig ist.«

Der Anwalt wandte sich mit einem Lächeln zu ihr um. »Es ist alles in Ordnung. Ich habe in diesem Koffer die beste Kühlbox mit flüssigem Stickstoff, die es in dieser Größe gibt.« Nach diesen Worten stellte er das Zahlenschloss des Koffers ein und öffnete diesen. Ein rechteckiger, metallischer Kasten kam zum Vorschein. Der Verschluss war zu Danielas Erstaunen versiegelt.

»Ich entferne jetzt das Siegel und gebe Ihnen die erste Phiole«, erklärte er. Als dies geschehen war, schloss er den Kasten wieder und brachte erneut ein Siegel an. »Wir werden die restlichen drei Phiolen in Ihrem Kälteraum aufbewahren, für den Fall, dass sie noch gebraucht werden.«

Die Ärztin nickte. »Das sollten wir sofort tun.«

Eine ihrer Assistentinnen übernahm den Kasten und brachte ihn weg.

»Ich muss das Sperma untersuchen«, fuhr die Ärztin fort und wandte sich ihren Instrumenten zu.

»Hättet ihr den ganzen Zirkus nicht machen können, bevor ich hierhergeschleppt worden bin?«, beschwerte Daniela sich.

»Daran ist der Taxifahrer schuld. Ich kann nicht sagen, ob er mich falsch verstanden hat oder extra zur Sportschule gefahren ist. Ohne diesen Abstecher wäre ich eine halbe Stunde früher gekommen, und das hätte für den Zirkus, wie Sie es nennen, gereicht«, erklärte Dr. Haase freundlich.

»Hoffentlich ist das Sperma in Ordnung«, antwortete Daniela und sagte sich, dass sie sich die Hände reiben würde, wenn dem nicht so wäre. Sie würde zwar nicht schwanger werden, doch war es dann nicht ihre Schuld, und sie konnte von Haase und dessen Auftraggeberin eine gewisse Entschädigung fordern.

»Wir können beginnen.«

Der Ausspruch der Ärztin machte Danielas kurze Hoffnung zunichte. Leise seufzend stand sie auf und folgte Dr. Vandereelst ins Behandlungszimmer. Dort hatte sich einiges geändert. Der Untersuchungsstuhl war in die Ecke geschoben worden. Stattdessen stand eine auf drei Seiten von einem Paravent umschlossene Liege im Raum, und aus mehreren Lautsprechern schluchzte irgendein Sänger ein Lied.

»Machen Sie sich unten frei und legen Sie sich hin«, forderte die Ärztin Daniela auf.

Diese folgte der Anweisung und sah dann zu, wie eine der Operationsschwestern ihr eine Wärmedecke über den Oberkörper legte. Auch ihre Beine wurden von den Oberschenkeln an gewärmt.

»Ziehen Sie die Beine etwas an und spreizen Sie sie«, ordnete die Ärztin an, lächelte aber beruhigend. »Entspannen Sie sich! Es wird nicht wehtun und auch nicht unangenehm sein.«

»Ich würde nicht darauf wetten«, murmelte Daniela, schloss aber die Augen und lauschte der Musik. Sie spürte, wie Dr. Vandereelst ihren Unterleib berührte und etwas einführte. Es geschah mit so viel Geschick, dass es tatsächlich keine Schmerzen verursachte. Daniela versuchte sich vorzustellen, dass sie bei einer Routineuntersuchung bei einer Frauenärztin wäre, um das komische Gefühl zu vertreiben, das der künstliche Akt in ihr auslöste.

Wenig später war es vorbei. Die Heizdecke wurde nun auch über ihren Unterleib ausgebreitet, und die Ärztin bat Daniela, einen Arm auszustrecken, um ihr zwei Spritzen setzen zu können.

»Jetzt können wir nur noch abwarten, ob es geklappt hat«,

setzte sie hinzu. »Sie werden nun eine Stunde liegen bleiben. Danach bringt Adrienne Sie wieder in Ihr Quartier, wo Sie sich den Rest das Tages ebenfalls hinlegen sollten. Auf jeden Fall gibt es heute und morgen keinen Sport. Ich werde ein paarmal nach Ihnen schauen und danach entscheiden, wie es in den nächsten Tagen weitergehen soll.«

Daniela dämmerte noch während dieser Worte weg und bekam nicht mehr mit, wie zwei Schwestern sie in einen Ruheraum schoben.

3.

Unterdessen stand Adrienne ihrem Chef Rede und Antwort. Haase war mit dem bisher Erreichten hochzufrieden. So, wie Daniela nun aussah, konnte er sie Lisbeth unbesorgt vorführen. Diese hatte bereits erklärt, sie sehen zu wollen. Auch die Idee zur konspirativen Übergabe des Spermas stammte von Lisbeth Siebert. Diese hatte mit aller Macht verhindern wollen, dass es aus Versehen vertauscht wurde und Daniela das falsche Kind zur Welt bringen würde.

»Wie sind Sie mit Frau Reuss ausgekommen?«, fragte Haase Adrienne.

»Meistens gut. Gelegentlich zickt sie ein wenig. Zu Beginn gefiel ihr der straffe Trainings- und Lehrplan nicht, danach forderte sie Taschengeld. Aber da ich keine Anweisung hatte, habe ich es ihr verweigert.«

Haase griff sich an die Stirn. »An Taschengeld habe ich nicht gedacht. Das müssen wir ändern. Unsere Auftraggeberin will, dass Frau Reuss sich während der Schwangerschaft wohlfühlt, da dies auf das ungeborene Kind ausstrahlt. Zum Wohlfühlen gehören auch mal ein kleiner Einkaufsbummel oder ein Nachmittag in einem Café.«

Haase hätte sich von seiner Angestellten ein wenig mehr Eigeninitiative gewünscht, sagte sich aber, dass er selbst schuld war, weil er Adrienne eingeimpft hatte, kein Aufsehen zu erregen. Das war ihr zwar gelungen, doch auf Kosten von Daniela. Ab diesem Zeitpunkt musste das anders werden.

»Soviel ich weiß, soll Frau Reuss heute Nachmittag ruhen. In der Zeit werden wir den Ablauf der nächsten Wochen besprechen«, erklärte er Adrienne. »Sobald die Schwangerschaft festgestellt wird, will Frau Reuss' Auftraggeberin hierherkommen und sie sich anschauen. Sie müssen alles unternehmen, damit Frau Reuss während dieses Besuchs bei guter Laune ist.«

»Ich werde mein Möglichstes tun«, versprach Adrienne und hoffte, ihr Chef würde ihr am Nachmittag genauere Anweisungen geben, wie sie in den nächsten Wochen mit Daniela verfahren sollte.

»Auf jeden Fall kann ich Frau Reuss' Auftraggeberin einen positiven Zwischenbescheid geben. Schön wäre es, wenn kurz darauf die Schwangerschaft vermeldet werden könnte.« Ein Kind, dessen biologischer Vater Jens Siebert war, würde den Kampf um die Ludwig-Siebert-Werke, den Carl Siebert mittlerweile wieder aufgenommen hatte, zu Lisbeths Gunsten entscheiden.

Nun notierte er sich die wichtigsten Punkte und versprach Adrienne, ihr das, was er ihr am Nachmittag sagen würde, auch schriftlich zukommen zu lassen.

Die beiden redeten noch, als Daniela verschlafen aussehend in den Wartebereich kam. »Geht es Ihnen gut?«, fragte Haase besorgt.

Daniela nickte. »Ich bin nur müde. Das liegt gewiss an den Spritzen, die man mir verpasst hat.«

»Kommen Sie. Wir fahren nach Hause, und dort können Sie sich wieder hinlegen«, schlug Adrienne vor.

»Ja, aber vorher möchte ich etwas essen. Ich habe nämlich Hunger.« Daniela lächelte kläglich, denn sie hatte beim Frühstück kaum etwas hinuntergebracht.

»Tun Sie das. Ich komme dann später, um mit Ihnen zu reden.« Haases letzter Satz galt Adrienne, die nun auf Daniela zutrat und sie am Arm fasste. Noch immer ein wenig wie in dicke Watte gepackt folgte Daniela ihr nach draußen und setzte sich ins Auto.

Adrienne musste sie daran erinnern, den Sicherheitsgurt zu schließen, startete das Auto und fuhr so vorsichtig, als hätte sie rohe Eier geladen.

4.

Als Carolien drei Tage später den Stadionlauf bereits nach zweieinhalb Runden abbrach, schnaubte Daniela enttäuscht.

»Was soll das? Ich bin doch noch nicht schwanger.«

»Sie sollen sich heute und in den nächsten Tagen nicht anstrengen. Daher fällt heute auch der Kraftraum aus. Stattdessen machen wir leichte gymnastische Übungen«, antwortete ihre Trainerin.

»Was für ein Zirkus!«, stöhnte Daniela und fragte sich gleichzeitig, ob sie bereits wie ein Pawlow'scher Hund auf den festen Tagesablauf dressiert worden war. Sie folgte Carolien in die Gymnastikhalle und verbrachte die nächste halbe Stunde damit, mit einem leichten Ball zu spielen. Sie fand das Ganze lächerlich, denn andere Frauen schonten sich während der Tage, in denen sie schwanger werden konnten, auch nicht.

Als sie in ihre Unterkunft zurückkehrte, ging es gleich weiter. Nicolets Massage war mehr ein sanftes Streicheln, und danach wurde sie wie ein kleines Kind ins Bett geschickt. Sie durfte ein Buch mitnehmen und verbrachte die nächste Stunde daher recht angenehm. Anschließend ging sie in ihr Arbeitszimmer und nahm den Lehrstoff für diesen Tag durch. Mit dem Lernen tat sie sich mittlerweile weitaus leichter als zu Beginn. Es machte ihr sogar Spaß, und sie spürte einigen Teilen des Stoffs, der im Unterricht nur oberflächlich behandelt wurde, im Internet nach, um mehr darüber zu erfahren. Adriennes Hilfe am Computer benötigte sie schon lange nicht mehr.

Die Untersuchung durch Frau Dr. Vandereelst war für den Nachmittag angesetzt und dauerte eine halbe Stunde. Danach war Daniela so schlau wie vorher, denn nach der kurzen Zeit konnte auch die Ärztin nicht feststellen, ob die künstliche Befruchtung geklappt hatte oder nicht.

»Sollte es fehlgeschlagen sein, werde ich Ihnen beim nächsten Eisprung mehrere Eizellen entnehmen, diese außerhalb Ihres Körpers befruchten und sie anschließend in Ihre Gebärmutter einsetzen. Sie müssen dann allerdings damit rechnen, dass es Zwillinge werden könnten«, erklärte die Ärztin, als sie mit der Untersuchung fertig war.

Mit einem Anflug von Galgenhumor überlegte Daniela, ob sie in dem Fall doppeltes Honorar verlangen konnte. Dann aber wurde sie wieder ernst und griff sich an den Bauch.

»Mir reicht ein Kind.« Das ist schon eines mehr, als ich eigentlich haben will, schoss es ihr durch den Kopf.

»In den nächsten Tagen wird es sich entscheiden. Sie sollten sich nicht anstrengen, sonst stößt Ihr Körper einen möglichen Fötus als Fremdkörper aus. Auch beim Essen müssen Sie vorsichtig sein. Nehmen Sie nur das, was Ihnen Ihre Köchin vorsetzt.«

»Ein Stück Schokolade dürfte aber doch drin sein?«, fragte Daniela.

»Auch zwei oder drei«, antwortete die Ärztin lachend. »Aber nicht zu viel. Und versuchen Sie nicht, die Sache zu erzwingen. Es ist Entspannung angesagt. Am besten schauen Sie sich einen Liebesfilm an, damit Sie in die richtige Stimmung kommen.«

»Dafür müsste ich wissen, wer der Vater des Kindes sein wird«, sagte Daniela leise und wunderte sich über sich selbst, weil sie es wirklich gerne erfahren würde.

Die Ärztin erteilte ihr noch einige Verhaltensmaßregeln und verabschiedete sie dann. Als Daniela in ihre Unterkunft zurückkehrte, war sie nachdenklicher als sonst. Bislang hatte sie das Ganze nur als eine theoretische Möglichkeit angesehen und mit einem gewissen Spott hingenommen, doch jetzt, da es ernst wurde, wurde sie ein Opfer widerstrebender Gefühle. Wer war der Verunglückte, dessen Kind sie austragen sollte?, fragte sie sich. Wer war seine Mutter, der sie dieses Kind überlassen musste, ohne selbst ein Anrecht darauf zu haben? Und wie würde es sein, dieses Kind zur Welt zu bringen und es dann weggeben zu müssen?

Selbst das Lernen lenkte sie diesmal nicht ab, und als sie mit Carolien zum Sportplatz ging, drehten sich ihre Gedanken noch immer um das Kind.

»Diesmal laufen wir fünf Runden, aber im gemütlichen Joggingtempo«, erklärte Carolien.

Daniela nickte, ohne es richtig zu begreifen, und trabte an der Seite ihrer Trainerin los.

»Nicht so schnell«, rief diese, als sie hinter Daniela zurückblieb. »Ich komme in Teufels Küche, wenn dir etwas passiert, weil du dich überanstrengt hast.«

Daran, dass Carolien oder den anderen Vorwürfe gemacht werden könnten, wenn die Sache nicht klappte, hatte Daniela nicht gedacht, und so senkte sie den Kopf. »Tut mir leid, ich war in Gedanken.«

»Das wäre ich an deiner Stelle auch«, gab Carolien ehrlich zu.

»Ich kann dir übrigens das Geld zurückgeben, das du für mich ausgelegt hast. Dr. Haase hat mir fünfhundert Euro gegeben.«

»War das der Mann, der das Sperma gebracht hat?«, fragte Carolien. »Ich glaube nicht, dass mit dem gut Kirschen essen ist.«

»Er ist ein erfolgreicher Rechtsanwalt und beschäftigt sich, wie der Drache Irmgard mir erklärt hat, nur mit Prozessen ab einer Million aufwärts.«

»Er ist aber nicht der, wegen dem du das Kind bekommen

sollst?«, fragte Carolien weiter, während sie gemütlich ihre Bahnen zogen.

»Er hat etwas von einer Auftraggeberin erzählt, die einen Enkel haben will. Mehr weiß ich nicht.«

Längst ärgerte Daniela sich, dass sie bei ihrer Vertragsunterzeichnung nicht darauf gedrungen hatte, die Frau kennenzulernen. Einen oder zwei Tage hätte ich Haase schmoren lassen können, dachte sie. So lange hätte man sie sicher in einem Obdachlosenheim behalten.

Mit einer wegwerfenden Geste vertrieb sie diese Gedanken und beschloss nicht zum ersten Mal, das Leben so zu nehmen, wie es kam.

Sie beendete die fünfte Stadionrunde und folgte Carolien in die Gymnastikhalle. Die Übungen waren nicht schwer, lockerten aber ihre Muskulatur, und so kehrte sie halbwegs zufrieden nach Hause zurück. Nach einer entspannenden Massage durch Nicolet und einem ausgezeichneten Abendessen zog sie sich in ihr Arbeitszimmer zurück. Eine halbe Stunde später ertappte sie sich dabei, dass sie nicht ihren Unterrichtsstoff durchnahm, sondern die Internetseiten nach Informationen und Berichten über Schwangerschaften durchsuchte. Sie schüttelte den Kopf über sich selbst und widmete sich wieder ihren Schulbüchern.

Wenig später schaute Adrienne herein. »Sie sollten nicht so viel arbeiten«, mahnte sie.

Daniela blickte zu ihr auf. »Jetzt beruhigen Sie sich. Ich bin doch keine Glasfigur, die bei einer falschen Bewegung zerspringt. Außerdem macht es mir Spaß zu lernen. Oder wollen Sie mich auch hier zum halben Pensum verknacken?«

»Sie sollten von jetzt an etwas gepflegter sprechen«, tadelte Adrienne. »Sie wissen doch, dass Kinder bereits im Mutterleib das Vokabular der Mutter aufnehmen.«

»Aber sicher nicht als kleiner Spermienknopf, der vielleicht jetzt noch verzweifelt auf der Suche nach einer Eizelle ist, die er befruchten kann«, antwortete Daniela lachend.

Adrienne verzog pikiert die Lippen, denn bisher war dieses Thema zwischen ihr und Daniela tabu gewesen.

»Ich meine es doch gut mit Ihnen«, sagte sie und verließ das Zimmer.

Noch immer lachend lehnte Daniela sich im Stuhl zurück. Eines hatte sie in den letzten Wochen gelernt: Humor zählte nicht unbedingt zu Adriennes Stärken. Vielleicht musste man so sein, um die endlosen Gerichtssitzungen ertragen zu können. Ihr selbst graute noch in der Erinnerung an die paar Mal, in denen sie vor einem Richter gestanden hatte, und sie schwor sich, dies nie wieder erleben zu müssen. Dabei schob sie den Gedanken beiseite, dass Leihmutterschaft in Deutschland verboten war. Immerhin war es ihre eigene Sache, was sie mit ihrem Körper anstellte. Außerdem war es die einzige Chance, die ihr geblieben war.

5.

Während sich die Tage aneinanderreihten, wuchs im Haus die Spannung. Von Adrienne angefangen bis zu Luana musterten alle Daniela verstohlen, ob der Beginn einer Schwangerschaft bereits körperlich zu erkennen sei. Daniela selbst fühlte sich so gut wie selten im Leben. Ohne Probleme zog sie ihr Trainingsprogramm durch und verwöhnte ihre Trainerin mit Besuchen in Cafés, in denen sie Tee tranken und Poffertjes mit Schlagsahne aßen. Die standen zwar nicht auf der Liste der erlaubten Speisen, die Adrienne ausgedruckt hatte, schmeckten dafür aber doppelt gut.

Auch beim Lernen für das Abitur kam Daniela gut voran und hatte bereits die Hoffnung, es innerhalb eines Jahres nachholen zu können. Doch das hing natürlich auch vom Verlauf der Schwangerschaft ab. Sie hatte im Internet so viel über Schwangerschaftsbeschwerden gelesen, dass ihr vor den nächsten Monaten graute. Manchmal fragte Daniela sich, ob sie sich deshalb so auf die Schule konzentrierte, um nicht immer darüber nachdenken zu müssen, was in ihrem Körper geschah.

Die Untersuchung durch die Frauenärztin fand alle zwei Tage statt und dauerte nie lange. Daniela hatte den Vorschlag gemacht, mit dem Fahrrad hinzufahren, da ihr die Mühe, jedes Mal den Wagen zu nehmen, zu aufwendig erschien. Auf diesem Ohr war Adrienne jedoch taub. Sie hatte die Anweisung, Daniela in die Klinik zu begleiten, und da kam für sie nur das Auto infrage.

Auch an diesem Tag brachte Adrienne Daniela in die Klinik und wartete im Vorzimmer auf sie. Diesmal ließ die Gynäkologin sich mehr Zeit bei der Untersuchung. Wirkte sie zunächst noch angespannt, lockerten sich ihre Gesichtszüge jedoch immer mehr, und sie atmete zuletzt erleichtert auf.

»Meinen Glückwunsch, Linda! Es hat geklappt. Eine befruchtete Eizelle hat sich in Ihrer Gebärmutter eingenistet und wartet darauf, sich entwickeln zu können.«

Daniela überlegte, welche Antwort Sofie Vandereelst hören wollte, und brachte mühsam ein »Das freut mich« heraus.

»Ihr körperlicher Zustand ist ausgezeichnet, und daher sollte es trotz einer möglichen Abgangquote von circa fünfzehn Prozent keine größeren Komplikationen geben. Ich werde Ihnen einige Broschüren mitgeben, deren Ratschläge Sie befolgen sollen. Wir sehen uns in einer Woche wieder.«

Eine Woche Ruhe von der Frauenärztin war gerade das Richtige, um den Schock, den die Verkündung der Schwangerschaft in ihr ausgelöst hatte, zu überwinden, dachte Daniela. Dann spottete sie über sich selbst. Sie war genau für diesen Zweck angeheuert worden und hätte auch innerlich darauf vorbereitet sein müssen.

Mit diesem Gedanken verabschiedete sie sich von Dr. Vandereelst und kehrte zu Adrienne zurück. Mittlerweile musste diese perfekt Niederländisch lesen können, so viele Zeitschriften hatte sie in den letzten Wochen durchgeblättert.

»Sind Sie fertig?«, fragte Adrienne, während sie ihre Zeitschrift weglegte.

»Ja. Und ich muss erst in einer Woche wieder herkommen.«

»In einer Woche erst?« Adrienne war verwundert, nahm es aber hin.

Erst als eine der Helferinnen der Gynäkologin die angekündigte Broschüre brachte und diese mit einem herzlichen Glückwunsch zur Schwangerschaft an Daniela überreichte, begriff sie, was geschehen war.

»Es ist gelungen! Das muss ich sofort meinem Chef mitteilen!«, rief sie und zog ihr Handy aus der Tasche.

»Hat das nicht Zeit, bis wir zu Hause sind? Ich habe Hunger«, wandte Daniela ein und musste sich das Lachen verkneifen, denn Adrienne steckte das Handy blitzschnell wieder weg und öffnete ihr die Tür.

In gewisser Weise war Daniela erleichtert. Mit der Schwangerschaft hatte sie ihren Vertrag zur Hälfte erfüllt. Nun kam es darauf an, alles zu vermeiden, das zu einem Verlust des Kindes führen konnte. Sie hatte keine Lust, erneut die Frauenärztin an sich herummachen zu lassen, damit diese eine Schwangerschaft herbeiführte.

In ihrer Unterkunft platzte Adrienne sofort mit der Neuigkeit heraus. Sie tat es so stolz, als wäre sie die Frau, welche Lisbeth Siebert den erhofften Enkel schenken würde. Zum Glück zog sie sich jedoch bald in ihr Zimmer zurück, um ihren Chef anzurufen und ihm die frohe Botschaft mitzuteilen.

6.

In München hatte Carl Siebert den Druck auf seine Schwägerin kontinuierlich erhöht. Es war ihm gelungen, ihr zwei weitere lukrative Aufträge vor der Nase wegzuschnappen, zudem hatte er alle Geschäftspartner direkt oder indirekt davon in Kenntnis gesetzt, dass der Juniorchef der Ludwig-Siebert-Werke in einer abgeschirmten Klinik im Koma lag und nur deshalb am Leben erhalten wurde, um zu verhindern, dass die beiden Firmen vertragsgemäß zusammengeführt werden konnten.

Da ihm die Informationen nicht von selbst zuflogen, hatte er ein Netz von Zuträgern geknüpft, welches ihn damit versorgte. Eben saß er seiner wertvollsten Nachrichtenquelle in einem Restaurant in einem oberbayrischen Gebirgsort gegenüber.

Carl Siebert musterte die Frau, die ein dunkles Dirndlkleid trug und ihr blondes Haar unter einem Trachtenhut verborgen hatte. So, dachte er mit einem gewissen Spott, würde niemand in ihr die Sekretärin des Geschäftsführers der Ludwig-Siebert-Werke erkennen.

»Es wird immer schwieriger, Ihnen die Angebote zu kopieren«, erklärte sie gerade. »Bernd Christaller ist scharf dahinter her, herauszufinden, von wem Sie die Informationen bekommen. Jetzt erhalten selbst die Abteilungsleiter keine vollständigen Unterlagen mehr. Damit wissen nur noch Herr Bolger, ich und Christaller von dem gesamten Angebot. Wenn Sie unsere Firma das nächste Mal unterbieten, könnte der Verdacht daher auf mich fallen.«

Trotz ihrer Behauptung war Karin Maier klar, dass eher

Bolger verdächtigt werden würde. Ihr Chef hatte nämlich deutlich erklärt, wie wenig er von Lisbeth Sieberts Plan hielt, ihn in absehbarer Zeit durch Bernd Christaller zu ersetzen.

»Das ist nicht gut«, murmelte Carl Siebert.

Gerade jetzt standen mehrere Ausschreibungen an, bei denen er mit Lisbeth konkurrieren musste. Wenn es ihr gelang, ihm die Aufträge wegzuschnappen, würde sie die Verluste, die er ihr bisher beigebracht hatte, rasch wieder hereinholen.

»Können Sie denn überhaupt nichts tun? Die Abteilungsleiter müssen doch teilweise in die Ausarbeitung der Angebote einbezogen werden. Ich muss ja nicht alle Seiten des Angebots haben.«

»Ich werde schauen, was ich machen kann.« Noch während sie es sagte, erinnerte die Frau sich an einige Aussprüche des Abteilungsleiters Hübner, der sich Hoffnungen gemacht hatte, Sebastian Bolger als Geschäftsführer beerben zu können. Da Lisbeth Siebert ihm Bernd Christaller vor die Nase gesetzt hatte, war er entsprechend verärgert. Vor allem aber hatte Hübner eine Schwäche: Er sperrte seinen Computer nicht, wenn er zu einer Besprechung oder in die Mittagspause ging. Wenn es ihr gelang, einen wichtigen Teil des neuesten Angebots auf seinem Drucker auszudrucken und im Gerät liegen zu lassen, würde der Verdacht auf ihn fallen.

»Gibt es sonst noch etwas?«, fragte Carl Siebert, da die Frau oft genug Zeugin der Gespräche zwischen Lisbeth und ihrem Geschäftsführer geworden war.

Karin zog ihre Stirn in nachdenkliche Falten. »Eigentlich nicht. Oder warten Sie! Letztens hat Frau Siebert Herrn Bolger gegenüber erwähnt, dass sie alles getan hätte, damit Sie ihre Firma nicht übernehmen könnten.«

Da Carl Siebert die Tatkraft seiner Schwägerin kannte, war dies eine beunruhigende Auskunft. Doch was konnte Lisbeth schon unternehmen?, fragte er sich. Dieser Frage musste er unbedingt nachgehen.

»Versuchen Sie, noch mehr zu erfahren, und besorgen Sie mir das Teilangebot von diesem Abteilungsleiter«, forderte er Karin auf und winkte dem Ober, um zu zahlen.

Carl Sieberts Chauffeur wartete mit dem Wagen auf einem hundert Meter entfernten Wanderparkplatz und blätterte in einer Zeitung. Als er seinen Chef herankommen sah, stieg er aus, um Siebert die Tür zu öffnen.

»Wir fahren nach Hause«, erklärte dieser und nahm Platz.

Die Information, die er erhalten hatte, beschäftigte Carl Siebert auf dem gesamten Weg nach München. Seine Schwägerin musste ein Ass im Ärmel haben, von dem er nichts wusste, sonst könnte sie nicht so optimistisch sein. Kurz entschlossen drückte er einen Knopf, der auf dem Armaturenbrett eine Lampe aufleuchten ließ.

»Sie wünschen, Herr Siebert?«, fragte sein Fahrer.

»Bringen Sie mich in die Innenstadt und parken Sie den Wagen in dem Parkhaus beim Stachus. Dort warten Sie, bis ich zurückkomme.«

»Wie Sie wünschen, Herr Siebert.«

Der Chauffeur fuhr an der Abzweigung, die zu Sieberts Villa führte, vorbei und reihte sich wenig später in die lange Autoschlange ein, die auf dem Münchner Altstadtring dahinkroch. Kurz vor dem Karlsplatz bog er rechts ab und fuhr den Wagen ins Parkhaus.

Zehn Minuten später klingelte Siebert an einer Tür in einem Hinterhof. Ein Schnarren ertönte, und er konnte eintreten. Aufzüge gab es hier nicht, doch seine Kondition war gut genug, um es bis in den vierten Stock zu schaffen, ohne außer Atem zu geraten.

Drei Türen gingen vom Flur ab. Bei zweien war der Name auf

Papier unter die Klingel geklebt, nur bei der dritten war ein bereits löchrig gewordenes Messingschild angebracht. Sebastian Stengel, Detektiv, las Carl Siebert, als er läutete.

Die Tür wurde geöffnet, und ein Mann mittleren Alters mit schulterlangen, blonden Haaren, einem rundlichen Gesicht und einem leichten Bierbauch schaute heraus. Bei Sieberts Anblick lächelte er.

»Ja, grüß Gott. Freut mich, Sie zu sehen.«

»Sie freuen sich eher über die Scheine, die ich bei Ihnen zurücklassen werde«, antwortete Carl Siebert.

Doch trotz seines abweisenden Tonfalls war er mit den Leistungen des Detektivs zufrieden. Zwar strahlte Stengel so etwas wie Bierruhe aus, war aber ein Meister seines Fachs.

»Auf das Geld freue ich mich auch«, erklärte der Detektiv offen. »Aber kommen Sie herein. So wie Sie ausschauen, haben Sie etwas Besonderes auf dem Herzen.«

»So kann man es nennen.« Carl Siebert folgte Stengel in dessen Wohnung, von der er nur einen Raum privat nutzte, während er die restlichen Zimmer für seine Detektei verwendete.

Siebert nahm auf einem Stuhl Platz und sah Stengel auffordernd an.

Als sie einander gegenübersaßen, verschränkte Stengel die Finger ineinander und lächelte. »Also, was gibt es?«

»Es geht um meine Schwägerin. Deren Sohn ist, wie Sie ja bestätigen konnten, in einem Zustand, aus dem es kein Erwachen mehr gibt. Trotzdem behauptet Lisbeth, mich austricksen zu können.«

»Sie hat einen ausgezeichneten Anwalt. Mit dem kann Ihr eigener Rechtsverdreher nicht mithalten«, erwiderte Stengel achselzuckend.

Siebert verzog kurz das Gesicht, denn es war seinem Anwalt bis jetzt nicht gelungen, eine Bresche in Haases geschickte Verteidigung zu schlagen. Alles sah danach aus, als würde seinem Sohn die Hauptschuld an dem Unfall zugesprochen, der Jens Siebert so gut wie das Leben gekostet hatte. Danach, so sagte er sich, würde es zu einem Rechtsstreit kommen, der sich über Jahre hinzog und verloren gehen konnte.

»Ich bin sicher, dass meine Schwägerin etwas plant. Sie sollen herausfinden, worum es sich handelt.«

Stengel lachte. »Ich glaube, das ist ein Job, von dem ich die Finger lassen sollte. Nach dem, was ich von Ihrer Schwägerin gehört habe, deutet nichts darauf hin, dass die mit ihrem Wissen hausieren geht.«

»Sie kann es nicht allein machen. Da muss es eine Schwachstelle geben«, erwiderte Siebert drängend.

»Lassen Sie mich überlegen. Ihre Schwägerin hat ihren Sohn, obwohl keinerlei Aussicht auf Heilung besteht, in eine gut abgeschirmte Privatklinik bringen lassen. Dort einzuhaken, halte ich für falsch. Zu einem Komapatienten kommen nur wenige, und herauszufinden, wer von denen reden könnte, wäre zu auffällig. Meiner Meinung nach müssen wir in dem Krankenhaus nachhaken, in das Jens Siebert zuerst eingeliefert worden ist.«

»Dort haben Sie doch schon nachgeforscht«, wandte Siebert ein.

»Ja, aber nur in jene Richtung, die den Zustand Ihres Neffen betraf. Ich konnte Ihnen sogar eine Kopie des ärztlichen Bulletins besorgen.«

Erneut verzog Siebert das Gesicht. Mit diesem Bericht hatte er versucht, Lisbeth endgültig aus dem Spiel zu kegeln. Doch solange kein Arzt Jens Sieberts Gehirntod bestätigte, galt er vor dem Gesetz als lebendig, und wenn er zwanzig Jahre lang im Koma lag und nur von Maschinen am Leben erhalten wurde.

»Ich muss schauen, ob der Pfleger, der mir damals geholfen hat, noch in der Klinik arbeitet«, fuhr Stengel in einer Art

Selbstgespräch fort. »Da Jens Siebert schon einige Wochen fort ist, dürfte es leichter sein, mehr über ihn zu erfahren.«

»Mir wäre es lieber, Sie würden in dieser neuen Klinik jemanden finden, der Ihnen Auskunft gibt«, erklärte Siebert.

»Wenn Sie darauf bestehen, werde ich es tun. Ich sage Ihnen aber gleich, dass Sie damit Ihr Geld zum Fenster hinauswerfen. Mein Instinkt sagt mir, dass alles, was in die Wege geleitet worden ist, im alten Krankenhaus geschehen sein muss.«

Stengel lächelte, denn er hatte einen Verdacht, dem er aber nicht ohne entsprechende finanzielle Gegenleistung nachgehen wollte.

Carl Siebert befand sich in einer Zwickmühle. Bestand er auf bestimmten Nachforschungen, musste er damit rechnen, dass Stengel sich nicht viel Mühe gab. Ließ er ihm aber freie Hand, würde dieser ihm alles Mögliche in Rechnung stellen und eine horrende Summe dafür verlangen. Aber er hatte keine Wahl, wenn er den Kampf gegen Lisbeth gewinnen wollte.

»Also gut. Machen wir es so, wie Sie es mir vorgeschlagen haben. Hoffentlich finden Sie etwas heraus.«

Wenn nicht, kannst du dir deine Rechnung an die Tür nageln, setzte er in Gedanken hinzu.

»Ich werde ganz sicher Informationen für Sie bekommen«, antwortete der Detektiv selbstbewusst und setzte hinzu, dass er eine Anzahlung von fünftausend Euro für die Spesen erwarten würde.

Mit einem gewissen Grollen zählte Carl Siebert ihm zehn Fünfhunderteuroscheine hin. Falls Stengel Erfolge aufweisen konnte, würde dies gut angelegtes Geld sein, sagte er sich, als er sich kurz darauf verabschiedete.

Der Detektiv wartete, bis sein Besucher gegangen war, dann setzte er sich an seinen Computer und rief die Datei auf, die er für Jens Siebert eingerichtet hatte.

7.

Zunächst fühlte Daniela sich nicht anders als sonst. Sie trainierte täglich, lernte fürs Abitur und genehmigte sich die eine oder andere Extraportion Poffertjes. Ihr wäre es lieber gewesen, wenn die anderen nicht so viel Tamtam um ihre Schwangerschaft gemacht hätten. Adrienne hätte sie am liebsten in Watte gepackt, in einen Schrank gesperrt und erst zur Niederkunft wieder herausgeholt. Zum Glück waren Carolien und Nicolet vernünftiger und verschafften ihr einen gewissen Freiraum.

Bislang hatten sie auch wenig auf ihre Nachbarn geachtet und kaum Probleme mit ihnen gehabt. Man sah sich nur selten, und wenn doch, grüßte man sich kurz und ging weiter. Als sie an diesem Tag zusammen mit Adrienne von der Untersuchung bei Dr. Vandereelst zurückkam, versperrten ein großer Transporter sowie mehrere schwere Limousinen die Zufahrtsstraße zu ihrem Heim.

»He, was soll das?«, schimpfte Adrienne und drückte auf die Hupe.

Ein baumlanger Kerl mit Schultern, die jeden Kleiderschrank vor Neid erblassen lassen würden, stiefelte mit verärgerter Miene auf sie zu.

»Lassen Sie das!«, schnauzte er Adrienne auf Englisch mit amerikanischem Akzent an.

»Machen Sie die Straße frei, damit wir durchkommen«, antwortete diese mühsam beherrscht.

»Sie werden warten müssen, bis wir fertig sind«, antwortete der Mann von oben herab.

»Sie brauchen nur zwei Autos zur Seite zu fahren, dann ist der Weg frei«, schlug Daniela vor.

»Bis wir hier fertig sind, fährt niemand durch.«

Daniela zählte bis drei, dann öffnete sie die Beifahrertür und stieg aus. »Mir wird das zu affig. Ich gehe zu Fuß.«

Als sie auf der Zufahrtsstraße weitergehen wollte, packte der Kerl sie am Arm. »Ich sagte, bis wir fertig sind, kommt hier keiner durch.«

»Lassen sie mich los!«, fauchte Daniela, doch der Mann stieß sie hart gegen Adriennes Wagen.

»Aua! Sind Sie verrückt geworden?«, rief Daniela empört, während Adrienne zornig auf Dauerhupen umschaltete. Der Kleiderschrank stiefelte um den Wagen herum, öffnete die Fahrertür und zog den Schlüssel ab.

»Geben Sie sofort den Schlüssel wieder her«, fauchte Adrienne, doch der Kerl steckte ihn grinsend ein und ging zu dem Haus zurück, vor dem die anderen Autos standen.

»Ist Ihnen etwas passiert?«, fragte Adrienne Daniela besorgt. »Wenn ja, hat dieser Mensch einen Prozess am Hals, der sich gewaschen hat.«

»Mir geht es halbwegs gut«, antwortete Daniela, obwohl ihr die Schulter, mit der sie gegen den Türholm gestürzt war, wehtat. »Was machen wir jetzt?«

»Wir gehen zur Verwaltung, und dann gibt es Zoff, und zwar mehr, als dieses Schwein vertragen kann.« Adrienne war so zornig, dass sie Dr. Haases Anweisung, jedes Aufsehen zu vermeiden, vollkommen vergessen hatte.

Auf dem Weg zur Klinikverwaltung verschwand Danielas Ärger, und sie musste sich bei dem Gedanken an diese skurrile Situation das Lachen verkneifen. Adrienne hingegen stürmte wie ein mittlerer Tornado in das Büro und sprach die erste Angestellte an, die ihr über den Weg lief.

»Ich will mich beschweren. Der Weg zu unserem Quartier wird durch eine Unmenge an Autos versperrt. Als wir verlangten, zu unserem Haus durchgelassen zu werden, hat ein Mann Linda körperlich misshandelt und mir den Autoschlüssel weggenommen.«

»Außerdem kann man dem Mann Autodiebstahl anhängen, denn er fährt den Wagen eben weg«, erklärte Daniela, die durch das Fenster zu dem bewussten Haus hinüberschaute.

Die Klinikangestellte blickte ebenfalls hinaus und wurde sichtlich nervös. »Sind Sie verletzt worden?«, fragte sie.

»Linda wurde von dem Mann hart gegen das Auto gestoßen. Wenn ihr etwas geschehen ist, wird es eine Schadensersatzklage gegen die Klinik geben, die sich in entsprechenden Höhen bewegt«, fauchte Adrienne sie an.

Die Frau wandte sich direkt an Daniela: »Sind Sie verletzt worden?«

»Mir tut auf alle Fälle einiges weh.«

»Das ist nicht gut.« Die Angestellte griff zum Telefon und tätigte einen kurzen Anruf.

Gleich darauf stürmte Danielas Sportärztin herein. »Sie sind verletzt?«, fragte diese besorgt.

»Es tut an der Schulter und an der Hüfte weh«, erklärte Daniela. »Irgend so ein übergeschnappter Heini hat mich gegen das Auto gestoßen.«

»Es muss einer der Bodyguards der neuen Bewohnerin von Nummer eins gewesen sein«, sagte die Angestellte.

»Ist der übergeschnappt?«, rief die Ärztin empört. »Er kann sich doch hier nicht aufführen wie ein Berserker.«

»Wer ist denn diese neue Bewohnerin von Nummer eins?«, fragte Daniela.

»Es handelt sich um eine Amerikanerin, die einen Unfall erlitten hat. Sie dringt darauf, dass ihre Privatsphäre bewahrt bleibt, da sie keine Bilder von sich mit Gips und Verbänden in den Zeitschriften sehen will.«

»Das gibt ihren Leuten nicht das Recht, andere Patienten zu tyrannisieren und zu verprügeln«, warf Adrienne bissig ein.

Unterdessen fasste die Ärztin nach Danielas unverletztem Arm. »Kommen Sie bitte mit, damit ich Sie untersuchen kann.«

Daniela folgte ihr in ein leeres Behandlungszimmer und verzog dort das Gesicht. »Die Schulter tut jetzt mehr weh als vorhin.«

»Ziehen Sie sich aus!«, forderte die Ärztin sie auf.

Daniela gehorchte, benötigte jedoch dabei Hilfe, da sie den linken Arm nur mit Schmerzen bewegen konnte.

»Sie haben an der Schulter, am linken Oberarm und an der Hüfte Prellungen davongetragen, die sich bereits in Hämatome verwandeln. Bedauerlicherweise können wir Sie wegen Ihrer Schwangerschaft nur im absoluten Notfall röntgen.« Es klang ein wenig zögernd, denn die Ärztin wollte nicht über Danielas Kopf hinweg entscheiden.

Diese bewegte kurz das Bein, dann den Arm und schüttelte den Kopf. »Ich glaube nicht, dass es nötig ist.«

»Soll ich die Verletzungen fotografieren, damit Sie später einen Beweis in Händen halten?«, fragte die Ärztin.

»Ich bitte darum«, antwortete Daniela.

Während die Sportärztin sie untersuchte, überlegte sie, wie sie es dem Kerl heimzahlen konnte. Einem so groben Burschen musste man jedoch schon mit einem kiloschweren Hammer auf den Kopf schlagen, damit er begriff, dass er so nicht mit ihr umgehen durfte.

»Ich trage jetzt ein Schmerzgel auf und bringe Sie dann zu Dr. Vandereelst in die Frauenklinik. Wenn dem Fötus etwas passiert ist, wäre es eine Katastrophe.«

»Falls das der Fall ist, bringe ich den Kerl um.« Daniela klang so entschlossen, dass die Sportärztin sie besorgt anschaute.

»Kommen Sie. Je eher wir bei Dr. Vandereelst sind, umso besser ist es.«

Daniela nickte verkniffen und ging mit ihr zum Personalparkplatz. Als sie nach draußen fuhren, sahen sie, dass der Rüpel Adriennes Wagen einfach auf dem Rasen abgestellt hatte.

»Ich glaube, hier müssen noch ein paar deutliche Worte fallen«, erklärte die Ärztin und warf dem Bodyguard, der noch immer vor Haus Nummer eins stand, einen finsteren Blick zu.

Kurz darauf verließen sie das Areal der Sportklinik und hielten einige Minuten später vor der gynäkologischen Abteilung des Krankenhauses. Frau Dr. Vandereelst war gleich zur Stelle und schüttelte empört den Kopf, als ihre Kollegin ihr berichtete, was Daniela zugestoßen war.

»Dieser Kerl gehört eingesperrt!«, rief sie, vergaß dabei aber nicht, sich um Daniela zu kümmern. Sie untersuchte diese gründlich und setzte ihr zuletzt eine Spritze.

»Es sieht aus, als wäre alles gut gegangen«, sagte sie. »Sie sollten allerdings liegen bleiben und ein wenig schlafen. Sobald die Sache drüben geklärt ist, können Sie nach Hause.«

»Ich möchte in mein Bett«, maulte Daniela. Doch auch ihre Sportärztin hielt es für das Beste, wenn sie vorläufig in der Frauenklinik blieb.

»Es könnte vor Haus Nummer eins laut werden, und das will ich Ihnen nicht zumuten«, sagte sie.

»Ich hätte dem Kerl so gerne in die Eier getreten.« Obwohl Danielas Wortschatz sich durch Adriennes Einfluss zivilisiert hatte, brach noch gelegentlich die Zeit in ihr durch, in der es ihr Spaß gemacht hatte, die Umgebung durch eine möglichst vulgäre Sprache zu schockieren.

Die beiden Ärztinnen lächelten nur und überließen sie der Fürsorge einer Krankenschwester, die sie in ein leeres Zimmer brachte und dort die Vorhänge zuzog.

»Frau Dr. Vandereelst sagt, Sie sollen ein wenig schlafen«, erklärte sie auf Niederländisch.

Inzwischen hatte Daniela diese Sprache gut genug gelernt, um die Schwester zu verstehen. Sie zog sich bis auf Höschen und Hemdchen aus und legte sich hin. Zunächst glaubte sie, zu aufgewühlt zu sein, um schlafen zu können, dämmerte dann aber doch weg.

8.

In der Sportklinik lief Adrienne inzwischen zur Höchstform auf. Die Auftraggeberin ihres Chefs bezahlte für diese Aktion eine horrende Summe, und da ging es nicht an, dass irgendein Mensch, und wäre es der Bodyguard des amerikanischen Präsidenten, den Erfolg gefährdete.

Dies machte sie nicht nur den Angestellten in der Verwaltung, sondern auch einem Herrn der Geschäftsführung sehr deutlich klar. Denen war der Zwischenfall hochnotpeinlich. Es ging nicht nur um eine mögliche Schadensersatzklage, sondern auch um den Ruf der Klinik.

Noch während Adrienne sich beschwerte, kamen weitere Patienten herein, denen die Bodyguards der neuen Bewohnerin von Nummer eins ebenfalls die Durchfahrt zu ihren Häusern verweigert hatten.

»Wir hätten der Patientin die Nummer zehn in der letzten Reihe geben sollen«, stöhnte der Geschäftsführer. »Dort hätten ihre Leibwächter niemanden behindern können.«

»Die Dame bestand auf Nummer eins, da sie nicht die letzte Nummer sein wollte«, wandte eine Angestellte ein.

»Jetzt haben Sie den Salat«, stichelte Adrienne. »Wenn diese Kerle so weitermachen, werden die anderen Häuser sehr schnell leer werden, und Sie werden mehr Zeit vor Gericht verbringen als in Ihren Büros.«

»Ich reise auf jeden Fall ab und verlange Schadensersatz«, meldete sich ein Mann, dessen Wange durch die wenig liebevolle Behandlung durch die Bodyguards aufgeschürft war.

Schließlich packte der Geschäftsführer sein Handy und tippte eine Nummer ein. Da er leise sprach, konnte Adrienne nicht verstehen, was er sagte. Mehrere Minuten später schwebte eine Dame undefinierbaren Alters herein, die in einem goldfarbenen Kleid steckte, High Heels an den Füßen trug und ihr kunstblondes Haar zu einem kürbisähnlichen Ballon auftoupiert hatte.

Zunächst glaubte Adrienne, es wäre die Patientin von Nummer eins selbst, doch sah diese Frau absolut unversehrt aus. Im Lauf des Gesprächs stellte sich heraus, dass es sich um deren Managerin handelte. Sie verwahrte sich empört gegen die Vorwürfe, die ihre Entourage betrafen, und gab den Leuten die Schuld, die die Straße hatten passieren wollen, obwohl es ihnen untersagt worden wäre.

Adrienne begriff, dass es hier ein grundsätzliches Missverständnis gab. Die Klinikleitung wie auch die Patientin und ihre Begleitung fassten den Begriff Schutz der Privatsphäre vollkommen unterschiedlich auf. Für die Amerikaner hieß dies, dass sie die Umgebung des Hauses Nummer eins einschließlich der Zufahrtsstraße sperren konnten, wann immer sie es für notwendig hielten, während die Klinik nur Journalisten und Kameradrohnen fernhalten wollte.

»Was ist jetzt?«, fragte Adrienne nach einer Weile scharf. »Wenn uns der ungehinderte Zugang zu unserer Unterkunft weiterhin verwehrt wird, werden wir uns einen anderen Aufenthaltsort suchen müssen.«

»Wir werden alles regeln«, versprach der Geschäftsführer nervös und bat die Amerikanerin in sein Büro.

Die Patienten, die sich beschwert hatten, wurden unterdessen durch Ärzte und Physiotherapeuten betreut. Da Adrienne keine Patientin war, blieb sie zuletzt allein zurück.

»Wo ist eigentlich Linda?«, fragte sie, da Daniela bereits einige Zeit verschwunden war.

Eine der Frauen in der Klinikverwaltung machte mehrere Anrufe und sah dann erleichtert zu Adrienne auf.

»Sie wurde in die Frauenklinik gefahren. Frau Dr. Vandereelst lässt Ihnen ausrichten, dass Sie sich keine Sorgen machen sollen. Es sieht alles gut aus. Derzeit schläft Linda. Sobald sie aufwacht, wird man sie mit einem Krankenwagen bringen. Den werden auch die Leibwächter der Amerikanerin nicht aufhalten.«

»Ich verspreche Ihnen eines: Wenn diese Kerle uns noch einmal aufhalten, knallt es hier, dass selbst in Amsterdam noch die Scheiben aus den Fenstern fliegen«, drohte Adrienne und verließ das Zimmer.

Als sie nach draußen kam, war die Zufahrtsstraße zu den anderen Häusern noch immer durch die Autos der Amerikanerin versperrt, und zwei der Kleiderschränke standen vor der Haustür. Da sie sich nicht in der Lage fühlte, sich mit ihnen auseinanderzusetzen, bog Adrienne ab und schlug einen großen Bogen durch das Gelände, bis sie schließlich nach einem Umweg von dreifacher Länge der normalen Strecke Haus Nummer neun erreichte, in dem sie untergebracht waren.

9.

In München erhielt Lisbeth Sieberts Optimismus durch die guten Nachrichten aus den Niederlanden neuen Aufschwung. »Wenn Gott will, werde ich in etwas mehr als sieben Monaten meinen Enkel in den Armen halten«, erklärte sie Max und Bernd Christaller, die an diesem Abend in ihrer Villa zu Gast waren.

»Mich würde es freuen«, antwortete Max, während sein Sohn nachdenklich durch das Fenster hinausblickte und den Sonnenuntergang verfolgte.

»Mich interessiert derzeit mehr, wie Carl Siebert an unsere Unterlagen kommt. Ich halte es für sehr unwahrscheinlich, dass Joachim Bolger ihm die Sachen überlässt.«

»Unterbietet er uns immer noch so knapp, dass es auffällt?«, fragte Lisbeth.

Bernd nickte. »Dabei gibt es nur drei Personen, die ihm unsere Unterlagen geben könnten. Das sind Bolger, seine Sekretärin Karin Maier, und der Dritte bin ich. Ich weiß, dass ich es nicht war. Bei Bolger und seiner Sekretärin kann ich es mir jedoch auch nicht vorstellen.«

»Du spürst diesem Mysterium schon seit Monaten nach«, warf sein Vater ein.

»Ja, und langsam tut uns das Datenleck weh. Wir werden in diesem Jahr wahrscheinlich zwanzig Prozent weniger Umsatz machen als im letzten.«

Lisbeth sah ihn besorgt an. »So viel? Das ist ärgerlich. Was können wir dagegen tun?«

»Ich habe Bolger mehrere Vorschläge unterbreitet, doch er nimmt mich nicht ernst. Über seinen Kopf hinweg kann ich jedoch nicht handeln.«

»Wenn er dir weiterhin Schwierigkeiten macht, muss ich ihn doch früher als geplant als Geschäftsführer absetzen«, überlegte Lisbeth laut.

»Ich habe immer noch einen der Abteilungsleiter in Verdacht«, berichtete Bernd. »Hübner hat letztens eine Kopie der Teilliste, die er erarbeiten sollte, im Drucker liegen lassen. Ich habe es nur deshalb bemerkt, weil ich glaubte, er wäre noch in der Firma und könnte mir eine Auskunft geben.«

»Ist es der, der sich bereits als Bolgers Nachfolger sah, bevor du in die Firma eingetreten bist?«, fragte sein Vater.

»Ja. Genau das jedoch irritiert mich. Wenn ich für Carl Siebert spionieren würde, würde ich mit meinen Unterlagen achtsam umgehen und nicht einen wichtigen Ausdruck liegen lassen.«

»Vielleicht wollte er damit von sich ablenken«, überlegte Lisbeth.

Bernd schüttelte den Kopf. »Nicht auf diese Art. Ein so wichtiges Papier offen in einem unversperrten Büro liegen zu lassen, reicht für eine Abmahnung aus.«

»Soll ich dafür sorgen, dass Hübner abgemahnt wird?« Lisbeths Stimme klang scharf, doch Bernd hob abwehrend die Hand.

»Ich möchte am Montag mit ihm reden und ihm reinen Wein einschenken. Entweder ist er der Zuträger, dann wird er sich verraten. Ist er es nicht, könnte es die Differenzen zwischen uns bereinigen.«

»Das ist riskant«, erklärte sein Vater.

»Aber die einzige Chance, die ich sehe. Wir haben einen Spion in der Firma, und ich will herausfinden, wer es ist. Es könnte natürlich auch sein, dass jemand anders in der Firma durch Zufall das Passwort eines Berechtigten entdeckt hat und dies ausnützt, um unsere Angebotslisten an Carl Siebert zu verkaufen.«

Max schüttelte den Kopf. »Wenn das so ist, wirst du ihn kaum aufdecken können.«

»Wir könnten die Passwörter ändern oder eine Datei mit falschen Angaben erstellen. Das geht aber nur mit Bolgers Zustimmung. Der will jedoch nichts davon wissen«, erklärte Bernd frustriert.

»Es muss etwas geschehen!«, rief Lisbeth entschlossen. »Das nächste Angebot wirst du erstellen und es niemandem zeigen, auch Bolger nicht.«

Bernd überlegte kurz und grinste. »Das werde ich tun. Allerdings werde ich Bolger ein zweites, um drei Prozent höheres Angebot vorlegen, das nicht weitergegeben wird. Wenn es jemand an Carl Siebert weiterleitet und dieser sich darauf verlässt, wird er sein blaues Wunder erleben.«

»Das hoffe ich doch sehr. Zwanzig Prozent Umsatzrückgang können wir nicht lange durchstehen«, erklärte Lisbeth mit einer Miene, die dem Schuldigen nichts Gutes versprach.

»Kann Carl Siebert es sich überhaupt leisten, jedes Mal billiger zu sein als ihr?«, fragte Max.

»Leider ja. Bei einem Auftrag über eine Million sind es oft nur drei- oder viertausend Euro, um die er uns unterbietet. Da die öffentliche Hand angehalten ist, den billigsten Anbieter zu nehmen, schnappt er uns damit wichtige Aufträge weg. Auch wenn er weniger daran verdient, kann er es noch lange durchhalten. Bis dorthin wären wir am Ende.«

»Er will Druck auf mich ausüben, damit ich ihm die Firma überlasse«, rief Lisbeth erbost. »Aber das wird ihm nichts helfen. Du erhältst jede Vollmacht von mir, die du benötigst, um dich intern durchzusetzen.«

»Ich würde mich lieber ohne offene Vollmachten durchsetzen«, antwortete Bernd und legte sich in Gedanken bereits einen Plan zurecht.

»Jetzt aber sollten wir dieses unerfreuliche Thema verlassen und über schönere Dinge reden. Es sieht also gut aus mit deinem Enkelchen?«, fragte Max Lisbeth mit einem aufmunternden Lächeln.

Ihre Miene wurde für einen Augenblick weich. »Die Schwangerschaft ist bestätigt und die junge Frau fit und gesund. Es kann eigentlich nichts mehr schiefgehen.«

»Das würde mich freuen«, sagte Max und sah dann seinen Sohn tadelnd an. »Ich hätte auch gerne einen Enkel, doch Bernd zieht nicht so recht.«

»Dafür müsste ich erst eine Frau finden, die mich so nimmt, wie ich bin. Eine wie Linda Holmes kann ich jedenfalls nicht brauchen. Jens musste fast rund um die Uhr für sie da sein, und so etwas darf ich mir in meiner Position nicht leisten«, antwortete Bernd und stand auf. »Du kannst noch bleiben, Vater. Ich nehme ein Taxi und fahre nach Hause. Ich möchte heute noch mal an den Computer und ein paar Sachen nachsehen.«

»Mein Chauffeur kann dich doch fahren«, bot Lisbeth an.

Bernd schüttelte lachend den Kopf. »Den habe ich vorhin mit der Köchin losfahren sehen. Anscheinend muss er ihr beim Einkaufen helfen. Ich will nicht warten, bis sie zurückkommen. Daher rufe ich mir ein Taxi.«

»Tu das!« Max seufzte, denn für ihn war sein Sohn etwas zu sehr auf seine Arbeit fixiert. Falls Carl Siebert aber tatsächlich einen Spion in der Firma angeworben hatte, musste Bernd das wohl auch sein.

10.

Am nächsten Tag betrat Bernd Hübners Büro und grüßte freundlich.

»Tach«, brummte der.

»Kennen Sie das hier?«, fragte Bernd und reichte ihm den Ausdruck.

Der Mann warf einen Blick darauf und nickte. »Das ist der Teil des Angebots, den ich machen musste.«

»Ich habe ihn gestern Nachmittag im Ausgabefach Ihres Druckers gefunden«, erklärte Bernd und behielt den anderen fest im Auge.

Hübner schüttelte verwirrt den Kopf. »Das kann nicht sein.«

»Dann schauen Sie auf die Druckernummer und auf die Zeit, in der dieser Ausdruck erstellt worden ist«, forderte Bernd ihn auf.

Mit einem ärgerlichen Schnauben tat Hübner es. »Ja, es ist mein Drucker«, gab er schließlich zu, wies dann aber auf die Uhrzeit. »Da war ich beim Mittagessen. Das können genug Leute bezeugen.«

Bernd glaubte ihm. Trotzdem hatte Hübner einen kapitalen Fehler begangen.

»Wenn Sie um die Zeit nicht hier waren, muss es jemand anders ausgedruckt und liegen gelassen haben. Das heißt, Sie hatten Ihren Computer nicht gesichert.«

»Aber wieso … Aber ich …«, stotterte Hübner und sah dann Bernd giftig an. »So ist das also. Sie wollen mir die Schuld daran in die Schuhe schieben, dass Carl Siebert unsere Angebote anscheinend kannte und unterbieten konnte. Ich war es nicht, aber das ist Ihnen und der Chefin, die hinter Ihnen steht, wahrscheinlich egal.«

Bernd sah Hübner an, dass er im Geiste bereits mit seiner Entlassung rechnete, und schüttelte den Kopf. »Würde ich Sie für den Schuldigen halten, wäre ich nicht zu Ihnen gekommen. Sie sind ein intelligenter Mensch und hätten sich niemals dazu verleiten lassen, Interna weiterzugeben. Allerdings sind Sie zu vertrauensselig, sonst würden Sie Ihren Computer sperren, wenn Sie das Zimmer verlassen.«

»Was wollen Sie dann von mir?«

»Ich will, dass Sie mir helfen, den Spion zu finden. Es steht eine neue Ausschreibung an, und diesmal will ich den Zuschlag erhalten. Dafür brauche ich Ihre Hilfe und Ihre absolute Verschwiegenheit«, erklärte Bernd und reichte ihm ein anderes Blatt. »Ich möchte, dass Sie Ihren Angebotsteil in zwei Ausfertigungen machen, einmal zu den von uns bisher geforderten Konditionen, den anderen aber um zwölfhundert Euro billiger. Diesen geben Sie mir und sichern die entsprechende Datei mit einem Passwort.«

»Zwölfhundert werden nicht reichen, um Carl Siebert zu unterbieten«, wandte der Mann ein.

»Das weiß ich. Den Rest übernehme ich. Bolger bekommt das höhere Angebot auf den Tisch.«

Der Abteilungsleiter starrte Bernd erschrocken an. »Sie wollen Bolger übergehen? Glauben Sie etwa, dass er die Daten weitergibt?«

»Man kann es nicht ausschließen. Schließlich hat er mich abblitzen lassen, als ich meinen Verdacht gegen Carl Siebert äußerte. Aber der Schwager der Chefin muss unsere Angebote kennen, sonst könnte er sie nicht so zielgenau unterbieten.«

Bernd besprach mit Hübner noch ein paar Einzelheiten seines Plans und kehrte in sein Büro zurück. Dort stellte er zwei Angebotslisten zusammen und wartete dann auf die Dateien der anderen Abteilungsleiter. Die von Hübner kamen noch am selben

Vormittag und waren so erstellt worden, wie er sie angefordert hatte.

Am nächsten Tag standen ihm auch die restlichen Ausarbeitungen zur Verfügung. Während er das wie üblich berechnete Angebot an Bolger weiterreichte, zog er bei dem zweiten insgesamt fünftausend Euro ab, versah es mit einem Anschreiben und steckte es in ein Kuvert.

Für die Ausgangspost war ein Praktikant zuständig. Bevor dieser das Werk verließ, um zum Postamt zu fahren, trat Bernd in sein Zimmer und sah die Briefe durch. Als er den von Karin fertiggestellten Umschlag mit dem höheren Angebot fand, steckte er diesen ein und tauschte ihn gegen seinen aus.

Auf dem Rückweg in sein Büro fragte er sich, ob es ihm gelingen würde, Carl Siebert zu überlisten. Wichtiger war es jedoch festzustellen, wer diesem die Unterlagen zuspielte. Der Kreis war sehr klein, und für den Fall, dass jemand versuchen sollte, auf die von Bolger abgesegnete Angebotsdatei zuzugreifen, hatte er Maßnahmen ergriffen, um diese Person ausfindig zu machen.

11.

In der Sportklinik in den Niederlanden hatte sich die Aufregung um die neue Bewohnerin des Hauses Nummer eins noch nicht gelegt. Zwar hatte die Klinikleitung darauf gedrungen, dass den anderen Patienten und Gästen nicht mehr der Weg verlegt werden durfte, doch gab es noch genug Ärger. Wer an Haus Nummer eins vorbeifuhr, musste es zügig tun und durfte kein Handy oder eine Kamera offen im Auto herumliegen lassen oder gar in der Hand halten. Außerdem schotteten die Bodyguards ihre Chefin vollkommen ab, wenn diese zur Behandlung gefahren wurde. Dadurch wurde die Straße noch immer mindestens viermal am Tag für eine Viertel- bis halbe Stunde gesperrt. Auch durfte sich außer den behandelnden Ärzten niemand in den Räumen aufhalten, welche die Amerikanerin aufsuchte.

»Wie wird das erst, wenn die Frau ihre Übungen macht? Sperren die dann den Kraftraum und die Gymnastikhalle?«, fragte Daniela, als Adrienne und sie wieder einmal von der Untersuchung bei der Frauenärztin zurückkamen.

Adrienne zuckte mit den Schultern, musste dann aber ein Stück vor der Einfahrt anhalten, da ein Bus stehen geblieben war und einige Leute ausstiegen. Im nächsten Augenblick wurde die linke hintere Tür aufgerissen, ein Mann hechtete in den Wagen und schlug die Tür hinter sich zu.

»Keine Angst«, sagte er, als Daniela sich erschrocken zu ihm umwandte. »Ich möchte nur, dass Sie mich auf das Gelände der Sportklinik mitnehmen.«

»Was wollen Sie dort?«, fragte Adrienne gepresst.

»Nichts von Ihnen. Ich will …«

»Der Amitussi auflauern«, unterbrach Daniela ihn. Sie hatte eine kleine, nicht gerade billig aussehende Kamera in seiner Hand entdeckt.

»Sie müssen mich nicht zu ihrem Quartier bringen. Wo die Frau abgestiegen ist, finde ich selbst heraus«, fuhr der Mann fort.

»Dabei müssen Sie allerdings darauf achten, an welchen Bäumen deren Gorillas hängen«, spottete Daniela.

Adrienne hingegen nahm die Sache mit weniger Humor. »Raus!«, fuhr sie den Mann an. »Wenn Sie nicht sofort verschwinden, rufe ich die Polizei!«

Da sie bei den letzten Worten zu ihrem Handy griff, begriff der Journalist, dass es ihr ernst war, und verließ fluchend den Wagen.

»Ich hätte es der blöden Kuh vergönnt, ihr Bild in irgendeinem Schmierblatt zu sehen«, erklärte Daniela.

»Dann soll er zusehen, wie er daran kommt, aber nicht über uns«, antwortete Adrienne und wollte, da der Bus weg war, losfahren. Da überholte sie ein anderer Wagen und bog vor ihr in die Einfahrt ein. Sie blieb hinter ihm stehen und wartete, bis er sich bei den Wachtposten ausgewiesen hatte. Noch während er weiterfuhr, war der Klingelton eines Handys zu hören, und der Mann griff danach.

»Ist eigentlich verboten, am Steuer das Handy zu benützen«, kommentierte Daniela die Situation und wartete gespannt, was weiter geschehen würde.

Adrienne zuckte mit den Schultern. »Wir sind hier auf Privatgelände.«

»Ist das nicht unser direkter Nachbar? Er sollte sein Handy einstecken, bevor er bei den Gorillas aus Amerika vorbeifährt.«

»Warum sagst du immer Gorillas zu den Bodyguards der Nummer eins?«, fragte Adrienne verwundert.

»In den Heften, die mein Ex Mike gelesen hat, wurden die Leibwächter von Gangsterbossen und reichen Leuten so genannt«, erklärte Daniela und wies nach vorne. »Der Idiot. Jetzt haben sie das Handy gesehen.«

Noch während Daniela es sagte, verlegten zwei Bodyguards dem Autofahrer den Weg. Als dieser unwillkürlich anhielt, öffnete einer die Fahrertür, nahm ihm das Handy ab und warf es zu Boden. Es knirschte, als er mit seinem Schuh zutrat und das Handy zerquetschte.

»Sie, das lasse ich mir nicht gefallen«, rief dessen Besitzer voller Wut.

Adrienne ließ empört die Scheibe auf der Fahrerseite hinab und steckte den Kopf hinaus. »Wenn Sie den Kerl anzeigen wollen, haben Sie hier zwei Zeuginnen.«

Der eine Leibwächter, mit dem sie schon einmal aneinandergeraten waren, drehte sich um und kam mit erhobenen Fäusten auf sie zu. Daniela tastete im Auto umher, ob sie nicht einen Gegenstand fand, mit dem sie dem Kerl eins überziehen könnte. Da gab Adrienne Gas und schoss auf den Mann zu, drückte aber im letzten Augenblick auf die Bremse. Gleichzeitig hechtete der Leibwächter ins Gebüsch, weil er annahm, sie würde ihn überfahren.

Da auch der andere Leibwächter den Weg freigegeben hatte, fuhr der Besitzer des kaputten Handys los, und Adrienne folgte ihm sofort.

»Solchem Gesindel gehört das Handwerk gelegt. Die sollten begreifen, dass sie nicht in ihrem Bum-bum-Land sind, sondern im zivilisierten Europa«, schimpfte Adrienne.

Trotz des erlittenen Schreckens amüsierte Daniela sich. Es war Adriennes Aufgabe, ihr das Vokabular der besseren Gesellschaft beizubringen. Doch wie es aussah, färbte eher sie auf Adrienne ab. Sie vergaß den Bodyguard und dessen übergeschnappte Chefin aber nicht und überlegte, wie sie ihnen diesen Terror heimzahlen konnte.

Ihr Blick fiel dabei auf ihren Nachbarn, der eben mit zornrotem Gesicht aus seinem Wagen stieg und sofort einen Bogen um die Anlage schlug, um das Verwaltungsgebäude zu erreichen. Bislang hatte es kaum Kontakt zu ihm und den anderen Bewohnern der Anlage gegeben, doch Daniela beschloss, dies zu ändern. Allein konnte sie gegen die rüpelhaften Kerle nichts unternehmen. Doch gemeinsam waren selbst die Schwachen stark.

VIERTER TEIL
Falscher Stolz

1.

Sebastian Bolger starrte auf den Brief, den seine Sekretärin ihm vorgelegt hatte, und sagte sich, dass er eigentlich zufrieden sein müsste. Zum ersten Mal seit Wochen war es ihnen gelungen, die Carl-Siebert-Werke bei der Ausschreibung eines Großauftrags zu übertreffen. Das Angebot, das den Zuschlag erhalten hatte, stammte jedoch mit absoluter Sicherheit nicht von ihm. Er überprüfte die einzelnen Summen und entdeckte, dass sowohl Hübner wie auch Bernd Christaller andere Beträge eingetragen hatten als die ihm vorliegenden. Es handelte sich nicht um große Summen, sondern nur um insgesamt knapp fünftausend Euro, trotzdem fand er es empörend, wie man ihn übergangen hatte.

Mit einer energischen Bewegung drückte er die Ruftaste ins Vorzimmer. »Frau Maier, Christaller soll kommen – und zwar sofort!«

»Selbstverständlich, Herr Bolger.« Karin Maier lächelte zufrieden, als sie den Telefonhörer nahm und Bernds Nummer eintippte.

»Hier Christaller«, meldete sich dieser.

»Sie sollen umgehend zu Herrn Bolger kommen«, sagte Karin und legte auf.

Zwei Minuten später klopfte es an der Tür, und Bernd kam herein. »Grüß Gott, Frau Maier. Da bin ich.«

»Gehen Sie hinein!«

Verwundert über den höhnischen Tonfall der Sekretärin klopfte Bernd an Bolgers Tür und trat ein, sobald er ein geschnarrtes »Herein!« hörte. Bolger saß wie ein fetter Buddha hinter seinem Schreibtisch und wedelte mit der Zusage für das neue Projekt herum.

»Was soll das hier bedeuten?«, fragte er scharf.

»Das ist die Bestätigung, dass wir bei dieser Ausschreibung den Zuschlag erhalten haben«, antwortete Bernd.

Bolgers Miene wurde eisig. »Dieses Angebot wurde nicht von mir abgezeichnet. Sie haben mich übergangen. Das ist eine Unverschämtheit, die nicht ohne Folgen bleiben kann.«

»Ich verstehe nicht, was Sie meinen.«

»Sie werden mich gleich verstehen. Ich lasse mir das nicht gefallen. Sie und Hübner werden Konsequenzen ziehen.«

»Herr Bolger, dieses Angebot wurde mit Frau Siebert abgesprochen.« Bernds Stimme klang nicht weniger eisig als die seines Vorgesetzten.

»Sie haben mich trotzdem übergangen!«, schäumte Bolger auf. »Ich habe diese Firma über zwanzig Jahre geführt, und jetzt kommen Sie und behandeln mich wie den letzten Trottel.«

Nun wurde auch Bernd laut. »Sie haben sich dies selbst zuzuschreiben, weil Sie meinen Verdacht, jemand könnte Carl Siebert über unsere Angebote informieren, als Unsinn abgetan haben. Jetzt aber haben wir den Beweis für gezielte Industriespionage.«

»Sie haben gar nichts, außer mich bei Frau Siebert schlecht gemacht. Das lasse ich mir nicht gefallen! Wenn Sie nicht freiwillig gehen, werde ich dafür sorgen, dass Sie gehen müssen.«

Bolgers Wut war für Bernd unverständlich, es sei denn, der Geschäftsführer war selbst mit der Konkurrenz im Bunde. An die gekränkte Eitelkeit eines alten Mannes, der sich an seinen Posten klammerte und ihn als denjenigen ansah, der ihn davon verdrängen wollte, dachte er nicht.

»Es steht Ihnen frei, von Frau Siebert meine Entlassung zu verlangen«, antwortete er kühl. »Sie wird Ihnen jedoch bestätigen, dass sie mich beauftragt hat, die Angebote auf Ausschreibungen ohne Absprache mit Ihnen zu erstellen.«

»Weil Sie Frau Siebert weisgemacht haben, ich würde Ihren Schwager über unsere Angebote informieren. Sie sind ein intrigantes Schwein, Christaller! Aber das wird Ihnen nichts helfen. Ich habe die Ludwig-Siebert-Werke über zwanzig Jahre ausgezeichnet geführt und werde Ihre Entlassung bei Frau Siebert durchsetzen. Sie können gehen.«

»Das tue ich auch.« Bernd drehte sich um und verließ Bolgers Büro ohne Gruß.

Im Vorzimmer lächelte Karin Maier zufrieden. Das Gespräch zwischen den beiden Männern war so laut gewesen, dass sie es hatte mithören können. Sie sandte Bernd einen giftigen Blick und wollte sich wieder ihren Papieren zuwenden. Da leuchtete die Ruftaste auf. »Sie wünschen, Herr Bolger?«, fragte sie dienstbeflissen.

»Mein Wagen soll vorfahren.«

Bolger hatte beschlossen, Lisbeth Siebert umgehend aufzusuchen, um Christallers und Hübners Entlassung durchzusetzen. Was für eine Unverfrorenheit, ihn zu übergehen. Und es dann auch noch so aussehen zu lassen, als wäre er dafür verantwortlich, dass Carl Siebert sie ein paarmal hatte übertreffen können. Er schäumte immer noch vor Zorn, als er im Fond des schweren Wagens saß und zu Lisbeths Villa chauffiert wurde.

2.

Lisbeth Siebert hatte an diesem Tag erneut gute Nachrichten aus den Niederlanden erhalten. Es hieß, Daniela habe den dritten Schwangerschaftsmonat gut hinter sich gebracht, und nun war es höchste Zeit, sich die junge Frau genauer anzusehen. Sie wollte gerade Max anrufen und ihn fragen, ob er sich freimachen könne, um mit ihr nach Holland zu fahren. In dem Moment klingelte das Telefon, und die Digitalanzeige verriet ihr, dass Bolgers Sekretärin Karin Maier am anderen Apparat war. Da sie den Anruf für wichtig hielt, hob sie ab und meldete sich.

»Guten Tag, hier ist Lisbeth Siebert.«

»Herr Bolger ist auf dem Weg zu Ihnen. Er muss Sie dringend sprechen, Frau Doktor Siebert«, erklärte Karin Maier mit freundlichster Stimme.

»Danke. Ich werde auf ihn warten.«

Keine Viertelstunde später bog Bolgers Dienstwagen auf den Parkplatz der Villa ein. Der Mann stieg aus und stürmte mit langen Schritten auf das Haus zu. Lisbeths Haushälterin Sabine Winkler ließ ihn ein und führte ihn zu ihrer Herrin.

»Guten Tag, Herr Bolger«, grüßte Lisbeth.

»Ich will mich beschweren«, erklärte Bolger, ohne zu grüßen. »Christaller und Hübner haben mich bei dem Angebot für die letzte Ausschreibung einfach übergangen. Das ist ein Affront, den ich nicht hinnehmen kann.«

»Was ist mit der Ausschreibung? Haben wir den Auftrag erhalten, oder war es wieder Carl Siebert?« Das interessierte Lisbeth am meisten.

»Wir haben den Zuschlag erhalten, aber nicht zu den Konditionen, die ich ausgearbeitet habe!«, rief Bolger empört.

»Mit den Konditionen, die Sie ausgerechnet haben, haben wir die letzten Ausschreibungen gegen Carl Siebert verloren.« In Lisbeths Stimme schwang eine Warnung mit, es nicht zu weit zu treiben.

»Ich bin der verantwortliche Geschäftsführer. Christaller hat kein Recht, mich zu übergehen. Ich werde nicht mehr mit ihm zusammenarbeiten.«

»Jetzt beruhigen Sie sich, Herr Bolger. Immerhin haben wir den Auftrag erhalten. Das ist wohl das Wichtigste.« Lisbeth wollte den Mann zur Vernunft bringen, doch er beklagte sich weiter über Bernds Handlungsweise und stellte ihr zuletzt ein Ultimatum.

»Entweder Christaller geht, oder Sie werden auf mich verzichten müssen.«

Lisbeth musterte den Mann eine Weile, ohne etwas zu sagen. Seit mehr als dreißig Jahren war Bolger in der Firma, zwanzig davon als Geschäftsführer. Es tat ihr leid, dass sich die Situation so zugespitzt hatte. Hätte sie Bernd vielleicht bremsen sollen?, fragte sie sich. Andererseits hatte Bolger dessen Verdacht, es gäbe einen Spion in der Firma, nicht ernst genommen und Bernd sogar daran gehindert, diesem nachzuspüren. Auch in dieser Situation interessierte ihn die undichte Stelle in der Firma nicht im Geringsten. Stattdessen forderte er Lisbeth in einer geradezu unverschämten Weise auf, Bernd vor die Tür zu setzen.

Nicht mit mir, dachte sie. »Ich bedauere, dass es zu dieser Eskalation gekommen ist, Herr Bolger. Bis heute war ich überzeugt, dass auch für Sie das Wohl der Firma an erster Stelle stünde. Anstatt jedoch mitzuhelfen, Carl Sieberts Intrigen aufzudecken, fordern Sie mich auf, den Mann zu entlassen, dem es anders als Ihnen gelungen ist, sich gegen meinen Schwager durchzusetzen. Ich nehme es Ihnen persönlich übel, dass Sie mich weder über Bernd Christallers Verdacht bezüglich eines

Werkspions informiert haben noch darüber, dass unsere Umsätze in den letzten Monaten um zwanzig Prozent zurückgegangen sind. Wenn sich solche Einbrüche fortsetzen, geht es den Ludwig-Siebert-Werken an die Substanz.«

Bolger versuchte, Lisbeth zu unterbrechen, doch sie ließ ihn nicht zu Wort kommen.

»Was Bernd Christaller betrifft, so habe ich die Hoffnung gehegt, Sie beide würden zum Wohl der Firma zusammenarbeiten. Bernd war nicht darauf aus, Sie so rasch zu ersetzen. Sie hätten noch drei, vier, meinetwegen auch fünf Jahre Geschäftsführer bleiben und ihn in dieser Zeit an seine Aufgaben heranführen können. Doch wie ich sehe, sind Sie dazu nicht bereit.«

Nun erst begriff Bolger, dass ihm der Wind ins Gesicht blies. In den zwanzig Jahren an der Spitze der Firma hatte er sich jedoch in das Gefühl hineingesteigert, unersetzlich zu sein.

»Sie haben meine Bedingung gehört. Entweder verlässt Christaller die Firma, oder ich werde sie verlassen«, erklärte er.

Lisbeth sah ihn traurig an. »Sie lassen mir leider keine andere Wahl, Herr Bolger. Ich habe Bernd Christaller als Ihren Nachfolger ausersehen und werde von dieser Entscheidung nicht abgehen. Aufgrund Ihrer bisherigen Verdienste um die Firma werde ich Sie jedoch nicht entlassen, sondern nur beurlauben. Vielleicht kommen Sie doch noch zur Vernunft.«

Im Vollgefühl seiner Unersetzbarkeit blickte Bolger höhnisch auf sie herab. »Meinetwegen können Sie Ihre Firma von diesem Schulbuben gegen die Wand fahren lassen. Ich werde keinen Finger mehr für Sie rühren.«

»Damit haben Sie Ihre Entscheidung getroffen. Sie werden noch heute Ihren Schreibtisch an Bernd Christaller übergeben, mitsamt allen Unterlagen und Passwörtern. Und ich habe Sie einmal für einen Freund gehalten.«

Lisbeths Stimme klang traurig, aber bestimmt. Bolger war ein guter Geschäftsführer gewesen, doch mit seinem Widerstand gegen ihre Entscheidung, Bernd als seinen Nachfolger aufzubauen, hatte er der Firma Schaden zugefügt.

Bolger schnaubte und sah Lisbeth dabei an, als erwarte er, sie würde es sich noch einmal überlegen. Doch sie griff zum Telefon, wählte Bernds Firmennummer und gab ihm ungeachtet der Tatsache, dass Bolger noch neben ihr stand, die Anweisung, dessen Posten zu übernehmen.

»Nun, wenn Sie es nicht anders wollen!«, stieß Bolger hervor und verließ das Haus ohne Gruß. Als er im Auto saß und der Chauffeur ihn zur Firma zurückfuhr, begriff er, dass ihm dieser Wagen in Zukunft nicht mehr zur Verfügung stehen würde. Auch das kreidete er Bernd an.

3.

Als Bolger sein Büro erreichte, erschrak seine Sekretärin angesichts seiner verzerrten Miene. »Was ist geschehen?«

»Die Siebert hat mich rausgeworfen, und das nach über dreißig Jahren, in denen ich mich für ihre Firma abgerackert habe! Aber das kommt die Frau teuer zu stehen, sage ich Ihnen. Mir steht eine Abfindung zu, die sich gewaschen hat!« Bolger ballte die Faust, als wolle er Lisbeth aus der Ferne drohen.

Da schüttelte Karin Maier den Kopf. »Die drei oberen Hierarchiestufen sind von einer Abfindung ausgenommen.«

Bolger zuckte zusammen, denn in seiner Wut hatte er das ganz vergessen.

»Aber warum hat Frau Siebert Sie entlassen?« Es ging über ihr Verständnis, dass ihr Chef mit all seiner Erfahrung jemandem wie Bernd Platz machen musste.

»Es ging um die neue Ausschreibung.«

»Hat wieder Carl Siebert gewonnen?«

»Nein, diesmal haben wir den Zuschlag erhalten.«

»Aber wie kann das sein? Ich hatte doch die Unterlagen an Carl Siebert geschickt«, entfuhr es Karin Maier.

Ihre unbedacht ausgesprochenen Worte trafen Bolger wie ein Schlag. »Was haben Sie getan? Also hatte Christaller doch recht, als er meinte, bei uns würde jemand für Carl Siebert spionieren!«

»Ich habe es nur Ihretwegen getan!«, stieß Karin Maier erregt hervor. »Lisbeth Siebert wollte Sie von Ihrem Posten verdrängen. Das durfte ich nicht zulassen. Herr Siebert hat mir versprochen, Sie würden Geschäftsführer der Ludwig-Siebert-Werke bleiben, sobald er die Firma übernimmt.«

Sebastian Bolger war klar, dass er nun zu Bernd Christaller hätte gehen und zugeben müssen, dass dessen Verdacht nicht grundlos gewesen war. Doch das ließ sein Stolz nicht zu. »Bereiten Sie alles für eine ordnungsgemäße Übergabe vor. Ich will spätestens in einer halben Stunde gehen.«

»Aber was wird aus mir? Christaller wird mich sicher nicht als Sekretärin behalten«, rief Karin Maier entsetzt.

Einen Augenblick überlegte Bolger, ob sie nicht besser bleiben und weiterhin versuchen sollte, Carl Siebert mit Informationen zu versorgen. Allerdings hatte Bernd Christaller den Kreis der Schuldigen bereits auf ihn und seine Sekretärin eingegrenzt. Daher würde er die Frau innerhalb kürzester Zeit entlarven.

»Sie kommen besser mit mir. Sobald Carl Siebert die Firma übernommen hat, kehren wir zurück. Dann aber wird Christaller sein blaues Wunder erleben!« Noch während er zufrieden die Faust ballte, bemerkte er das erschrockene Gesicht seiner Sekretärin und drehte sich um.

Bernd stand mit eisiger Miene im Türrahmen. Offenbar hatte er seine letzten Sätze gehört.

»Können Sie nicht anklopfen?«, fragte Bolger empört.

»Die Tür stand offen«, antwortete Bernd. »Außerdem ist das hier ab jetzt mein Büro. Es wäre mir lieb, wenn wir die Übergabe so rasch wie möglich über die Bühne bringen könnten. Es sind weitere Ausschreibungen eingetroffen, für die ich Angebote schreiben will, ohne dass Carl Siebert eine Kopie davon bekommt.«

Der verächtliche Tonfall bewies Bolger, dass Bernd ihn für den eigentlichen Verräter hielt, und er ärgerte sich darüber. Seine Bemerkung war jedoch zu eindeutig gewesen, um jetzt noch behaupten zu können, nichts mit Carl Siebert zu tun zu haben. Mit einer gehörigen Portion Wut im Bauch übergab er Bernd die Schreibtischschlüssel sowie die Passwörter zu den Geschäftsdateien. Am liebsten hätte er seinen Mail-Account gelöscht, da er wahllos private und geschäftliche Mails empfangen und gesendet hatte. Wegen der Geschäftsmails durfte er das jedoch nicht.

»So, das wäre alles«, sagte er nach einer Weile.

»Dann würde ich mich freuen, wenn auch Frau Maier mir ihre Passwörter nennen würde.« Bernd wandte sich der Sekretärin zu und streckte fordernd die Hand aus.

»Ich denke nicht daran!«, fauchte diese.

»Das Verweigern wichtiger Passwörter rechtfertigt eine fristlose Kündigung, und Sie verlieren dadurch jeglichen Anspruch auf eine Abfindung«, warnte Bernd sie.

In der festen Überzeugung, dass die Firma spätestens in ein paar Monaten an Carl Siebert übergehen und dieser Bolger und ihr die Rückkehr ermöglichen würde, bedachte Karin Maier Bernd mit einem unanständigen Ausspruch. Dann nahm sie ihre Handtasche und ging. Bolger folgte ihr mit einem Gefühl, als würde er ersticken.

Als sich die Tür hinter den beiden schloss, griff Bernd sich an die Stirn und fragte sich, ob er das Vertrauen, das Lisbeth in ihn setzte, würde rechtfertigen können. Dabei fiel sein Blick auf den wuchtigen Schreibtischsessel, auf dem Bolger immer gethront hatte, und er beschloss, den schlichten Bürostuhl aus seinem bisherigen Arbeitszimmer zu holen. Für dieses monströse Ding gab es im Werk sicher einen Abstellraum.

Auf dem Weg zu seinem Büro kam er an Hübners Arbeitszimmer vorbei. Kurz entschlossen blieb er stehen und trat ein.

»Guten Tag, Herr Hübner. Sie sind ab sofort stellvertretender Geschäftsführer und für die Ausarbeitung der Angebote bei Ausschreibungen zuständig.«

»Sie setzen viel Vertrauen in mich«, antwortete Hübner mit einem gewissen Spott.

»Ich weiß, dass Sie ehrgeizig sind. Darauf baue ich, denn wenn Sie in ein paar Jahren diese Firma verlassen, um anderswo verantwortlicher Geschäftsführer zu werden, machen sich lobende Erwähnungen besonders gut.«

Hübner sah Bernd kopfschüttelnd an. »Sie sind ein gerissener Hund! Wie es aussieht, hat Bolger Adieu gesagt. Das habe ich erwartet. Entweder war er Carl Sieberts Zuträger – oder seine Sekretärin hat es getan. Ein anderer wäre nie an die Daten gelangt.«

»Außer uns beiden, wollen Sie sagen. Sie sind zu ehrgeizig, um durch einen solchen Fehler Ihre Karriere zu riskieren, und ich war es gewiss nicht. Also blieben tatsächlich nur noch Bolger und seine Sekretärin. Es ist traurig, dass ein Mensch so werden kann. Aber kommen Sie! Es gibt viel zu tun.«

»Jetzt zeigen wir Carl Siebert, was eine Harke ist!«, rief Hübner lachend.

Bernd nickte entschlossen. »Ja, das tun wir.« Und zwar im doppelten Sinn, fuhr es ihm durch den Kopf, denn wenn Jens Sieberts Kind zur Welt gekommen war, hatte Lisbeths Schwager endgültig verloren.

4.

Danielas Schwangerschaft verlief planmäßig. Wöchentlich wurde sie von Sofie Vandereelst untersucht und mit Ratschlägen versehen, wie sie sich bei Schwangerschaftsbeschwerden verhalten sollte. Allerdings hatte sie kaum Probleme, sondern fühlte sich rundum wohl.

»Sie können von Glück sagen, dass Sie zu den wenigen Frauen gehören, für die eine Schwangerschaft vor allem positive Aspekte aufweist«, meinte die Frauenärztin an diesem Vormittag zu ihr.

»Ob das auch noch so ist, wenn ich einen dicken Bauch vor mir herschiebe?«, fragte Daniela lachend.

»Das wird ein wenig anstrengender als jetzt, aber bis dorthin sollten Sie sich freuen, dass es so gut läuft.«

»Das tue ich auch«, gab Daniela zu. »Im Internet habe ich so viel über Schwangerschaftskomplikationen gelesen, dass mir teilweise ganz anders wurde.«

»Es ist nun mal so, dass jene Frauen, die Beschwerden haben, diese anderen mitteilen, während diejenigen, die nur geringe Probleme haben, meistens schweigen. Leider machen diese Horrornachrichten anderen Frauen Angst«, erklärte die Ärztin.

»Angst habe ich keine. Ich bin aber ganz froh, dass mir nur selten übel wird und mir nicht alles Mögliche wehtut. Nur mein Appetit nimmt zu, und es fällt Katrijn zunehmend schwer, meine Essenswünsche zu erfüllen.« Daniela lachte erneut, denn ganz so schlimm war es nicht. Schließlich hatte Katrijn schon früher für Schwangere gekocht und ihr wahre Schauermärchen darüber erzählt.

»Sie sollten ausreichend und vor allem gesund essen«, mahnte Dr. Vandereelst sie.

»Viel gesünder geht wohl kaum. Katrijn hält sich strikt an Ihren Ernährungsplan. Wenn nicht der wöchentliche Café-Besuch mit einer Tasse Tee und einer Portion Poffertjes wäre, wüsste ich gar nicht, wie ich sündigen könnte.«

Jetzt lachte auch die Ärztin. »Eine Tasse schwarzen Tee pro Woche und eine Portion Poffertjes kann ich genehmigen.«

»Danke schön! Also dann bis nächsten Mittwoch«, sagte Daniela und streckte Dr. Vandereelst die Hand hin.

»Sollte es Komplikationen geben, was ich nicht hoffe, kommen Sie sofort zu mir.« Die Ärztin drückte ihr die Hand und führte sie in den Vorraum.

Dort wartete Adrienne bereits auf ihren Schützling und atmete beim Anblick von Danielas und Dr. Vandereelsts fröhlichen Mienen auf. Im Grunde litt sie weitaus mehr unter Danielas Zustand als die werdende Mutter, denn sie hatte Angst, ihre Auftraggeberin würde sie dafür verantwortlich machen, falls die Schwangerschaft scheiterte.

»Alles gut gegangen?«, fragte sie.

»Natürlich«, antwortete Daniela zufrieden.

»Dann können wir ja wieder zurückfahren.« Adrienne war jedes Mal froh, wenn sie wieder im Haus Nummer neun waren und Daniela nicht mehr den Gefahren des Autoverkehrs ausgesetzt war. Am liebsten hätte sie ihr auch die in ihren Augen riskanten Radausflüge mit Carolien verboten, doch die Trainerin drang darauf, dass Daniela sich ausreichend bewegte.

Als Daniela in das Auto einstieg, amüsierte sie sich über ihre Glucke, wie sie Adrienne insgeheim nannte. Es war mittlerweile der fünfte fahrbare Untersatz, den Adrienne sich besorgt hatte. Da Dr. Haase ihr die Anweisung erteilt hatte, keinerlei Aufsehen zu erregen, tauschte sie regelmäßig die Autos, damit es so aussah, als würden auch die Bewohner der Nummer neun wechseln.

Auf der Rückfahrt gab es keine Probleme. Als sie jedoch an Haus Nummer eins vorbeikamen, blitzten Danielas Augen unternehmungslustig auf. Mittlerweile trug die Amerikanerin keinen Gips mehr und trainierte hart, um wieder fit zu werden. Journalisten und Fotografen waren trotzdem nicht willkommen. Die Klinik hatte bereits ihren eigenen Sicherheitsdienst verstärken müssen, um die Presseleute fernzuhalten. Mittlerweile hieß es, die Frau werde höchstens noch zwei Wochen hierbleiben. Eine Klage wegen Körperverletzung gegen die Leibwächter der Frau hatte Dr. Haase nicht erhoben, weil das das Interesse der Medien geweckt hätte. Auch wäre Daniela mit einer solchen Lösung nicht zufrieden gewesen. Sie wollte die noch offenstehende Rechnung auf weitaus eleganterem Weg begleichen.

Daniela hatte in den letzten zwei Wochen Kontakte geknüpft und einen Plan entworfen. Da der Amerikanerin die Brötchen nicht schmeckten, die in der Küche der Klinik gebacken wurden, fuhr einer ihrer Bodyguards jeden Morgen gegen acht Uhr in die nächste Stadt, um dort welche zu holen. Inzwischen hatten einige Nachbarn die Wutausbrüche mitbekommen, mit denen die Amerikanerin ihre Angestellten beschimpfte, wenn etwas nicht nach ihrem Willen lief. Einen solchen Wutausbruch gedachte Daniela zu provozieren.

Sie ließ sich nichts anmerken, sondern trainierte nach ihren Vorgaben, lernte und ging schließlich zu Bett. Wegen ihres straffen Programms zu Beginn hatte Adrienne ihr einen Wecker besorgt. Nun stellte sie diesen mit einem fröhlichen Grinsen auf fünf Uhr.

5.

Daniela wurde fünf Minuten vor fünf wach, schaltete den Wecker aus und zog eine Trainingshose und ein Sweatshirt an. Als sie ihr Zimmer verließ, war im Haus alles still. Ihr erstes Ziel war das Schlüsselbrett im Flur. Sie nahm Adriennes Autoschlüssel an sich und verließ das Haus. Beim Auto angekommen, wurde sie unsicher. Ihr Vater hatte zwar einen Wagen besessen, ihr aber nie gezeigt, wie man damit fahren konnte, und ihr Ex-Freund Mike hatte aus finanziellen Gründen auf einen fahrbaren Untersatz verzichtet. In der letzten Zeit hatte sie zwar darauf geachtet, was Adrienne tat, um den Wagen in Bewegung zu setzen, aber sie befürchtete, das Ding nicht von der Stelle zu kommen.

»Stell dich nicht so an!«, schimpfte sie mit sich und stieg ein. Das Anlassen ging, ebenso das Einlegen des Rückwärtsganges. Sie vergaß allerdings, die Handbremse zu lösen, und würgte den Motor ab.

Daniela startete erneut, achtete diesmal auf die Handbremse und fuhr los. Es ging so schnell, dass sie erschrocken auf die Bremse trat.

»Du musst lenken«, mahnte sie sich selbst. Sie kam ein wenig auf den Rasen, verfehlte aber zu ihrer Erleichterung den Laternenpfosten und schaltete den Vorwärtsgang ein.

Damit ging es leichter als rückwärts. Als sie an der Nummer eins vorbeifuhr, war dort noch alles dunkel. Die Zufahrtsstraße wurde jedoch bereits von zwei Autos blockiert. Daniela stellte Adriennes Wagen neben die beiden, stieg aus und kehrte zu ihrem Quartier zurück. Wenig später hängte sie den Autoschlüssel zurück ans Schlüsselbrett.

Da sie zu aufgekratzt war, um noch einmal schlafen zu können, setzte sie sich in ihr Arbeitszimmer und nahm die Lektion für den Tag durch. Sie hoffte noch immer, das Abitur vor dem Ende der Schwangerschaft zu schaffen. Doch während sie ihre Kenntnisse in Chemie und Algebra zu verbessern versuchte, dachte sie daran, wie mühsam sie das Auto nach vorne gefahren hatte, und beschloss, so bald wie möglich den Führerschein zu machen.

Kurz vor sechs tauchte Katrijn auf und steckte den Kopf herein. »Du solltest nicht so viel arbeiten«, tadelte sie.

»Ich konnte nicht mehr schlafen. Jetzt gehe ich erst mal ins Badezimmer.«

Eine Dreiviertelstunde später saß sie am Frühstückstisch. Es gab Kräutertee, Toastbrot und kleine Dinkelpfannkuchen mit Rübensirup.

»Möchtest du ein Ei?«, fragte Katrijn.

Daniela überlegte kurz und schüttelte den Kopf. »Morgen vielleicht. Heute reichen mir die Pfannkuchen.«

Als sie zu essen begann, stürmte Luana aufgeregt herein. »Das Auto ist weg.«

»Was?« Katrijn eilte zum Fenster und starrte auf den Parkplatz, auf dem sonst Adriennes Wagen stand.

»Wie kann das passieren? Das Klinikgelände wird doch gut bewacht.«

Es war gut, dass die Frauen in dem Augenblick nicht zu Daniela hinschauten, denn diese konnte sich das Lachen kaum mehr verbeißen. Stattdessen verließen die beiden das Haus, um draußen nachzusehen.

Zwei Minuten später kam Katrijn mit zuckenden Lippen zurück. »Wir haben das Auto gefunden«, berichtete sie. »Adrienne muss es sehr früh nach vorne gefahren haben. Es blockiert nämlich mit acht anderen Wagen zusammen die Zufahrtsstraße. Ich glaube nicht, dass die Gorillas der Amerikanerin heute Brötchen holen können.« Auch Katrijn vergönnte der Bewohnerin von Haus Nummer eins diesen Streich.

Luana kehrte ebenfalls wieder zurück und schüttelte den Kopf. »So etwas hätte ich Adrienne gar nicht zugetraut.«

»Was hätten Sie mir nicht zugetraut?«, fragte Adrienne, die eben das Speisezimmer betrat.

»Na, das Auto nach vorne zu fahren und die Amis zu blockieren, damit sie nicht wegfahren können.«

Adrienne starrte sie irritiert an. »Ich habe gar nichts getan.«

»Aber das Auto steht doch vorne!«

Jetzt hielt es Adrienne nicht mehr im Raum. Sie eilte nach draußen, kam aber noch wenigen Sekunden wieder zurück. »Das war nicht ich! Ich muss das Auto von dort wegholen, sonst gibt es Ärger.«

»Ich glaube nicht, dass du es wegholen kannst, denn es wird von anderen Autos blockiert«, antwortete die Köchin.

Adrienne überlegte kurz und sah dann Daniela an. »Hast du eine der anderen dazu gebracht, das Auto dort hinzufahren? Immerhin hast du dich über die Angestellten der Amerikanerin ziemlich geärgert.«

»Nein, das habe ich nicht«, antwortete Daniela.

»Dann muss es eine auf eigene Faust getan haben. Der Schlüssel hing ja am Schlüsselbrett. Ich habe hier Carolien in Verdacht«, erklärte Adrienne.

»Ich war es selbst«, erklärte Daniela jetzt, die nicht wollte, dass ihre Trainerin unberechtigt in Verdacht geriet.

»Aber du kannst doch gar nicht Auto fahren«, platzte Adrienne heraus.

»Für die paar Meter hat es gereicht.« Daniela lächelte dabei so zufrieden, dass Adrienne ihr am liebsten den Kopf gewaschen hätte.

Sie rief aber dann doch lieber die Klinikleitung an und berichtete von der Blockade. Unterdessen aß Daniela gemütlich ihr Frühstück und zog sich anschließend in ihr Arbeitszimmer zurück. Carolien hatte den Trainingsplan umgestellt, sodass sie nur noch einmal am Tag ein paar Runden laufen und ihre Gymnastik absolvieren musste. Dreimal in der Woche kam eine Stunde Fahrradfahren hinzu, wobei sie sich einmal länger Zeit nahmen, da sie unterwegs in ein Café einkehrten.

Inzwischen waren auch die Bewohner von Haus Nummer eins auf die Blockade aufmerksam geworden. Zwei Bodyguards kamen heraus und wirkten fassungslos. Während einer von ihnen ins Haus zurückkehrte, stürmte der andere in die Klinik, stieß ein paar Leute beiseite, die in der Verwaltung darauf warteten, an die Reihe zu kommen, und baute sich vor der Angestellten hinter dem Schreibtisch auf.

»Die *cars* müssen weg!«, rief er nicht gerade leise.

»Welche Autos?«, fragte die Frau.

»Die, die uns den Weg dort versperren«, schnauzte der Leibwächter sie an.

Die Angestellte stand auf und ging zum Fenster. Als sie die blockierte Zufahrtsstraße sah, verzog sie gehässig die Lippen. Die Dame von Haus Nummer eins und ihre Begleitung waren ihr schon mehrfach unangenehm aufgefallen, und es hatte ihretwegen etliche Beschwerden gegeben. Daher freute es sie, dass den Amerikanern diesmal ihre eigene Kost vorgesetzt wurde.

»Es tut mir leid, aber da kann ich nichts machen«, erklärte sie, als sie zu ihrem Schreibtisch zurückgekehrt war.

»Diese Autos müssen abgeschleppt werden.«

»Ich werde Ihre Beschwerde an die Klinikleitung weitergeben«, antwortete die Frau kühl und griff zum Telefon. Was sie sagte, konnte der Bodyguard nicht verstehen, da sie ihre Muttersprache verwendete. Als sie fertig war, sah sie ihn lächelnd an. »Man wird sich darum kümmern.«

»Die Autos müssen weg, aber sofort!«, brüllte der Mann.

»Ich bin leider keine Fee, die nur den Zauberstab schwenken muss, um die Autos verschwinden zu lassen«, konterte die Angestellte gelassen. »Und jetzt wäre ich Ihnen dankbar, wenn Sie den anderen Herrschaften Platz machen würden, damit ich weiterarbeiten kann.«

Der Mann begriff, dass er nichts erreichen konnte, und stürmte wutentbrannt aus dem Haus. Als er an der Blockade vorbeikam, hieb er mehreren Autos mit der Faust aufs Dach.

Auch in der Klinikleitung war man von der Patientin in Haus Nummer eins genervt, die man zu blauäugig aufgenommen hatte. Dennoch ließ man in jedem der anderen Häuser anrufen und bat, die Autos wegzufahren. Da etliche Leute entweder Anwendungen hatten, trainierten oder sich taub stellten, dauerte es bis elf Uhr, bis die Straße wieder frei war. Kaum war ihr eigenes Auto nicht mehr blockiert, holte Adrienne es und wurde dabei von den Bodyguards wüst beschimpft.

»Sie wissen gar nicht, was ich mir alles habe anhören müssen«, beschwerte sie sich danach bei Daniela.

»Sagen Sie es bitte nicht. Sie wissen selbst, dass ich solche Ausdrücke aus meinem Vokabular entfernen soll«, antwortete ihr Schützling freundlich.

Innerlich aber rieb Daniela sich die Hände. Ein paar Autos hatten Beulen davongetragen, doch die Klinikleitung würde dafür sorgen müssen, dass ihre Versicherung dafür aufkam, allein schon, um ihre bevorzugten Patienten nicht noch mehr zu verärgern. Gewissensbisse empfand sie keine. Die Herrschaften hatten der Patientin in Haus Nummer eins zu viel durchgehen lassen und erhielten nun die Quittung.

Daniela war den ganzen Tag hochzufrieden und legte sich

auch mit diesem Gefühl ins Bett. Als sie am nächsten Morgen aufstand und zum Fenster hinausblickte, stand keine einzige der schweren Limousinen mehr vor Haus Nummer eins. Die Fenster waren geöffnet, und sie sah Reinigungskräfte bei der Arbeit.

Von Katrijn erfuhr sie, dass die amerikanische Dame samt Begleitung noch am späten Abend abfahren würde. »Jetzt haben wir wieder Ruhe«, setzte die Köchin mit einem erleichterten Seufzer hinzu.

»Wollen wir es hoffen«, antwortete Daniela und fragte, ob sie ein Spiegelei bekommen könnte.

6.

In München hörte Carl Siebert mit wachsendem Ärger Sebastian Bolgers Ausführungen zu. Früher hatte er den Sachverstand dieses Mannes gefürchtet, doch mittlerweile war der Mann nur noch ein eitler Narr.

»Es wird nicht lange dauern, dann ist Lisbeth Sieberts Firma so herabgewirtschaftet, dass Sie sie für ein Butterbrot kaufen können«, erklärte Bolger eben.

»Ich will sie nicht kaufen, sondern nach dem Erbvertrag übernehmen, den ich mit meinem Bruder geschlossen habe. Daher wäre es mir nicht recht, wenn sie vollkommen runterkommt«, antwortete Carl Siebert bissig.

Bolger betrachtete den mageren, nervös wirkenden Mann mit einer selbstzufriedenen Nachsicht. »Keine Sorge. Wenn ich zurück an meinem Platz bin, steht die Firma in weniger als zwei Monaten wieder dort, wo sie bislang war. Außerdem haben Sie uns, äh, ich meine Lisbeth Siebert selbst geschädigt, indem Sie unsere Angebote ganz knapp unterboten haben.«

Bolger klang so selbstzufrieden, dass Carl Siebert ihn am liebsten geohrfeigt hätte. Der Mann hatte nicht das Geringste begriffen. Dies war keine normale Übernahmeschlacht, und er wollte auch kein Butterbrot für die Firma bezahlen. Außerdem fand er diesen Ausdruck nicht passend. Selbst herabgewirtschaftet war die Firma noch etliche Millionen wert, und diese Summe würde er niemals aufbringen können. Es würde ihm schwer genug fallen, seine Schwägerin abzufinden.

In Gedanken fluchte Carl Siebert auf seinen Sohn. Da Ralf eine Mitschuld an dem Unfall zugesprochen worden war, konnte Lisbeth jeden Pfennig und jeden Cent von ihm zurückfordern, den sie in die Firma ihres Mannes gesteckt hatte, und das war nicht wenig.

Carl Siebert hörte weiter mit unbewegter Miene zu, versprach Bolger dieses und jenes und war schließlich froh, als der Mann ihn verließ.

Kaum war Bolger fort, kam Ralf herein. »Na, bist du ihn losgeworden?«, fragte er spöttisch.

»Das nächste Mal wirst du dir sein Geschwätz antun!«

Ralf Siebert ließ sich durch die bissige Bemerkung seines Vaters nicht aus der Ruhe bringen. »Wirst du ihn wieder zum Geschäftsführer von Lisbeths Werk machen?«

Sein Vater lachte bellend. »Hältst du mich für einen Idioten? Der Mann ist zu alt, um den Karren aus dem Dreck ziehen zu können. Daher wirst du diese Firma übernehmen.«

»Ich?«

»Es ist an der Zeit, dass du etwas Sinnvolles tust! Wir sind Geschäftsleute und haben unsere Pflichten.«

»Hast du mal wieder etwas von Stengel gehört?«, fragte Ralf, um dieses ihm unangenehme Thema nicht weiter verfolgen zu müssen.

»Nein! Der rührt sich einfach nicht.« Carl Siebert war verärgert, weil auch an dieser Stelle nichts vorwärtszugehen schien.

»Soll ich ihm ein wenig Feuer unter dem Hintern machen?«, fragte Ralf und griff zum Telefonhörer.

Carl Siebert betrachtete seinen schlanken, fast ein wenig feminin wirkenden Sohn und verglich ihn in Gedanken mit dem mit allen Wassern gewaschenen Detektiv. »Lass es! Stengel würde dich zum Frühstück schnupfen. Gib mir den Hörer.«

Kaum hielt er diesen in der Hand, tippte er die Nummer des Privatermittlers ein. Stengel meldete sich so schnell, als hätte er neben dem Hörer sitzend auf dieses Gespräch gewartet.

»Habe die Ehre, Herr Siebert! Schön, dass Sie mich anrufen. Ich hätte es sonst heute Abend getan.«

»Sie hätten sich selbst angerufen?«, spottete Siebert.

Aus dem Hörer erklang Lachen. »Nein, ich hätte Sie angerufen, denn ich habe ein paar Neuigkeiten. Es war nicht leicht, an die ranzukommen, daher werden Sie meine Spesen ein bisserl höherschrauben müssen.«

»Bis jetzt schraube ich sie eher herab«, antwortete Carl Siebert vergrätzt. »Ich habe Sie vor ein paar Wochen auf die Sache angesetzt und bis jetzt nichts von Ihnen gehört.«

»Ich war in den letzten Wochen auf Recherche, Herr Siebert. Ihretwegen habe ich vier Wochen lang aushilfsweise als Pfleger in dem Krankenhaus gearbeitet, in das Ihr Neffe zuerst eingeliefert worden ist. Erinnern Sie sich noch, wie ich Ihnen damals gesagt habe, dass der Schlüssel für das Verhalten Ihrer Schwägerin dort zu finden ist? Ich habe mich nicht geirrt.«

»Also los. Spannen Sie mich nicht auf die Folter! Was haben Sie herausgefunden?«

»Das würde ich Ihnen lieber unter vier oder – wenn der Herr Sohn dabei ist – unter sechs Augen berichten.«

Carl Siebert begriff, dass der Detektiv zuerst Geld sehen wollte, und wünschte sich, er hätte eine seriösere Detektei mit den Nachforschungen beauftragen können. Eine solche aber hätte Recherchen, wie Stengel sie durchführte, empört abgelehnt.

»Also gut. Sollen wir zu Ihnen kommen oder kommen Sie hierher?«, fragte er daher.

»Wenn es Ihnen recht ist, komme ich zu Ihnen«, antwortete Stengel aufgeräumt. Carl Siebert besaß einen ausgezeichneten Cognac und er war sicher, ein oder zwei Gläser davon zu bekommen.

7.

Stengel erschien um acht Uhr abends. Als Carl Siebert das Auto des Mannes auf sein Haus zufahren sah, bedauerte er, nicht selbst zum Detektiv gefahren zu sein, denn es handelte sich um einen älteren Kleinwagen, der etliche Beulen und Roststellen aufwies. Wenn einer seiner Bekannten dieses Fahrzeug auf seinem Parkplatz entdeckte, würde er sich fragen, was er mit dem Besitzer eines solchen Karrens zu tun haben mochte.

Auch sonst sah Stengel nicht gerade präsentabel aus. Er steckte in einem leichten Mantel, den er gekauft haben musste, als er zehn Kilo weniger wog, und in ausgebeulten Jeans. Seine Laune hingegen war bestens.

»Einen schönen guten Abend, die Herren«, grüßte er und äugte auf das Cognacglas, das Siebert in der Hand hielt. »Der riecht aber gut.«

Carl Siebert verstand die Aufforderung und wandte sich an seinen Sohn. »Schenke Herrn Stengel einen Cognac ein!«

Da sein Vater bei einem solchen Gespräch kein Dienstpersonal als Zeugen wünschte, musste Ralf den Kellner spielen. Nachdem Stengel versorgt war, goss er sich selbst einen doppelten Cognac ein und setzte sich auf die Kante des Sofas.

»Schießen Sie los, Stengel! Was haben Sie herausgefunden?«, fragte er.

Der Detektiv schnupperte am Cognacschwenker und trank einen kleinen Schluck. »Ausgezeichnet«, lobte er. »Von Cognac verstehen Sie etwas, Herr Siebert.«

»Sie sind sicher nicht nur deshalb gekommen, um mir das zu sagen.«

»Nein, natürlich nicht. Ich war in den letzten Wochen hinter

Informationen für Sie her und habe interessante Dinge herausgebracht.«

Das hört sich an, als wenn Stengel extra Geld dafür haben wollte, dachte Siebert und war kurz davor, richtig grob zu werden. Unterdessen nippte der Detektiv noch einmal an seinem Cognac und nahm dann in einem der schweren Ledersessel Platz.

»Ich war mir sicher, dass Ihre Schwägerin einen Trumpf im Ärmel hat«, sagte er gedehnt, um den beiden Sieberts die Wichtigkeit seiner Ergebnisse deutlich zu machen.

»Und? Haben Sie herausgefunden, worum es sich handelt?«, unterbrach Ralf ihn.

Stengel nickte. »Wie von mir erwartet, habe ich die Antwort in der Klinik erhalten, in die Ihr Neffe beziehungsweise Cousin Jens nach seinem Unfall eingeliefert worden ist.«

»Jetzt sagen Sie endlich, was Sie herausgefunden haben!«, fuhr Carl Siebert auf.

»Es war nicht leicht, hinter dieses Geheimnis zu kommen. Ich habe eine Krankenschwester der entsprechenden Station kennengelernt und ein bisschen meinen Charme spielen lassen«, erklärte Stengel, merkte dann aber, dass er Siebert und dessen Sohn nicht länger hinhalten durfte.

»Lisbeth Siebert hat das Sperma ihres Sohnes einfrieren lassen, um auf diese Weise zu einem Enkel zu kommen.«

Diese Nachricht schlug wie eine Bombe ein. Carl Siebert öffnete den Mund, um etwas zu sagen, brachte aber keinen Ton hervor, während sein Sohn wuterfüllt auf das Polster des Sofas schlug. Dann sah er Stengel mit angespannter Miene an.

»Dazu bräuchte die olle Lisbeth aber eine Frau, die den Balg austrägt – und Leihmutterschaft ist hier in Deutschland verboten. Damit könnten wir sie drankriegen.«

»Was nützt das? Dieser Umstand würde ein Erbschaftsgericht

nicht davon abhalten, einen Sohn von Jens Siebert als Haupterben anzuerkennen«, antwortete Stengel grinsend und musterte die betroffenen Gesichter der Herren vor ihm.

Diesen Schachzug ihrer Gegnerin hatten sie offensichtlich nicht erwartet. Wenn die beiden etwas dagegen unternehmen wollten, brauchten sie ihn, und das würde teuer für sie werden.

Carl Siebert explodierte: »Dieses Biest. Aber das wird ihr nichts helfen. Ich bekomme ihre Firma, und wenn ich sie und ihren unnatürlichen Balg umbringen muss.«

»Ich weiß nicht, ob Sie aus der Strafvollzugsanstalt Stadelheim oder aus der in Straubing Ihr Firmenimperium noch leiten können. Für Mord wird man in diesen Landen immer noch eingesperrt«, spottete Stengel.

»Wie stellen Sie sich die Sache vor?«, fragte Carl Siebert, der zwar noch schwer atmete, sich aber langsam beruhigte.

»Da gibt es mehrere Dinge, die man unternehmen kann, ohne mit Sicherheit hinter schwedische Gardinen zu kommen. Zum einen sollte Jens Sieberts Spermavorrat beseitigt und zum anderen dafür gesorgt werden, dass ein bereits gezeugtes Kind bedauerlicherweise vor der Zeit abgeht. Danach hat Ihre Schwägerin sämtliche Trümpfe verloren. Das wird aber nicht billig.« Stengel rieb sich innerlich die Hände, denn wenn Siebert darauf einging, würde er für die nächsten Jahre saniert sein.

Obwohl Carl Siebert fieberhaft überlegte, fiel ihm keine andere Lösung ein. »Also gut. Ich bin einverstanden. Wie wollen Sie das durchführen?«

»Zuerst muss ich herausfinden, wen Lisbeth Siebert als Produzentin ihres Enkels engagiert hat. Meine Flamme in der Klinik meinte, es könnte Jens Sieberts Verlobte Linda Holmes sein. Gleichzeitig muss ich jemand in die Klinik einschmuggeln, in der Jens Siebert derzeit liegt. Dort wird der Spermavorrat aufbewahrt. Am liebsten würde ich es selbst tun, aber dann kann ich nicht nach der Kindsmutter forschen.«

Während Carl Siebert zustimmend nickte, brachte Ralf einen Einwand. »Es macht wenig Sinn, Jens' Sperma zu entsorgen. Solange sein Körper noch lebt, produziert er weiterhin Samenzellen.«

»Das ist das nächste Problem«, antwortete Stengel nachdenklich. Er hatte zwar schon einige Sachen am Rande des Gesetzes gedreht, war jedoch noch nie so weit darüber hinausgegangen wie jetzt. Aufhören aber war unmöglich, daher nickte er und sprach weiter. »Es geht nicht ohne einen gewissen Aufwand und ist nicht ohne Risiko. Ich brauche jemanden, der bereit und in der Lage ist, die lebenserhaltenden Maschinen abzustellen. Ich habe da auch schon jemanden im Auge, aber der wird es nicht für ein Butterbrot tun.«

Langsam wurde es Carl Siebert mit den Butterbroten zu viel. Bereits Bolger hatte davon geschwafelt, und jetzt fing der Detektiv auch noch damit an.

»Wie viel wird es kosten?«, fragte er und bemerkte nicht, dass er dabei war, im Kampf gegen seine Schwägerin die letzte Hemmschwelle zu übertreten. Er hatte in all den Jahren feststellen müssen, dass auf jeden scheinbaren Sieg eine Niederlage erfolgt war, und wollte die Auseinandersetzung endlich zu seinen Gunsten beenden.

8.

Trotz der Turbulenzen in ihrer Firma hatte Lisbeth sich entschieden, in die Niederlande zu fahren. Sie rief Max an und fragte ihn, ob er sie dorthin bringen würde.

»Ich könnte mich zwar von meinem Chauffeur fahren lassen, aber ich will nicht, dass mehr Leute als nötig etwas von meinem Plan erfahren«, setzte sie hinzu.

»Einen Moment, Lisbeth. Ich schaue rasch auf meinen Terminkalender. Ich muss diese Woche noch nach Hannover, um dort den Plan für ein neues Hotel einzureichen. Ah, ich sehe gerade, der Termin ist erst am Freitag. Also hätte ich drei Tage Zeit. Du musst nur nach dem Besuch in den Niederlanden mit mir nach Hannover fahren. Oder wir machen es andersherum? Zuerst nach Hannover und dann in die Niederlande? Beide Fahrten von hier aus zu unternehmen, wird mir ein wenig zu viel. Ich bin kein Jungspund mehr.«

»So alt bist du auch wieder nicht«, gab Lisbeth zurück. »Aber ich komme gerne mit dir. Wir haben nach dem Besuch in den Niederlanden sicher genug Gesprächsstoff, um die Zeit auf der Weiterreise füllen zu können.«

»Ich würde mich freuen, mit dir zu fahren.« Max lächelte, auch wenn Lisbeth es nicht sehen konnte. »Dann weite ich meine Buchung in Hannover auf eine Suite für dich aus.«

»Und ich buche in den Niederlanden auch eine für dich.« Noch während sie es sagte, dachte Lisbeth, dass es sie freuen würde, wenn Max etwas weniger Abstand zu ihr halten würde. Es war zwar angenehm, dass er ihr half, wo es nur ging, doch irgendwie war ihr das zu wenig. Jetzt hast du auch noch Ansprüche ans Leben, dachte sie, während sie mit Max vereinbarte, dass sie noch an diesem Abend aufbrechen würden.

»Ich bin schön öfter die Nacht durchgefahren«, erklärte Max, »und brauche unterwegs nur ein paar Tassen Kaffee. Du kannst im Auto schlafen und hast dadurch einen ganzen Tag gewonnen, an dem du dich um deine Quasi-Schwiegertochter kümmern kannst.«

»Wie war das mit dem Jungspund, der du nicht mehr sein willst?«, spöttelte Lisbeth.

»Du hast selbst gesagt, dass ich noch nicht so alt bin. Ich bin in einer halben Stunde bei dir. Reicht dir die Zeit zum Packen?«

»Wenn sie dir reicht. Ich habe damit kein Problem.« Jetzt lachte auch Lisbeth und sagte sich, dass es trotz aller Anspannung eine angenehme Reise werden konnte.

Nachdem sie aufgelegt hatte, orderte sie zwei Hotelzimmer in der Nähe der Klinik und sah sich dabei die neuesten Fotos an, die ihr Dr. Haase hatte zukommen lassen. Die junge Proletin hatte sich herausgemacht, fand sie. Dies war auch wichtig, denn ihr Enkel sollte etwas Besonderes sein.

»Jetzt erhebe dich nicht über andere Menschen und setz den Enkel, den du hoffentlich bald in den Armen halten wirst, nicht auf einen Thron«, rief sie sich zur Ordnung und begann zu packen. Sie hätte auch ihre Hausdame rufen können, doch sie wollte in Ruhe über einige Dinge nachdenken.

Genau eine halbe Stunde später parkte Max seine Limousine vor der Villa und klingelte. Lisbeth stand schon bereit. Ganz war sie Sabine Winkler nicht entkommen, denn diese trug den Koffer hinter ihr her.

»Pünktlich wie ein Maurer«, spottete sie, als Max ihr die Beifahrertür öffnete.

»Ich bin ein Architekt, und die Maurer können nur dann pünktlich sein, wenn meine Pläne rechtzeitig fertig werden«, antwortete Max fröhlich und grüßte die Hausdame.

»Ich bringe Ihre Chefin am Samstag zurück«, setzte er hinzu, wartete, bis Lisbeth den Sicherheitsgurt geschlossen hatte, und fuhr los.

»Hast du etwas von Bernd gehört?«, fragte Lisbeth.

»Er arbeitet zusammen mit Hübner zwei Angebote aus und wird sie Ende der Woche einreichen. Wenn es ihnen gelingt, Carl Siebert zu unterbieten, sind die Verluste der letzten Monate fast ausgeglichen.«

»Dann wollen wir hoffen, dass die beiden Erfolg haben.« Lisbeth sagte sich, dass sie Bernd das Vertrauen schenken musste, das er verdiente. Sie würde jetzt erst einmal Daniela Reuss unter die Lupe nehmen.

Die Fahrt verlief glatt. Max war ein umsichtiger Fahrer und konnte, als im Lauf des Abends die Zahl der Lkw immer mehr abnahm, ein zügiges Tempo einschlagen. Zunächst unterhielt Lisbeth sich noch eine Weile mit ihm, fuhr dann aber die Rückenlehne ihres Sitzes zurück und schlief noch vor Mitternacht ein. Max hörte ihr leises Atmen und dachte darüber nach, wie vertraut sie mittlerweile miteinander waren. Eigentlich sollten sie nun auch den letzten Schritt wagen. Immerhin war Lisbeth schon seit drei Jahren Witwe und seine letzte Beziehung vor über einem Jahr in die Brüche gegangen. Die Frau, mit der er liiert gewesen war, hatte sich als zu gierig herausgestellt und ihre Verwandten auf seine Kosten mitversorgen wollen.

Die Gefahr bestand bei Lisbeth nicht, dachte er, während er einen Rasthof ansteuerte, um dort einen Kaffee zu trinken. Da seine Begleiterin weiterschlief, hielt er sich nicht lange dort auf. Unterwegs legte er noch zwei weitere Pausen ein und erreichte ihr Ziel im ersten Licht des beginnenden Tages.

9.

Obwohl Lisbeth unterwegs geschlafen hatte, legte sie sich noch einmal hin, nachdem sie im Hotel eingecheckt hatten. Gegen zehn Uhr wurde sie wach und nahm ein spätes Frühstück ein. Kurz darauf erschien auch Max. Obwohl er nur wenige Stunden geschlafen hatte, wirkte er frisch und unternehmungslustig.

»Und, was hast du geplant?«, fragte er, nachdem er sich einen Kaffee und ein Omelett bestellt hatte. »Fahren wir zu dem Haus, in dem Daniela Reuss derzeit wohnt, und stellen uns ihr vor?«

Lisbeth schüttelte den Kopf. »Ich möchte sie lieber beobachten, ohne dass sie uns bemerkt. Daher werde ich Haases Assistentin anrufen und sie bitten, eine solche Situation herbeizuführen.« Noch während sie es sagte, zog sie ihr Handy heraus und tippte Adriennes Nummer ein.

Da Lisbeth nur ein paar Fragen stellte und er Adriennes Antworten nicht hören konnte, musste Max warten, bis das Gespräch beendet war. Ihm war die Neugier jedoch so ins Gesicht geschrieben, dass Lisbeth auflachte. »Du interessierst dich für mein Enkelchen fast noch mehr als ich«, behauptete sie, als sie sich wieder beruhigt hatte.

»Für dich interessiere ich mich noch ein bisschen mehr«, antwortete Max grinsend. »Aber was sagt Haases Häsin … Angestellte?«

»Wir können Daniela Reuss entweder gegen drei Uhr im Gymnastikraum der Sportklinik beobachten oder gegen fünf in einem Café zehn Kilometer davon entfernt. Heute ist der Tag, an dem sie mit ihrer Sportlehrerin dort einkehrt. Ich frage mich, wieso sie als Schwangere noch so weit mit dem Rad fahren muss.«

Lisbeth klang besorgt, doch Max hob beschwichtigend die Hand. »Ich kenne eine Frau, die unbedingt noch im achten Schwangerschaftsmonat den Wendelstein hochsteigen wollte.«

»Dann war sie aber ganz schön dumm«, meinte Lisbeth und kniff angesichts von Max' Lachen die Augenbrauen zusammen.

»Was ist?«

»Kannst du dich nicht erinnern? Ludwig musste dich damals fast mit Gewalt in die Wendelsteinbahn schleifen. Wir sind dann alle vier damit hochgefahren, obwohl dein Mann und ich eigentlich zu Fuß hatten gehen wollen.«

»Daran kann ich mich nicht erinnern. Außerdem war das etwas anderes.«

»Wenn du meinst. Aber noch einmal zu Daniela Reuss. Ihre Trainerin ist die beste, die Haase engagieren konnte. Sie wird wissen, was sie ihr zumuten darf. Du solltest dir in der Beziehung keine Sorgen machen. Wo willst du sie jetzt sehen, im Gymnastikraum oder im Café?«

»Im Café«, antwortete Lisbeth kurz entschlossen. »Wenn ich sehe, wie sie ungesundes Zeug trinkt und Kuchen in sich hineinstopft, wird sie was erleben, das schwöre ich dir!«

»Wir werden es mitbekommen.« Max lächelte, denn er konnte sich nicht vorstellen, dass die Trainerin Daniela solche Exzesse gestatten würde.

Unterdessen bekämpften sich in Lisbeth die Verachtung für die »Proletin« und das Gefühl der Dankbarkeit, dass Daniela ihr zu ihrem Enkel verhelfen wollte. Auch wenn der ganze Aufwand sie eine Menge Geld kosten würde und sie der jungen Frau überdies noch eine größere Summe zahlen musste, so war es ein Glück, dass sie Daniela Reuss gefunden hatte. Schließlich war es nicht selbstverständlich, dass eine Frau den eigenen Körper für einen Fremden zur Verfügung stellte.

»Du kannst dich noch ein wenig hinlegen, denn schließlich bist du die Nacht durchgefahren«, riet sie Max.

Er gähnte prompt. »Das ist vielleicht das Beste, sonst schlafe ich spätestens am Abendbrottisch ein.«

»Schließlich bist du kein Jungspund mehr.« Lisbeth lächelte ihn an und ahnte, dass kein anderer Mann ihre Launen mit einer solchen Geduld ertragen würde. »Du bist schon etwas Besonderes, Max«, entfuhr es ihr, und sie freute sich, als sein Gesicht aufleuchtete.

Vielleicht, dachte sie, erhielt sie nicht nur einen Enkel, sondern dieser auch gleich einen Großvater. Der Gedanke brachte sie zum Lachen.

»Was gibt es?«, fragte Max verwundert.

»Nichts, was ich dir heute verraten kann. Vielleicht erzähle ich es dir in ein paar Wochen.« Lisbeth küsste ihn auf die Wange und sagte, dass sie ein bisschen im Ort spazieren gehen würde.

»Wir sollten gegen ein Uhr Mittag essen«, schlug Max vor.

»Da haben wir noch eine gute Stunde Zeit, du zum Schlafen und ich für ein bisschen Bewegung.« Nach diesen Worten verabschiedete Lisbeth sich und verließ das Hotel. Sie war viel zu nervös, um sich in die Hotellobby setzen und auf das Mittagessen warten zu können.

10.

Max kannte Lisbeth gut genug, um zu wissen, dass sie früh im Café sein wollte, um die Mutter ihres künftigen Enkels nicht zu verpassen. Daher kamen sie eine gute Stunde vor der von Adrienne genannten Zeit dort an und mussten zunächst in einer Nische Platz nehmen, von der aus sie nur einen Teil des Cafés überblicken konnten. Eine halbe Stunde später gingen zwei Frauen, die vorne am Fenster gesessen hatten, und Lisbeth nutzte die Gelegenheit, sich dort hinzusetzen. Von dem Platz aus konnte sie sowohl die Straße wie auch das gesamte Café im Auge behalten.

Vier Kaffee und zwei Windbeutel später entdeckte Lisbeth zwei Radfahrerinnen, von denen eine in einem rosa Dress steckte, und zuckte zusammen.

»Könnte sie es sein?«, fragte sie leise.

Jetzt sah auch Max hinaus und pfiff leise durch die Zähne. »Sie ist es«, antwortete er lächelnd und fasste nach Lisbeths Hand.

Unterdessen hielten die beiden jungen Frauen draußen an, stellten ihre Räder ab und kamen herein. Der schlanken Sportlehrerin mit den kurzen, blonden Haaren gönnte Lisbeth nur einen kurzen Blick und starrte dann Daniela an, als wolle sie diese sezieren.

Max tippte sie an. »Sei vorsichtig, sonst merkt sie, dass du sie beobachtest«, flüsterte er ihr ins Ohr.

Lisbeth lächelte dankbar, ließ Daniela jedoch nicht aus den Augen. »Man sieht ihr noch gar nichts an.«

Sie klang so enttäuscht, dass Max ihr beruhigend die Hand auf den Arm legte. »Ich denke doch. Den Bauch kann sie jedenfalls nicht mehr einziehen.«

Jetzt entdeckte auch Lisbeth die leichte Wölbung auf Danielas Leib und begann zu zittern. Sofort nahm Max sie in den Arm und streichelte sie.

»Wer hätte gedacht, dass das Mädchen sich so herausmachen würde?«, meinte er. »Sie ist direkt eine Schönheit geworden.«

Lisbeth stimmte ihm widerwillig zu. In ihrer Erinnerung war Daniela eine blasse und etwas gehemmt wirkende junge Frau. Doch die Daniela, die eben am Nebentisch Platz genommen hatte, war nicht nur ausnehmend hübsch, sondern wirkte mit ihrer leicht gebräunten Haut wie das blühende Leben.

»Adrienne würde weinen, wenn sie uns jetzt sähe«, sagte Daniela munter und vertiefte damit Lisbeths Verdacht, sie wolle über die Stränge schlagen.

»Wie immer?«, fragte die Kellnerin auf Niederländisch.

Daniela nickte. »Bei mir ja, und bei dir, Carolien?«

»Einen Tee und eine Portion Poffertjes.«

»Also auch wie immer«, fand die Bedienung und verschwand hinter ihrem Tresen.

Während Lisbeth die Stirn runzelte, betrachtete Max Daniela mit Vergnügen. »Von Weitem sieht sie ja Linda ähnlich, doch von Nahem treten die Unterschiede angenehm hervor. Sie ist hübscher als Linda, weitaus natürlicher, und deren blasierte Art fehlt ihr völlig.«

Mit einem Mal verspürte Lisbeth so etwas wie Eifersucht auf die junge Frau und zischte leise. Dabei konnte sie ihrem Begleiter nicht widersprechen. Das Mädchen war eine Schönheit geworden.

Daniela schenkte den Gästen im Lokal keine Aufmerksamkeit, sondern unterhielt sich mit ihrer Trainerin in einer Mischung aus Englisch und Niederländisch, um ihre Kenntnisse in beiden Sprachen zu verbessern. Dabei trank sie eine Tasse Tee und aß eine Portion Poffertjes mit Schlagrahm und Stroop.

Als sie fertig war, atmete sie tief durch. »Das hat gutgetan. Hoffentlich kann ich noch lange Rad fahren, bevor der Bauch zu dick dazu wird.«

»Die Strecke schaffst du auch noch im siebten Monat«, antwortete Carolien fröhlich. »Natürlich darf kein Gegenwind sein, sonst kommst du nicht von der Stelle.«

Die beiden lachten, doch dann wurde Daniela wieder ernst.

»Ich hoffe, dass ich bald wieder Klamotten anziehen kann, die ich mir selbst aussuchen darf. Dieses Pastellrosa und Pastellgrün geht mir auf die Nerven.«

»Warum besteht Adrienne darauf, dass du diese Sachen anziehst?«, wollte Carolien wissen.

»Ihre Auftraggeberin wollte es so, und du weißt ja: Wer zahlt, schafft an.«

Carolien, Nicolet, Katrijn und Luana wussten, dass Daniela die Leihmutter für eine ihr unbekannte Frau spielte. Waren sie zu Beginn noch skeptisch gewesen, so hatte sich ihr Verhalten mittlerweile gewandelt, und sie taten alles, um ihr das Leben zu erleichtern. Nicht zuletzt deshalb kam Daniela mit ihrer Situation gut zurecht. Sie aß jetzt das letzte Poffertje, trank ihren Tee aus und stand auf.

»Der Rest ist für Sie«, sagte sie, als sie der Kellnerin das Geld reichte. Danach verließen Carolien und sie das Café und fuhren weiter.

Lisbeth saß noch eine ganze Weile schweigend da. Auf einmal winkte sie die Kellnerin mit einer herrischen Geste zu sich. »Was haben die beiden Radfahrerinnen, die hier waren, gegessen?«, fragte sie auf Deutsch und danach auf Englisch, weil die Frau sie nicht gleich verstand.

»Poffertjes mit Schlagsahne und Stroop«, antwortete die Bedienung.

»Ich möchte auch eine Portion.«

»Gerne.« Die Kellnerin verschwand, und Lisbeth sah Max an.

»Ich will wissen, was für ungesundes Zeug diese Daniela Reuss gegessen hat.«

»So ungesund dürfte es nicht sein, sonst hätte ihre Trainerin es ihr nicht erlaubt. Außerdem hat diese selbst eine Portion gegessen«, wandte Max ein. Er trank einen Schluck Tee und sah nachdenklich auf die Straße hinaus.

»Du solltest Daniela besser kennenlernen. Immerhin werdet ihr mehrere Jahre zusammenleben, es sei denn, du machst es wie der Earl im kleinen Lord und lässt die Mutter deines Enkels nicht bei dir wohnen.«

»Ich möchte meinen Enkel bei mir haben, und da dieser seine Mutter braucht, wird auch sie in meinem Haus leben«, erwiderte Lisbeth.

»Dafür musst du sie als seine Mutter akzeptieren.«

An diesen Worten hatte Lisbeth zu kauen. Schließlich holte sie ihr Handy heraus und rief Adrienne erneut an. Als sie das Gespräch beendet hatte, sah sie Max mit starrer Miene an.

»Ich habe unseren Besuch für morgen Vormittag angekündigt. Am Nachmittag willst du ja nach Hannover weiterfahren.«

»Auf mich hättest du keine Rücksicht nehmen müssen. Ich hätte auch in der Nacht fahren können.«

»Du solltest nicht so viel Raubbau mit deiner Gesundheit treiben«, tadelte Lisbeth ihn.

Max lächelte. »Ich weiß, ich bin kein Jungspund mehr.«

11.

Daniela und Carolien beendeten ihre Rundfahrt und gingen zum Massageraum, in dem sich auch Duschen befanden. Vor der Tür drehte Carolien sich zu Daniela um. »Ist dir das ältere Paar am Nebentisch aufgefallen?«

»Du meinst diese stahlblonde Frau, die so aussah, als wäre die ganze Umgebung unter ihrer Würde gewesen? Der Mann wirkte ja ganz nett.«

»Die Frau hat dich nicht aus den Augen gelassen«, erklärte Carolien.

»Ich habe bemerkt, dass sie ein paarmal hergeschaut hat, dachte aber, sie würde es wegen dieses lächerlichen rosa Renntrikots tun.« Daniela schüttelte kurz den Kopf, trat in die Duschkabine und wusch sich. Nachdem sie sich abgetrocknet hatte, legte sie sich auf die Liege, damit Nicolet sie massieren konnte.

Als Daniela kurz danach zum Abendessen kam, saß Adrienne angespannt am Tisch und musterte sie auffällig.

»Habe ich Pickel im Gesicht, weil du mich so anstarrst?«, fragte Daniela verwundert.

Adrienne schüttelte den Kopf. »Nein, natürlich nicht. Es ist nur … Unsere Auftraggeberin hat für morgen Vormittag ihren Besuch angekündigt, um dich kennenzulernen.«

»Das fällt ihr aber früh ein«, spottete Daniela, die anstelle der Frau die Auswahl einer Leihmutter niemals Fremden überlassen hätte.

»Wir müssen einen guten Eindruck auf sie machen«, fuhr Adrienne fort, ohne auf Danielas Bemerkung einzugehen.

»Sie meinen, ich muss einen guten Eindruck auf die Frau

machen«, erwiderte Daniela und stellte an Adriennes Reaktion fest, dass diese genau das dachte.

»Ich werde den Mund halten und nichts sagen, außer sie fragt mich direkt etwas«, kündigte sie an und widmete sich ihrem Abendessen. Seit ihrer Schwangerschaft hatte sie mehr Hunger als früher, und solange sie nicht von der angedrohten Übelkeit geplagt wurde, ließ sie es sich schmecken.

Nach dem Essen setzte Daniela sich in ihr Arbeitszimmer und lernte ein wenig voraus, um durch den angekündigten Besuch keine Zeit zu verlieren, und legte sich mit dem Gedanken ins Bett, dass sie ja nichts von der anderen, diese aber sehr wohl etwas von ihr wollte.

Danielas trotzige Stimmung hielt auch am Morgen noch an. Dennoch machte sie sich im Badezimmer sorgfältiger als sonst für den Tag zurecht. Bei der Wahl ihrer Kleidung griff sie zu einer rosa Jogginghose und einem zartgrünen T-Shirt. Sie ließ sich die Haare von Luana zu einem Zopf flechten und probte vor dem Spiegel den schafsdämlichen Gesichtsausdruck, den sie der jungen Frau zutraute, nach deren Vorbild sie gestylt worden war.

Beim Frühstück blieben sie und Adrienne schweigsam, während die anderen sich über Danielas geheimnisvolle Auftraggeberin unterhielten.

Nach einer Weile stupste Carolien Daniela an. »Ich wette mit dir, es ist die Frau, die wir gestern ihm Café gesehen haben.«

»Hoffentlich nicht!«, entfuhr es Daniela. »Deren Verwandtschaft mit einem Drachen ist auf jeden Fall größer als mit einer liebenden Großmutter.«

»Könnt ihr vielleicht mit diesem Blödsinn aufhören?«, fuhr Adrienne dazwischen.

Sie fühlte sich unsicher und hatte Angst, dass Lisbeth Siebert mit ihr nicht zufrieden sein könnte. Zwar hatte sie ihrer Ansicht nach alles getan, um Daniela präsentabel zu machen, doch gelegentlich fiel diese in ihren alten Slang zurück und wurde mit zunehmender Schwangerschaft auch rebellischer.

»Wenn ihr mich sucht, ich bin in meinem Arbeitszimmer.« Daniela stand auf. Sie hatte keine Lust, nur herumzusitzen und zu warten, bis es der gnädigen Frau gefiel, hier zu erscheinen.

12.

Lisbeth war nicht weniger angespannt als Adrienne oder Daniela, versuchte aber, es vor Max zu verbergen. Sie frühstückte ausgiebig, ließ sich beim Umziehen Zeit und setzte sich erst zu dem Zeitpunkt ins Auto, für den sie Adrienne ihren Besuch angekündigt hatte.

Mit einem nachsichtigen Lächeln startete Max den Wagen und steuerte ihn zur Sportklinik. Am Haupteingang mussten sie sich ausweisen. Der Wächter rief in der Zentrale an und gab nach deren Okay den Weg frei. Wenig später parkte Max die Limousine neben Adriennes Mietwagen und stieg aus.

»Hier sieht es eigentlich recht hübsch aus«, sagte er nach einem Blick in die Runde. »Man hat nicht den Eindruck, in einem Krankenhaus zu sein, sondern eher in einem Ferienressort.«

Der Anblick einer jungen, durchtrainiert aussehenden Frau mit einem Gipsbein, die auf zwei Krücken vorbeihumpelte, relativierte seine Aussage sofort.

Lisbeth atmete tief durch und ging zur Tür. Im selben Augenblick würde diese geöffnet, und Adrienne kam heraus.

»Guten Tag, Frau Siebert. Hatten Sie eine gute Anreise?«, grüßte sie.

»Hatte ich. Aber ich hatte auch einen ausgezeichneten Fahrer.« Der Anflug eines Lächelns erschien auf Lisbeths Gesicht, dann setzte sie wieder ihre geschäftsmäßige Miene auf. »Hier ist hoffentlich alles nach Plan gegangen?«

»Das ist es, Frau Siebert. Sowohl die Sportärztin wie auch die Gynäkologin, Frau Dr. Vandereelst, sind mit Frau Reuss sehr zufrieden. Diese hat sich während der gesamten Zeit sehr kooperativ gezeigt.« Adrienne verschwieg, dass sie mit Daniela wegen der angeordneten Kleidung mehrfach aneinandergeraten war.

»Dann ist es gut. Ich will Frau Reuss jetzt sehen.« Lisbeth trat ins Haus und sah sich neugierig um. Auch innen wirkte alles sauber und gepflegt.

Adrienne führte die Besucher ins Wohnzimmer und bat sie, Platz zu nehmen. Danach ging sie zur Tür von Danielas Arbeitszimmer und klopfte. »Frau Dr. Siebert ist da.«

»Und da muss ich Frosch hüpfen«, antwortete Daniela, während sie ihr Zimmer verließ.

Als sie das Wohnzimmer betrat, stellte sie fest, dass Carolien recht gehabt hatte. Die stahlblonde Frau war tatsächlich ihre geheimnisvolle Auftraggeberin. Sie überlegte, wie sie grüßen sollte, sagte dann aber doch nichts, sondern ließ Lisbeths durchdringende Musterung schweigend über sich ergehen.

Schließlich wandte Lisbeth sich an Adrienne. »Wie ist der Verlauf der Schwangerschaft?«

Eigentlich müsste ich darauf antworten, dachte Daniela, ließ es aber zu, dass Adrienne ihrer Auftraggeberin Rede und Antwort stand. Diese fragte nach Danielas Gesundheit, deren Speiseplan und kritisierte die Ausflüge ins Umland, die die Schwangere gefährden konnten, ebenso wie deren Hang zu ungesundem Essen in Cafés.

Daniela ärgerte sich immer mehr über die arrogant auftretende Frau. Da trat auf einmal deren Begleiter neben sie.

»Wie fühlen Sie sich?«, fragte er freundlich.

»Bis jetzt geht es mir ausgezeichnet. Mir wird nur selten übel, und ich bin immer noch beweglich. Allerdings wird sich das im Lauf der nächsten fünf Monate ändern«, antwortete Daniela.

»Ich drücke Ihnen die Daumen, dass auch weiterhin alles gut geht.« Max' Lächeln tat Daniela gut, und sie begann mit ihm ein

Gespräch, das sich um die Umgebung und auch um Poffertjes handelte.

»Auch wenn Lisbeth es kritisiert, sollten Sie sich nicht davon abhalten lassen, gelegentlich eine Portion davon zu essen«, riet er ihr augenzwinkernd.

»Das habe ich auch nicht vor.« Danielas Augen leuchteten rebellisch auf, und Max begriff, dass sie sich derzeit zwar den Launen Lisbeths und Adriennes beugte, sich aber auf Dauer nicht von ihnen dominieren lassen würde.

»Wir werden sicher noch ein paarmal hierherkommen. Aber den letzten Teil der Schwangerschaft sollten Sie in München verbringen, denn Lisbeth wird sicher wollen, dass ihr Enkel in ihrer Heimat geboren wird«, sagte er und nahm den abwehrenden Ausdruck auf Danielas Gesicht wahr.

Max war froh, als Lisbeth ihren Besuch beendete und sie wieder zu ihrem Hotel zurückfuhren. Zunächst schwiegen beide, dann aber schüttelte er den Kopf. »Wenn du der Mutter deines Enkels den Eindruck einer arroganten, von sich eingenommenen Zicke hast vermitteln wollten, muss ich dir gratulieren. Das ist dir ausgezeichnet gelungen.«

»Wie meinst du das?«, fragte Lisbeth verdattert.

»Du hast Daniela kein einziges Mal angesprochen, sondern sie behandelt wie eine Angestellte, die etwas ausgefressen hat und deren Vorgesetzte du fragen musst, ob sie überhaupt noch weiterbeschäftigt werden kann. Dabei solltest du dir über eines im Klaren sein: Daniela hat sich zwar bereit erklärt, das Kind deines Sohnes auszutragen. Doch wenn sie zu der Ansicht gelangt, sie könne einer Frau wie dir ihr Kind nicht anvertrauen, kannst du nichts dagegen machen. Du kannst gegen ihren Willen nicht einmal einen Gentest vornehmen lassen, um Jens' Vaterschaft zu bestätigen.«

»Sie hat einen Vertrag abgeschlossen.«

»In dem nur von einem Projekt die Rede ist und nicht von einem Kind. Meine Liebe, du bist mehr von ihr abhängig als sie von dir. Auch wenn du mir deswegen böse sein solltest, bleibt es so.« Max' Stimme klang so eindringlich, dass Lisbeth ihn bedrückt anstarrte.

»War ich wirklich so schlimm?«

»Du warst voll die Eislady, die deine Geschäftspartner zu fürchten gelernt haben. Ich rate dir, die Sache weniger als Geschäft anzusehen, sondern als Geschenk, das Daniela dir bringt.«

Lisbeth nickte widerwillig. »Du hast recht. Jetzt ärgert es mich selbst, mich nicht stärker um Daniela gekümmert zu haben.«

»Weniger kümmern konntest du dich kaum.«

»Wollen wir umdrehen und noch einmal hinfahren?«, fragte Lisbeth unsicher.

»Ich glaube nicht, dass es im Augenblick noch etwas bringt. In einem Monat oder in zweien solltest du sie wieder besuchen und mit ihr über die Zeit reden, die ihr miteinander verbringen werdet. Du hast sie doch vertraglich zu zwei Jahren verpflichtet, in denen sie sich um ihr Kind kümmern soll.«

Lisbeth senkte den Kopf. Bislang hatte sie die Sache tatsächlich wie ein Geschäft angesehen und nicht daran gedacht, dass dahinter eine junge Frau mit eigenem Willen stehen würde.

»Du kommst doch hoffentlich wieder mit?«, fragte sie besorgt.

»Du weißt, ich tue alles für dich.« Max lächelte zufrieden. Wie es aussah, würde Lisbeth beim nächsten Zusammentreffen Daniela so behandeln, wie es sich gehörte.

13.

Am liebsten hätte Daniela Adrienne mit einigen drastischen Ausdrücken klargemacht, was sie von Lisbeth Siebert hielt. Die Anwaltsgehilfin hatte sich jedoch in ihr Zimmer zurückgezogen. Da immer wieder ihre Stimme erklang, nahm Daniela an, dass sie ihren Chef anrief und ihm von dem Besuch berichtete.

Sie setzte sich an den Laptop, merkte aber, dass sie viel zu aufgewühlt war, um arbeiten zu können. Daher zog sie sich in das Zimmer zurück, in dem sie schlief und in dem auch eine kleine gemütliche Couchecke stand. Sie legte sich aufs Bett, schloss die Augen und spürte, wie das heulende Elend in ihr hochkam. Was gab dieser Frau das Recht, sie zu behandeln wie einen Gegenstand, den man nicht haben will, aber hinnehmen muss? Nur weil sie ein halbes Jahr im Gefängnis gesessen hatte, war Lisbeth Siebert noch lange kein besserer Mensch als sie.

»Die anderen aber werden es glauben«, sagte sie laut zu sich selbst und schluchzte zuletzt so, dass es Katrijn auffiel und sie hereinkam.

»Was ist denn los mit dir?«, fragte sie besorgt.

»Diese Frau! Sie hat mich angesehen, als wenn ich eine Nacktschnecke wäre. Kein einziges Wort hat sie zu mir gesagt, sondern nur mit der Anwaltsschnepfe geredet. Für die Madame bin ich nur Dreck, mit dem sie nichts zu tun haben will.«

»Das solltest du dir nicht einreden. Es wird alles gut werden, glaub mir. Übrigens gibt es heute Vanillepudding zum Nachtisch. Und wenn die Frau meint, dir die Poffertjes verbieten zu müssen, dann bekommst du sie eben von mir.«

Obwohl ihr noch immer die Tränen über die Wangen liefen, musste Daniela lachen. »Du hast recht, Katrijn. Von dieser Frau lassen wir uns nicht kleinkriegen. Die soll etwas erleben, sage ich dir – und Adriennchen ebenfalls.«

Obwohl Katrijn Adrienne eigentlich sympathisch fand, ärgerte sie sich über sie, weil diese sich zu sehr an die Vorschriften klammerte, die ihr Chef ihr mitgegeben hatte.

»Die könnte einen Schubs vertragen, denn sie versteift sich zu sehr auf ihre Paragrafen und Verträge und vergisst dabei ganz, dass sie es mit einem Menschen zu tun hat«, erwiderte Katrijn.

Sie führte Daniela ins Badezimmer, wusch ihr die Tränen ab und kniff sie in die Wange. »Das schaffen wir schon.«

»Das tun wir«, rief Daniela mit blitzenden Augen.

Sie kehrte in ihr Zimmer zurück und begann damit, die gesamte, in Lindas Stil gekaufte Kleidung aus den Schränken zu räumen und in den Flur zu werfen.

Kurz darauf rief Katrijn zum Essen. Adrienne kam aus ihrem Zimmer, starrte auf den Haufen aus Rosa und Zartgrün vor ihrer Tür und sah dann Daniela verstört an.

»Was soll das?«

»Ich möchte mal wieder etwas anderes anziehen als diese Fummel. Daher werden wir beide heute Nachmittag shoppen gehen«, antwortete Daniela entschlossen.

»Aber …«, begann Adrienne, wurde von Daniela aber sofort unterbrochen.

»Kein Aber. Wir machen es so, und damit basta!«

»Ich würde tun, was sie sagt. Schwangere Frauen unterliegen starken Stimmungsschwankungen. Wenn sie sich zu sehr ärgern, strahlt das auf das Kind aus«, warf Katrijn mit völlig ernster Miene ein, obwohl sie am liebsten laut gelacht hätte.

Adrienne wollte auf den Vertrag verweisen und darauf, dass Daniela sich verpflichtet hatte, alle Anweisungen zu befolgen. Doch als sie deren entschlossene Miene sah, hielt auch sie es für besser, ihr vorerst nachzugeben.

FÜNFTER TEIL
Schwanger

1.

Carl Siebert warf den Bescheid, der eben mit der Post gekommen war, mit einem Fluch auf den Tisch. »Das ist jetzt schon die dritte Ausschreibung, die wir gegen Lisbeths Firma verloren haben.«

»Dabei sollte uns deinen Aussagen zufolge ihre Fabrik längst gehören«, antwortete sein Sohn enttäuscht.

»Haase hält die Sache immer noch hin. Hättest nicht du Jens totgefahren, sondern ein anderer, sähe die Sache besser für uns aus.« Carl Siebert packte die Absage und zerknüllte sie, obwohl er den Brief für die Akten benötigte.

»Stengel lässt sich auch Zeit«, maulte sein Sohn, um von sich abzulenken.

»Sein Kontaktmann arbeitet jetzt in der Privatklinik, in der Jens liegt. Doch der lebende Leichnam befindet sich in einem abgeschlossenen Bereich, den er noch nicht betreten darf. Stengels Ansicht nach wird der Mann in einem oder zwei Monaten die Befugnis dazu erhalten. Jens läuft uns ja nicht davon.«

»Das tut er gewiss nicht. Aber wie weit ist Stengel bei der Suche nach der Leihmutter?«, fragte Ralf.

»Er hat einen Verdacht«, erwiderte sein Vater missmutig.

»Einen Verdacht? Ist das nicht ein bisschen mickrig? Wenn er so weitermacht, präsentiert uns Tante Lisbeth ihren Enkel, und wir stehen mit leeren Händen da.« Ralf ärgerte sich, denn inzwischen hatte er sich mit dem Gedanken, die Ludwig-Siebert-Werke zu leiten, angefreundet. In der Position würde er endlich aus dem übermächtigen Schatten des Vaters heraustreten.

»Wenn Lisbeth einen Enkel bekommt, bringt entweder Stengel das Kind um – oder ich ihn.«

Carl Siebert war nicht weniger in Sorge als sein Sohn. Bisher hatte der Detektiv eine Menge Geld kassiert, aber noch keinen greifbaren Erfolg aufzuweisen. Still rechnete er noch einmal die vergangene und die ihm verbleibende Zeit durch.

»Seit Jens' Unfall sind sieben Monate vergangen. Selbst wenn Lisbeth rasch eine Leihmutter gefunden hat, hat es sicher ein paar Wochen gedauert, bis diese schwanger geworden ist. Uns bleiben daher mindestens drei Monate, um diese Sache zu bereinigen.«

»Aber ist es nicht Mord, wenn man eine Frau zu einer Fehlgeburt zwingt?«, fragte Ralf.

»Wenn du dich zum Moralapostel aufschwingen willst, kannst du gleich gehen!«, bellte sein Vater und schleuderte das Papierknäuel der verlorenen Ausschreibung in eine Ecke. »Mich interessiert im Moment mehr, wie es Bernd Christaller gelingt, uns auf einmal auszuhebeln. Laut Bolger sollte er doch eine Null sein.«

»Wir müssten vielleicht noch ein wenig mit den Preisen heruntergehen«, schlug Ralf vor.

Sein Vater lachte bitter. »Ich habe sie so weit gesenkt, wie ich es gerade noch vertreten kann. Trotzdem hat der junge Christaller den Zuschlag erhalten. Ich kann mir nur vorstellen, dass Lisbeth einen Verdrängungswettbewerb gestartet hat und Verluste in Kauf nimmt, um uns in den Ruin zu treiben.«

»Kann sie das schaffen?«, fragte Ralf erschrocken.

»Sie kann es ein halbes Jahr durchhalten, doch dann gerät ihre Firma so in die roten Zahlen, dass sie Gefahr läuft, insolvent zu werden.«

»Vielleicht ist das ihre Absicht, sowohl ihr Werk wie auch das unsere zu ruinieren, sodass wir nichts davon haben, wenn uns das Gericht ihre Firma zuspricht.«

Carl Siebert nickte. »Dieser Verdacht ist mir auch schon

gekommen. Ich würde es an ihrer Stelle genauso machen, allerdings nur, wenn ich keine Chance mehr sähe, die Firma zu behalten. Doch das passt nicht mit der Information zusammen, dass sie für einen Enkel sorgen will.«

»Will sie uns vielleicht in den Ruin treiben und dadurch die Übernahme ihrer Firma verhindern?«

»Wenn wir nicht schnellstens ein paar Ausschreibungen gewinnen, besteht diese Gefahr«, gab Carl Siebert zu. »Daher werde ich bei den nächsten Angeboten die Preise so weit senken, dass wir gerade noch kostendeckend liefern können.«

»Wenn Lisbeth Verluste in Kauf nimmt, wird uns das auch nichts helfen«, wandte Ralf ein.

»Das stimmt leider. Ich muss beim nächsten Angebot einen Verlust von fünf Prozent in Kauf nehmen, um sie zu unterbieten.« Carl Siebert ärgerte sich darüber, sah es aber als einzige Chance an, Lisbeths Firma aus dem Rennen zu schlagen. Solange diese nur einen leichten Verlust hinnehmen musste, würde sie diesen Kampf länger durchhalten als er.

»Wenn Stengel nichts zustande bringt, drehe ich ihm eigenhändig den Hals um«, erklärte er schnaubend.

»Tot nützt er uns auch nichts«, erwiderte sein Sohn und hatte damit leider recht.

2.

Nur wenige Kilometer von Carl Sieberts Villa entfernt wurde mit Champagner auf den letzten Abschluss angestoßen. Lisbeth lächelte zufrieden, während Max seinem Sohn auf die Schulter klopfte.

»Gut gemacht, Junge. Ich kann mir vorstellen, dass Lisbeths Schwager vor Wut kochen wird, weil ihm auch dieser Auftrag durch die Lappen gegangen ist.«

»Er wird sich damit trösten, dass wir, um den Zuschlag zu erhalten, einen gewissen Verlust in Kauf genommen haben«, antwortete Bernd lächelnd.

»Und? Haben wir das?«, fragte Lisbeth, die sich nur noch selten in das Tagesgeschehen der Firma einmischte.

Bernd schüttelte den Kopf. »Nein. Hübner hat Maßnahmen zur Optimierung einiger Produktionsbereiche erarbeitet, die unsere Produktion um fünf Prozent verbilligt. Wir können daher mit dem gleichen Gewinn liefern wie bisher. Das aber weiß Carl Siebert nicht.«

»Hübner scheint gut zu sein«, meinte Lisbeth.

Bernd bejahte. »Ich würde ihn ungern verlieren, aber er ist ehrgeizig und will vor seinem vierzigsten Geburtstag an der Spitze eines Unternehmens stehen.«

»Wann ist das?«, fragte sein Vater.

»In fünf Jahren.«

»Dann kannst du noch eine gewisse Zeit mit ihm zusammenarbeiten. Wenn er geht, bist du weit genug mit dem Werk verwachsen, um den Verlust zu kompensieren.«

Lisbeth lächelte Bernd anerkennend zu. Seit er Bolger vor etwas mehr als zwei Monaten ersetzt hatte, war es ihm nicht nur gelungen, die Abwärtsbewegung zu stoppen, sondern auch wieder Gewinn zu erwirtschaften. Dazu hatte er der Firma ihres Schwagers ein paar herbe Schlappen verpasst, die dieser nicht so leicht würde verkraften können. Das zählte für sie im Augenblick sogar mehr als Gewinn oder Verlust.

»Auf dein Wohl und darauf, dass mein Schwager sich an dir die Zähne ausbeißen wird«, sagte sie und stieß erneut mit Bernd an.

Nachdem sie getrunken hatte, wandte sie sich dessen Vater zu. »Es ist jetzt schon über einen Monat her, seit wir in den Niederlanden waren. Ich würde gerne wieder hinfahren.«

Zu ihrer Verwunderung zog Max ein langes Gesicht. »Das kommt jetzt gar nicht gelegen. Ich habe meinem Freund Lansbury in New York versprochen, übermorgen zu ihm zu fliegen und mit ihm zusammen einen Plan für das neue Football-Stadion in Buffalo zu erarbeiten. Das hatte ich dir vor zwei Wochen schon gesagt.«

»Entschuldige, das habe ich ganz vergessen. Ich dachte …«

Lisbeth brach ab, doch Max spürte ihre Enttäuschung. Da er wusste, dass sie ihren Chauffeur nicht ins Vertrauen ziehen wollte und wohl auch jemanden brauchte, an dem sie sich zur Not festklammern konnte, sah er seinen Sohn an.

»Kannst du dir nicht drei Tage freinehmen und Lisbeth nach Holland begleiten?«

Bernd wollte schon ablehnen, sah aber dann auf den Schmuckkalender, den sein Vater Lisbeth zu Weihnachten geschenkt hatte. Wenn sie die Fahrt am Freitag antraten und Sonntagabend zurückkehrten, würde er nur einen Arbeitstag verlieren.

»Wenn es dir recht ist, Tante Lisbeth, übers Wochenende zu fahren, könnte ich dich begleiten«, schlug er vor.

Lisbeth blickte jetzt ebenfalls auf den Kalender und nickte. »Das würde mir passen.«

»Nimm meinen Wagen! Lisbeth ist an ihn gewöhnt, und da ich in New York bin, brauche ich ihn nicht«, warf Max ein.

Zwar war das Auto seines Sohnes schneller, aber lange nicht so bequem wie seine Limousine. Lisbeth sollte halbwegs erholt am Ziel eintreffen, denn er sah die zweite Begegnung mit Daniela als entscheidend für das weitere Zusammenleben der beiden Frauen an.

»Wenn Tante Lisbeth lieber in deinem Wagen gefahren werden will, nehme ich ihn«, antwortete Bernd nach einem kurzen Zögern.

»Wir können auch dein Auto nehmen«, sagte Lisbeth, die den jungen Mann nicht kränken wollte.

»Wir belassen es bei Vaters Limousine. Die ist für die lange Fahrt sicher besser geeignet«, erklärte Bernd, der sich daran erinnerte, dass seine Chefin ein entspanntes Reisen einer forschen Fahrt vorzog.

»Ich werde mir wahrscheinlich auch einen Wagen wie den deinen zulegen, Vater«, meinte er nach einer kurzen Pause. »Ich muss doch gelegentlich Geschäftspartner herumkutschieren, und die sollten es ebenfalls bequem haben.«

»Was ist eigentlich mit Bolgers Dienstwagen?«, fragte Lisbeth. »Er wird ihn doch hoffentlich nicht behalten haben.«

»Ich habe ihn Hübner überlassen, um dessen Ego zu streicheln. Ich hoffe, es ist dir recht?«

Lisbeth lachte. »Da Hübner sich als Gewinn für die Firma entpuppt, hat er eine Belohnung verdient.«

»Dann machen wir es so.« Bernd hob das Glas und lächelte. »Auf dich, Tante Lisbeth, auf deinen Enkel und auf den Ärger, den wir Carl Siebert und dessen Sohn bereiten.«

»Darauf trinke ich gerne«, sagte Lisbeth lachend und küsste ihn auf die Wange.

»He, mein Junge, du wirst mir doch bei Lisbeth nicht ins Gehege kommen!«, warnte ihn sein Vater mit einem Augenzwinkern.

Lisbeth sah ihn an und sagte sich, dass Max endlich den Mut finden und den letzten Schritt auf sie zugehen sollte, der zu einer richtigen Partnerschaft gehörte.

3.

Daniela war kurz vor dem Ende des vierten Schwangerschaftsmonats und fühlte sich immer noch wohl. Es war ihr inzwischen gelungen, sich bei ihrer Kleidung und auch bei einigen anderen Dingen gegen Adrienne und deren alberne Vorschriften durchzusetzen. Da von Carolien angefangen bis zu Luana alle auf ihrer Seite standen, war Adrienne im Haushalt etwas isoliert. Selbst die Fahrten zur Frauenklinik übernahm sie nur noch in seltenen Fällen. Daniela legte die kurze Strecke meistens in Caroliens Begleitung per Rad zurück, und auf dem Heimweg machten sie einen kleinen Umweg und kehrten in einem neu entdeckten Café ein.

Hätte Adrienne nicht Danielas Lehrplan verfolgen und den Kontakt mit der Schule aufrechterhalten müssen, wäre sie völlig überflüssig geworden. Zu Katrijns Verwunderung und der der drei anderen Niederländerinnen versuchte sie nicht, zu einem engeren Verhältnis mit ihnen und Daniela zu kommen, sondern hielt den Abstand ein, der ihrer Ansicht nach zwischen der Angestellten einer Anwaltskanzlei und einer Klientin herrschen musste.

An diesem Samstag fuhren Daniela und Carolien wieder ihre Runde und kehrten in dem Café ein. Nach einer Tasse Kräutertee für Daniela, einer mit schwarzem Tee für Carolien und Poffertjes für beide machten sie sich auf den Heimweg.

Als sie zu ihrem Haus abbogen, sah Daniela die schwere Limousine mit Münchner Kennzeichen und verzog das Gesicht.

»Die Gnädige ist wieder da. Adrienne hätte uns vorwarnen sollen.«

»Vielleicht ist die Dame zu einer unangekündigten Visite

gekommen, um zu sehen, wie es bei uns zugeht, wenn wir uns nicht auf ihren Besuch vorbereiten können«, spottete Carolien und räumte die beiden Räder weg.

Daniela blickte an sich herab. Sie trug einen dunkelblauen Fahrraddress ohne jeden Schnickschnack, dessen Oberteil etwas weiter war als üblich, damit sich die leichte Wölbung ihres Bauches nicht so offensichtlich abzeichnete. Als sie schnupperte, merkte sie, dass sie leicht verschwitzt roch. Ihre Lust, sich Lisbeth Siebert so zu präsentieren, war gering. Daher mied sie das Wohnzimmer und ging erst einmal in ihr Bad, um zu duschen.

Als Carolien ihr wenig später folgte, bat Daniela sie, Nicolet zu holen. »Ich werde wegen dieser Dame nicht auf meine gewohnte Massage verzichten«, erklärte sie.

»Deine Auftraggeberin und ihr Begleiter warten bereits auf dich«, mahnte Carolien.

Daniela blies verächtlich die Luft aus den Nasenlöchern. »Sollen sie warten. Sie hätten ihren Besuch ja auch ankündigen können.«

Diesen Tonfall kannte Carolien gut genug, um Daniela ihren Willen zu lassen. Sie verließ daher das Badezimmer und kehrte kurz darauf mit der Physiotherapeutin zurück.

»Wo bleibst du denn? Die Dame ist schon ganz ungeduldig«, erklärte Nicolet.

»Ich werde erst gehen, wenn du mich massiert hast und ich mich umgezogen habe.«

Auch Nicolet wusste mittlerweile, wann sie nachgeben musste, und folgte Daniela ins Behandlungszimmer. Dort überlegte sie, ob sie die Massage abkürzen sollte, damit ihr Schützling rascher ins Wohnzimmer kam. Da Daniela jedoch genau wusste, wie lange ihre normale Massage dauerte, verzichtete sie darauf. Im Anschluss reichte sie Daniela Höschen und Hemdchen und fragte, ob sie ein paar Kleidungsstücke holen sollte.

Daniela schüttelte den Kopf. »Ich suche sie mir selbst aus.«

Nach diesen Worten ging sie in ihr Zimmer und ließ sich beim Anziehen Zeit. Anschließend suchte sie das Badezimmer auf, um Pflegecreme und einen Hauch Lippenstift aufzutragen. Sie band noch ihre Haare zu einem Pferdeschwanz, musterte ihr Spiegelbild kritisch und ging hinunter, um sich dem Drachen zu stellen.

Als sie ins Wohnzimmer trat, saß Lisbeth Siebert auf einem Sessel, und unweit von ihr lehnte ein junger Mann sichtlich gelangweilt neben dem Fenster an der Wand. Daniela bedauerte, dass der ältere Herr, mit dem sie sich letztens gut verstanden hatte, nicht mitgekommen war. Der Stiesel dort sah nicht so aus, als würde er auch nur ein einziges Wort mit ihr wechseln wollen.

»Guten Tag«, grüßte sie und wandte sich ihrer Auftraggeberin zu.

4.

Lisbeth und Bernd waren ohne Probleme ans Ziel gelangt und hatten als Erstes Haus Nummer neun aufgesucht, weil Lisbeth sich unbedingt davon hatte überzeugen wollen, dass es Daniela und ihrem Enkelkind gut ging. Jetzt wartete sie schon seit über einer Stunde auf die junge Frau. Obwohl Bernd sich langweilte, amüsierte er sich über seine Begleiterin, die heldenhaft ihre Ungeduld zu verbergen suchte.

Als Daniela eintrat, kniff er verwundert die Augen zusammen. Den Bildern nach, die Lisbeth ihm gezeigt hatte, hatte er erwartet, eine schlechte Kopie von Linda Holmes anzutreffen. Die junge Frau sah dieser zwar ähnlich, wirkte aber ganz anders. Sie trug ein knielanges, blaues Kleid, dazu rote Sandalen, in denen wohlgeformte Füße steckten. Auch sonst fand er Daniela hübscher als Jens' Freundin.

Lisbeth runzelte leicht die Stirn, als sie Daniela in ungewohnter Kleidung vor sich sah, spürte aber, dass sie ihr so besser gefiel als beim ersten Besuch.

»Hallo, wie geht es Ihnen?«, fragte sie, um ein Gespräch in die Wege zu leiten.

»Danke der Nachfrage. Den Umständen entsprechend gut«, antwortete diese kühl.

»Ich hoffe, es ist alles zu Ihrer Zufriedenheit geregelt«, sagte Lisbeth.

»Danke. Ich kann nicht klagen.«

»Wenn Sie irgendetwas benötigen sollten, sagen Sie es mir bitte«, fuhr Lisbeth fort.

»Danke. Ich habe hier alles, was ich brauche.«

Vielleicht ist die junge Frau geistig doch nicht so fit, wie Haase behauptet hatte, dachte Bernd. Ihr starres Gesicht schien darauf hinzudeuten, doch ihre Augen sprühten vor Leben. Warum antwortet sie so knapp?, fragte er sich und stieß sich von der Wand ab.

»Ich freue mich, Sie kennenzulernen.« Es kam ihm über die Lippen, ohne dass er es eigentlich wollte.

Daniela drehte sich zu ihm um und musterte ihn genauer. Er war nicht ganz einen Kopf größer als sie, hatte breite Schultern und ein markantes, aber sympathisch wirkendes Gesicht, das sie an den älteren Herrn erinnerte, der Lisbeth Siebert beim ersten Mal begleitet hatte. Auch drückte seine ganze Haltung ein Selbstbewusstsein aus, um das sie ihn unwillkürlich beneidete.

»Das ist Bernd, der Sohn von Max Christaller, den Sie bereits kennengelernt haben«, stellte Lisbeth ihn vor.

»Angenehm«, antwortete Daniela in einem Tonfall, als würde er sie nicht interessieren.

»Bernd ist der Geschäftsführer meiner Firma. Also werden Sie ihm in den nächsten Monaten noch öfter begegnen.« Lisbeth versuchte verzweifelt, den Panzer aus Eis, den Daniela um sich errichtet hatte, zu durchdringen. Max' Mahnung, dass diese ihr den ersehnten Enkel verweigern könnte, kam ihr in den Sinn. Das darf nicht sein, dachte sie und wies auf einen freien Sessel.

»Nehmen Sie doch bitte Platz!«

Daniela fragte sich, weshalb die Frau, die sie beim letzten Mal keines einzigen Wortes gewürdigt hatte, auf einmal so freundlich zu ihr war, und gab sich selbst die Antwort. Anscheinend hatte sie Angst, es könnte dem Kind schaden, wenn sie sie noch einmal so behandelte.

Das Kind … Obwohl es in ihr wuchs, war es immer noch etwas Fremdes für Daniela. Trotzdem ist es auch ein Teil von dir, fuhr es ihr durch den Kopf. Lisbeths Sohn war zwar der Vater, dennoch war es ihr Kind. Mit diesem Gedanken setzte sie sich und beantwortete Lisbeths Fragen höflich, aber knapp.

»Ich würde Ihnen gerne eine Freude machen. Mögen Sie Schmuck?«, fragte Lisbeth eben. Nicht nur sie, sondern auch Bernd war auf die Antwort gespannt.

Für jemand wie Daniela, für die ein Lederband mit einem Anhänger für fünf Euro bereits Luxus gewesen war, kam diese Frage so unerwartet, dass sie einen Augenblick brauchte, um ihre Gedanken zu sammeln.

»Nein danke. Ich bin auch ohne Schmuck glücklich«, sagte sie schließlich.

Jetzt ärgerte Lisbeth sich doch. Danielas Versuche, ihr auszuweichen und sich ihr durch nichts zu verpflichten, waren zu offensichtlich. Hilfe suchend wandte sie sich an Bernd. Dessen Vater hätte sicher eine Lösung gefunden, dachte sie.

»Wenn Sie bereits ohne Schmuck glücklich sind, werden Sie mit etwas Schmuck sicher nicht unglücklicher sein«, erklärte Bernd.

Daniela wandte sich erneut an Lisbeth. »Wenn es Ihr Wunsch ist, werde ich mich ihm nicht verschließen.«

»Es würde mich freuen«, antwortete Lisbeth.

Unterdessen überlegte Bernd, ob Daniela ihre Abwehr nur vorspielte, in der Hoffnung, ein entsprechend großes Geschenk zu erhalten. »Was würde Ihnen gefallen?«, fragte er gespannt.

»Ich hätte gerne einen kleinen Anhänger mit einem Ying-Yang-Symbol oder etwas Ähnlichem an einem Lederband.«

Dies war etwas, was man in jedem Asienshop für ein paar Euro bekommen konnte. Bernd wunderte sich darüber, sagte sich dann aber, dass er Daniela nicht bereits nach fünf Minuten in eine Schublade stecken konnte. Anscheinend war sie vielschichtiger, als er gedacht hatte.

»Tante Lisbeth, wenn du nichts dagegen hast, würde ich jetzt losfahren, um so ein Schmuckstück zu besorgen. Du kannst dich in der Zwischenzeit ein wenig mit …« Bernd zögerte kurz und überlegte, wie er Daniela nennen sollte. Der Name Linda widerstrebte ihm.

»Ich meinte, ihr beide könnt euch noch ein wenig unterhalten«, setzte er hinzu und ging zur Tür.

Er hoffte, dass es Lisbeth gelingen würde, Daniela in seiner Abwesenheit ein wenig aufzutauen. Im nächsten Moment schüttelte er den Kopf über sich selbst. Als er mit Lisbeth hierhergefahren war, hatte er die junge Frau für durchtrieben und gierig gehalten, da sie für Geld den eigenen Körper verkauft hatte. Doch ganz so sah er das nun nicht mehr und beschloss, mehr über sie in Erfahrung zu bringen. Wenn er sie, wie von Lisbeth angekündigt, in Zukunft öfter sah, wollte er wissen, mit wem er es zu tun hatte.

5.

Zu lange wollte Bernd Lisbeth nicht warten lassen und hielt daher vor dem ersten Juweliergeschäft an, auf das er traf. Der Verkäufer musterte seinen Maßanzug und träumte bereits von einem Geschäft, das ihm mehr einbrachte als alle anderen Verkäufe der Woche. Zu seiner Enttäuschung interessierte Bernd sich jedoch nicht für die teuren Armbänder oder Halsketten, sondern wies auf einen hübschen kleinen Anhänger, der keine hundert Euro kostete.

»Den hätte ich gerne. Haben Sie Lederhalsbänder?«

Der Verkäufer schüttelte mit schlecht verhohlener Abscheu den Kopf. »So etwas führen wir nicht.«

»Dann nehme ich ein hübsches Silberkettchen.« Eine Halskette aus Gold wagte Bernd nicht zu kaufen, da er nicht wusste, wie Daniela darauf reagieren würde. So lenkbar, wie Lisbeth es ihm dargestellt hatte, schien sie nicht zu sein. Daher traute er ihr zu, eine Goldkette abzulehnen oder sie zumindest nicht zu tragen. Er wollte jedoch dieses Schmuckstück an ihrem Hals sehen.

Fünf Minuten später hatte er das passende Kettchen gefunden, bezahlte und verließ das Juweliergeschäft wieder. Der Verkäufer sah ihm nach und fragte sich, wem ein Mann in sichtbar guten Verhältnissen ein Schmuckstück schenken wollte, das mit der Kette zusammen keine hundertfünfzig Euro wert war.

Als Bernd kurz darauf Haus Nummer neun betrat, zeigte Daniela Lisbeth gegenüber immer noch eine gewisse Distanz, doch das Gespräch war lebhafter geworden. Lisbeth fragte Daniela gerade nach ihren Wünschen für die Einrichtung der Zimmer, die sie nach der Geburt des Kindes bewohnen würde. Sie tat es nicht zuletzt, um der jungen Frau klarzumachen, dass sie ihren Enkel um sich haben wollte.

»Ich habe keine besonderen Wünsche«, antwortete Daniela. »Ein Bett natürlich, einen Schrank – und vielleicht einen Stuhl.«

Für einen Augenblick gab sie den anderen einen Einblick in das Leben, das sie in den letzten Jahren hatte führen müssen. Bernd musterte sie genauer, merkte ihr aber keine Verbitterung an.

»Du solltest mit meinem Vater darüber sprechen. Er ist Architekt, interessiert sich aber auch für Inneneinrichtungen und wird dich gerne beraten.«

»Ich danke Ihnen, Herr Christaller, aber ich will Ihrem Vater keine Mühe bereiten«, antwortete Daniela verärgert, weil er sie einfach duzte und ihr damit endgültig das Gefühl gab, jemand zu sein, den man für Geld kaufen konnte.

»Es ist für ihn sicher keine Mühe, sondern ein Vergnügen«, erklärte Bernd lächelnd und holte das Kästchen mit dem Schmuckstück hervor. »Ich hoffe, es gefällt dir. Und noch etwas: Vergiss das Herr Christaller. Ich bin Bernd, und mein Vater wird sich freuen, wenn du Max zu ihm sagst.«

Er nahm die Kette mit dem silbernen Ying-Yang-Symbol in die Hand und trat hinter Daniela. »Du musst den Kopf ein wenig senken«, bat er sie.

Daniela tat es unbewusst und spürte seine Hände im Nacken. Schließlich trat er zurück und nickte. »Das sieht doch hübsch aus, meinst du nicht auch, Tante Lisbeth?«

Lisbeth betrachtete die schlichte Kette mit dem kleinen Anhänger und hätte ihn am liebsten gefragt, weshalb er nichts Wertvolleres gekauft habe. Doch auch sie musste zugeben, dass es ihr an Daniela gefiel.

Daniela wusste nicht, was sie sagen sollte. Mit einem gewissen Misstrauen trat sie vor einen Spiegel. Eigentlich hatte sie Kette und Anhänger für hässlich halten wollen. Zu ihrer

Verwunderung aber fand sie das Schmuckstück wunderschön, und sie spürte, wie ihr die Tränen kamen.

»Herzlichen Dank«, sagte sie, und ihre Gesichtszüge wurden dabei so weich, dass Bernd sich schämte, jemals schlecht über sie gedacht zu haben.

»Ich habe mir gedacht, dass dir dieser Anhänger stehen wird. Tante Lisbeth hätte sicher gerne etwas Auffälligeres gekauft, aber das hier passt zu dir.« Bernd lächelte erneut und fragte, ob er etwas zu trinken bekommen könne.

»Ich kann Kaffee oder Tee machen, oder wollen Sie lieber etwas Kaltes? Viel Auswahl haben wir nicht, da Daniela einige Sachen nicht trinken soll«, bot Katrijn ihnen an.

»Wenn Sie mir eine Tasse Tee machen könnten, würde es mich freuen. Wie ist es mit dir, Tante Lisbeth?«

»Auch Tee.« Lisbeth atmete tief durch. Es war nicht leicht gewesen, Daniela so weit zu bringen, dass sie nicht mehr nur einsilbig geantwortet hatte. Und seit Bernd zurückgekehrt war, zog sich die junge Frau wieder in ihr Schneckenhaus zurück.

»Es ist schade, dass wir bereits morgen wieder fahren müssen. Ich wäre gerne noch einmal gekommen«, sagte sie und fasste nach Danielas Hand. »Schonen Sie sich und lassen Sie sich von Ihren Mitarbeiterinnen verwöhnen.«

»Du solltest Daniela auch das Du anbieten, Tante Lisbeth. Immerhin gehört sie so gut wie zur Familie«, riet Bernd ihr.

Er traf bei Lisbeth einen Nerv. Bis jetzt hatte diese Daniela nur eine Nebenrolle zugedacht, doch jetzt begriff sie, dass die junge Frau die leibliche Mutter ihres Enkels sein würde und ein Recht auf das Kind geltend machen konnte.

»Wenn es Ihnen recht ist, habe ich nichts dagegen«, sagte sie zu Daniela.

»Ich weiß nicht …«, antwortete diese zögernd. »Immerhin sind Sie die Chefin und ich praktisch Ihre Angestellte.«

»Sie ist auch meine Chefin, und trotzdem duzen wir uns«, sagte Bernd amüsiert.

»Das ist etwas anderes.«

Bernd trat auf sie zu und legte ihr die Rechte auf den Bauch. »Das, was du für Tante Lisbeth tust, kann ich mit meiner Arbeit niemals erreichen.«

»Das stimmt«, sagte Lisbeth leise. »Mein Anwalt Haase mag zwar alles in Verträge und Paragrafen gegossen haben, dennoch bleibt es eine Sache zwischen uns zwei Frauen.«

»Wenn Sie … du es willst, dann soll es mir recht sein.«

Daniela war nicht glücklich darüber, denn sie hatte Abstand vor Lisbeth und deren Freunden halten wollen. Lisbeth selbst schüchterte sie ein, während sie bei Bernd nicht wusste, ob er sich über sie lustig machte oder nur seine Chefin unterstützen wollte. Der Vater ist mir auf jeden Fall sympathischer, dachte sie. Andererseits hatte Bernd ihr einen Anhänger besorgt, wie sie ihn sich schon immer gewünscht hatte. Er hatte anscheinend zwei Seiten, eine fürsorgliche und eine arrogante. Doch welche war die, die er häufiger hervorkehrte?

»Wir müssen uns leider verabschieden. In einem Monat kommen wir wieder.« Aus einem Impuls heraus umarmte Lisbeth Daniela kurz und küsste sie auf die Wange.

Bernd sah es und klatschte ihr in Gedanken Beifall. Eine misstrauische junge Frau wie Daniela war nur durch Freundlichkeit und Zuneigung zu gewinnen. Er erinnerte sich daran, dass sein Vater gesagt hatte, sie habe bis jetzt wenig Gutes im Leben erfahren. Das war ihr anzumerken. Doch Daniela war weder gierig, wie man es hätte erwarten können, noch ordinär, wie er es zunächst angenommen hatte.

»Auf Wiedersehen«, sagte er und reichte ihr die Hand.

»Auf … Gute Fahrt.« Daniela war sich nicht sicher, ob sie Bernd Christaller wiedersehen wollte. Gleichzeitig spottete sie über sich selbst. Da er und sein Vater in enger Verbindung zu ihrer Auftraggeberin standen, würden sie sich zwangsläufig über den Weg laufen.

»Auf Wiedersehen«, sagte sie noch zu Lisbeth und schlug, als die beiden das Haus verlassen hatten und losfuhren, in Gedanken drei Kreuze.

6.

Carl Sieberts Detektiv Stengel war es gelungen, bei mehreren Autos, die Lisbeth benutzte, heimlich einen GPS-Sender anzubringen. Die meisten Strecken, die mit diesen Autos zurückgelegt wurden, tat er als uninteressant ab. Als er Max Christallers Wagen jedoch in den Niederlanden ortete, erwachte sein Jagdinstinkt. Er spürte dem möglichen Ziel dieser Fahrt nach und fand heraus, dass es sich um eine Kleinstadt im Binnenland handelte. Als er weiterforschte, entdeckte er zunächst nur, dass sich dort eine bekannte, auf Sportverletzungen spezialisierte Klinik befand. Das passte nicht zu einer jungen Frau, die ein Kind austragen sollte.

Der Gedanke an die Niederlande ließ ihn jedoch nicht los. Bei seiner Suche geriet er auf einen Eintrag in den sozialen Netzwerken. Dieser besagte, dass eine Amerikanerin aus besten Kreisen mehrere Wochen in dieser Sportklinik zugebracht habe. Es musste Ärger gegeben haben, denn die Frau zog über die grässlichen Europäer her, die ebenfalls dort gewesen waren.

Stengel fand heraus, dass zu dieser Klinik eine Reihe von Häusern gehörte, in denen reiche Patienten abseits von Krankenhauskorridoren und -zimmern wohnen konnten. Irgendwann fand er sogar ein Foto eines solchen Hauses. Ein Patient hatte es bei seiner Abreise geschossen und dabei auch einen Teil des Nebenhauses aufgenommen. Dort stiegen gerade zwei junge Frauen in einen Mittelklassewagen mit niederländischem Nummernschild.

Unter normalen Umständen hätte Stengel das Bild sofort wieder weggeklickt, doch sein Blick blieb auf einer der Frauen haften. Sie hatte lange, hellblonde Haare und trug einen rosa

Trainingsanzug. Mit dem Gefühl, etwas gewittert zu haben, vergrößerte Stengel das Bild, bis es fast in Pixel zerfiel.

»Linda Holmes!« Er rief einen zweiten Bildschirm auf und klickte ein Foto von Jens Sieberts Freundin an. Die Ähnlichkeit war verblüffend. Zwar wirkte die Linda, die eben ins Auto stieg, etwas schmaler als die auf dem Foto, das Ralf Siebert von der Freundin seines Vetters gemacht und ihm zur Verfügung gestellt hatte. Da jedoch einige Monate zwischen den beiden Aufnahmen lagen, mochte die Frau ein paar Kilo abgenommen haben.

Stengel griff bereits zum Telefon, um Carl Siebert über seine Entdeckung zu informieren, sagte sich aber, dass er mehr Fakten brauchte. Als er der Gegend um die Sportklinik nachspürte, entdeckte er zufrieden, dass es im Nachbarort ein Krankenhaus gab, das für seine ausgezeichnete gynäkologische Abteilung und seine Geburtenstation gelobt wurde.

Nun vermochte er eins und eins zusammenzuzählen. Bei Jens Sieberts Unfall hatte Linda Holmes sich einige Verletzungen zugezogen. Dies passte zur Sportklinik. Die Nähe zur Frauenklinik hatte es Lisbeth Siebert jedoch ermöglicht, gleichzeitig ihren Plan mit dem Enkelkind in die Wege zu leiten. Stengel druckte alles aus, was er über die beiden Kliniken herausgefunden hatte, rief danach Carl Siebert an und bat um einen Termin.

»Endlich höre ich etwas von Ihnen«, erklärte Lisbeths Schwager missgelaunt. »Ich will Ihnen auch gleich einen neuen Auftrag geben. Die Firma meiner Schwägerin hat mich bei zwei weiteren Ausschreibungen ausgestochen. Sie können die aber nur gewinnen, wenn sie Verlust machen. Ich will wissen, wie lange sie durchhalten können.«

»Ich werde zusehen, was ich tun kann«, versprach Stengel zufrieden. Das bedeutete noch mehr Geld, das er aus Carl Siebert herausholen konnte. Nun kam er auf sein eigentliches Anliegen zu sprechen. »Ihre Schwägerin und deren möglicher Enkel interessieren Sie doch noch immer?«

»Haben Sie etwas herausgefunden?« Carl Siebert schnappte nach dieser Möglichkeit wie ein Hund nach einem Stück Wurst.

»Könnte schon sein«, antwortete Stengel. »Wann kann ich zu Ihnen kommen?«

»Sofort! Ich will wissen, was meine Schwägerin plant.«

»Ich bin schon unterwegs.« Stengel packte seine Unterlagen in einen Rucksack und verließ sein Büro.

Diesmal ärgerte Carl Siebert sich nicht, als der Detektiv seine Rostlaube vor seinem Haus abstellte, sondern öffnete ihm eigenhändig die Tür. »Was haben Sie herausgefunden?«

»Die Sache mit dem Enkel scheint zu stimmen«, antwortete Stengel, hielt sich aber mit Erklärungen zurück, bis er in Sieberts Arbeitszimmer geführt worden war.

Dort wartete Ralf auf sie. »Haben Sie was gefunden?«, fragte er angespannt.

Stengel grinste breit. »Selbstverständlich. Sonst wäre ich nicht hier.«

Mit großer Geste öffnete er seinen Rucksack und holte den Ordner heraus, den er sich über diese Sache angelegt hatte. Auf der ersten Seite prangte ein Ausdruck von Linda Holmes' Foto.

»Sehen sie es sich genau an!«, forderte Stengel Vater und Sohn Siebert auf und blätterte weiter, bis er zu dem Foto kam, das er im Internet entdeckt hatte. »Was sagen Sie zu diesem Bild?«

Carl Siebert und sein Sohn beugten sich über den Ordner. Auch wenn die beiden Frauen im Hintergrund nicht scharf getroffen waren, nickte Siebert grimmig. »Das ist Linda!«

»Sie steigt in einen holländischen Wagen«, setzte Ralf hinzu.

»Oder steigt gerade aus. Genau kann man das nicht erkennen«, sagte Stengel. »Aber das tut nichts zur Sache. Interessanter ist der Ort, an dem diese Aufnahme gemacht worden ist.«

»Irgendwo in Holland.«

»Ein Deutscher würde sagen: ja, ein Niederländer: nein. Es ist nicht Holland, sondern eine der Nebenprovinzen. Diese Häuser hier«, Stengel zeigte auf das Haus im Vordergrund und auf das nur teilweise zu sehende Quartier von Daniela, »gehören zu einer Unfallklinik, die auf die Versorgung und die Rehabilitation von Verletzungen spezialisiert ist. Es ist der ideale Platz, an dem eine durch einen Unfall verletzte Frau versorgt werden kann.«

»Und was hat das mit Lisbeths möglichem Enkel zu tun?«, fragte Carl Siebert.

»Eine ganze Menge«, erklärte Stengel. »Dieses Foto wurde erst kürzlich ins Internet gestellt. Jetzt frage ich Sie, ob Linda Holmes' Verletzungen so schwer waren, dass sie mehr als sechs Monate in einer solchen Klinik hätte zubringen müssen.«

Ralf schüttelte den Kopf. »Der fehlte nicht viel, und sie hätte nach einem Monat wieder topfit sein müssen.«

»Körperlich scheint ihr nichts zu fehlen, und trotzdem befindet sie sich noch immer dort. Meiner Meinung nach kann das nur mit der wenige Kilometer entfernten Frauenklinik zusammenhängen, die übrigens einen ausgezeichneten Ruf hinsichtlich künstlicher Befruchtung genießt. Das ist stimmig: Linda Holmes wurde zuerst in der Sportklinik behandelt und blieb später dort, um das Know-how der Frauenklinik auszunützen.«

Stengel sah Carl und Ralf Siebert Beifall heischend an, doch die beiden waren zu sehr mit ihren eigenen Gedanken beschäftigt, um ihn loben zu können.

»Der Teufel soll Lisbeth holen!«, stieß Carl Siebert hervor. »Wenn das Kind zur Welt kommt, sind wir erledigt. Dann dreht uns Bernd Christaller mit Genuss den Hals um.«

»Lange kann er das nicht mehr durchhalten. Nach dem Erfolg

bei den letzten großen Ausschreibungen muss Lisbeths Firma doch an ihre Kapazitätsgrenzen kommen«, wandte Ralf ein.

Sein Vater schüttelte den Kopf. »Nicht, wenn Christaller beim Betriebsrat Überstunden und Wochenendarbeit durchbringt. Dabei hatte ich erwartet, Lisbeths Firma ins Schwimmen zu bringen, als ich Bolgers Angebote unterbieten konnte. Zwei Monate lang ging es gut, doch jetzt schwingt das Pendel immer mehr zurück. Wir müssen Lisbeths Firma in die Hand bekommen, sonst sind wir innerhalb eines halben Jahres am Ende.«

Carl Siebert ballte erregt die Rechte zur Faust und wandte sich Stengel zu. »Das Kind darf nicht zur Welt kommen. Kümmern Sie sich darum?«

Stengel war kein Waisenknabe, aber auch niemand, der sich selbst die Hände schmutzig machte. Daher schüttelte er den Kopf. »Ich habe Ihnen mitgeteilt, wo sich Linda Holmes befindet. Der Rest ist Ihre Sache.«

»Ich kann doch nicht hinfahren und die Frau erwürgen«, rief Carl Siebert empört.

»Man muss sie nicht erwürgen, damit sie das Kind verliert. Ein harter Faustschlag in den Bauch tut es auch«, schlug Stengel vor.

»Das könnten Sie doch übernehmen«, meinte Carl Siebert.

»Ich will damit nicht in Verbindung gebracht werden«, antwortete Stengel. »Es dürfte aber kein Problem sein, einen Kerl zu finden, der das für Sie übernimmt.«

Carl Siebert hob abwehrend die Hand. »Und der dann hinterher versucht, mich zu erpressen. Danke nein, ich will nicht, dass mehr Leute darin verwickelt werden. Sie sollten sich etwas anderes einfallen lassen.«

Stengel überlegte kurz. »Nur, weil Sie es sind. Die Frau persönlich zu attackieren, halte ich für sinnlos, da immer jemand bei ihr sein dürfte. Daher würde ich Technik einsetzen.«

»Technik?«, fragte Ralf verständnislos.

»Eine gut gesteuerte Flugdrohne erfüllt den gleichen Zweck. Vor allem ist man weit genug vom Tatort weg, um nicht in Verdacht zu geraten.«

»Mit einer ferngelenkten Flugdrohne könnte es klappen. Muss man so ein Ding nicht anmelden? Wenn wir das tun, würden wir sofort in Verdacht geraten.« Ralf klang enttäuscht, doch Stengel schüttelte grinsend den Kopf.

»Die meisten Drohnen sind bessere Spielzeuge, die man nicht anmelden muss. Wenn man sie ein wenig frisiert, müsste so eine reichen.«

»Soll ich vielleicht in einen Laden gehen und eine kaufen?«, fragte Ralf empört.

Stengel überlegte kurz. »Ich besitze ein paar Flugdrohnen, die ich zur Observation benütze. Eine davon könnte ich Ihnen überlassen. Sie ist nirgends registriert und lässt sich gut steuern. Für fünftausend Euro ist es Ihre. Dazu gehören eine hochmoderne Datenbrille und ein Steuergerät.«

»Willst du das wirklich machen?«, fragte Carl Siebert seinen Sohn.

»Ich muss nur ein wenig üben.« Ralf hatte bislang im Schatten seines dominanten Vaters gestanden, sah nun aber eine Chance, daraus hervorzutreten.

»Üben ist kein Problem«, erklärte Stengel. »Ich kenne da ein Nest etwa achtzig Kilometer östlich von München, wo sich Fuchs und Hase Gute Nacht sagen. Wenn Sie dort eine Drohne starten, kümmert das niemanden.«

»Warum so weit von hier entfernt?«, fragte Ralf.

»Hier im Raum München ist das Land zu dicht besiedelt. Da könnte es auffallen. Dort in der Prärie kümmert sich keine Sau darum.«

»Dann machen wir es so«, sagte Carl Siebert, der froh darüber war, dass sein Sohn die Sache erledigen wollte.

7.

Nach dem Besuch von Lisbeth Siebert schwankte Danielas Stimmung stärker als zuvor. In der einen Stunde hoffte sie, es könnte alles gut werden und Lisbeth sich als liebende Großmutter und angenehme Chefin entpuppen, und in der nächsten fürchtete sie, ein Mädchen zur Welt zu bringen und Lisbeth, die sich unbedingt einen Enkel wünschte, dadurch so in Rage zu bringen, dass die Frau sie wegen Vertragsbruchs einsperren ließ.

Carolien und die anderen bemerkten, dass es ihr nicht gut ging, und taten alles, ihr zu helfen. Die Liste der verbotenen Speisen wurde von Katrijn das eine oder andere Mal ignoriert, und Carolien dachte sich Übungen aus, von denen sie glaubte, sie könnten Daniela Spaß machen. Auch sorgte die Trainerin dafür, dass sie und Daniela bei ihren Radtouren immer an einem Café vorbeikamen und dort eine Tasse Tee und eine Portion Poffertjes bekamen.

Daniela tat es leid, dass die anderen unter ihren wechselnden Stimmungen leiden mussten. Zudem bereitete ihr das Lernen auf einmal Schwierigkeiten. Sie konnte sich schlecht konzentrieren und begann vergesslich zu werden. Dabei hatte sie gehofft, das Abitur noch vor ihrer Niederkunft zu schaffen. Aber danach sah es derzeit nicht aus.

Auch an diesem Tag saß sie wieder vor dem Bildschirm, ohne wirklich zu sehen, was darauf geschrieben stand. »Nimm dich zusammen!«, beschwor sie sich.

Aber es half nichts. Nach einer Weile stand sie auf, ging mit hängenden Schultern in ihr Schlafzimmer und warf sich weinend aufs Bett.

Daniela blieb etwa eine Stunde liegen, bis ihr ein Blick auf die

Uhr zeigte, dass es Zeit zum Mittagessen war. Der Hunger trieb sie hoch, und sie trat mit noch tränennassen Wangen ins Esszimmer. Dort war Luana dabei, den Tisch zu decken. »Es gibt für dich heute Speckpfannkuchen mit extra viel Stroop.«

Daniela war, was das Essen betraf, nicht verwöhnt, hätte aber vor ihrer Schwangerschaft einem Pfannkuchen mit Früchten oder einem süßen Aufstrich den Vorzug gegeben. Jetzt aber schmeckte ihr der Speckpfannkuchen, auch wenn er laut Adrienne nur in Ausnahmefällen gestattet war. Derzeit war für Danielas Gefühl beinahe jeder Tag ein Ausnahmefall, und sie ignorierte ihre Vorschriften nach Kräften.

Adrienne selbst aß nur ein Toastbrot mit ein wenig Frischkäse und äugte zu ihr her. »Wenn ich so ein Riesending essen würde, würde ich aufgehen wie ein Hefekuchenteig.«

Sie erntete einen spöttischen Blick von Carolien. »Wenn du dich an Danielas Training beteiligt hättest, wären deine Fettpölsterchen längst geschmolzen.«

Adrienne zuckte zusammen. Da sie sich ungerne bewegte, hatte sie es sogar Carolien überlassen, Daniela mit dem Rad zur Frauenklinik zu begleiten.

»Vielleicht mache ich es noch«, erklärte sie und hörte Katrijn lachen.

»Dir zieht Daniela selbst im neunten Monat noch im Dauerlauf davon.«

Der Spott der Niederländerinnen ärgerte Adrienne. Alle vier hatten sich auf Danielas Seite geschlagen und protestierten jedes Mal, wenn sie ihr etwas verbieten wollte.

»Du solltest dich mit dem Essen beeilen, denn du hast um vierzehn Uhr einen Termin bei Frau Dr. Vandereelst«, tadelte sie Daniela.

»Es ist noch nicht mal Viertel nach eins, und mit dem Fahrrad sind wir in weniger als zehn Minuten dort«, warf Carolien ein.

»Außerdem wird Sofie nichts sagen, wenn ich mal fünf Minuten zu spät komme.« Inzwischen war Daniela auch mit der Frauenärztin per Du.

Adrienne beneidete sie um die Fähigkeit, rasch Freundschaften zu schließen. Sie selbst hätte nie daran gedacht, ihrer Gynäkologin das Du anzubieten, und sprach auch Carolien noch mit Sie an, obwohl diese sie längst duzte.

»Ich bin so weit«, erklärte Daniela und stand auf. »Ich ziehe nur noch mein Raddress an, dann können wir los.«

»Könntest du nicht langsam etwas anderes anziehen? In dem engen Ding siehst du aus wie eine gestopfte Wurst.«

Adriennes gehässige Bemerkung bescherte ihr etliche böse Blicke, und sie schämte sich selbst deswegen. Als sie mit Daniela in die Niederlande gekommen war, hatte sie erwartet, auf Dauer deren Lehrerin und Mentorin zu bleiben. Mittlerweile wuchs ihr die Schwangere jedoch über den Kopf, und ihr blieb oft nur, Dinge zu akzeptieren, die sie eigentlich nicht hatte erlauben wollen.

Adriennes Ausbruch amüsierte Daniela und brachte ihre gute Laune zurück. Sie zog sich um und kam mit bereits festgeschnalltem Helm zurück.

»Wie sieht es aus?«, fragte sie Carolien.

»In fünf Minuten können wir los«, antwortete diese und verließ das Speisezimmer.

Daniela nutzte die Zeit, um sich von Katrijn noch ein Stück Karottenkuchen zu erbetteln, und kaute auf dem letzten Bissen herum, als ihre Trainerin wieder erschien.

»Nach diesem Speckpfannkuchen sollten wir heute nicht ins Café einkehren«, sagte sie nach einem kurzen Blick auf Danielas Taille. Als Daniela aufstöhnte, hob Katrijn beschwichtigend die Hand.

»Wenn du zurückkommst, bekommst du hier eine Tasse Tee und ein paar Poffertjes.«

»Es dürfen ruhig mehr als ein Paar sein«, rief Daniela lachend und folgte Carolien ins Freie.

Wenig später fuhren sie mit ihren Rädern in Richtung Frauenklinik und unterhielten sich dabei über Adrienne.

»Sie bräuchte eine Arbeit, die sie fordert. So sitzt sie nur rum und wird missgelaunt«, meinte Carolien.

Daniela nickte. »Mir tut sie leid. Im Anwaltsbüro hatte sie sicher viel zu tun. Hier aber hat sie nur ihre drei Ordner, und deren Inhalt kennt sie inzwischen auswendig.«

Als sie die Frauenklinik erreichten, war Sofie Vandereelst sofort zur Stelle und führte Daniela ins Behandlungszimmer.

»Es sieht gut aus«, sagte sie, als sie mit ihren Untersuchungen fertig war. »In einer Woche sehen wir uns wieder. Mach inzwischen deine Schwangerschaftsgymnastik weiter und vernachlässige die Übungen mit dem Beckenboden nicht.«

»Carolien und Nicolet sorgen schon dafür, dass ich es nicht vergesse«, antwortete Daniela lachend.

»Die beiden sind ein gutes Team«, sagte die Ärztin und reichte ihr die Hand. »Auf Wiedersehen.«

»Auf Wiedersehen, Sofie«, antwortete Daniela und verließ das Behandlungszimmer.

Carolien saß im Wartezimmer, hielt eine Zeitschrift auf dem Schoß und blickte zum Fenster hinaus. »Da lässt wieder so ein Idiot eine Drohne steigen«, erklärte sie verärgert.

»Wahrscheinlich hat irgendein Promi in der Sportklinik eingecheckt, und ein Journalist will unbedingt Bilder von ihm machen«, erwiderte Daniela und verließ mit Carolien zusammen das Gebäude.

8.

Ralf Siebert war gut in den Niederlanden angekommen, und in seinem Kofferraum befand sich jene Flugdrohne, die Stengel ihm besorgt hatte. Viel trainiert hatte er damit jedoch nicht, sondern war aufgebrochen, kaum dass er die Steuerung ausprobiert hatte. Hier in den Niederlanden begriff er schnell, weshalb Stengel die Drohne nicht selbst hatte steuern wollen. Es war ein dicht besiedeltes Land, und es gab praktisch keinen Ort, von dem aus er sein Fluggerät unbemerkt starten konnte.

Da er nicht mit der Drohne in Verbindung gebracht werden durfte, kostete es ihn einen mehrfachen Hotelwechsel und drei ganze Tage, bis er ein Gelände fand, das weiträumig genug war, um einen heimlichen Aufstieg der Drohne zu ermöglichen. Bis zu seinem Ziel waren es von dort aus knapp zwanzig Kilometer. Stengel hatte seine Drohne extra für solche langen Flüge ausgerüstet und Zusatzgeräte eingebaut, die Ralf zugutekamen, wie zum Beispiel eine Kamera mit einem leistungsstarken Zoom, die einen Panoramablick erlaubte.

In Gedanken ging Ralf Siebert noch einmal all die Ratschläge durch, die Stengel ihm gegeben hatte. Der erste lautete, die Drohne niemals auf geradem Weg zum Ziel zu steuern, damit man ihren Kurs nicht zurückverfolgen konnte. Das Gerät durfte auch nicht zu niedrig und – noch wichtiger – nicht zu hoch fliegen, um nicht auf den Radarschirmen der Flugüberwachung aufzutauchen.

Als er die Drohne auf einem verschlungenen Kurs in Richtung Sportklinik lenkte, begriff Ralf, dass ihm einige Übungsstunden mehr gutgetan hätten. Es dauerte weitaus länger, als er erwartet hatte, bis er die Sportklinik ausmachen konnte, und er rätselte, wie er Linda Holmes in dem ausgedehnten Gelände finden und mit der Drohne attackieren sollte.

Eine Anzeige am Rand des Sehfelds verriet ihm, dass ihm nur noch zehn Minuten Zeit blieben, bis er die Drohne zurückholen musste, sonst würde sie unterwegs mit einer leeren Brennstoffzelle abstürzen.

Zumindest konnte er nun die einzelnen Häuser des Sportklinikums erkennen. In einem davon musste Linda Holmes wohnen. Doch in welchem? Ralf verzweifelte fast, bis ihm einfiel, dass auf dem von Stengel entdeckten Foto die Nummer des Nachbarhauses deutlich zu sehen war. Wenn er es aus dem gleichen Blickwinkel betrachtete, musste er jenes finden, das er suchte.

Als er die Drohne auf das Klinikgelände fliegen lassen wollte, leuchtete eine Warnlampe am Rand seines Sehfelds auf und meldete, dass es dort Störsender gab, die sein Fluggerät zum Absturz bringen würden. Fluchend steuerte er die Drohne von der Klinik weg und dachte angestrengt nach. Wenn er aufgab, würde er sich vor seinem Vater blamiert haben. Ob sie danach eine andere Möglichkeit fanden, Jens' unerwünschten Nachwuchs zu verhindern, war fraglich.

In dem Moment nahm er zwei Radfahrerinnen wahr und steuerte die Drohne näher an sie heran. Mit vor Aufregung zitternden Händen benützte er den Zoom und stieß einen Jubelruf aus, als er die Frau erkannte, die Stengel für Linda Holmes gehalten hatte. Man sah ihr die Schwangerschaft mittlerweile deutlich an.

»Jetzt habe ich dich!«, stieß er hervor und ließ die Drohne in einen Sturzflug übergehen.

9.

Daniela hatte die Drohne bereits gesehen, als sie aus der Gynäkologie trat. Nun näherten sie sich der Sportklinik, und sie entdeckte das Fluggerät erneut. »Der Typ, der das Ding steuert, gibt anscheinend nicht auf. Wäre die Amerikanerin noch hier, hätten ihre Gorillas die Drohne schon längst mit vom Himmel geholt.«

»Die Klinik ist doch mit Störsendern gegen Flugdrohnen geschützt«, rief Carolien verwundert.

»Das Ding fliegt nicht über dem Klinikgebäude, sondern über der Straße«, erklärte Daniela.

Carolien hielt an und blickte zu dem Fluggerät auf. Es war größer als die Spielzeuge, die manche Leute aufsteigen ließen, und wurde zunehmend lauter.

»Die Drohne kommt genau auf uns zu!«, rief sie erschrocken.

Auch Daniela war stehen geblieben und starrte auf das Fluggerät, das wie gezielt auf sie zuraste. Instinktiv kniete sie nieder und hielt das Fahrrad wie einen Schutzschild vor sich. Gleich darauf traf der Aufprall sie wie ein Hammerschlag. Sie wurde auf die Straße geschleudert und hatte Glück, dass ein Autofahrer rechtzeitig bremsen konnte.

»Was war das denn?«, rief der Mann erschrocken, als er aus dem Wagen sprang.

Carolien ließ ihr Fahrrad los und stürzte auf Daniela zu. »Bist du verletzt?«

»Ich glaube nicht. Die Schulter und die rechte Seite tun weh.«

Beide Aussagen passten nicht recht zusammen, doch Carolien begriff, dass ihre Begleiterin unter Schock stand. Kurz überlegte sie, was wichtiger war, Daniela in die Sportklinik zu bringen oder mit ihr zur Frauenklinik zurückzufahren. Der Gedanke, dass man auch dort ihre Verletzungen versorgen konnte, ließ sie die Entscheidung treffen.

»Meine Freundin ist schwanger. Sie muss sofort in die Frauenklinik. Nicht, dass sie ihr Kind verliert!«, rief sie mit durchdringender Stimme.

Einer der Passanten, der den Zwischenfall miterlebt hatte, beugte sich über Daniela. »Wie geht es Ihnen? Sie haben ausgezeichnete Reflexe. Wenn Sie nicht das Fahrrad hochgerissen hätten, wären Sie voll von der Drohne erwischt worden. Wer auch immer dieses Ding hat fliegen lassen, ist ein Vollidiot. Er müsste doch wissen, dass es bei diesem Klinikkomplex Störsender gibt. So hat er die Kontrolle verloren, und die Drohne ist ihm abgeschmiert.«

Zuerst wunderte Carolien sich, weshalb der Mann so viel redete, begriff dann aber, dass er es tat, um Daniela wach zu halten. Ihr Blick wanderte zu den Überresten der Drohne. Diese lag verbogen neben der Straße, und es hatten sich einige Teile davon gelöst. Auch das Fahrrad, mit dem Daniela das Ding abgewehrt hatte, sah ziemlich ramponiert aus.

Nicht lange, da kam ein Polizeiwagen heran und blieb stehen. »Was ist passiert?«, fragte einer der Beamten.

Carolien zeigte auf die Drohne. »Das Ding ist vom Himmel gefallen und hat meine Freundin getroffen.«

»Sind Sie schwer verletzt?«, fragte der Polizist Daniela. Diese schüttelte müde den Kopf. »Weiß nicht«, antwortete sie auf Deutsch.

»Wir bringen Sie in die Sportklinik«, erklärte der Polizist.

Carolien schüttelte den Kopf. »Meine Freundin muss in die Frauenklinik. Sie ist schwanger, und ich will nicht, dass sie sich Sorgen um ihr Kind machen muss.«

Noch während sie es sagte, nahm sie ihr Handy und wählte

die Nummer von Danielas Sportärztin, um sie von dem Zwischenfall zu informieren.

Es dauerte nur ein paar Minuten, dann kam diese fast gleichzeitig mit einem Krankentransporter zum Unfallort. Sie nahm sich nicht einmal die Zeit, zu fragen, was passiert war, sondern beugte sich sofort über ihre Patientin.

»Können Sie sagen, wie das Ganze abgelaufen ist?«, fragte der Polizist Carolien. Diese zuckte hilflos mit den Schultern.

»Ich habe das Ding zuerst von Weitem gesehen, mir aber nichts dabei gedacht. Auf einmal kam es direkt auf uns zu, und meine Freundin konnte gerade noch ihr Fahrrad als Deckung vor sich halten, sonst wäre sie wahrscheinlich schwer verletzt oder gar tot.«

»Man sollte diese Drohnen verbieten«, knurrte der Polizist. »Ich bräuchte jetzt nur noch Ihre Personalien und die Ihrer Freundin.«

»Die können Sie von der Klinikverwaltung bekommen. Frau Holmes wohnt in einem unserer Gästehäuser, und Carolien ist eine unserer Physiotherapeutinnen«, sagte die Ärztin und wandte sich Daniela zu. »Ich werde dafür sorgen, dass Sie sofort in die Frauenklinik gebracht werden. Carolien soll Sie begleiten.«

Unterdessen begutachtete der Polizist die kaputte Drohne. »Das Gerät hatte eine ausgezeichnete Kamera. Aber die hat den Aufprall nicht überstanden.«

Das hatte etliche Kilometer entfernt auch Ralf Siebert feststellen müssen. Er hatte noch gesehen, wie Linda ihr Fahrrad hochriss, dann wurde es in der Datenbrille dunkel. Zwar wusste er nicht, wie schwer die Frau getroffen worden war, hoffte aber, dass es ausreichen würde, um ihre Schwangerschaft zu beenden. Mit diesem Gedanken trug er die Datenbrille und das Steuergerät zum Auto und beschloss, noch an diesem Tag nach Hause zu fahren.

Als er wenig später an einem Kanal entlangfuhr und niemand in der Nähe war, hielt er an und warf die beiden Geräte ins Wasser. Damit, so sagte er sich, waren alle Beweise seines Tuns beseitigt.

10.

Zunächst hatte Daniela das Gefühl, als würde alles um sie herum im Zeitraffertempo ablaufen. Die Leute redeten auf sie ein, aber so schnell, dass sie kein Wort verstand. Plötzlich befand sie sich im Innern eines Krankenwagens, ohne dass sie wusste, wie sie hineingekommen war. Carolien saß neben ihr und hielt ihre Hand. Ihre Trainerin war wie ein Anker, an dem sie sich festhalten konnte. Nach einer Weile hielt der Krankenwagen an, und sie wurde in die Frauenklinik gebracht.

Sofie Vandereelst erschrak, als Daniela blutend und mit zerrissenem Radfahrertrikot in das Behandlungszimmer gebracht wurde. Carolien und die Sportärztin folgten ihr.

»Ich habe keine Knochenbrüche entdeckt, aber es kann sein, dass ihre Rippen etwas abbekommen haben«, meldete Letztere.

»Wir dürfen sie nur im Notfall röntgen«, wandte Dr. Vandereelst ein. »Wie konnte das passieren? War es ein Autounfall?«

Carolien schüttelte den Kopf. »Es war eine Flugdrohne. Das Gerät ist genau auf Daniela gestürzt.«

»Das klingt nicht gut. Bitte helfen Sie mir!« Letzteres galt mehreren Krankenschwestern, die Daniela jetzt auf den Behandlungstisch hoben und ihr den Fahrraddress auszogen. Die Blutergüsse und Abschürfungen an der Schulter und der Hüfte waren deutlich zu erkennen.

Dr. Vandereelst überprüfte Danielas Bauch mit dem Ultraschallgerät und atmete auf. »Die Sache scheint dem Kind zum Glück nicht geschadet zu haben. Ich werde Daniela ein leichtes Beruhigungs- und Schmerzmittel geben. Danach sollte sie ein wenig schlafen.«

»Wir müssen vorher noch ihre Verletzungen untersuchen und behandeln«, wandte die Sportärztin ein.

»Sagen Sie meinen Assistentinnen, was Sie benötigen«, antwortete Dr. Vandereelst. »Wir werden Daniela ein paar Tage hierbehalten, bis wir wissen, ob sie und das Kind den Unfall unbeschadet überstanden haben.«

Daniela spürte, dass sie eine Spritze erhielt, und dämmerte bald weg. Als sie wieder erwachte, lag sie in einem kleinen Krankenzimmer. Rechts davon gab es ein Fenster, durch das sie auf einen Kanal hinausschauen konnte, links sah sie einen Schrank sowie einen Stuhl, auf dem Nicolet saß.

»Na, ausgeschlafen?«, fragte diese, als ihr Schützling den Kopf hob.

Daniela konnte sich nicht daran erinnern, wie sie ins Krankenhaus gekommen war, und blickte Nicolet verwirrt an. »Was ist passiert?«

»Eine Flugdrohne ist abgestürzt und hat dich getroffen. Wenn du nicht rasch gehandelt und dich hinter dein Fahrrad geduckt hättest, wärest du jetzt vielleicht tot.«

Nun kam die Erinnerung zurück, und Daniela griff sich erschrocken an den Bauch.

»Dein Kleines hat es überstanden«, versicherte Nicolet ihr. »Zum Glück bist du sofort hierhergebracht worden. Dr. Vandereelst hat dich untersucht und dann schlafen gelegt, damit du und dein Kleines euch beruhigt.« Sie lächelte aufmunternd und fragte dann: »Wenn du schon einmal hier bist: Willst du nicht endlich eine Geschlechtsbestimmung vornehmen lassen?«

Daniela schüttelte den Kopf. »Ich will erst wissen, was es ist, wenn es rauskommt.«

»Aber deine Auftraggeberin?«

»Die braucht es auch nicht eher zu wissen.«

Da Nicolet annahm, dass die Frau die Frauenärztin sicher

fragen würde, lachte sie, wurde aber rasch wieder ernst. »Fühlst du dich in der Lage, Adrienne aufzurichten? Sie ist völlig fertig, denn sie gibt sich die Schuld an dieser Sache. Auch bildet sie sich ein, es wäre nicht passiert, wenn sie darauf bestanden hätte, dich mit dem Auto zu fahren.«

»Wo ist sie?«, fragte Daniela.

»Sie sitzt draußen im Wartezimmer. Dort ist übrigens auch Katrijn. Carolien wurde von Frau Doktor Vandereelst nach Hause geschickt, weil sie die ganze Nacht an deinem Bett gewacht hat.«

»Dann hol die beiden herein! Katrijn wird sicher wieder zu ihren Kochtöpfen zurückkehren wollen.«

Daniela fühlte sich zwar nicht danach, irgendwelche Gespräche zu führen, doch bevor Adrienne sich in ihrer angeblichen Schuld ertränkte, wollte sie mit ihr reden.

Nicolet verließ das Zimmer. Dafür kamen Katrijn und Adrienne herein. Die Köchin schlang die Arme um Daniela und streichelte sie sanft.

»Du machst Sachen«, sagte sie kopfschüttelnd. »Hauptsache, dir und deinem Kind ist nichts Schlimmes passiert.«

»Mir geht es ganz gut und dem Kleinen auch«, antwortete Daniela und sah dann Adrienne an. Deren Gesicht war verheult, und sie bewegte die Lippen, als wollte sie etwas sagen, ohne jedoch einen Ton herauszubringen.

»Hallo, Adrienne. Ich möchte mit dir reden«, begrüßte sie sie.

»Dann lasse ich euch allein. Wenn du hier herauskommst, mache ich dir den besten Speckpfannkuchen«, versprach Katrijn und verabschiedete sich.

Als sie mit Daniela allein war, vermochte Adrienne ihre Tränen nicht mehr zurückzuhalten. »Es tut mir so leid«, schluchzte sie. »Wenn wir weiter mit dem Auto gefahren wären, hätte dieses Ding Sie nicht erwischt.«

Daniela durchlebte in Gedanken noch einmal jene Augenblicke, in denen die Flugdrohne sie getroffen hatte, und atmete tief durch. »Sie sollten froh sein, dass wir nicht mit dem Auto gefahren sind. Wenn dieses Gerät durch die Windschutzscheibe gekracht wäre, könnten wir beide jetzt tot sein. So aber habe ich hinter meinem Fahrrad Deckung gefunden.«

»Aber wir wären sicher nicht zu der Uhrzeit dort gefahren«, wandte Adrienne ein.

Daniela fasste sie bei der Schulter und zog sie näher zu sich heran. »Das Ding ist genau auf mich zugeflogen. Wäre es einfach nur abgestürzt, hätte es einige Meter von mir entfernt auf den Boden knallen müssen.«

»Sie meinen, es wäre mit Absicht auf Sie zugesteuert worden?« Adrienne wurde bleich, schüttelte dann aber den Kopf. »Das kann ich nicht glauben.«

»Aber ich glaube es«, sagte Daniela mit Nachdruck. »Ich erinnere mich noch gut an die konspirative Art, mit der Sie mich im Auftrag Ihres Chefs hierhergebracht haben. Ich habe mich schon damals gewundert, aber Sie haben abgewiegelt. Jetzt aber lasse ich mich nicht länger zum Narren halten. Ich will wissen, was hier gespielt wird und ob ich damit rechnen muss, dass mich weiterhin irgendwelche Leute ins Visier nehmen.«

»Aber wer sollte …« Adrienne brach ab und senkte den Kopf. »Ich darf Ihnen nichts sagen. Aber ich werde meinen Chef anrufen und ihm den Vorfall melden. Eigentlich hätte ich es schon gestern tun müssen, war aber nicht in der Lage dazu.«

»Tun Sie das!« Daniela strich Adrienne aufmunternd über die Schulter und legte sich wieder zurück. »Ich muss unbedingt mit Sofie Vandereelst sprechen, denn ich will heute noch nach Hause kommen. Hier gibt es sicher keine Speckpfannkuchen zum Essen.«

11.

Rechtsanwalt Dr. Haase hörte Adriennes Bericht mit wachsender Erregung zu und stellte dabei einige Fragen. »Tun Sie alles, damit Frau Reuss sich nicht aufregt. Ich werde inzwischen mit unserer Auftraggeberin Kontakt aufnehmen. Danach melde ich mich wieder«, sagte er zuletzt und beendete das Gespräch. Er saß einige Minuten wie erstarrt in seinem Sessel, sprang dann auf und öffnete die Tür.

»Ich bin für eine Stunde weg«, erklärte er seiner Sekretärin.

»Aber Sie haben in einer halben Stunde den Termin mit Herrn Reinke«, antwortete die Frau verwundert.

»Verschieben Sie ihn, und wenn das nicht geht, bitten Sie ihn, auf mich zu warten.« Nach diesen Worten verließ Haase seine Kanzlei und fuhr zu Lisbeths Villa.

Da er bislang noch nie unangemeldet erschienen war, bekam Lisbeth es mit der Angst zu tun, als sie seine ernste Miene bemerkte.

»Was ist geschehen?«, fragte sie. »Hat mein Schwager einen üblen Trick versucht?«

»Noch weiß ich nicht, ob die Sache etwas mit Carl Siebert zu tun hat. Trotzdem ist sie besorgniserregend. Es geht um Frau Reuss. Sie wurde gestern mit einer Flugdrohne attackiert.«

»Was sagen Sie?«, rief Lisbeth entsetzt. »Ist ihr etwas passiert?«

Haase spürte die Angst, die weniger der jungen Frau als dem Kind galt, das Lisbeth sich von ihr erhoffte, und schüttelte den Kopf. »Frau Reuss geht es gut und dem Kleinen auch. Laut Adrienne hat sie nur ein paar Blutergüsse und Hautabschürfungen davongetragen. Sie hat ausgezeichnet reagiert und ihr Fahrrad als Schild benutzt.«

Nur langsam beruhigte Lisbeth sich. »Was sagt die Polizei?«

»Adrienne muss erst nachfragen. Frau Reuss selbst ist davon überzeugt, dass die Flugdrohne zielgerichtet auf sie zugesteuert wurde.«

»Sie hätte tot sein können. Ich kann mir nicht vorstellen, dass mein Schwager so weit gehen würde.«

»Und doch glaube ich Frau Reuss«, erklärte Haase. »Carl Siebert will Ihr Werk haben, und nach Lage der Dinge kann nur das Kind, das Frau Reuss austrägt, ihn daran hindern, sein Ziel zu erreichen.«

»Er müsste mich auszahlen, und das kann er nicht«, antwortete Lisbeth.

»Er kann vor Gericht darauf dringen, dass Sie Firmenanteile im Wert Ihrer Einlagen erhalten.«

»Was hätte ich davon?«

Haase verzog leicht das Gesicht. »Nichts. Sie wären zwar Miteigentümerin, doch er würde Sie nach Strich und Faden betrügen, wie er es bei Ihrem verstorbenen Gatten getan hat.«

»Ja, das würde er bestimmt tun.« Sie überlegte kurz und sah dann zu Uhr. »Haben Sie heute Abend Zeit für ein Gespräch? Ich würde gerne Max mit hinzuziehen.«

»Wann soll ich kommen?«, fragte Haase, der dafür sogar einen Termin mit dem Bundespräsidenten hätte platzen lassen.

»Sagen wir um neun?«

»Ich werde pünktlich hier sein. Aber erlauben Sie mir, dass ich mich jetzt verabschiede. Ein Klient wartet auf mich. Ich wollte Ihnen diese unerfreuliche Nachricht jedoch persönlich mitteilen und nicht nur übers Telefon.«

»Ich danke Ihnen, lieber Herr Dr. Haase. Heute Abend werden wir überlegen, was wir tun müssen, um Frau Reuss und damit auch mein Enkelkind in Zukunft vor solchen Zwischenfällen zu bewahren.«

Lisbeth reichte dem Anwalt die Hand und sah ihm nach, als er das Zimmer verließ. Danach nahm sie das Telefon und rief Max Christaller an.

»Komm bitte heute Abend bei mir vorbei«, bat sie, nachdem er sich gemeldet hatte.

»Ist etwas passiert?«

»Es geht um Daniela Reuss. Sie wäre beinahe von einer Flugdrohne erschlagen worden.«

Am anderen Ende der Leitung stieß Max einen leisen Ruf aus. »Das ist eine ungute Sache. Ich komme auf alle Fälle vorbei. Allerdings wird Bernd mich fahren müssen. Mein Wagen ist in der Werkstatt. Darf ich ihn informieren?«

»Wen, deinen Wagen?«, fragte Lisbeth bissig.

»Nein, Bernd natürlich.« Max lächelte trotz seiner Anspannung und atmete auf, als Lisbeth ihm die Erlaubnis dazu gab.

12.

Punkt neun Uhr hatten sich Dr. Haase, Max Christaller und dessen Sohn in Lisbeths Villa eingefunden. Noch während Max den Anwalt nach Einzelheiten fragte, legte Bernd einen Gegenstand auf den Tisch, der nur leicht größer als eine Zweieuromünze war.

»Nach Vaters Anruf habe ich mir ein paar Gedanken gemacht, wie man Danielas Aufenthaltsort hat ausfindig machen können. Aus dem Grund habe ich mich an die Autowerkstatt gewandt und die Leute dort aufgefordert, sich Vaters Wagen genauer anzusehen. Sie haben das hier gefunden.«

»Was ist das?«, fragte sein Vater.

»Ein GPS-Sender, mit dem man die Fahrtrouten eines Autos verfolgen kann. Sie werden bei teuren Mietwägen eingesetzt, um zu verhindern, dass diese vom Mieter des Fahrzeugs verschoben werden. Dieses Ding hat geholfen, Danielas Aufenthaltsort zu entdecken. Immerhin stand das Auto meines Vaters mehrmals vor ihrer Haustür.«

»Du meinst also, hinter dem Ganzen steckt Absicht?«, fragte Lisbeth.

»Selbst wenn es ein zufälliger Drohnenabsturz gewesen sein könnte, sollten wir ihn wie einen geplanten Anschlag behandeln. Wenn das einer war, müssen wir auf weitere Attacken vorbereitet sein«, erklärte Bernd.

»Ich hätte nicht gedacht, dass mein Schwager bis zum Mord gehen würde«, rief Lisbeth empört.

Bernd senkte mit verkniffener Miene den Kopf. »Wahrscheinlich bin ich daran schuld, denn ich habe die Carl-Siebert-Werke durch meine Aktionen in Schwierigkeiten gebracht. Dein

Schwager hat erneut bei einer Ausschreibung den Kürzeren gezogen, und einer meiner Geschäftspartner sagte mir, Siebert hofft, wir würden an unsere Kapazitätsgrenzen geraten, damit er wieder ins Geschäft kommt.«

»Wann werden wir unsere Kapazitätsgrenzen erreichen?«, fragte Lisbeth.

»Auf jeden Fall wesentlich später, als Carl Siebert sich vorstellen kann. Ich habe mit Hübner und den Abteilungsleitern den Ablauf der Herstellung analysiert. Wir konnten dabei Synergien entwickeln, mit denen wir unsere Produktion innerhalb des nächsten Jahres um fünfundzwanzig Prozent steigern können.«

»Ausgezeichnet«, lobte Lisbeth, um dann wieder sehr ernst zu werden. »Mit so einem Sender hat mein Schwager also herausgefunden, wo Daniela lebt.«

»Er selbst sicher nicht. Ich schätze, er hat eine Detektei damit beauftragt. Was meinen Sie, Dr. Haase?«, fragte Bernd den Anwalt.

»Carl Siebert hat sich in der Vergangenheit mehrmals eines nicht gerade gut beleumundeten Detektivs namens Stengel bedient. Wie weit dieser jedoch gehen würde, vermag ich nicht zu sagen.«

»Er ist jedenfalls niemand, den man aufrichtig nennen würde«, schloss Max aus diesen Worten.

»So ist es«, antwortete Haase.

Lisbeth sah die drei auffordernd an. »Was schlagt ihr vor?«

»An deiner Stelle würde ich Daniela aus den Niederlanden zurückholen und in deiner Villa einquartieren«, sagte Bernd.

»Hier in München kommt mein Schwager doch noch leichter an sie heran als in den Niederlanden«, wandte Lisbeth ein.

»Aber hier haben wir die besseren Möglichkeiten, sie zu schützen. Du solltest dir einen Bodyguard zulegen. Dr. Haase kann dich dabei beraten.«

»Also gut, machen wir es so«, erklärte Lisbeth und tippte Max an.

»Fährst du mich nach Holland oder muss ich meinen Chauffeur nehmen?« Zwar besaß Lisbeth einen Führerschein, hatte aber in den letzten zwanzig Jahren höchstens ein Dutzend Mal selbst am Steuer gesessen.

Bevor Max antworten konnte, hob sein Sohn die Hand. »Wir sollten mit mehreren Autos fahren, aber nicht mit unseren eigenen. Wer weiß, wie viele davon mit diesen GPS-Sendern verwanzt sind.«

»Warum mit mehreren Autos?«, wunderte sich sein Vater.

»Weil wir nicht nur Daniela hierherholen sollten, sondern auch die Frauen, die sich bisher um sie kümmern. Wenn wir diese ersetzen, müssten wir damit rechnen, dass Carl Siebert versucht, eine davon auf seine Seite zu ziehen.«

»Aber das kann er bei den Holländerinnen auch versuchen«, gab Lisbeth zu bedenken.

»Zum einen scheinen sie sehr gut mit Daniela auszukommen, und zum anderen sind es Ausländerinnen, bei denen Kontakte zu Einheimischen eher auffallen.«

»Du hast deinen Beruf verfehlt, Bernd«, spottete Max. »Du hättest Detektiv oder Kriminalbeamter werden sollen. Dir würde so leicht kein Verbrecher entkommen.«

»Jetzt geht es erst einmal darum, dass kein Verbrecher an Daniela herankommt. Das Ganze ist eine Verantwortung, die ich freiwillig nicht übernehmen würde. Wenn ihr etwas passiert, müssten wir uns für alle Zeit schuldig fühlen«, antwortete sein Sohn.

»Du meinst mich damit«, sagte Lisbeth herb. »Ich habe diese Sache begonnen, um einen Enkel zu bekommen, hätte aber nie gedacht, dass es so ausarten könnte.«

»Das hat keiner von uns«, erklärte Max und griff nach ihrer Hand, um sie zu beruhigen.

»Wir sollten Bernds Vorschlag annehmen und mit zwei Autos fahren«, setzte er nachdenklich hinzu.

»Drei Autos«, warf Haase ein. »Mit zweien würde es ein wenig eng. Doch wie Bernd sagt, sollten wir Autos benutzen, von denen nicht anzunehmen ist, dass jemand ihre Route nachvollziehen kann.«

SECHSTER TEIL
Der lange Arm des Feindes

1.

Daniela sah Adrienne verblüfft an. »Unsere Auftraggeberin will uns von hier wegholen?«

»So habe ich es verstanden. Mein Chef sagte am Telefon, wir sollen alles, was wir dringend brauchen, in ein paar Koffer packen. Der Rest würde später abgeholt.«

»Warum machen sie das?«, fragte Daniela. »Es hieß doch, wir sollten bis kurz vor der Entbindung hierbleiben, aber bis dorthin sind es noch mehrere Monate.«

»Ich weiß es nicht. Wahrscheinlich …«

Zu mehr kam Adrienne nicht, denn Katrijn schlang die Arme um Daniela und weinte. »Ich hatte gehofft, du könntest dein Kind vielleicht doch hier zur Welt bringen. Ich hätte das Kleine so gerne gesehen.«

»Mir tut es auch leid, dass wir uns trennen müssen«, sagte Daniela betrübt.

»Das hätte ich beinahe vergessen«, rief Adrienne aufgeregt. »Mein Chef meinte, wir sollen Katrijn und die anderen fragen, ob sie mit uns kommen wollen. Unsere Auftraggeberin möchte das ganze Team weiterengagieren.«

»Ich könnte mitkommen«, erklärte Katrijn. »Ich bin geschieden und habe keinen Anhang. Da ist es gleichgültig, ob ich hier oder in Deutschland koche. Bei Luana wird es nicht gehen, denn sie hat zwei Kinder. Um die kümmert sich derzeit ihr Mann, aber sie konnte alle zwei, drei Tage für ein paar Stunden zu ihnen fahren. Von München aus ginge das nicht.«

»Das ist schade«, fand Daniela. »Aber was ist mit Carolien und Nicolet?«

»Die musst du selbst fragen.«

»Wo sind die beiden jetzt?«, fragte Daniela.

»Carolien ist bei der Polizei, um ihre Aussage wegen der Flugdrohne zu machen, und Nicolet wollte zu Frau Dr. Vandereelst hinübergehen, um sich neue Anregungen für Schwangerschaftsmassagen zu holen«, berichtete Katrijn.

Adrienne wandte sich besorgt an Daniela. »Kannst du eigentlich weg? Ich meine wegen deiner Aussage bei der Polizei?«

»Gestern war ein Polizeibeamter in der Klinik und hat meine Aussage aufgenommen. Er konnte auch etwas über die Flugdrohne sagen. Das Ding war nicht registriert und bis auf das Flugmodul ein Eigenbau mit speziellen Kameras und Richtmikrofonen. Deshalb glaubt die Polizei, dass sie einem Klatschreporter gehört, der Fotos von prominenten Patienten der Klinik machen wollte und dabei die Kontrolle über das Ding verloren hat.«

Die Erklärung der Polizei klang logisch, doch Daniela glaubte nicht daran. Für sie hatte der Lenker die Flugdrohne genau auf sie zugesteuert. Auch der Umstand, dass sie nun die Niederlande verlassen sollte, sprach dafür. Nicht zuletzt deswegen war sie gespannt auf das nächste Zusammentreffen mit ihrer Auftraggeberin und beschloss, dieser einige Fragen zu stellen.

2.

Diesmal tauchten gleich drei Autos auf. Daniela sah durch das Fenster, wie Lisbeth, Max, Bernd und Dr. Haase ausstiegen und mit ernsten Mienen auf das Haus zukamen. Ihr Verdacht, dass mehr hinter der ganzen Sache mit ihrer Schwangerschaft steckte, als Adrienne zugegeben hatte, verstärkte sich.

»Sie kommen«, meldete Katrijn.

Sie hatte ihre Koffer bereits gepackt, und Carolien und Nicolet waren ebenfalls reisefertig. Luana hingegen kämpfte mit den Tränen. Sie wäre gerne mitgekommen, doch dann hätte sie ihre Kinder zurücklassen müssen.

Daniela setzte sich und trank einen Schluck Tee. Die Tür ging auf, und Lisbeth trat ein. Mit ein paar raschen Schritten war diese bei ihr und schloss sie in die Arme.

»Es tut mir so leid, dass das passiert ist«, sagte Lisbeth mit belegter Stimme.

»Noch bin ich ganz. Und dem da«, Daniela wies auf ihren Bauch, »ist auch nichts passiert.«

Lisbeth und auch Bernd glaubten, aus ihrer Stimme herauszuhören, dass ihr selbst wenig an dem Kind lag, sie es aber zur Welt bringen wollte, um ihren Vertrag zu erfüllen.

»Es wäre schade um das Kind gewesen, doch Ihr Leben ist wichtiger«, sagte Max und reichte Daniela die Hand.

»Das stimmt«, stimmte Lisbeth ihm widerwillig zu.

Da es noch weitere Spermaportionen ihres Sohnes gab, hätte die Hoffnung auf einen Enkel auch dann weiter bestanden, wenn Daniela das Kind verloren hätte. Doch ob Daniela sich noch mal zur Verfügung stellen würde, war höchst zweifelhaft. Zudem war es nach Dr. Haases Erfahrungen höchst zweifelhaft, dass sie eine andere passende Leihmutter finden würden. Alles hing von Daniela ab, dachte sie und betrachtete die junge Frau, die selbstvergessen die Hände an den Bauch gelegt hatte und plötzlich lächelte.

»Ist alles in Ordnung?«, wollte Lisbeth wissen.

Daniela nickte. »Aber ja doch. Das Kleine macht sich nur bemerkbar. Und das ist ja gut.«

»Das ist es«, stimmte Max ihr zu.

Da mischte sich Bernd in das Gespräch ein: »Ich unterbreche euch ja ungern, aber hast du alles gepackt?«

Daniela nickte. »Das habe ich ebenso wie Adrienne, Katrijn, Carolien und Nicolet. Nur Luana wird nicht mitkommen.«

»Es freut mich, dass das eingespielte Team zusammenbleibt«, sagte Max.

»Nicht ganz. Sofie – ich meine, Frau Dr. Vandereelst – und meine Sportärztin bleiben ebenfalls hier.«

»Das war zu erwarten«, erwiderte Bernd. »Immerhin sind die beiden in ihren Kliniken angestellt, und du warst für sie nur eine Patientin unter vielen.«

Daniela wollte schon sagen, dass sie mit beiden mittlerweile ein freundschaftliches Verhältnis pflegte, doch in einem hatte er recht: Sie war nicht deren einzige Patientin gewesen, und sie konnten diese jetzt nicht im Stich lassen, um ihr zu folgen.

»Ich werde dich bei meinem Frauenarzt einführen. Er ist eine Kapazität«, erklärte Lisbeth und nickte Daniela aufmunternd zu. »Wenn ihr so weit seid, könnten wir aufbrechen. Max und ich werden dich mitnehmen, Bernd die drei Damen.« Sie wies auf Katrijn, Carolien und Nicolet. »Herr Dr. Haase und Adrienne bleiben noch, um den bürokratischen Teil zu übernehmen, dich bei beiden Kliniken abzumelden und den Haushalt aufzulösen.«

»Ich muss noch meinen Leihwagen zurückgeben«, wandte Adrienne ein.

»Das tun wir als Letztes, bevor auch wir uns auf den Heimweg machen«, sagte Dr. Haase und bat sie, ihm in die Verwaltung der Sportklinik zu folgen.

»Freust du dich, wieder nach Hause zu kommen?«, fragte Lisbeth, als die beiden gegangen waren.

Daniela schüttelte sich kurz. »Ich habe kein Zuhause. Dieser Ort hier war der, an dem ich es bisher am besten getroffen habe.«

Max und sein Sohn sahen einander verblüfft an. Es verriet ihnen viel über Daniela, wenn diese den Aufenthalt in einem Haus, in dem sie strengen Vorschriften unterworfen gewesen war, als den besten Teil ihres Lebens bezeichnete.

»Du wirst dich auch in Lisbeths Villa wohlfühlen. Sie ist so groß, dass ihr alle genug Platz finden werdet«, sagte Max, um ihr Mut zu machen.

»Kommt Adrienne auch mit?«, fragte Daniela, da sie auf diese am leichtesten verzichten konnte.

»Ich schätze, sie wird wieder in Haases Kanzlei arbeiten«, erwiderte Bernd. »An ihrer Stelle wird Tante Lisbeths Hausdame dafür sorgen, dass es dir an nichts fehlt.«

»Ich habe den linken Seitenflügel der Villa für euch vorbereiten lassen«, setzte Lisbeth hinzu. »Ich hoffe, du hast nichts dagegen, etwas zurückgezogen zu leben?«

»Nein, das ist in Ordnung«, antwortete Daniela.

Bernd hingegen schüttelte den Kopf. »Ich halte es nicht für gut, wenn du Daniela vor der Welt versteckst. Du solltest vor den Leuten dazu stehen, dass sie dein Enkelkind austrägt. Es würde es deinem Schwager schwerer machen, etwas gegen dich zu unternehmen.«

»Ich dachte mir doch, dass ein Geheimnis hinter dem Ganzen steckt!«, rief Daniela aus.

Bernd fing sich einen ärgerlichen Blick von Lisbeth ein, den er jedoch gelassen ignorierte.

»Sie muss es wissen«, sagte Max, um seinem Sohn beizustehen, und wandte sich an Daniela. »Lisbeth und ich werden dir auf der Heimfahrt alles erklären.«

»Darum möchte ich bitten.« Daniela stand auf und griff nach ihrem Koffer. Sofort war Bernd bei ihr und nahm ihn ihr ab.

»Als Schwangere solltest du nicht so viel heben.«

»So schwer ist er nicht«, wehrte Daniela ab, doch Bernd trug den Koffer hinaus und verstaute ihn im Kofferraum einer Limousine, die der seines Vaters ähnelte. Das restliche Gepäck folgte, und schließlich öffnete er die hintere linke Tür.

»Bitte einsteigen, der Zug fährt gleich ab.«

Max bedachte seinen Sohn mit einem verwunderten Blick. »Ich wusste gar nicht, dass du auch komisch sein kannst. Aber wir können wirklich fahren. Bernd ist sicher vor uns in München, denn er ist ein flotterer Fahrer als ich. Außerdem wollen wir unterwegs gemütlich essen.«

»Das werden wir auch«, erwiderte Bernd und schenkte den drei Frauen, die mit ihm fahren würden, ein aufmunterndes Lächeln.

»Dann wünsche ich uns allen viel Glück.« Lisbeth atmete noch einmal tief durch und setzte sich auf den Beifahrersitz. Auch Max stieg ein, fragte, ob alle den Sicherheitsgurt angelegt hätten, und fuhr los, als sowohl Lisbeth wie auch Daniela dies bejahten.

3.

Daniela wusste nicht genau, was sie sich unter Lisbeths Villa vorgestellt hatte, doch die Wirklichkeit übertraf alles. Das Gebäude war beinahe so groß wie ein Schloss und bestand aus Lisbeths Wohnbereich, mehreren Gesellschaftsräumen mit einem Saal für Festlichkeiten, etlichen Gästezimmern sowie einem Trakt im hinteren Teil des linken Flügels, der für sie und die drei Niederländerinnen bestimmt war. Allein in diesem Teil gab es zu den Schlafräumen zwei Badezimmer, ein Ess- und ein Wohnzimmer sowie eine eigene Küche, sodass sie die anderen Teile der Villa nicht aufsuchen mussten.

So schön die Zimmer auch waren, so wenig konnte Daniela sie genießen, denn ihre Gedanken drehten sich immer noch um das, was sie von Lisbeth und Max unterwegs erfahren hatte. Nun verstand sie, warum ihre Auftraggeberin unbedingt ein Enkelkind haben wollte. Sie hielt es für eine Unverschämtheit, dass Carl Siebert zuerst seinen Bruder aus der gemeinsamen Firma hinausgedrängt hatte und das Werk, das dieser sich aufgebaut hatte, nun wegen eines alten Vertrags auch noch an sich raffen wollte.

»Das werden wir beide dem Kerl versalzen«, sagte sie und streichelte mit der Rechten ihren Bauch.

»Das Essen ist sicher nicht versalzen«, beschwerte Katrijn sich, die ihre Bemerkung nur teilweise gehört und missverstanden hatte.

»Das meinte ich auch nicht«, antwortete Daniela. »Es ging um etwas anderes.«

»Um diesen unmöglichen Verwandten deiner Chefin? Bernd hat uns einiges über den Kerl erzählt. Den sollte man bei Ebbe gefesselt ins Wattenmeer legen und bei Flut vergessen, ihn wieder aufs Trockene zu holen.«

Daniela lachte. »Leider sind solche Methoden verboten, auch wenn Carl Siebert sich selbst nicht an die Gesetze hält.«

»Deine Chefin will einen Leibwächter für dich engagieren, hat Bernd gesagt.«

»Ich hoffe nicht, dass ich den brauche.« Danielas Gedanken gingen mittlerweile in eine andere Richtung. »Ich würde gerne den Vater meines Kindes kennenlernen.«

»Aber Kindchen, der Mann liegt im Koma und wird nie mehr daraus erwachen«, wandte Katrijn ein.

»Sagen wir, ich will ihn sehen, und das nicht nur auf jenen Bildern, auf denen er als wahrer Strahlemann erscheint.«

Daniela hatte von Lisbeth einiges über Jens Siebert gehört, aber mit feinem Instinkt begriffen, dass diese ihn durch die Brille einer nachsichtigen Mutter beschrieb. Max hatte einmal eine Bemerkung eingeworfen, dass es ihm besser getan hätte, Disziplin zu lernen. Auch die Art, wie es zu dem schweren Unfall gekommen war, bewies, dass er das Leben zu leicht genommen hatte. Zwar schrieb auch Daniela seinem Cousin eine beträchtliche Mitschuld an dem Unfall zu, doch Jens hatte das Seine dazu beigetragen.

»Du solltest nicht so schwere Gedanken wälzen. Das tut dem Kindchen nicht gut«, tadelte Katrijn sie.

»Das fühlt sich derzeit ganz wohl«, antwortete Daniela lächelnd und überlegte, ob sie Lisbeth aufsuchen und sie fragen sollte, ob sie ihr einen Besuch bei ihrem Sohn erlauben würde.

Da kamen Carolien und Nicolet herein. »Es ist hier nicht so ideal wie in der Sportklinik, aber wenn wir ein wenig improvisieren, müsste es gehen«, erklärte Carolien. »Nicht weit von hier gibt es einen Park, in dem wir joggen können. Zu dem uns empfohlenen Fitnessstudio sind es fünf Minuten mit dem Auto.

Frau Siebert will dafür sorgen, dass uns ihr Chauffeur jederzeit zur Verfügung steht. Er wird uns auch zum Frauenarzt und in die Entbindungsstation in der Klinik bringen, die Frau Siebert ausgesucht hat und in der auch die Gespräche mit der Hebamme stattfinden.«

»Ich habe eines der Zimmer als Behandlungsraum eingerichtet. Frau Siebert hat versprochen, unverzüglich eine Massageliege besorgen zu lassen«, berichtete Nicolet.

»Es wird schon alles klappen«, sagte Daniela, um sich optimistisch zu geben.

»Und damit uns allen das Eingewöhnen leichter fällt, gibt es heute zum Mittagessen Speckpannekoeken für Daniela und welche mit Erdbeeren und Sahne für uns«, sagte Katrijn fröhlich und kehrte in die Küche zurück.

Gleich darauf kam Lisbeths Hausdame herein. Ebenso wie die restlichen Angestellten wusste sie nicht, wie sie sich zu der Invasion aus den Niederlanden stellen sollte. Die Köchin war beleidigt, weil Katrijn für die Gruppe kochte, und hatte bereits mit Kündigung gedroht. Außerdem passte ihnen Lisbeths Anweisung nicht, diesen Teil der Villa nur noch mit ihrer Erlaubnis zu betreten.

Lisbeth hatte ihr Hauspersonal aus Sicherheitsgründen nicht in ihr Vorhaben eingeweiht. Nach außen hin war Daniela ein Gast und legte Wert auf ihre Privatsphäre. Daher war die Hausdame doppelt neugierig auf sie.

»Ich bin Sabine Winkler und für das Haus und das Wohlergehen seiner Bewohner verantwortlich«, erklärte sie Daniela. »Wenn Sie etwas benötigen, wenden Sie sich bitte an mich.«

»Ich bin derzeit wunschlos glücklich«, erwiderte Daniela.

»Es geht auch darum, wer diesen Trakt sauber halten soll«, fuhr Frau Winkler fort.

Da Daniela begriff, dass sie der anderen nicht willkommen

war, antwortete sie abweisend: »Ich glaube, das schaffen wir selbst. Noch bin ich nicht zu schwerfällig, um einen Besen zu schwingen.«

»Frau Dr. Siebert hat mich angewiesen, dass Sie alles bekommen sollen, was Sie anfordern.« Der Hausdame gefiel es gar nicht, von einem Teil der Villa ausgeschlossen zu werden, daher versuchte sie auf diese Weise, ihren Einfluss hier zu wahren.

»Gut, dass Sie mich daran erinnern. Sobald das restliche Gepäck hier ist, brauche ich meinen Laptop und meine Schulunterlagen«, erwiderte Daniela etwas freundlicher.

»Ich werde dafür sorgen, sobald die Sachen angekommen sind«, versprach Frau Winkler. »Sonst brauchen Sie nichts?«

»Vielleicht einige Dinge für die Küche. Dafür müssen wir jedoch Katrijn fragen.« Daniela wollte in die Küche hinübergehen, doch die Hausdame hob abwehrend die Hand.

»Darum kümmert sich unsere Köchin. Sie können ihr die Liste geben.«

»Das werde ich tun.« Nach Danielas Meinung hätte die Frau die Liste auch mitnehmen und Lisbeths Köchin übergeben können. Doch dafür war sie sich anscheinend zu fein.

»Wenn es sonst nichts gibt, werde ich Sie wieder verlassen.« Sabine Winkler wunderte sich, warum ihre Chefin eine Schwangere samt Personal zu sich geholt hatte. Immerhin würde es hier nach Jens Sieberts tragischem Unfall niemals Kinder geben.

In dem Augenblick zuckte sie zusammen und starrte Daniela durchdringend an. Auch wenn diese sich nicht mehr wie Linda Holmes kleidete, war eine gewisse Ähnlichkeit unübersehbar. Konnte es sein, dass diese junge Frau Lisbeth Sieberts Wunsch nach einem Enkel erfüllen sollte? Da sie ihre Chefin kannte, schien ihr dieser Gedanke nicht abwegig.

In dem Augenblick schaltete die Hausdame geistig um. Wenn ihre Vermutung stimmte, nahm Daniela bei der Chefin eine besondere Stellung ein, und sie durfte es sich um Gottes willen nicht mit ihr verderben.

»Ihre Köchin ist doch Niederländerin. Da könnte es leicht Verständigungsprobleme geben. Es ist daher am besten, wenn Sie mir sagen, was gebraucht wird, damit ich es besorgen lassen kann.«

»Das wäre sehr nett von Ihnen.« Verwundert, wie zuvorkommend die Frau auf einmal war, begleitete Daniela sie in die Küche und ließ sich von Katrijn alles nennen, was diese zu brauchen glaubte. Bei ein paar Dingen musste sie nachfragen, da die Köchin nur die niederländischen Markennamen kannte. Nach einer Weile war alles notiert, und Frau Winkler verabschiedete sich mit der Bitte, sie jederzeit auf ihrem Handy anzurufen, wenn etwas gebraucht wurde.

»Müssen wir die jetzt Paula nennen?«, fragte Katrijn grinsend, als die Hausdame gegangen war.

»Wieso?«, fragte Daniela verblüfft.

»Sie kam herein wie eine Saula, wurde bekehrt und ist nun eine Paula«, spottete Katrijn.

Jetzt lachte auch Daniela. »Du meinst wegen Saulus und Paulus? So ähnlich kam es mir auch vor.«

Katrijn tippte ihr gegen den mittlerweile stärker gewölbten Bauch. »Wie es aussieht, hat Paula begriffen, warum du hier bist.«

»Es ist schwierig, mit anderen zusammen in einem Haus zu wohnen. In den Niederlanden waren wir unter uns.«

»Wir werden das schon hinkriegen«, meinte Katrijn optimistisch. »Ich werde mir jetzt die hiesige Köchin zur Brust nehmen und sie fragen, wo der nächste Supermarkt ist. Ich will selbst nachsehen, was es dort alles gibt.«

»Dann gehen wir doch zu ihr«, schlug Daniela vor.

Sie war neugierig auf den Rest der Villa und wollte sehen, ob sie dabei nicht auf Lisbeth traf, um sie wegen eines Besuchs bei ihrem Sohn fragen zu können.

4.

Die Köchin empfing Daniela und Katrijn mit einer Miene, als würden Mäuse oder gar Kakerlaken in ihre Küche kommen. »Was wollt ihr denn?«, fragte sie unfreundlich.

»Nur wissen, wo es in der Nähe einen gut sortierten Supermarkt gibt«, erklärte Daniela.

»Da habe ich keine Ahnung. Ich kaufe immer nur im Feinkostladen ein.«

»Dann teilen Sie uns bitte mit, wo dieser Feinkostladen ist.« Danielas Tonfall wurde schärfer. Immerhin hatte Lisbeth Siebert sie hierhergeholt, und da wollte sie nicht wie ein unerwünschter Eindringling behandelt werden.

Bevor die Situation eskalieren konnte, trat die Hausdame ein und lächelte beim Anblick der Besucherinnen freundlich. »Wollen Sie nicht eine Tasse Tee trinken, Frau Reuss? Annette kocht Ihnen gerne welchen.«

Die Köchin starrte ihre Vorgesetzte verständnislos an, denn noch am Morgen hatte diese ganz anders geklungen. »Was möchten Sie für einen Tee?«, fragte sie pikiert.

»Am besten den Kräutertee, den auch Frau Dr. Siebert gerne trinkt.«

In den Worten von Frau Winkler lag eine Botschaft. Jemand, der den Lieblingstee der Chefin trinken durfte, konnte nur eine Person von großer Wichtigkeit sein.

Nach diesem Hinweis wurde auch die Köchin handzahm und fragte Katrijn, ob sie auch einen Tee haben wolle.

»Für mich bitte Peppermunt«, antwortete diese.

Das verstand auch die Köchin. Sie bereitete die beiden Tees zu und brachte sie in das kleine Esszimmer, in dem Sabine

Winkler bereits Kekse und Kartoffelchips auf den Tisch gestellt hatte.

»Darf ich das überhaupt essen?«, fragte Daniela skeptisch, griff aber dann doch zu.

Unterdessen tippte die Köchin Frau Winkler an. »Wer ist das?«, fragte sie leise.

»Sieh dir ihren Bauch an«, gab diese im Flüsterton zurück.

Die Köchin befolgte den Rat. »Sie ist schwanger«, meinte sie achselzuckend.

»Sei nicht so begriffsstutzig, denk nach!«, forderte die Hausdame Annette auf.

Zuerst schüttelte die Köchin den Kopf, dann aber wurden ihre Augen weit. »Du meinst, sie würde …«

»Genau das meine ich.«

»Aber das wäre herrlich! Wie ich das diesem gemeinen Carl Siebert gönne!« Ein strahlendes Lächeln erschien auf Annettes rundlichem Gesicht, und sie goss Daniela eigenhändig ein.

»Wenn Sie wollen, kann uns der Chauffeur heute Nachmittag zum Einkaufen fahren«, bot sie anschließend Katrijn an.

So viel Deutsch verstand diese und nickte. »Das würde mich freuen.«

Annette beschloss, die berufliche Konkurrenzsituation erst beiseitezuschieben und Katrijn nach dem Einkaufen auf ein Schwätzchen in ihre Küche einzuladen.

»Der Tee schmeckt gut«, stellte Daniela fest.

»Das freut mich. Frau Dr. Siebert lässt nur das Beste einkaufen«, berichtete die Köchin stolz, um dann anzugeben, dass sie bei kleineren Festlichkeiten immer selbst kochen würde. »Bei großen Feiern wie zum Beispiel dem Geburtstag der Chefin müssen wir natürlich einen Caterer nehmen, aber dessen Sachen sind nie so gut wie die eigenen. Darum mache ich auch zu diesen Gelegenheiten immer etwas zusätzlich«, setzte sie selbstbewusst hinzu.

»Ich würde gerne einmal etwas von dem probieren, was Sie kochen«, meinte Daniela und hatte von diesem Moment an bei Annette einen Stein im Brett.

»Brauchen wir eigentlich zwei Küchen?«, fragte Katrijn. »Wenn es eine Feier gibt, kann ich natürlich drüben kochen. Aber hier ist viel Platz und alles modern eingerichtet. Es würde dem Personal einiges an Arbeit ersparen, wenn nur eine Küche sauber gemacht werden muss.«

Im Normalfall hätte Annette diesen Vorschlag weit von sich gewiesen. Nun aber stimmte sie freudig zu. »Das wäre sehr gut. Ich könnte dann auch ein paar Rezepte aus Holland probieren.«

»Den Niederlanden«, mahnte Daniela, doch diesmal nahm Katrijn es nicht übel, als Holländerin bezeichnet zu werden.

5.

Am Abend versammelte Lisbeth ihre Mitstreiter um sich. Mit einem gewissen Erstaunen sah sie, dass ihre Hausdame Daniela eine Tasse ihres Lieblingstees servierte und ihr ein Schälchen Kekse hinstellte. Aufgrund der Reaktion, die diese bei der Ankündigung des Besuchs gezeigt hatte, hätte sie eher höfliche Distanz erwartet. Sie streifte diesen Gedanken ab und richtete ihren Blick auf Dr. Haase.

»Haben Sie etwas herausgefunden, mit dem wir meinen Schwager abblocken können?«

Der Anwalt schüttelte betrübt den Kopf. »Bedauerlicherweise nein. Die niederländische Polizei hält den Absturz der Flugdrohne für einen Unfall, den ein übereifriger Reporter verursacht hat, und daher wurden nicht einmal die hiesigen Behörden informiert. Carl Siebert ohne einen handfesten Beweis zu beschuldigen, würde ins Leere laufen und im Endeffekt auf uns zurückschlagen.«

»Das heißt, wir können nichts gegen ihn unternehmen«, schloss Lisbeth aus seinen Worten.

»Nicht auf diese Weise.« Dr. Haase sah Bernd an, der etwas gelangweilt aussehend neben der Couch stand, auf der sein Vater Platz genommen hatte.

»Sie müssen ihm geschäftlich weiter zusetzen, damit er unter Druck gerät und Fehler macht. Nur so können wir ihn entlarven.«

Der Hauch eines Lächelns huschte über Bernds Gesicht. »Ich tue mein Bestes. Die Carl-Siebert-Werke haben heute eine weitere Ausschreibung verloren.«

»Wie stark, glaubst du, hast du meinem Schwager bereits zugesetzt?«, wollte Lisbeth wissen.

»Er wird seine Produktion in nächster Zeit um mindestens zwanzig Prozent zurückfahren müssen, und sollte er nicht bald einen lukrativen Auftrag erhalten, muss er noch weiter runtergehen.«

»Das gönne ich ihm«, sagte Lisbeth rachsüchtig. »Aber was machen wir mit Daniela?«

»Sie muss auf jeden Fall vor weiteren Anschlägen geschützt werden«, erklärte Dr. Haase.

Max rieb sich über die Stirn. »Ihr könnt sie nicht einfach hier einsperren. Das war schon in den Niederlanden nicht richtig.«

»Ich wäre gerne einmal ans Meer gefahren. Das habe ich nämlich noch nie gesehen«, sagte Daniela leise.

»Ich habe mit Adrienne gesprochen. Sie ist eine ausgezeichnete Kraft, hält sich aber vielleicht etwas zu sehr an ihre Vorgaben. Sie hat Daniela wirklich fast wie eine Gefangene gehalten«, bekannte Haase.

»So schlimm war es nicht«, verteidigte Daniela seine Angestellte. »Im Großen und Ganzen sind wir gut miteinander ausgekommen.«

»Das mag sein, aber man darf darüber den Menschen nicht vergessen«, erklärte Max. »Es wäre wenig dabei gewesen, mit Daniela an einem Tag an die See zu fahren. Sie hätte sich gefreut, und diese Freude hätte auch auf ihr Kind ausgestrahlt.«

»Diese Kritik muss ich leider auf meine Kappe nehmen. Ich hätte Adrienne sagen müssen, dass die konspirative Art, mit der sie Daniela in die Niederlande gebracht hat, nicht für die Dauer ihres Aufenthalts gelten würde. Eigentlich wollte ich nur verhindern, dass Carl Siebert oder dessen windiger Detektiv von Frau Sieberts Plan erfahren und Danielas Reiseziel anhand der Bahndaten nachvollziehen können.«

Haase ärgerte sich, weil er seiner Angestellten keine entsprechenden Anweisungen erteilt hatte.

»Die Sache ist erledigt«, sagte Bernd mit einer gewissen Schärfe. »Es nützt nichts, darüber zu jammern, was anders gemacht hätte werden können. Stattdessen müssen wir uns überlegen, wie wir in den nächsten Monaten vorgehen sollten.«

»Daniela bleibt auf jeden Fall bei mir«, sagte Lisbeth.

»Das ist schön und gut. Aber wie mein Vater richtig sagte, muss sie auch einmal etwas anderes sehen. Dafür braucht sie andere Kleidung als nur Jogginganzüge.«

»Ich habe ein paar hübsche Sachen«, wandte Daniela ein.

Max ergriff freundlich lächelnd ihre Hand. »Das hast du zweifellos, aber ein paar mehr sollten es schon sein. Wenn Lisbeth keine Zeit hat, bringe ich dich zu den Geschäften.«

»Warum sollte ich keine Zeit haben?«, rief Lisbeth mit einem gewissen Unmut. »Außerdem weißt du nicht, was eine Frau alles braucht.«

»Ich freue mich, wenn du das übernimmst, stelle mich aber gerne als Fahrer zur Verfügung«, antwortete Max.

»Ich weiß nicht, ob dich das nicht langweilt. Frauen brauchen sehr lange, wenn sie sich Kleidung kaufen.«

Lisbeth wusste selbst nicht, weshalb sie so harsch auf das Angebot reagierte. Immerhin war Max seit dem Tod ihres Mannes immer zur Stelle gewesen, wenn sie Hilfe benötigt hatte.

»Ich brauche nicht lange«, erklärte Daniela, aber niemand achtete auf sie.

»Solange das Wetter noch schön ist, sollten wir auch den einen oder anderen Ausflug ins Auge fassen, ob an den Chiemsee, nach Salzburg oder sonst wohin«, überlegte Max laut.

»Mir würde es nicht gefallen, wenn Daniela zu viel unterwegs ist. Allzu leicht kann etwas passieren. Ich habe sehr viel Geld in das Projekt gesteckt und will nicht mit leeren Händen dastehen müssen.«

Diesmal bemerkten alle Lisbeths Unmut, und Daniela kämpfte

vergebens mit den Tränen. »Meinetwegen müssen Sie sich keine Umstände machen. Ich halte es bis zur Geburt schon hier aus.«

»Tante Lisbeth hat darauf gedrungen, dass du während der Schwangerschaft angenehm leben sollst. Wenn du hier wochenlang eingepfercht wirst, wird dir irgendwann die Decke auf den Kopf fallen.«

Lisbeth bedachte Bernd für diese Worte mit einem ärgerlichen Blick, denn damit verschaffte er seinem Vater ein Alibi, sich noch mehr um die junge Frau zu kümmern. Auf einmal fand sie Daniela viel zu hübsch und tadelte insgeheim den Anwalt, weil er dieses Mädchen engagiert hatte.

Du bist selbst schuld, fuhr es ihr prompt durch den Kopf. Du hast auf einer hübschen, intelligenten Frau bestanden, die zudem Linda Holmes ähnlich sehen sollte. Dabei hätte eine durchschnittlich aussehende Frau mit durchschnittlichem Verstand auch ausgereicht.

»Wohin würdest du gerne fahren?«, fragte Bernd.

Es klang so von oben herab, dass Daniela am liebsten »Nirgendwohin!« geantwortet hätte. Sie erinnerte sich jedoch an ihren Wunsch, den Vater ihres Kindes wenigstens ein Mal zu sehen, und sah Lisbeth bittend an.

»Ich würde gerne deinen Sohn besuchen.«

Lisbeth erschrak und kämpfte mit ihren Empfindungen. In den ersten Wochen im Koma hatte sie Jens fast jeden Tag besucht, doch mittlerweile tat sie es nur noch ein- bis zweimal im Monat. Bevor sie jedoch etwas sagen konnte, griff Max ein.

»Jens ist der Vater des Kindes, das Daniela zur Welt bringen wird. Daher finde ich ihre Bitte, ihn sehen zu wollen, verständlich.«

»Ich weiß nicht … Es ist alles so deprimierend. Da sind all die Apparate, ohne die Jens nicht mehr leben würde«, wandte Lisbeth ein.

Doch nun fiel ihr auch Bernd in den Rücken. »Daniela weiß das alles. Trotzdem bin ich dafür, dass sie ihn aufsucht. Sie will von dem Vater ihres Kindes eine persönlichere Erinnerung, nicht nur die paar Fotos, die du ihr zeigen kannst.«

»Wenn ich gewusst hätte, welchen Aufwand ihr mit ihr treiben wollt, hätte ich sie in den Niederlanden gelassen«, stieß Lisbeth verärgert aus, sah dann, dass sich Danielas Augen erneut mit Tränen füllten, und schämte sich.

»Es war nicht auf dich gemünzt, meine Liebe, sondern auf Vater und Sohn Christaller, die mit dieser Angelegenheit nicht das Geringste zu tun haben.«

»Als Geschäftsführer deiner Firma habe ich ein gewisses Interesse daran, dass Carl Sieberts Versuche, sie sich einzuverleiben, abgewehrt werden können«, entgegnete Bernd kühl. »Du hast aber recht, dass es Vater und mich nichts angeht, wie du das machst.«

»Jetzt sei nicht gleich eingeschnappt!«, tadelte ihn sein Vater. »Lisbeth hat es nicht so gemeint. Außerdem war ich ein Freund ihres Mannes und auch der ihre und freue mich darauf, dass es ein Enkelchen geben wird.«

Max' Bemerkung verlor für Lisbeth ein wenig an Bedeutung, da er dabei nicht sie, sondern Daniela ansah, und das mit einem Lächeln, welches ihr gar nicht gefiel. Ich hätte sie wirklich in den Niederlanden lassen sollen, dachte sie. Hier hat Max sie immer vor Augen und … Sie brach den Gedankengang ab und sah Daniela an. »Du wirst Jens nächste Woche sehen. Verzeih, wenn ich nicht mitkommen werde, aber es wäre zu schmerzlich für mich. Mein Chauffeur wird dich hinbringen.«

»Das kann doch ich übernehmen«, bot Max an und erntete dafür ein leises Schnauben von Lisbeth.

»Ich würde auch nicht den Chauffeur nehmen. Nicht, dass ich ihm misstraue, aber es wird einen Papierkrieg geben, bis Daniela zu Jens gelangt. Wenn du Vater selbst brauchst, mache ich das gerne«, bot Bernd an, verwundert über Lisbeths harsche Reaktion.

»Mir wäre es sehr lieb. Ich würde an dem Tag nämlich sehr gerne nach Salzburg fahren. Hier würde ich nur den ganzen Tag an meinen Sohn denken und …« Lisbeth brach ab, da ihr nun selbst die Tränen kamen.

»Du hast Jens sehr geliebt, nicht wahr?«, fragte Daniela.

»Etwas zu sehr«, murmelte Max, dem es nicht gelungen war, Lisbeth dazu zu bringen, ihrem Sohn die Zügel anzuziehen.

6.

Einige Kilometer von Lisbeths Villa entfernt saß Detektiv Stengel mit einem Cognacschwenker in der Hand auf einem bequemen Ledersessel und beobachtete amüsiert die Reaktionen seiner Auftraggeber. Carl Siebert war eben mit zorniger Miene aufgesprungen, während sein Sohn leise fluchte.

»Die ganze Aktion hat also nichts gebracht?«, fragte Carl Siebert, der es einfach nicht glauben wollte.

Stengel hob mit einer bedauernden Geste die Rechte. »Leider nein. Die Zielperson hat sich ein paar Blutergüsse zugezogen, und ihrem Kind ist nichts passiert.«

»Also war der ganze Aufwand umsonst!«, fuhr Siebert seinen Sohn an. »Wenn dich jemand mit diesem Ding gesehen hat, geraten wir in Teufels Küche.«

»Die Gefahr ist gering«, wandte Stengel ein. »Die niederländische Polizei ist zu der Ansicht gelangt, dass die Drohne von einem Klatschreporter gestartet wurde. Kurz vorher war eine bekannte amerikanische Society-Lady in der Sportklinik in Behandlung. Da haben Reporter auch mit Flugdrohnen versucht, Bilder zu schießen. Die Geräte wurden mit Störsendern ferngehalten. Die Drohne Ihres Sohnes hätte es daher ebenso wenig auf das Klinikgelände geschafft.«

»Das interessiert mich alles nicht!«, blaffte Siebert ihn an. »Fakt ist, Ihr Plan ist in die Binsen gegangen. Ich frage mich, wieso ich Ihnen überhaupt Geld geben sollte.«

»Vielleicht, weil ich sonst Ihrer Schwägerin berichten könnte, wer hinter dem Anschlag auf diese Frau steckt«, antwortete Stengel lächelnd.

»Das würden Sie tun?«, fragte Ralf erschrocken.

»Ich lebe davon, für andere Leute Dinge herauszufinden, die sie sonst nie erfahren würden, und von gewissen Ratschlägen. Deren Ausführung kann ich jedoch nicht überwachen. Ich habe Ihnen geraten, ein paar Tage länger mit der Flugdrohne zu trainieren«, setzte er kühl hinzu.

»Stimmt das?«, fragte Carl Siebert scharf.

Ralf begriff, dass sein Vater ihn für den Fehlschlag verantwortlich machen wollte, und ärgerte sich, weil er die Sache mit der Drohne auf die leichte Schulter genommen hatte.

»Wir müssen dieses Weibsstück ausschalten«, sagte er in bemüht festem Tonfall.

»Und das möglichst bald. Außerdem will ich schnellstens die Nachricht vom Ableben meines Neffen in der Zeitung lesen.« Carl Siebert sah Stengel auffordernd an.

»Mein Helfer ist für die nächste Woche zum ersten Mal für den Dienst im abgesicherten Trakt der Klinik eingeteilt worden. Einer seiner Kollegen ist ausgefallen, und …« Stengel brach ab und lächelte, sodass seine Auftraggeber annehmen mussten, er hätte etwas mit der Dienstunfähigkeit des einen Pflegers zu tun gehabt.

»Was heißt das?«, fragte Ralf.

»Er wird seinen Job machen.«

»Das Problem Jens wäre damit gelöst. Das ist wenigstens etwas …«, sagte Siebert. »Aber wie steht es mit Linda Holmes?«

»Hm …«, meinte der Detektiv. »Ich habe mir die Fotos noch einmal angesehen. Es könnte sein, dass es sich bei der Frau nicht um Linda Holmes handelt. Schade, dass Ihr Sohn die Datenbrille der Drohnensteuerung weggeworfen hat. Da die Kameraaufnahmen gespeichert wurden, hätte ich einen Abgleich vornehmen können.«

»Es war Linda!«, erklärte Ralf.

»Ich habe ein wenig nachgespürt und herausgefunden, dass

eine Linda Holmes kurz nach dem Unfall zu Professor Longhorns Forschungsteam gestoßen ist. Es ist genau die Fachrichtung, die unsere Linda Holmes studiert hat.«

»Aber wer ist es dann?«, platzte Ralf heraus.

»Das müssen wir herausfinden, ebenso, wo sich die Frau jetzt befindet.«

»Aber doch in Holland.«

Stengel schüttelte nachsichtig den Kopf. »Bedauerlicherweise nicht mehr. Ich habe einen meiner niederländischen Kollegen in der Sache bemüht. Das Haus Nummer neun der Sportklinik wurde generalgereinigt und steht derzeit leer. Er fand heraus, dass mehrere Autos mit deutschen Kennzeichen dort waren und die Bewohner abgeholt haben.«

»Sie haben einen Fremden ins Vertrauen gezogen?«, schäumte Siebert auf.

»Nicht ins Vertrauen. Ich habe ihn nur gebeten, mir ein paar Auskünfte zu besorgen. Die Rechnung schicke ich Ihnen morgen. Sie sollten sie bald begleichen, sonst wird mein Kollege neugierig.«

»Ich will nicht mit ihm in Verbindung gebracht werden«, wehrte Siebert ab.

»Dann sollten Sie mir das Geld geben, damit ich es ihm überweise.«

»Wie viel macht es?«, fragte Siebert, der sich ein wenig beruhigt hatte.

»Zweitausend Euro«, antwortete der Detektiv.

Siebert zog vier Fünfhunderteuroscheine aus seiner Brieftasche und schob sie Stengel hin. Dieser steckte sie ein und freute sich, die doppelte Summe genannt zu haben. Eintausend Euro würde er seinem Kollegen schicken und die anderen tausend für sich behalten. Um Sieberts Geduld nicht zu strapazieren, erklärte er, dass er bereits erste Maßnahmen getroffen habe, um den

Aufenthalt der Leihmutter zu ermitteln, und gab seinen eifrig lauschenden Auftraggebern mehrere Ratschläge, wie sie sich dieser am leichtesten entledigen konnten.

»Teilweise werde ich selbst mit den Leuten reden müssen, damit Sie nicht mit ihnen in Verbindung gebracht werden können«, schloss er seinen Vortrag ab.

Carl Siebert wirkte nun um einiges zufriedener. »Dann machen wir es so. Aber diesmal will ich handfeste Ergebnisse sehen.«

»Die bekommen Sie«, versprach Stengel und verabschiedete sich.

Vater und Sohn Siebert sahen ihm nach, bis er in sein Auto gestiegen und weggefahren war, dann ballte Ralf wütend die Faust. »Ich weiß nicht, wie dieses Biest davongekommen ist. Ich habe die Flugdrohne mit voller Geschwindigkeit auf sie zugesteuert.«

»Vielleicht hast du im letzten Moment die Steuerung verrissen, und das Ding hat sie verfehlt«, meinte sein Vater.

Ralf schüttelte energisch den Kopf. »Sie wurde getroffen. Stengel sagte doch, dass sie verletzt worden wäre.«

»Aber nicht schwer genug, um das Kind zu verlieren. Das Balg macht mir derzeit weniger Sorgen als Bernd Christaller. Ich musste bereits die Produktion drosseln.«

»Wenn Jens tot ist und es kein Kind gibt, kannst du Lisbeths Firma mühelos kassieren«, sagte Ralf grinsend.

Sein Vater nickte. »Ich muss sofort zugreifen und Lisbeth mit mehreren einstweiligen Verfügungen ausschalten, damit sie mir nicht noch einmal in die Quere kommen kann.«

Ralf legte sich inzwischen einen eigenen Plan zurecht.

7.

Bernd Christallers Wagen wirkte sportlicher als der seines Vaters, fand Daniela, als sie an diesem Morgen aus dem Haus trat, um zur Klinik zu fahren, in der Jens Siebert dem Tod entgegendämmerte. Wie bei der Fahrt von den Niederlanden nach München wollte sie hinten einsteigen, da hielt Bernds Stimme sie auf. »Du kannst dich ruhig neben mich setzen. Ich beiße nur selten.«

Der Mann hat einen eigenartigen Humor, dachte Daniela. Aber wenigstens schien Bernd Christaller kein kalter Klotz mit einer Rechenmaschine anstatt eines Herzens zu sein, wie sie anfangs befürchtet hatte.

»Danke«, sagte sie und öffnete die Beifahrertür.

Bernd wartete, bis sie sich angeschnallt hatte, und startete den Wagen. »Sag ruhig, wenn ich dir zu schnell fahre. Ich vergesse sonst, dass ich nicht nur auf dich und mich, sondern auch auf dein Kind achten muss. Dem würde ein zu scharfes Bremsen nicht guttun.«

»Ich hoffe nicht, dass du scharf bremsen musst.«

»Absichtlich werde ich das sicher nicht tun. Aber man weiß nie, auf welche Idioten man unterwegs trifft.«

»Dann hoffe ich, dass wir auf keinen treffen.«

»Besteht dein Leben nur aus Hoffen?«

»Auch aus Bangen«, gab Daniela zurück.

Es klang bitter. Bernd sah sie überrascht an. Sein Vater hatte erklärt, sie habe keine schöne Jugend gehabt. Doch sonst wusste er nichts von ihr, nur dass Dr. Haase sie aus dem Gefängnis heraus engagiert hatte.

»Ich hoffe, dass das Bangen bald ein Ende hat«, sagte er nachdenklich.

Daniela zuckte mit den Schultern. »Irgendetwas gibt es immer.«

Dann schloss sie die Augen und überlegte, was sie in der Klinik erwarten würde. Einen Augenblick lang war sie versucht, Bernd zu bitten, umzukehren. Dann aber sagte sie sich, dass sie die Sache angefangen hatte und daher auch durchziehen musste. Zurückweichen war nicht ihre Art.

»Ist diese Klinik weit von München entfernt?«, fragte sie nach einer Weile.

»Wir müssen etwa eine Stunde fahren, wenn nichts dazwischenkommt.«

»Dann wollen wir hoffen, dass nichts dazwischenkommt.«

»Nicht bangen?«, fragte jetzt er und brachte sie damit zum Lachen.

»Mach dich ruhig über mich lustig! Ich habe ein dickes Fell.«

»Ich mache mich nicht über dich lustig«, erklärte Bernd und verdrängte dabei, dass er in der Vergangenheit immer mit einem gewissen Spott an die Frau gedacht hatte, die Lisbeth ihren Bauch für Geld geliehen hatte.

»Hast du Jens gut gekannt?«, fragte Daniela.

»Unsere Eltern waren befreundet, und so sind wir miteinander aufgewachsen. Auch waren wir auf denselben Schulen. Erst nach dem Abitur ging es ein wenig auseinander, da wir an verschiedenen Unis studiert haben.«

»Was war er für ein Mensch?«, fragte Daniela weiter.

»Er war fröhlich und unbeschwert. Um seine leichte Art, das Leben zu nehmen, habe ich ihn oft beneidet.« Bernd lachte und schüttelte dann den Kopf. »Nimm das nicht ernst! Ich bin damit zufrieden, wie ich bin und was ich kann.«

»Klingt das nicht ein bisschen arrogant?«

»Ich würde es so nicht nennen. Warum sollte ich mit mir hadern? Ich habe die Uni mit Auszeichnung abgeschlossen und nach zwei Praktikumsjahren im Ausland meinen Doktor gemacht. Danach hat Tante Lisbeth mich in ihre Firma geholt, und da bin ich jetzt Geschäftsführer.«

»Das hört sich schon ein wenig selbstgefällig an«, erwiderte Daniela, der es irgendwie Spaß machte, diesen überheblichen Kerl zu triezen.

»Mein Vater nannte mich zielstrebig. Ich weiß nicht, was daran falsch sein sollte.« Bernd amüsierte sich über die junge Frau, die aus der Gosse kam und jetzt glaubte, über ihn richten zu dürfen.

»Es gibt Menschen, die sich keine Ziele setzen, weil sie wissen, dass sie selbst das kleinste davon niemals erreichen würden«, sagte Daniela leise.

»Dann sind sie arm dran, denn sie haben sich selbst aufgegeben.«

»Wenn du es so sagst.« Daniela schnaubte leise.

Jahrelang hatte auch sie kein Ziel gekannt, außer jenem, den nächsten Tag zu überstehen, ohne dass sie von ihrem Vater verprügelt oder später beim Klauen von Lebensmitteln erwischt wurde. Vor Taschendiebstahl, wie Mike es von ihr verlangt hatte, war sie zurückgescheut.

»Was ist mit dir? Hast du ein Ziel?«, fragte Bernd, dem das Schweigen zu lange dauerte.

Daniela überlegte kurz. »Mein erstes Ziel ist es, mein Kind gesund zur Welt zu bringen.«

»Das ist ein sehr gutes und verständliches Ziel«, fand Bernd. »Und danach?«

»Will ich studieren. Aber vorher muss ich mein Abi machen.«

Nun war Bernd überrascht. Nichts von dem, was er bisher über Daniela gehört hatte, hatte vermuten lassen, dass sie ein Studium anstrebte. Oder war das Lisbeths Idee? Er traute ihr zu, dies von Daniela verlangt zu haben, weil ihr Enkel etwas Besonderes sein sollte.

»Was willst du studieren?«, fragte er.

»Ich weiß es noch nicht. Es sollte auf jeden Fall ein Studiengang sein, bei dem ich hinterher genug Geld zum Leben verdienen kann.«

»Also bist auch du materialistisch veranlagt. Mein Vater verspottet mich deswegen.« Bernd grinste, denn ihm bereiteten die kleinen Wortgefechte mit seinem Vater immer Vergnügen.

»Wenn du den Kühlschrank aufmachst und gähnende Leere siehst, überlegst du dir, wie du an die wichtigsten Lebensmittel kommst – und wenn du sie dir im Laden unter die Bluse stecken musst.«

Es klang herb, aber aufrichtig, dachte Bernd. Danielas Art gefiel ihm immer besser. Sie war erfrischender und ehrlicher als die jungen Frauen, die er bei gesellschaftlichen Anlässen traf und die ihn mehr nach seiner Brieftasche und seiner Bedeutung als nach seinem Aussehen und seinem Charakter einzuschätzen schienen.

Bei den Gedanken stieß er eine leise Verwünschung aus und irritierte damit Daniela.

»Was ist los?«, fragte sie.

»Ich dachte nur an meine letzte Fast-Freundin«, erklärte Bernd mit verkniffener Miene.

»Fast-Freundin?«

»Sie wäre gerne meine Ganz-Freundin geworden, aber nur, wenn Wolfi sich nicht sie, sondern ihre Freundin Aggi angeln würde.«

Bernd lachte schon wieder, während er versuchte, das Ganze zu erklären. Als er sich etwas beruhigt hatte, meinte er, dass Wolfi der Erbe eines Großindustriellen sei, der sein Jetset-Leben genoss und mit den beiden jungen Frauen eine Dreiecksbeziehung führte.

»Ich glaube nicht, dass du mit einer Frau zufrieden wärst, die dich als Ersatz für den entgangenen Hauptgewinn ansehen würde«, warf Daniela ein.

»Die Kandidatin erhält hundert Punkte. Genauso ist es. Aber jetzt sind wir bald da und sollten unsere Gedanken auf ernst umschalten. Es macht sich schlecht, wenn wir lachend in eine Klinik gehen, um einen dem Tod entgegendämmernden Patienten aufzusuchen.«

Statt ernst zu werden, platzte Daniela nun beinahe vor Lachen. Als sie sich wieder beruhigt hatte, sah sie ihn tadelnd an. »Das war aber eben sehr makaber, Herr Christaller.«

»Bernd reicht«, antwortete er trocken und brachte sie erneut zum Lachen.

8.

Als sie die Klinik erreichten, hatten beide sich gefasst und traten mit ernsten Mienen ein. Obwohl Lisbeth sie angekündigt hatte, mussten sie noch einiges an Formalitäten erledigen, bevor sie einer jungen Ärztin übergeben wurden, die sie zu Jens Siebert bringen sollte.

»Sie werden verstehen, dass wir bei diesem Patienten besondere Sicherheitsmaßnahmen treffen müssen«, erklärte sie auf dem Weg durch die Krankenhauskorridore. »Sie werden daher Überschuhe und Kittel anziehen müssen. Außerdem ist ein Mundschutz vorgeschrieben.«

»Wir tun alles, was nötig ist«, versprach Daniela, und Bernd stimmte ihr zu.

Wenig später steckte Daniela in einem weiten Kittel, brauchte aber wegen ihres zunehmenden Umfangs Bernds Hilfe, um die Plastikhüllen über ihre Schuhe zu streifen. Danach mussten sie sich die Hände waschen und desinfizieren. Die Ärztin setzte Daniela noch eine Haube auf und steckte ihre Haare darunter. Als sie schließlich den Mundschutz trugen, führte die Ärztin sie zu einer Edelstahltür, die nur mit einem elektronischen Schloss zu öffnen war.

Die Ärztin gab den Code ein und wartete, bis sich das Tor geöffnet hatte. »Bitte treten Sie ein! Wir kommen in eine Art Schleuse, deren Innentür sich nur dann öffnen lässt, wenn die äußere Tür geschlossen ist. Das hier ist ein Hochsicherheitsbereich und eigentlich für Kranke mit einer hochansteckenden Krankheit gedacht. Derzeit ist aber nur Jens Siebert hier sowie die Kammer, in der sein Sperma eingefroren ist.«

Daniela und Bernd folgten ihr in die Schleusenkammer und

warteten, bis das grüne Licht aufleuchtete. Als die Ärztin das zweite Tor öffnete, schüttelte sie irritiert den Kopf.

»Wieso steht die Tür zur Kältekammer offen?«

Sie wollte sie schon schließen, trat aber dann doch in den Raum ein, in dem Proben bei tiefsten Temperaturen aufbewahrt waren, und stieß einen Schrei aus. »Das darf doch nicht wahr sein!«

»Was?«

Die Frau wies auf eine offene Kühlkammer. »Hier wurde auf Frau Dr. Sieberts Anweisung hin das Sperma ihres Sohnes aufbewahrt. Es ist weg!«

»Wir sollten schnellstens zu Jens gehen!«, rief Daniela aus einem Impuls heraus.

Bernd tippte die konsternierte Ärztin an. »Führen Sie uns zu Jens Siebert, aber rasch!«

Die Frau nickte und eilte von Bernd und Daniela gefolgt los. Es ging durch zwei weitere Türen, die beide ebenso offen standen wie das Edelstahltor vor dem mit Apparaten gefüllten Zimmer, in dem Jens Siebert lag.

Ein Mann in einem Pflegekittel, der aber keine Plastiküberzieher über seine Straßenschuhe gezogen hatte, war gerade dabei, die Schalter der für den Komapatienten überlebenswichtigen Geräte auf null zu stellen.

»Was machen Sie da?«, rief die Ärztin entsetzt.

Der Mann schnellte herum und versetzte ihr einen heftigen Stoß, der sie gegen Bernd prallen ließ. Dieser versuchte noch, die Ärztin aufzufangen, schlug dabei mit dem Kopf hart gegen den Stahlrahmen der Tür und stürzte zu Boden. Während er benommen liegen blieb und die Ärztin sich mühsam wieder auf die Beine kämpfte, sprang der Mann zur Tür hinaus und rannte davon.

Daniela folgte ihm, doch er erreichte vor ihr die Schleuse und schloss die Tür. Um sie zu öffnen, hätte Daniela die Magnetkarte der Ärztin und den Zahlencode gebraucht. Missmutig machte sie daher kehrt und sah Bernd noch immer am Boden liegen. Unter seinem Kopf breitete sich eine Blutlache aus. Die Ärztin arbeitete mit fliegenden Händen an den Geräten, um diese wieder in Gang zu setzen.

Besorgt kniete Daniela neben Bernd nieder und tastete nach seinem Puls. Dieser schlug kräftig genug, um sie zu beruhigen.

»Draußen im Schrank sind Zellstofftücher. Damit können Sie die Blutung stillen. Ich kann hier nicht weg. Wenn es nur nicht zu spät ist!«, rief die Ärztin aufgeregt.

»Aber Sie können Herrn Christaller doch nicht einfach so liegen lassen«, protestierte Daniela.

»Ich habe bereits die Notruftaste gedrückt und Alarm gegeben. Es wird gleich jemand kommen«, antwortete die Ärztin und kontrollierte die Anzeigen der Geräte. »Wir sind offenbar gerade noch rechtzeitig gekommen«, murmelte sie kurz darauf aufatmend.

Daniela besorgte sich einen dicken Packen Zellstofftücher und presste sie gegen Bernds Kopf. Gerade kam er wieder zu sich, sah sie über sich gebeugt und verzog das Gesicht. »Du musst mich ja für einen Helden halten. Lasse mich von so einem Idioten einfach gegen die Tür stoßen.«

»Ich hoffe, du bist nicht schwer verletzt.« Daniela war es zwar gelungen, die Blutung zu stoppen, doch Bernds Gesicht war bleich und sein Blick verschleiert.

»Er lebt noch«, vermeldete die Ärztin. »Wie es aussieht, sind wir noch früh genug gekommen. Wenn ich diesen Kerl erwische, wird er was erleben!«

Trotz der ernsten Situation musste Daniela bei der Vorstellung lächeln, die zierliche Ärztin könnte auf den bulligen Pfleger losgehen. Sie wurde aber sofort wieder ernst.

»Wie konnte das geschehen?«

»Das frage ich mich auch«, sagte Bernd und versuchte sich aufzurichten.

»Vorsichtig! Sonst fängt es wieder an zu bluten«, mahnte Daniela und sah ihn an. »Dein Kittel ist ganz rot.«

»Du hast auch etwas abbekommen«, erwiderte er und knirschte mit den Zähnen. »Wenn ich den Kerl erwische, braucht er hinterher keinen Richter mehr.«

»Jetzt müssen wir erst einmal schauen, dass du verarztet wirst.« Daniela sah sich zur Ärztin um. »Gibt es Probleme?«

»Nicht mehr. Ich bin gleich fertig.«

»Hat es Jens … ich meine, hat es Herrn Siebert geschadet?«, fragte Daniela weiter.

»Ich glaube nicht. Natürlich müssen wir abwarten, aber ich gehe davon aus, dass es noch einmal gut gegangen ist.«

Kurz darauf stürmten mehrere Ärzte und Pfleger herein. Während sich die einen um Jens Siebert kümmerten, führten die anderen Daniela und Bernd hinaus.

Eine halbe Stunde später war Bernd verarztet und musterte missgelaunt sein Spiegelbild. Um die Wunde klammern zu können, hatte man ihm eine schief sitzende Tonsur verpasst und den Kopf hinterher dick verbunden.

Die Polizei war mittlerweile vor Ort und nahm die Sache auf. Bereits die ersten Nachforschungen ergaben, dass der Pfleger bei der Einstellung gefälschte Papiere vorgelegt hatte. Während die Kripobeamten DNA-Spuren sicherstellten und das im Klinikcomputer gespeicherte Foto des Pflegers zu ihrer Dienststelle schicken ließen, wandte einer der Kripomänner sich Daniela zu.

»Den kriegen wir schon«, meinte er optimistisch. »Ist ja eine Sauerei, was der gemacht hat.«

»Auch wenn Jens Siebert im Koma liegt, wäre es Mord gewesen«, erklärte Daniela aufgebracht und wandte sich Bernd zu. »Wie kommen wir wieder nach Hause? Du hast dir eine Gehirnerschütterung zugezogen und solltest kaum Auto fahren.«

»Es geht schon«, behauptete Bernd. »Mein Vater ist mit Tante Lisbeth nach Salzburg gefahren und kann uns nicht holen, und mit einem Taxi nach Hause zu fahren, ist mir auch nicht angenehm.«

»Geht es wirklich?«, fragte Daniela.

Bernd nickte und bereute es sofort, weil ihm ein glühender Draht durch den Kopf zu schießen schien. »Das schaffe ich schon«, quetschte er hervor und sah sich Danielas besorgten Blicken ausgesetzt.

»Nicht, dass du unterwegs zusammenklappst.«

»Das passiert schon nicht«, erwiderte Bernd und stand auf. »Schade, dass wir heute nicht mehr zu Jens dürfen. Die Ärzte wollen ihn von Kopf bis Fuß durchchecken, bevor sie wieder Besucher zu ihm lassen. Was meinst du? Sollen wir nächste Woche noch einmal hierherkommen?«

In der ganzen Aufregung hatte Daniela nur einen kurzen Blick auf Jens werfen können, aber nur die vielen Schläuche und Geräte in Erinnerung behalten. Daher nickte sie. »Ich fände es gut.«

Sie folgte Bernd zur Tür. »Es ist zu dumm, dass ich keinen Führerschein habe. Sonst könnte ich fahren.«

»Du kannst ihn doch machen«, schlug Bernd vor.

»Das hilft uns aber jetzt nichts«, antwortete sie und brachte ihn zum Lachen.

Er brach aber sofort stöhnend ab und überlegte, ob es nicht doch besser wäre, ein Taxi zu rufen, denn der Kopf tat ihm höllisch weh. In der Klinik nach einem Schmerzmittel zu fragen, wagte er nicht, weil er damit endgültig fahruntüchtig werden würde.

»Ich bin gespannt, was Tante Lisbeth und Vater zu unserem Abenteuer sagen«, meinte er, als sie wenig später im Wagen saßen. »Für Tante Lisbeth wird es ein Schock sein zu erfahren, mit welcher krimineller Energie ihr Schwager vorgeht. Auch wenn wir nicht den geringsten Beweis haben, würde ich alles verwetten, dass Carl Siebert hinter allem steckt. Er hat jedoch etwas zu viel gewollt. Sein Handlanger hätte nur den Vorrat mit Jens' Sperma vernichten müssen. Laut den Ärzten ist dieser mittlerweile nicht mehr zeugungsfähig. Damit hängt jetzt alles von dem einen Kind ab.«

»Nicht ganz«, antwortete Daniela mit leicht gefletschten Zähnen. »In der Frauenklinik in den Niederlanden liegen noch drei Phiolen. Unser Feind hätte selbst dann nicht gewonnen, wenn ich mein Kind verlieren würde.«

»Du würdest es erneut versuchen?«, fragte Bernd erstaunt.

Daniela nickte entschlossen. »Jetzt erst recht.«

9.

Bernd war froh, als er seinen Wagen auf einem der Parkplätze vor Lisbeths Villa abstellen konnte. Die Fahrt hatte ihn angestrengt, und er musste nur in den Rückspiegel schauen, um zu erkennen, wie bleich und erschöpft er aussah. Daniela betrachtete ihn besorgt. Bevor er reagieren konnte, zog sie den Zündschüssel ab und steckte ihn ein. »Du wirst heute nirgendwo mehr hinfahren, sondern dich in eines von Lisbeths Gästezimmer legen und schlafen.«

»Es genügt, wenn ich mich eine halbe Stunde ausruhe«, antwortete Bernd, begriff aber selbst, dass es nicht reichen würde.

»Wie muss ich den Wagen abschließen?«, fragte Daniela.

»Es ist die obere Taste. Aber das Auto sperrt automatisch ab, wenn der Zündschlüssel abgezogen wurde und die Türen länger als dreißig Sekunden nicht mehr geöffnet werden.«

»Dann muss man aber schnell aussteigen«, fand Daniela.

Trotz seiner Kopfschmerzen lachte Bernd leise auf. »Von innen kann man die Türen jederzeit öffnen, ohne neu aufschließen zu müssen.« Er stieg aus, musste sich draußen jedoch am Auto festhalten, weil ihm schwindlig wurde.

Als Daniela das sah, zischte sie leise: »Warum musstest du auch den eisenharten Macho spielen?«

Zu Bernds Bedauern hatte sie recht. Im Nachhinein fand er ebenfalls, dass er besser ein Taxi gerufen hätte. Während der Fahrt war er zwar voll konzentriert gewesen, aber büßte dafür nun doppelt. Er biss die Zähne zusammen, um es bis zur Haustür zu schaffen, musste dort aber warten, bis Daniela nachgekommen war, den Schlüssel herausholte und aufsperrte.

Die Hausdame kam ihnen entgegen, sah Bernds verbundenen Kopf und schlug entsetzt die Hände zusammen. »Was ist denn geschehen?«

»Frau Winkler, helfen Sie uns! Herr Christaller ist gestoßen worden und mit dem Kopf gegen einen stählernen Türrahmen gekracht«, berichtete Daniela. »Er konnte zwar noch hierherfahren, aber es ist besser, wenn er sich hinlegt und ausruht. Ich würde ihn ungern weiterfahren lassen.«

»Das halte ich auch nicht für gut«, befand Sabine Winkler. »Kommen Sie, Herr Christaller! Zum Glück haben wir immer ein paar Zimmer für unerwartete Gäste vorbereitet. Wollen Sie vorher noch eine Kleinigkeit zu sich nehmen?«

Bereits bei dem Gedanken an Essen rebellierte Bernds Magen, und er deutete ein Kopfschütteln an. »Höchstens eine Tasse Kaffee.«

»Der ist bei so einer Verletzung nicht gut. Sie sollten ihm besser eine Tasse von Frau Sieberts Kräutertee aufgießen lassen«, wandte Daniela ein.

»Das halte ich auch für die bessere Idee«, sagte Frau Winkler. »Kommen Sie, Herr Christaller! Soll ich Ihnen einen Schlafanzug holen? Frau Siebert hat einige Kleidungsstücke ihres verstorbenen Mannes im Dachgeschoss deponiert. Da müsste einer dabei sein.«

»Nein danke. Es geht auch so.« Bernd ließ sich von der Hausdame in eines der Zimmer führen, zog sich dort mühsam aus und legte sich ins Bett. Trotz seiner Kopfschmerzen schlief er rasch ein und bekam nicht einmal mehr mit, dass die Köchin eine Tasse Kräutertee ins Zimmer brachte und auf den Nachttisch stellte.

Bernd war froh um das Getränk, als er am Abend aufwachte, denn er verspürte einen so brennenden Durst, dass er die Tasse in einem Zug leerte. Danach zog er sich an, musterte sein Spiegelbild kritisch und verließ das Zimmer. Als er ins Wohnzimmer trat, stellte er fest, dass sein Vater und Lisbeth von ihrem Ausflug nach Salzburg zurückgekommen waren und Daniela ihnen gerade von dem Zwischenfall in der Klinik berichtete.

»Oh Gott!«, rief Lisbeth erschrocken, als sie Bernds Kopfverband sah.

Sein Vater hingegen musterte ihn mit einem zornigen Blick. »Wie bist du auf die hirnverbrannte Idee gekommen, dich mit einer Gehirnerschütterung hinters Steuer zu setzen? Es hätte alles Mögliche geschehen können. Wenn Daniela etwas passiert wäre …«

»Ist es aber nicht«, unterbrach ihn Lisbeth. Obwohl ein Unfall den Verlust von Danielas Kind nach sich ziehen oder es noch schlimmer hätte enden können, ärgerte sie sich, weil Max sich in einer so auffälligen Weise um Daniela sorgte.

»Er hat leichtsinnig gehandelt«, grollte Max. »Dabei dachte ich, ich hätte ihn zu einem verantwortungsvollen Menschen erzogen.«

Für einige Augenblicke sah es nach Streit aus. Dann aber wechselte Lisbeth das Thema.

»Dieser Pfleger wollte meinen Sohn umbringen.«

»Wenn Daniela nicht den Wunsch gehabt hätte, Jens zu sehen, wäre es ihm auch gelungen«, erklärte Bernd. »So kamen wir ihm in die Quere, und die Ärztin konnte die Geräte wieder einschalten.«

»Der Arm meines Schwagers reicht also bereits bis in die Klinik hinein«, klagte Lisbeth seufzend.

Daniela schüttelte den Kopf. »Jetzt nicht mehr. Die Zutrittskarte des Mannes wurde gesperrt, und ich glaube nicht, dass er dort einen Komplizen hat.«

»Wir müssen damit rechnen, dass mein Schwager einen neuen Handlanger einschleust. Doppelt bedauerlich ist, dass es dem Kerl gelungen ist, den Spermavorrat meines Sohnes zu vernichten.«

»Daniela sagt, dass noch ein Teil davon in der niederländischen Klinik gelagert wird«, warf Bernd ein.

»Dann sollten wir dafür sorgen, dass er sicher verwahrt bleibt. Ich werde die nötigen Schritte unternehmen.« Lisbeth ergriff das Telefon und führte ein kurzes, aber intensives Gespräch mit Dr. Haase. Danach wandte sie sich wieder Bernd zu. »Daniela sagt, sie möchte nächste Woche noch einmal zu Jens, weil sie ihn diesmal kaum gesehen hat. Was hältst du davon?«

»Ich würde ihr diesen Wunsch erfüllen.«

»Dann werde ich Daniela hinfahren«, erklärte sein Vater mit Nachdruck.

Lisbeth fauchte leise, hielt aber den Mund, da sie weder Max noch Daniela verärgern wollte. Stattdessen wechselte sie erneut das Thema. »Du wirst wegen deiner Verletzung einige Tage nicht ins Werk gehen können.«

»So schlimm ist es nicht. Ich trage meinen Kopf schließlich nicht unter dem Arm. Morgen werde ich im Büro sein«, antwortete Bernd.

»Das wäre mir lieb, denn es stehen wichtige Entscheidungen an. Wenn wir die nächsten zwei Ausschreibungen gegen meinen Schwager gewinnen, geht es ihm an die Substanz.«

»Umso skrupelloser wird er ungesetzliche Wege einschlagen«, wandte Max ein.

»Viel schlimmer kann es kaum noch werden. Er wird mir wohl kaum das Dach über dem Kopf anzünden lassen.«

»Und wenn doch?«, fragte Max.

»Dann hoffe ich, dass wir uns schnell genug retten können«, sagte Daniela.

Ihr trockener Kommentar löste die Spannung, die sich breitgemacht hatte, und sie besprachen, welche Möglichkeiten Carl Siebert blieben, um ihnen zu schaden. Alle Augen richteten sich dabei auf Daniela. Mit ihr beziehungsweise mit ihrem Kind stand und fiel nun alles.

10.

Lisbeth hätte Daniela am liebsten nicht mehr aus dem Haus gelassen, und das machte sie auch allen anderen klar. Aber Max hielt ihr vor, dass sie Daniela damit in den Trübsinn treiben würde.

»Du willst doch, dass dein Enkel gesund zur Welt kommt«, erklärte er. »Schon aus diesem Grund muss Daniela etwas Schönes sehen und sich darüber freuen. Wir werden am Dienstag nach Schloss Linderhof fahren und die Woche drauf nach Herrenchiemsee.«

»Kannst du überhaupt weg? Du wolltest doch ein Football-Stadion in den Vereinigten Staaten bauen«, antwortete Lisbeth und wünschte ihn wirklich über den großen Teich.

»Ich habe mit meinem dortigen Partner zusammen die Pläne erarbeitet. Jetzt ist es an ihm, sie für die Ausschreibung fertigzustellen. Sollten wir diese gewinnen und den Zuschlag erhalten, werde ich mehrmals in die Staaten fliegen müssen. Aber bis dorthin ist das Kleine längst zur Welt gekommen. Für meine übrigen Aufträge brauche ich drei oder vier Tage in der Woche. Damit bleibt genug Zeit, um Daniela die eine oder andere kleine Freude machen zu können.«

Max lächelte der jungen Frau zu, während Lisbeth fand, dass ein Mann von sechzig sich lächerlich machte, wenn er um eine schwangere junge Frau herumscharwenzelte, die bei der Geburt ihres Kindes gerade mal zwanzig Jahre alt sein würde.

Haase hätte ein weniger hübsches Mädchen aussuchen sollen, dachte sie, als Max weitere Vorschläge für gemeinsame Ausflüge machte. Schließlich wurde es ihr zu bunt.

»Wenn du das alles machen willst, bevor das Kind zur Welt kommt, müsste Daniela zwanzig Monate schwanger sein«, sagte sie giftig. »Außerdem vergisst du, dass es um meinen Enkel geht. Daniela soll keinen Anstrengungen ausgesetzt werden, dass es dem Kind schaden könnte.«

»Ich weiß, du bist besorgt wegen deines Schwagers. Aber wenn Daniela die ganze Zeit hier in der Villa bleibt, kann er sich etwas einfallen lassen, um ihr zu schaden. Wenn sie aber immer wieder unterwegs ist, fällt ihm das weitaus schwerer. Daher finde ich, dass eine Woche am Gardasee genau das Richtige ist, denn damit rechnet er sicher nicht.«

»Du willst Daniela für eine Woche an den Gardasee mitnehmen?«, fragte Lisbeth scharf.

»Du solltest auch mitkommen«, schlug Max vor.

»Danke, aber ich bin ungern das fünfte Rad am Wagen«, antwortete Lisbeth schnippisch.

»Was soll das? Ich dachte, du willst, dass Daniela sich wohlfühlt.« Nun wurde Max doch einmal laut.

»Das will ich auch«, antwortete Lisbeth und setzte in Gedanken ein »aber nicht mit dir« hinzu.

Daniela wurde die Spannung zu groß, und sie sprang auf. »Es ist wahrscheinlich am besten, wenn Sie mich in mein Zimmer sperren und mich nur rauslassen, wenn ich Gassi gehen muss«, fauchte sie Lisbeth an und verwendete zum ersten Mal seit Wochen wieder das steife Sie.

Bevor jemand etwas sagen konnte, stürmte sie zur Tür hinaus und suchte ihr Zimmer auf. Sie ärgerte sich über sich selbst, weil sie die Beherrschung verloren hatte, aber es tat ihr weh, wie Lisbeth sie mit einem Mal behandelte.

Im Wohnzimmer schüttelte Max den Kopf. »Jetzt siehst du, was du angerichtet hast. Daniela ist inzwischen im siebten Monat und entsprechend empfindlich. Erinnere dich daran, wie du damals mit Jens schwanger gegangen bist. Du bist bei jedem unbedachten Wort in Tränen ausgebrochen.«

»So schlimm war es auch wieder nicht«, widersprach Lisbeth, hatte aber trotzdem ein schlechtes Gewissen. Daniela konnte am wenigsten dafür, dass sie so hübsch war und mit ihrer Schwangerschaft Max' ritterliche Gefühle ansprach.

»Wie geht es Bernd?«, fragte sie, um das Thema zu wechseln.

»Das tust du ja gerne: über etwas anderes reden, wenn du dich ins Unrecht gesetzt hast«, tadelte Max sie.

Lisbeth versuchte, sich zu beherrschen, doch drängten sich die Worte fast gegen ihren Willen über ihre Lippen. »Was heißt hier Unrecht? Daniela ist meine Angestellte. Ich bezahle sie sehr gut dafür, dass sie Jens' Kind austrägt. Daher hat sie das zu tun, was ich für richtig halte.«

»Wenn du das ernst meinst, ist es wohl besser, wenn ich jetzt gehe. Da du selbst am besten weißt, was richtig ist, brauchst du weder meinen Rat noch meine Hilfe.« Nach diesen Worten stand Max auf und verließ die Villa ohne Abschied.

Lisbeth eilte ans Fenster und sah mit tränenfeuchten Augen zu, wie er losfuhr und sein Auto hinter der nächsten Kurve verschwand. Das hatte sie nicht gewollt. Das Schlimmste war, dass sie sich selbst die Schuld dafür geben musste. Sie wollte unbedingt einen Enkel haben und neidete gleichzeitig der Frau, die dafür sorgen sollte, die Aufmerksamkeit, die Max ihr zukommen ließ.

11.

Während der Fahrt nach Hause sagte Max sich, dass Lisbeth die Gefahr unterschätzte, die ihr und Daniela durch ihren Schwager drohte. Wenn Carl Siebert noch verhindern wollte, dass Danielas Kind gesund zur Welt kam, musste er beide umbringen lassen. Zwar würde Lisbeth mit Sicherheit einen weiteren Versuch unternehmen, doch noch zu einem Enkelkind zu kommen. So lange aber würden weder Carl Siebert noch dessen Firma durchhalten. Um zu gewinnen, musste er dann auch Lisbeth aus dem Weg räumen, und zwar so, dass ihm keine Beteiligung daran nachgewiesen werden konnte.

Eine gewisse Schuld daran trug Bernd mit seiner aggressiven Geschäftspolitik gegen Carl Siebert. Auch wenn es in Lisbeths Sinn war, so trieb er den Mann damit immer mehr in die Enge. Lisbeths Schwager war jedoch nicht der Mensch, der sich hilflos seinem Schicksal ergab. Er hatte seinen Bruder, Lisbeths Ehemann, mit den gemeinsten Tricks aus der gemeinsamen Firma gedrängt, und anstatt damit zufrieden zu sein, griff er jetzt zu der Firma, die Ludwig Siebert und Lisbeth mühsam aufgebaut und zur Blüte gebracht hatten.

Auch wenn er sich über Lisbeth geärgert hatte, durfte er sie nicht im Stich lassen, sagte er sich und rief Dr. Haase an.

»Hallo, Max, wie geht's?«, fragte dieser. Mittlerweile waren sie zum Du übergegangen.

»Wenn ich sagen würde: gut, wäre es gelogen«, antwortete Max.

»Gibt es bei Bernd Komplikationen? Das war ja eine schlimme Sache. Nur dumm, dass der Pfleger noch nicht gefasst werden konnte. Inzwischen gibt es jedoch eine Spur. Einige Mitarbeiter in der Klinik, in die Jens nach dem Unfall eingeliefert wurde, haben den Mann auf Fotos erkannt. Er war damals dort als Pfleger angestellt.«

»Das heißt, es handelt sich um einen längerfristigen Plan«, schloss Max daraus. »Hast du schon einen Personenschützer für Lisbeth und Daniela besorgt?«

Der Anwalt schüttelte den Kopf, obwohl Max es am anderen Ende der Leitung nicht sehen konnte. »Noch nicht. Ich brauche jemanden, der zuverlässig ist und nicht durch ein dickes Bündel Scheine in Versuchung geführt werden kann, im entscheidenden Augenblick wegzusehen. Aber warum erwähnst du Lisbeth? Glaubst du, sie ist ebenfalls in Gefahr?«

»Möglich wäre es. Mittlerweile traue ich Carl Siebert alles zu. Das Schlimme daran ist, dass Lisbeth wegen der ganzen Sache die Nerven verliert. Sie würde Daniela am liebsten in ihr Zimmer einsperren und erst bei ihrer Niederkunft wieder herauslassen.«

»So kenne ich Lisbeth gar nicht!«, rief Dr. Haase überrascht. »Es ist aber verständlich, dass sie Daniela schützen will.«

Jetzt schüttelte Max den Kopf. »Wenn Daniela die ganze Zeit in Lisbeths Villa verbringt, gibt Lisbeth ihrem Schwager die beste Gelegenheit, sich auszudenken, wie er sie dort unschädlich machen kann. Wenn wir jedoch verschiedene Fahrten unternehmen und vielleicht auch einmal eine Woche wegbleiben würden, hätte er weitaus mehr Schwierigkeiten, sich etwas einfallen zu lassen. Das habe ich Lisbeth gesagt, aber auf dem Ohr ist sie taub.«

»Ich werde mit ihr reden«, versprach der Anwalt. »Sie ist eine vernünftige Frau und wird es verstehen. Außerdem geht es um ihr Enkelkind. Wenn sie Daniela sozusagen in Einzelhaft hält, könnte sich das negativ auf das Kleine auswirken. Das will sie mit Sicherheit nicht.«

»Ich wünsche dir Erfolg. Ich jedenfalls bin damit gescheitert«, bekannte Max.

»Dabei hört sie sonst doch immer auf dich«, antwortete Haase verwundert und kam dann auf Bernd zu sprechen. »Wie geht es deinem Jungen? Er ist doch hoffentlich bald wieder in Ordnung?«

»Die Platzwunde heilt gut. Allerdings werden seine Haare nicht so schnell nachwachsen, und das ärgert ihn«, berichtete Max mit einem leisen Lachen.

»Und das kränkt seine Eitelkeit, was?« Auch Dr. Haase lachte und machte ein paar Vorschläge, was Bernd tun könnte, um seine medizinisch erforderliche Teilglatze vor der Welt zu verbergen.

SIEBTER TEIL
Der Kampfhund

1.

Misstrauisch musterte Carl Siebert den Hund, den sein Sohn ihm präsentierte. Das Tier war so groß wie ein Kalb, hatte ein Furcht einflößendes Gebiss und schien mit seinen kleinen, blutunterlaufenen Augen förmlich darauf zu lauern, jemanden zerfleischen zu können.

»Wie bist du an dieses Vieh gekommen?«, fragte Carl seinen Sohn.

»Ich habe ihn mir bei einem Züchter ein Stück außerhalb von Prag besorgt. Der Typ sieht nur auf die Scheine, die man ihm in die Hand drückt, und fragte nicht nach dem Namen des Käufers. Was für uns wichtig ist: Der Hund mag keine Jogger und vor allem keine Frauen.«

»Willst du ihn etwa auf die falsche Linda Holmes hetzen?« Carl Siebert musterte seinen Sohn mit einem verächtlichen Blick. »Wenn du das tust und dich jemand dabei beobachtet, hat meine Schwägerin endgültig gewonnen. Ihr Winkeladvokat wird den alten Erbvertrag mit Genuss in kleine Stücke reißen und ihn mir vor die Füße werfen.«

»Wer sagt, dass ich selbst das Viehzeug auf die Leihmutter hetze?«, fragte Ralf spöttisch. »Stengel will mir jemanden besorgen, der es für mich tut.«

»Selbst wenn dein Viehzeug die falsche Linda schwer verletzt oder gar tötet, hat Lisbeth immer noch den längeren Atem«, erklärte sein Vater.

»Das glaube ich nicht. Das Linda-Double und das Kind, das die Frau trägt, sind Lisbeths einzig sichere Trümpfe. Da Stengels Handlanger Jens' Sperma vernichtet hat, kann sie keine zweite Leihmutter einsetzen. Sie ist dann am Ende.«

Carl Siebert kannte seine Schwägerin besser und traute ihr zu, so lange zu prozessieren, bis er an ihrem ausgestreckten Arm verhungert war. »Wir werden uns auch um meine Schwägerin kümmern müssen«, erklärte er.

»Soll ich Killer auf die Alte ansetzen?«, fragte Ralf.

»Welche Killer?«

»Na, den Hund. Ich habe ihn Killer getauft.« Ralf grinste wie über einen guten Witz.

Carl Siebert überlegte kurz, schüttelte dann aber den Kopf. »Dafür wissen wir zu wenig über das, was sie in den nächsten Tagen vorhat. Der Typ, dem du den Hund geben willst, müsste vor ihrer Villa auf sie warten, und das würde auffallen. Lassen wir ihn erst einmal die falsche Linda erledigen. Damit hätten wir Lisbeth zumindest angeknockt!«

»Bei der falschen Linda muss unser Mann auch warten. Sie joggt zwar fast jeden Tag im Park, aber zu unterschiedlichen Zeiten«, wandte Ralf ein.

»Im Park fällt es nicht auf, wenn jemand seinen Hund ausführt und dabei eine halbe Stunde auf einer Bank sitzen bleibt«, erklärte sein Vater.

»Ich werde Stengel gleich anrufen und ihm sagen, dass er die Sache anleiern soll«, erklärte Ralf und sah dann Killer an. »Mach deine Sache ja gut, sonst landest du als Hauptspeise in einem koreanischen Restaurant.«

2.

Lisbeth Siebert bedauerte den Streit mit Max und war daher froh, als Bernd einige Tage später zu ihr in die Villa kam. Er hatte sich wieder erholt, und seine Augen blitzten unternehmungslustig. Am auffälligsten war der mittelgraue Hut, der auf seinem Kopf saß.

»Gut siehst du aus. Direkt distinguiert«, begrüßte Lisbeth ihn anerkennend.

»Der Hut ist nur zur Tarnung.« Bernd nahm ihn kurz ab, und sie konnte das große Pflaster auf der kahl rasierten Stelle sehen.

»Trotzdem steht er dir. Ich finde es schade, dass sich viele Männer in leitenden Positionen zu salopp kleiden«, antwortete Lisbeth.

Bernd lachte leise. »Wären wir in den Vereinigten Staaten, würde ich mit Cowboystiefeln und Cowboyhut herumlaufen. Dort würde das nicht auffallen. Hier aber ist ein Hut doch arg aus der Mode gekommen.«

»Was gibt es Neues?«, fragte Lisbeth und hoffte, er würde etwas über seinen Vater sagen.

»Wir stehen mit deinem Schwager erneut bei einer Ausschreibung im Wettstreit. Es ist ein sehr großer Auftrag, und wenn wir ihn zugesprochen bekommen, müssen wir in eine neue Produktionshalle investieren. Aber du sagtest, das wäre es dir wert.«

»Das ist es mir auch«, antwortete Lisbeth herb. »Ich bin bereits in Verhandlungen mit den Besitzern eines kleineren Werks. Wenn ich das kaufen kann, können wir unsere Produktion um mehr als ein Viertel erhöhen.«

»Diese Firma darf aber nicht den Ludwig-Siebert-Werken

zugeschlagen werden«, warnte Bernd sie. »Sollte es mit deinem Enkel nicht klappen, würde Siebert versuchen, sich auch diese Firma anzueignen.«

Lisbeth war optimistischer als Bernd, nickte aber. »Ich werde eine neue Firma gründen, in die später unser Werk mit eingegliedert werden soll. Damit mache ich einen endgültigen Schnitt zwischen uns und Carl Siebert.«

»Das ist ein kluger Gedanke. Darf ich mir die Daten der Firma, die du kaufen willst, anschauen, um zu überlegen, wie wir sie übernehmen können?«, fragte Bernd.

»Selbstverständlich«, erwiderte Lisbeth und überlegte, wie sie das Gespräch auf Max bringen konnte. Ihr wäre es zwar lieber gewesen, wenn Bernd damit beginnen würde, wollte aber nicht länger warten. Als sie jedoch den Mund öffnete, spürte sie die Bitternis wie eine schmerzende Wunde und konnte sich nicht beherrschen.

»Wenn dein Vater so weitermacht, bekommst du bald eine Stiefmutter, die jünger ist als du.«

Bernd sah sie irritiert an. »Ich verstehe nicht, was du meinst, Tante Lisbeth?«

»Du hast doch selbst gesehen, wie dein Vater sich um Daniela gekümmert hat und plant, Gott weiß was mit ihr zu unternehmen. Er wollte sie sogar für eine Woche nach Italien mitnehmen. Warum sollte er das tun, wenn er sich nicht in sie verliebt hätte?«

»Du meinst, mein Vater entwickelt plötzlich Gefühle für eine … äh … Schwangere?«

Bernd wollte schon lachen, als auch er sich an die fürsorgliche Art erinnerte, mit der sein Vater Daniela behandelt hatte. Aber gleich daraus zu schließen, dieser habe sich in die junge Frau verliebt, erschien ihm dann doch arg weit hergeholt. Oder gab es einen anderen Grund? Er betrachtete Lisbeth, sah das schmerzhafte Zucken ihrer Lippen und begriff, was los war. Sie liebte seinen Vater, glaubte aber nicht, mit einer so viel jüngeren Frau konkurrieren zu können.

»Das wäre natürlich eine Sache«, begann er, zuckte dann aber mit den Schultern. »Allerdings ginge es mich nichts an, denn es wäre Vaters Privatangelegenheit.«

»Ich glaube schon, dass es dich etwas angeht. Immerhin bewohnt ihr beide eure Villa gemeinsam.« Lisbeth ärgerte sich, weil Bernd die Sache auf die leichte Schulter zu nehmen schien.

»Ich könnte mir eine eigene Wohnung zulegen«, antwortete Bernd, spürte aber, dass er dazu wenig Lust hatte. Außerdem glaubte er, dass sein Vater zu vernünftig war, um sich eine Frau zu suchen, die gerade mal ein Drittel so alt war wie er. Zudem hatte sein Vater in der Vergangenheit mehrfach angedeutet, Lisbeth würde ihm einiges bedeuten. Er zeigte ja selbst nach dem Streit noch Verständnis für sie.

»Wenn es für dich in Ordnung ist, kann man nichts machen«, sagte Lisbeth enttäuscht.

»Es ist die Sache meines Vaters. Ich mische mich da nicht ein. Er hat übrigens von eurer Fahrt nach Salzburg geschwärmt und wäre mit dir gerne über Nacht dort geblieben.«

Bernd lächelte, als es auf Lisbeths Gesicht arbeitete. In seinen Augen brauchten die beiden nur einen leichten Schubs, um aufeinander zuzukommen. Eine Heirat seines Vaters mit Daniela hielt er dagegen für unwahrscheinlich.

Warum eigentlich?, fragte er sich. Sein Vater sah gut aus und war ein Kavalier der alten Schule, der einer jungen Frau, die bisher wenig Gutes im Leben gehabt hatte, Sicherheit und Fürsorge bieten konnte.

»Wie geht es eigentlich Daniela?«, fragte er.

»Sie ist mir gegenüber zum Erbrechen höflich, aber ich bin mir sicher, dass sie mir am liebsten das Gesicht zerkratzen würde.«

Es klang traurig, denn Lisbeth hatte sich an die junge Frau gewöhnt und gehofft, das Kind würde sie beide verbinden. Seit Kurzem aber benahm Daniela sich, als wäre es für sie nur ein Job, das Kind zu bekommen und es nach der Geburt ihr zu übergeben. Daher fühlte sie sich enttäuscht, obwohl sie dies in dem Vertrag, den Haase mit Daniela abgeschlossen hatte, selbst gefordert hatte.

»Ich glaube nicht, dass sie dir das Gesicht zerkratzen würde«, antwortete Bernd nachdenklich. »Schätze, sie ist eher traurig, weil sie der Grund für deinen Streit mit Vater war.«

»So dumm kann sie doch nicht sein«, stieß Lisbeth hervor.

»Dumm ist sie mit Sicherheit nicht. Sie ist jedoch sehr sensibel, und das wird durch ihre Schwangerschaft noch verstärkt. Darauf sollten wir alle Rücksicht nehmen.«

»Mit allen meinst du vor allem mich«, antwortete Lisbeth mit schuldbewusster Miene.

»Ich meine uns alle, mich eingeschlossen. Daniela hat in ihrem bisherigen Dasein nicht viel Gutes erlebt. Das wissen wir, und deswegen sollten wir ihr das Leben leichter machen.«

»Und wie?«, fragte Lisbeth.

»Indem du mit Max und ihr zur Klinik fährst, damit sie Jens sehen kann.«

Lisbeth schüttelte den Kopf. »Ich kann nicht mitgehen. Das halte ich nicht aus.«

»Es wäre wichtig«, sagte Bernd beschwörend. »Daniela wünscht es sich, und für dich wäre es gut, die beiden zusammen zu sehen. Es würde deine Beziehung zu ihr stärken und ihr das Gefühl geben, nicht nur ein für Geld geliehener Bauch zu sein, sondern vor allem die Mutter des Kindes, das du dir von ihr wünschst.«

Lisbeth strich sich erregt über die Stirn. »Von der Seite aus habe ich es noch nicht betrachtet. Aber …«

»Kein Aber, Tante Lisbeth. Ihr fahrt zu Jens, und ich komme der Symmetrie wegen mit«, sagte Bernd entschlossen.

»Du meinst, wegen des fünften Rades am Wagen. Dann kann ich mich wenigstens mit dir unterhalten, während dein Vater Daniela umschwärmt.« Es war nicht unbedingt das, was Lisbeth sich wünschte, doch es fiel ihr nun leichter, nachzugeben.

»Wann sollen wir fahren?«, fragte sie.

»Wie wäre es mit morgen Nachmittag? Wir könnten auf dem Heimweg gemütlich zu Abend essen. Daniela würde sich sicher darüber freuen. Sie ist ja noch nicht viel außer Haus gekommen.«

»Das passt mir. Aber hast du dafür Zeit?«

»Bis Mittag habe ich das Angebot abgeschlossen und kann mir danach freinehmen. Ich komme mit meinem Wagen und hole dich und Daniela ab.« Bernd lächelte Lisbeth aufmunternd zu und fasste nach ihrer Hand. »Du weißt, ich bin immer für dich da.«

»Sag das nicht zu laut! Sonst denken die Leute noch, du willst deinem Vater eine Schwiegertochter ins Haus bringen, die fast so alt ist wie er.«

Obwohl Lisbeth dabei lachte, fühlte sie sich doch ein wenig geschmeichelt. Natürlich war Bernd niemand, den sie heiraten würde, aber einen Sohn wie ihn hätte sie gerne gehabt.

»Also bis morgen, Tante Lisbeth«, verabschiedete Bernd sich und verließ das Haus.

»Bis morgen«, flüsterte Lisbeth, obwohl er es nicht mehr hören konnte. Mit einem tiefen Durchatmen, das aber den Stein in ihrer Brust nicht lösen konnte, stand sie auf und rief ihre Hausdame zu sich.

»Liebe Sabine, sorge dafür, dass ein Kännchen mit meinem Kräutertee gemacht wird, und stell ein Schälchen Kekse auf den Tisch«, sagte sie zu ihr und ging in den Teil der Villa, den Daniela und die drei Niederländerinnen bewohnten.

Lisbeth fand Daniela auf einem Trimmrad, auf dem sie unter Caroliens Aufsicht in die Pedale trat.

»Strengst du dich nicht etwas zu viel an?«, fragte sie.

»Carolien hat den Trainingsplan erarbeitet, und der ist genau auf meine derzeitige Fitness und meinen Schwangerschaftsmonat abgestimmt«, antwortete Daniela, ohne mit Treten aufzuhören.

»Wir können nicht alles im Haus machen. Daniela muss auch raus an die frische Luft. Dafür joggen wir im Park, aber zu unterschiedlichsten Zeiten, damit sich niemand darauf einstellen kann«, erklärte Carolien, die ebenso wenig wie Nicolet und Katrijn wollte, dass Daniela im Haus eingesperrt blieb.

»Das ist gut. Aber könntest du vielleicht einen Augenblick Pause machen?«, bat Lisbeth Daniela.

Diese hörte gehorsam mit dem Treten auf. »Bitte?«

»Wir fahren morgen mit Max und Bernd zusammen zu Jens.«

Das Aufleuchten in Danielas Augen ließ Lisbeth beinahe bedauern, zugestimmt zu haben. Sie hielt sich aber im Zaum und lächelte. »Bernd meint, wir könnten auf dem Heimweg irgendwo essen gehen. Du hast doch sicher nichts dagegen?«

Daniela zog ihre Augenbrauen hoch. »Ich bin Ihre Angestellte. Wenn Sie sagen, wir essen morgen Abend irgendwo, dann tun wir das.«

Lisbeth streckte die Hand aus und kniff leicht in Danielas Wange. »Du bist ein richtiger Trotzkopf. Aber ich mag dich trotzdem.«

Jetzt wirkte Daniela verwirrt. Lisbeth war jedoch noch nicht fertig. »Du solltest wieder Du zu mir sagen. Immerhin wirst du die Mutter meines Enkels sein und damit so etwas wie meine Schwiegertochter.«

»Ich …« Daniela brach ab, weil sie nicht wusste, was sie darauf antworten sollte. »Wenn Sie … äh, du es wünschst, sage ich Du.«

»Ich würde mich freuen.« Lisbeth lächelte und küsste Daniela auf die Wange. »Du weißt nicht, wie dankbar ich dir bin, dass du meinen sehnlichsten Wunsch erfüllst. Nur weil es dich gibt, haben mein Mann und ich unsere Firma nicht umsonst aufgebaut und unser Sohn nicht vergebens gelebt.«

Während Daniela kein Wort herausbrachte, wandte Lisbeth sich an Carolien. »Ich würde gerne mit Daniela eine Tasse Tee trinken.«

»Wir sind mit dem heutigen Training so gut wie fertig«, erklärte Carolien. »Nicolet sollte Daniela noch zehn Minuten massieren, dann steht sie Ihnen zur Verfügung.«

»Danke.« Lisbeth lächelte Daniela noch einmal zu und verließ das Zimmer.

Kaum hatte sich die Tür hinter ihr geschlossen, funkelte Daniela ihre Trainerin rebellisch an. »Wir haben gerade mal die Hälfte unseres heutigen Pensums geschafft. Wie kannst du da sagen, dass wir gleich fertig sind?«

»Ich glaube, Frau Siebert möchte, dass du eine Weile bei ihr bleibst. Sie ist sehr einsam«, antwortete Carolien.

»Einsam?« Daniela schnaufte. »Sie braucht nur mit dem Finger zu schnippen, und schon sind Max, Bernd, Haase und ein halbes Dutzend anderer Leute hier.«

»Aber von denen ist niemand so etwas wie ihre Schwiegertochter«, gab Carolien gut gelaunt zurück und rief Nicolet, damit diese Daniela noch rasch massierte.

3.

Max Christaller war froh, dass es seinem Sohn gelungen war, Lisbeth zu der Fahrt in die Klinik zu überreden. Es ging ihm nicht nur darum, Danielas Wunsch zu erfüllen, sondern auch, Lisbeth klarzumachen, dass ihr Enkel nicht nur das Kind ihres Sohnes war, welches Daniela zufällig austrug, sondern ebenso auch deren Kind. Die beiden mussten begreifen, dass dieses Kind sie so eng miteinander verband, als wäre Daniela tatsächlich Jens' Partnerin gewesen.

»Du meinst also, dass sie mir nicht die Haare mit ihrer Handtasche striegeln wird?«, fragte er seinen Sohn, als sie vor Lisbeths Villa anhielten.

»Dafür wird ihr die Handtasche zu schade sein«, antwortete Bernd und brachte seinen Vater zum Lachen.

»Wollen wir es hoffen. Ah, da kommen sie schon.«

»Wärst du so lieb, dich nach hinten zu setzen, Paps? Ich glaube, für Daniela ist es besser, wenn sie auf dem Beifahrersitz Platz nimmt. Oder willst du, dass ihr übel wird?«, fragte Bernd und drehte das Gesicht weg, damit sein Vater sein Lächeln nicht sah.

Max stieg sofort aus und winkte Daniela zu sich. »Vorne ist es für dich bequemer.« Dann erst fiel ihm ein, dass sonst immer Lisbeth auf dem Beifahrersitz gesessen hatte, und wandte sich mit einer um Entschuldigung bittenden Geste an sie. »Ich hoffe, du hast nichts dagegen, doch Bernd hat es so vorgeschlagen.«

Die Tatsache, dass nicht Max es gewesen war, besänftigte Lisbeth. »Bernd ist ein richtiger Kavalier. Wäre ich nur zwanzig Jahre jünger, könnte ich mich glatt in ihn verlieben.«

»Wärst du zwanzig Jahre jünger, hätte ich nichts dagegen«,

sagte Max und öffnete ihr die Tür. Er ging um den Wagen herum und stieg auf der anderen Seite ein.

»Habt ihr es halbwegs bequem?«, fragte er.

Beide Frauen nickten.

»Dann können wir aufbrechen.« Bernd startete den Motor und ließ den Wagen anrollen.

»Wie geht es deinem Kopf?«, fragte Daniela und betrachtete mit einer gewissen Verwunderung seinen Hut.

»Die Platzwunde heilt gut, aber die Haare wachsen nicht so rasch nach, wie ich es gerne hätte.«

»Bernd ist eitel, deshalb trägt er einen Hut, obwohl das seit Jahrzehnten aus der Mode ist«, meinte Max lächelnd.

»Ich würde gerne einmal sehen, wie du mit Hut aussiehst. Mein Vater hat immer einen getragen, und er sah äußerst distinguiert darin aus«, erklärte Lisbeth.

Daniela lachte leise. »Al Capone trug auch immer einen Hut, aber der war sicher nicht distinguiert.«

»Das stimmt allerdings.« Bernd grinste, konzentrierte sich aber aufs Fahren und beteiligte sich nur wenig an dem Gespräch, das sich zwischen Max, Lisbeth und Daniela entspann.

In aufgeräumter Stimmung erreichten sie die Klinik, doch als sie auf den Gebäudekomplex zugingen, wurden sie ernst.

Bernd hielt Daniela am Ärmel zurück. »Lass die beiden alten Herrschaften ruhig beisammenbleiben«, raunte er ihr ins Ohr.

»Willst du wirklich mit mir vorliebnehmen? Ich verfüge weder über die Bildung noch über die Lebenserfahrung von Lisbeth«, antwortete Daniela.

»Dafür habe ich auch nicht die Lebenserfahrung meines Vaters.« Bernd lächelte und reichte ihr den Arm. »Dort vorne sind Stufen. Nicht, dass du stolperst.«

Daniela vergewisserte sich mit einem Blick, dass er besorgt

war und sie nicht verspotten wollte. »Danke«, sagte sie und fühlte sich an seinem Arm sicherer.

»Ich bekomme langsam Probleme mit meinem Schwerpunkt«, meinte sie, als sie das Gebäude betraten.

»Das ist der Unterschied zwischen mir und meinem Vater. Er hätte die Rollstuhlzufahrt gesehen und dich dorthin geführt. Mit mir aber musstest du die Stufen hochsteigen.«

Nun war es an Daniela zu lächeln. »Laut Carolien bin ich in ausgezeichneter Verfassung. Da machen mir die paar Stufen nichts aus.«

Sie wurde ernst, als Max sie an der Pforte anmeldete. Kurz darauf erschien die Ärztin, die Daniela und Bernd bereits beim letzten Mal empfangen hatte.

»Guten Tag«, grüßte sie. »Ich kann Ihnen nicht sagen, wie froh wir alle sind, dass der unverzeihliche Zwischenfall nicht in einer Katastrophe geendet hat. Wie geht es Ihnen, Herr Christaller? Haben Sie Ihre Verletzung überwunden?«

Als Antwort lüpfte Bernd seinen Hut, sodass die Ärztin das Pflaster auf der kahlen Stelle sehen konnte. »Es heilt gut, nur die Haare lassen sich mit dem Wachsen Zeit.«

»In ein paar Monaten ist auch das vergessen. Folgen Sie mir bitte.« Die Ärztin führte sie in die Umkleidekabine und reichte ihnen dort Kittel und Überschuhe. »Wenn Sie den Patienten berühren wollen, dürfen Sie es nur mit Einmalhandschuhen tun.«

Lisbeth wollte ihren Sohn noch einmal streicheln und streckte die Hand aus. »Ich hätte gerne ein Paar Handschuhe.«

»Geben Sie mir bitte auch welche.« Es war für Daniela der Beschluss eines Augenblicks. Zwar wusste sie nicht, ob sie den in Koma liegenden Mann wirklich berühren wollte, doch es sollte zumindest möglich sein.

Sie folgten der Ärztin in die Station und standen schließlich vor Jens Sieberts Bett. Die Ärztin erklärte ihnen, dass es sich um eine Spezialanfertigung handele. »Der Druck des Körpers wird auf die gesamte Unterlage verteilt. Dies beugt Druckstellen vor, die sich entzünden und für den Patienten lebensgefährlich werden können«, setzte sie hinzu.

Lisbeth hörte ihr nicht zu, sondern trat zu ihrem Sohn. Seit Monaten lag Jens im Koma und wurde künstlich am Leben erhalten. In dieser Zeit war er schmal geworden, und das Gesicht wirkte wie das eines Toten. Obwohl seine Lider offen waren, spiegelte sich kein Leben in seinen Augen. Lisbeth konnte die Tränen nicht zurückhalten und legte ihm die Hand auf die Schulter.

»Jens! Mein Gott, warum nur?«, brachte sie heraus und begann dann zu schluchzen. Max legte einen Arm um sie und führte sie beiseite.

An ihrer Stelle stellte Daniela sich neben das Bett und blickte auf den jungen Mann herab, der seit Monaten dem Tod nur durch die Kunst der Apparatemedizin entging. Er musste hübsch gewesen sein, und ein wenig von seinem Draufgängertum spiegelte sich auch jetzt noch auf seinem Gesicht.

Sie fragte sich, was für ein Mensch er gewesen sein mochte. Wahrscheinlich hätte er ein Mädchen wie sie vor einem Jahr nicht einmal angesehen, und wenn doch, dann nur für einen Quickie, um sie dann sofort wieder zu vergessen.

Jetzt mache ihn nicht schlechter, als er vielleicht ist, rief sie sich zur Ordnung und berührte seine rechte Hand. Sie war kühl, aber nicht kalt wie die eines Toten. Kurz entschlossen hob sie seine Hand und legte sie sich auf den Bauch. Es war eine symbolische Geste, denn er spürte sicher nichts, aber irgendwie kam es ihr wie ein Band vor, das sie von nun an mit Jens Siebert und ihrem gemeinsamen Kind verband.

Max machte Lisbeth darauf aufmerksam. »Es war gut, dass du ihr erlaubt hast, hierherzukommen«, sagte er leise.

»Das war es gewiss«, antwortete Lisbeth mit einem schmerzhaften Lächeln.

Für sie war es, als würde Danielas Kind mit dieser Geste erst so richtig auch das ihres Sohnes werden. Gleichzeitig unterstrich sie die Tatsache, dass das Kleine auch zur Hälfte von Daniela stammte und diese nun ihre Schwiegertochter wurde.

»Ja, es war gut so, Max. Danke, dass du mir den Kopf zurechtgesetzt hast.« Lisbeth drücke seine Hand und sah dann Bernd an. Dieser betrachtete Daniela lächelnd, doch der überhebliche Spott, mit dem er es früher getan hatte, war verschwunden.

»Wir sollten wieder gehen«, sagte sie.

Daniela legte Jens' Hand zurück auf das Bett und atmete tief durch. Damit hat mein Kind durch mich seinen Vater kennengelernt, dachte sie, als sie sich zur Tür wandte. Es gab ihr das Gefühl, mehr zu sein als nur eine gemietete Hülle für das Kleine. Doch was würde werden, wenn es geboren war? Würde sie ihr Kind wirklich ganz Lisbeth überlassen können? Sie tröstete sich damit, dass sie ja die ersten beiden Jahre bei ihm bleiben durfte. Die Zukunftspläne, die sie sich für die Zeit danach ausgemalt hatte, erschienen ihr auf einmal so fremd, als beträfen sie jemand anderen. Sie seufzte und war schließlich froh, als sie die Klinik verlassen konnten.

»Jetzt sollten wir ein gutes Restaurant suchen und bald zu Abend essen«, schlug Max vor.

»Ich habe Hunger«, gab Daniela zu. »Dabei habe ich schon mehr als zehn Kilo zugenommen.«

Tatsächlich waren es noch ein paar mehr, doch zu ihrer eigenen Verwunderung war sie zu eitel, dies zuzugeben.

»Mit meinem Bordcomputer müsste ich etwas Passendes finden«, erklärte Bernd und öffnete ihr die Beifahrertür.

»Ich hoffe, es ist euch recht?«, fragte er Lisbeth und seinen Vater.

»Wir haben uns auf der Herfahrt nicht gegenseitig aufgefressen, also werden wir es auf der Rückfahrt auch nicht tun«, antwortete sein Vater und zwinkerte Lisbeth zu.

4.

Das Restaurant ist sauedel, dachte Daniela, als sie eintraten und von einem Kellner im Pinguinanzug, wie sie den Frack für sich nannte, zu einem Tisch geführt wurden. Messer und Gabel lagen dort in doppelter Ausführung, dazu kamen ein kleines Messer auf einem Teller sowie mehrere Gäbelchen und Löffelchen und eine große Stoffserviette mit eingesticktem Emblem des Restaurants.

So hatte sie noch nie gegessen und war entsprechend unsicher. Max bemerkte es und wies auf ihr Besteck. »Das kleine Messer ist für das, was man in Bayern ein Magentratzerl nennt. Das sind meistens kleine Weißbrotscheiben, auf die du mit dem Messer Butter oder etwas Ähnliches streichen kannst. Das normale Besteck benützt man von außen nach innen. Wie du siehst, sind das äußere Messer und auch die Gabel einen Hauch kleiner als die innen. Die einen sind für die Vorspeise, die anderen für das Hauptgericht. Die kleinen Gabeln und Löffel sind für das Dessert. Wenn du eine Suppe willst, bekommst du dafür einen Löffel extra.«

»Danke, Max. Ich habe das zwar irgendwo gelesen und auch schon im Fernsehen gesehen, aber wenn man selbst davor sitzt, sieht alles anders aus. Hoffentlich blamiere ich euch nicht. Mein Bauch ist mir doch etwas im Weg.«

»Gerade deswegen kannst du dich nicht blamieren«, wandte Bernd ein. »Man sieht dir deinen Zustand an und wird darauf Rücksicht nehmen. Außerdem kleckern Gäste in solchen Restaurants nicht weniger als die bei McDonald's.«

»Wenn du mich damit meinst, war ich bei deinem letzten Geburtstag zu sehr in mein Gespräch mit Lisbeth vertieft, um auf die Gabel achtzugeben«, erklärte Max mit einem leisen Lachen.

»Es hätte mich nicht gestört, wenn du dich bekleckert hättest. Aber du hast mein Kleid getroffen, und ich musste den Rest des Abends mit einem großen, roten Fleck herumlaufen, weil sich das Zeug nicht auf der Toilette herauswaschen ließ.« Lisbeth hatte begriffen, dass Max Daniela die Furcht, aufzufallen, nehmen wollte, und unterstützte ihn dabei.

Es half, denn Daniela wurde ruhiger. Während Max und Lisbeth sich für Wein entschieden, wählte sie einen Kräutertee mit einem fantastischen Namen, während Bernd Mineralwasser bestellte.

»Und, schmeckt dein Tee?«, fragte er Daniela, als diese davon probierte.

»Der Name ist glänzender als der Geschmack.«

»Davon kann ich ein Lied singen. Je grandioser die Namen von Speisen und Getränken sind, umso mehr kann man danebengreifen«, sagte Max und gab Beispiele, bei denen ihm dies passiert war.

Auch Lisbeth erzählte mehrere Anekdoten, und so entspann sich zwischen den beiden ein lebhaftes Gespräch, in das Bernd nur gelegentlich und Daniela noch seltener eingriff. Stattdessen sah sie den anderen beim Essen zu und versuchte es ihnen nachzumachen. Sie begriff rasch, dass man das Magentratzerl, die Suppe, die Vorspeise, den Hauptgang und den Nachtisch brauchte, um halbwegs satt zu werden, denn die Portionen waren von bescheidener Größe.

»Geht es, oder sollen wir für dich noch etwas bestellen?«, fragte Bernd.

Diese sah ihn mit einem mühsam unterdrückten Lachen an. »Du glaubst anscheinend auch, dass Schwangere für zwei essen müssen. Wenn ich das täte, würde ich auseinandergehen wie ein

Hefekuchen. Mir reicht es vollkommen, wenn ich mir zu Hause noch ein belegtes Brot mache.«

»Du machst es dir selbst?«, frage Lisbeth verwundert. Wenn sie etwas wollte, rief sie ihre Hausdame, und diese besorgte es ihr.

»Ich sehe nicht ein, weshalb ich Katrijn wegen eines Stück Brotes vom Fernseher oder von ihrer Zeitschrift wegholen soll.«

Lisbeth verkniff sich im letzten Augenblick zu sagen, dass diese dafür bezahlt wurde, es zu tun, da Daniela es auch auf sich hätte beziehen können. Dafür meldete sich Bernd zu Wort.

»Ich bin dafür, zu zahlen und nach Hause zu fahren. Dort kann uns Daniela ein paar belegte Brote machen. Ein bisschen Hunger habe ich immer noch.«

»Ich auch, mein Junge«, erklärte Max. »In ein Restaurant wie dieses sollte man nur halbwegs satt gehen. Dann kann man das Essen auch genießen. Für den schnellen Hunger ist es nichts.«

Bernd winkte den Ober zu sich und reichte ihm seine Kreditkarte. Nachdem er diese samt Beleg erhalten hatte, brachen sie auf. Während der Rückfahrt schwiegen sie, doch als Bernd vor Lisbeths Villa anhielt, forderte diese ihn und Max auf, noch auf ein Glas mitzukommen.

»Ich wäre auf alle Fälle geblieben, denn ich freue mich auf die Scheibe Brot, die Daniela machen wird.« Bernd grinste dabei so, dass Daniela nicht wusste, ob er sie verspotten wollte oder es freundlich meinte. Sie biss die Zähne zusammen und ging in die Küche. Annette hatte bereits Feierabend gemacht, doch sie wusste, wo sie alles finden konnte, und schnitt für Bernd und sich je ein Stück Brot ab. Während sie sich für Marmelade als Belag entschied, garnierte sie das für Bernd mit Schinken und legte ein kleines Gürkchen darauf.

Als sie damit zu den anderen zurückkam, saßen diese in

Lisbeths Wohnzimmer, hatten Gläser unterschiedlichen Inhalts vor sich stehen und unterhielten sich.

»Ich hoffe, es ist so richtig«, sagte Daniela unsicher, als sie den Teller mit dem Schinkenbrot vor Bernd absetzte.

»Das ist perfekt«, antwortete er und nahm es in die Hand.

»Soll ich noch Besteck holen?«, fragte Daniela.

Bernd schüttelte den Kopf. »So geht es besser. Es schmeckt sehr gut.«

»Dann hätte ich auch gerne ein Brot«, meldete sich Max.

»Was möchtest du trinken?«, fragte Lisbeth, als Daniela wieder gehen wollte.

»Mineralwasser ohne Sprudel bitte.«

Daniela kehrte in die Küche zurück, belegte das Brot für Max und trug es ins Wohnzimmer.

»Du solltest wissen, dass du nicht für diese Arbeit hier bist«, tadelte Lisbeth sie sanft. »Annette ist es gewohnt, auch zu später Stunde noch etwas zuzubereiten.«

»Lass Daniela die Freude«, wandte Bernd ein. »Außerdem hat das Brot ausgezeichnet geschmeckt. Annette hätte es nicht besser machen können.«

»Aber ich will nicht, dass sie …«, begann Lisbeth, brach aber ab. Stattdessen nahm sie Danielas rechte Hand und streichelte sie. »Es ist gut so – und wahrscheinlich besser, als wenn Linda Holmes auf meinen Vorschlag eingegangen wäre. Je mehr ich über das Mädchen nachdenke, umso mehr zweifle ich daran, dass es die richtige Frau für Jens gewesen wäre, falls ihr versteht, was ich meine.«

»Ich verstehe dich gut. Linda war hübsch, lebhaft und sehr oberflächlich«, stimmte Max ihr zu.

»Ich glaube nicht, dass Jens länger als ein Jahr mit ihr zusammengeblieben wäre«, warf Bernd ein. »Jens war von Lindas Aussehen fasziniert. Linda gefiel auch das seine, aber noch mehr die Stellung, die er als Juniorchef einer großen Firma einnahm. Mit ihm wäre sie in der High Society angekommen, zu der zu gehören sie so herbeisehnte. Ich fürchte, dass sie durch ihre Art seinen Hang, ihr zu zeigen, was für ein toller Kerl er ist, noch verstärkt hat.«

Lisbeth nickte bedrückt. »Diesen Eindruck habe ich auch gewonnen. Darum bin ich froh, dass wir jetzt Daniela haben. Ludwig hätte es gefallen, einen Enkel von ihr zu bekommen.«

Da sie nur selten von ihrem verstorbenen Mann sprach, begriffen Max und Bernd es als hohes Lob. Lisbeth meinte es auch ernst, denn Linda oder jede andere junge Frau, die sie kannte, hätte nach dem Streit in der letzten Woche ein ziemliches Theater gemacht. Zwar war auch Daniela erst mal auf Abstand gegangen, war aber vernünftig geblieben.

»Wir beide verstehen uns, nicht wahr?«, sagte sie lächelnd zu ihr.

Daniela zögerte einen Augenblick, nickte dann aber. »Ich glaube, das tun wir.«

Ihr Blick streifte Max, der Lisbeth mit einem sehnsüchtigen Ausdruck ansah. Wie es aussah, liebte er Lisbeth und diese wohl auch ihn, sonst wäre ihre eifersüchtige Reaktion nicht zu verstehen.

Unterdessen trank Bernd sein Mineralwasser aus und blickte auf seine Uhr. »Ich muss leider nach Hause. Der Tag beginnt morgen früh, denn ich muss das nächste Angebot angehen. Es geht um etliche Millionen, da darf Carl Siebert einfach nicht zum Zug kommen.«

»Das will ich auch nicht«, erklärte Lisbeth mit eisiger Stimme.

»Auch wenn es bedrückend war, Jens in dieser Verfassung zu sehen, war es ein schöner Ausflug. Wir sollten so etwas öfter machen«, schlug Max vor.

»Unbedingt«, stimmte ihm Bernd zu. »Mir tut es auch gut, etwas anderes zu sehen als mein Büro. Allerdings habe ich unter der Woche schlecht Zeit. Wie wäre es Samstag? Wir könnten gemeinsam nach Salzburg fahren. Da ihr beiden die Stadt gut kennt, könnt ihr Daniela die schönsten Stellen zeigen.«

»Das machen wir bei einer Fiakerfahrt. Letztes Mal sind wir nicht dazu gekommen«, rief Max erfreut.

»Du willst wirklich mitkommen?«, wunderte Lisbeth sich und atmete auf, als Bernd nickte.

»Ich sagte doch, ich muss auch einmal etwas sehen.« In erster Linie wollte Bernd dafür sorgen, dass sein Vater und Lisbeth Zeit fanden, miteinander zu reden. Vielleicht platzte dann endlich der Knoten, und die beiden verrieten, wie sie zueinander standen. Bernd liebte seinen Vater und mochte Lisbeth sehr, daher wünschte er ihnen, miteinander glücklich zu werden. In Gedanken versunken überhörte Bernd beinahe die Antwort seines Vaters.

»Lisbeth würde lieber nach Bozen fahren. Dort findet auf Schloss Runkelstein ein Konzert statt, an dem sie Interesse hätte. Du müsstest nur Daniela nach oben bringen. Den Aufstieg können wir ihr wirklich nicht mehr zumuten.«

»So schwerfällig bin ich noch nicht!«, protestierte Daniela.

»Das nicht, aber du müsstest in der Nacht wieder ins Tal absteigen, und das halte ich für zu gefährlich. Außerdem kann ich dann Tante Lisbeth und Vater mit nach unten nehmen. Sie müssten sonst zu Fuß ins Tal hinabgehen.«

Lisbeth lag auf der Zunge zu sagen, dass sie das noch schaffen würde, hielt es dann aber für besser, Bernd zuzustimmen. »Mir wäre es ehrlich gesagt auch lieber, wenn ich nach unten gefahren würde.«

»Dann musst du aber den ganzen Weg zweimal machen«, wandte Daniela an Bernd gewandt ein.

»Mit dem Auto ja, aber zu Fuß muss ich nur einmal hoch und einmal runter. Jetzt wünsche ich euch eine gute Nacht. Was ist mit dir, Paps? Bleibst du noch, oder kommst du mit?«

»Ich komme mit.« Max streichelte Daniela die Wange und wollte dann Lisbeth auf die Wange küssen. Da drehte sie leicht den Kopf, und für einen Augenblick berührten sich ihre Lippen.

5.

Der Ausflug in die Klinik und der Anblick von Jens Siebert hatten Daniela zugesetzt, denn sie träumte in der Nacht wirr und wachte am Morgen erst auf, als Carolien sie am rechten großen Zeh zupfte.

»Aufstehen, du Faultier! Hast du vergessen, dass wir heute früh joggen wollen?«, rief die junge Niederländerin fröhlich.

Daniela öffnete stöhnend die Lider. »Ist es schon so spät? Ich muss vorher etwas essen.«

Carolien zog Daniela die Decke weg und feixte. »Katrijns Superpowermüsli steht bereits auf dem Tisch. Also hoch mit dir und ab ins Bad!«

Mit einem leisen Fauchen kämpfte Daniela sich aus dem Bett und fand, dass sie wirklich schwerfällig geworden war. Sie ging ins Bad, putzte sich die Zähne und wusch sich kurz. Richtig duschen und sich pflegen würde sie nach dem Joggen. Mittlerweile war ihr Training weitaus leichter als zu Beginn ihrer Zeit in den Niederlanden und bestand mehr aus einem schnellen Schlendern. Auch ihre anderen Übungen waren so abgestimmt, dass sie ihren körperlichen Zustand stabilisieren sollten, ohne ihn zu belasten.

Daniela zog ihre Jogginghose an und streifte ihr T-Shirt über. Inzwischen hatte sie sich für die Größe 3XL entschieden, damit es nicht zu knapp am Körper saß und sie einengte. Die Socken und Schuhe konnte sie ebenfalls noch selbst anziehen, auch wenn es etwas mühsam war. Als sie wenig später das Esszimmer betrat, saßen Carolien, Nicolet und Katrijn bereits beim Frühstück. Sie erhielt einen speziell für schwangere Frauen zusammengestellten Kräutertee sowie das Müsli, dessen Rezept ebenfalls dem Leitfaden für schwangere Frauen entnommen worden war. Daniela fragte sich, ob anderen Frauen, die ein Kind erwarteten, der Geschmacksinn abhandengekommen war, denn sowohl der Tee wie auch das Müsli schmeckten nach gar nichts. Sie trank und aß trotzdem davon, da es der Entwicklung des Kindes förderlich sein sollte.

»Hat jemand von euch einen Kaugummi?«, fragte sie, um wenigstens einen Geschmack in den Mund zu bekommen.

Katrijn reichte ihr einen Streifen. »Kirsch-Menthol, so wie du es magst.«

»Danke schön.« Mit flinken Fingern wickelte Daniela den Kaugummi aus und steckte ihn in den Mund. Danach wandte sie sich zu Carolien um. »Wir können.«

»Soll uns der Chauffeur zum Park bringen oder gehen wir zu Fuß?«, fragte Carolien.

»Es sind doch nur fünfhundert Meter. Die werde ich wohl noch schaffen«, antwortete Daniela lachend und verließ das Esszimmer.

Carolien folgte ihr und hielt sie zurück, als sie ihr zu schnell ging. »Du musst doch etwas mehr achtgeben. Eine Schwangerschaft ist kein Schnupfen, sondern belastet deinen Körper extrem.«

»Ich merke es selbst«, gab Daniela seufzend zu.

Als sie den Eingang zum Park erreichten, bog eine ältere Mittelklasse-Limousine auf einen der Parkplätze an der Straße ein. Der Fahrer sah sie und hob seinen rechten Arm so, dass sein Gesicht verdeckt wurde. Kaum hatten die beiden den Park betreten, stieg er aus und blickte ihnen nach.

»Heute geht es nicht mehr«, murmelte er nach einem kurzen Blick auf die Zeitanzeige seines Handys. Es war Stengel, der nun doch stärker in die Sache einbezogen worden war, als er eigentlich beabsichtigt hatte. Er stieg wieder ins Auto und richtete eine winzige Kamera auf den Parkeingang. Danach kontrollierte er den Aufnahmewinkel mit seinem Laptop und nahm ein paar kleine Änderungen vor, bis er zufrieden nickte.

Mit einer anderen Kamera fotografierte er Daniela und Carolien und war dabei froh über seinen starken Zoom. Danach ließ er auf seinem Laptop ein Abgleichprogramm laufen und übertrug die Daten in den kleinen Computer, der die winzige Kamera im Auto steuerte. Sobald eine der beiden Frauen hier auftauchte, würde er ein Signal erhalten und konnte den Mann mit dem Killerhund losschicken.

Die Falle war gestellt und musste nur noch zuschnappen, dachte Stengel. Er ließ das Auto stehen und entfernte sich zu Fuß. Sobald die Sache gelaufen war, würde er den Wagen holen und ins Ausland verscherbeln. Zwar hatte er die Karre über mehrere Umwege von einem Autoverleiher besorgt, doch über diese Besitzverhältnisse ging er großzügig hinweg. Er wanderte zufrieden die Straße entlang und setzte sich schließlich auf die Terrasse eines kleinen Cafés. Eine halbe Stunde nachdem sie den Park betreten hatten, verließen Daniela und Carolien ihn wieder und spazierten gemütlich zu Lisbeths Villa zurück.

Stengel notierte sich die Zeit, die sie gebraucht hatten, und sagte sich, dass er den Mann, den er für diesen Job ausgesucht hatte, rechtzeitig informieren musste, wenn Daniela das nächste Mal den Park betrat, damit dieser nicht zu spät kam.

6.

Als Daniela und Carolien zur Villa zurückkamen, stand Haases Auto auf einem der Parkplätze. Daniela wollte trotzdem nach hinten gehen, doch da eilte Frau Winkler auf sie zu.

»Sie sollen zu Frau Dr. Siebert kommen.«

»Ich wollte mich jetzt duschen und massieren lassen«, wandte Daniela ein.

»Es dauert sicher nicht lange«, erwiderte Frau Winkler beschwichtigend.

Verwundert folgte Daniela ihr ins Arbeitszimmer der Hausherrin. Neben Lisbeth und Haase war noch ein Mann anwesend. Daniela schätzte ihn zwischen dreißig und vierzig. Er war knapp unter eins neunzig groß, breitschultrig und trug Jeans, ein T-Shirt und eine weite Jacke. Obwohl er mit scheinbar gelangweilter Miene an der Wand lehnte, bemerkte Daniela, dass er seine Umgebung aufmerksam beobachtete.

»Das hier ist Frau Reuss«, stellte Haase Daniela dem Mann vor. »Sie wird ab jetzt Ihr Schützling sein.«

Der Mann betrachtete Daniela kurz und nickte, ohne etwas zu sagen.

»Darf ich Ihnen Herrn Nuber verstellen, Frau Reuss? Er war bei der Bundeswehr und hat an etlichen Auslandseinsätzen teilgenommen. Mittlerweile ist er Personenschützer und – wie ich sagen kann – ein ausgezeichneter. Sie können vollkommen beruhigt sein. Herr Nuber wird Sie überallhin begleiten.«

»Auch zum Frauenarzt?«, fragte Daniela. »Bei dem habe ich heute Nachmittag wieder einen Termin.«

Bei den Worten erinnerte sie sich an Sofie Vandereelst. Mit

dieser hatte sie sich gut verstanden und vermisste sie sehr. Mit Tante Lisbeths Frauenarzt war sie bislang nicht warm geworden.

»Herr Nuber wird bis ins Wartezimmer mit Ihnen gehen«, antwortete Dr. Haase lächelnd und sah auf die Uhr. »So leid es mir tut, ich muss los. Der nächste Klient wartet.«

»Auf Wiedersehen.« Lisbeth reichte ihm kurz die Hand.

Auch Daniela verabschiedete sich von ihm. Danach blieb sie unsicher stehen. »Nach dem Duschen und der Massage würde ich mich gerne an meinen Laptop setzen und für die Prüfung lernen.«

»Tu das!«, forderte Lisbeth sie auf und wandte sich anschließend an Nuber. »Meine Hausdame wird Ihnen Ihr Zimmer zeigen. Sie können anschließend Ihr Gepäck holen, denn vor heute Nachmittag wird Daniela nicht mehr aus dem Haus gehen.«

Nuber nickte und folgte Frau Winkler nach draußen.

»Ein schweigsamer Mensch«, fand Daniela.

»Sein Job ist es, dich zu beschützen, und nicht, dich zu unterhalten.« Lisbeth lächelte und umarmte sie. »Ich bin froh, dass Nuber da ist. Ich habe immer noch Angst, mein Schwager könnte etwas gegen dich unternehmen.«

»Vielleicht hat er bereits aufgegeben.«

Lisbeth schüttelte den Kopf. »Carl Siebert ist keiner, der nach einem Fehlschlag aufgibt. Mit Sicherheit brütet er etwas aus, und deswegen habe ich Nuber engagiert.«

»Dann wollen wir hoffen, dass es nicht notwendig sein wird.«

Eine gute halbe Stunde später saß Daniela vor ihrem Laptop und ging den Stoff durch, den sie lernen musste. Einige Dinge erschienen ihr überflüssig, während andere, in ihren Augen wichtige Probleme erst gar nicht angeschnitten wurden. Dann aber sagte sie sich, dass es ihr gleichgültig sein konnte. Sie benötigte das Abitur, um studieren zu können, ob sie das Gelernte nun brauchen konnte oder nicht.

Das Mittagessen nahm sie mit den drei Niederländerinnen ein, denn Nuber ließ sich nicht sehen.

Katrijn musterte sie nachdenklich. »Ich bin gespannt, was der Frauenarzt sagt. Vielleicht verbietet er dir, zu viel zu trainieren.«

»Das wäre nicht gut«, wandte Nicolet ein. »Daniela sollte sich zwar nicht anstrengen, aber eine gewisse Bewegung tut dem Körper gut. Auch wird sie die Geburt besser durchstehen, wenn sie in guter Verfassung ist.«

»Das ist auch meine Meinung«, stimmte Carolien ihr zu. »Wir haben das Training ihrer fortschreitenden Schwangerschaft angepasst. Sie sollte es so lange durchhalten, wie es ihr möglich ist.«

»Weißt du schon, wie du das Kind zur Welt bringst? Auf natürliche Art oder durch Kaiserschnitt?«, wollte Katrijn wissen.

»Lisbeth möchte, dass es auf natürlichem Weg geschieht, das sei für das Kind gesünder und mit weniger Risiken behaftet«, antwortete Daniela.

»Und was willst du?«, bohrte Katrijn weiter.

»Ein Kaiserschnitt würde zwar schnell und ohne langes Warten gehen. Aber ich habe zu viel Angst vor einem so schwerwiegenden Eingriff. Es würde Wochen dauern, bis alles vollständig verheilt ist.«

»Was sagt der Frauenarzt?«

»Sehr wenig. Meistens überlässt er mich einer Kollegin, die in seiner Praxis arbeitet.«

»Das solltest du Frau Dr. Siebert sagen. Sie denkt, dass ihr Frauenarzt sich persönlich um dich kümmert.« Katrijn war über Lisbeths Köchin Annette und über Frau Winkler besser über alles informiert, was im Haushalt geschah, als Daniela.

Diese winkte ab. »Ich bin ganz froh, wenn ich möglichst wenig mit diesem Arzt zu tun habe. Allerdings ist seine Assistentin kein richtiger Ersatz für Sofie Vandereelst.«

»Das ist schade«, sagte Nicolet. »Hast du deinen Bodyguard schon kennengelernt?«

»Habe ich. Aber glaubt ihr wirklich, dass ich einen Gorilla brauche? Ich komme mir fast vor wie diese amerikanische Zicke von Haus Nummer eins, mit der wir unser Vergnügen hatten.«

»Der hast du es aber gezeigt«, meinte Carolien lachend. »Wenn ich daran denke, wie du all unsere Nachbarn dazu gebracht hast, sie und ihre Leute zu blockieren. Muss die sauer gewesen sein.«

»Und das nur, weil sie nicht ihre ganz speziellen Brötchen von dem extra dafür ausgesuchten Bäcker zum Frühstück bekommen hat. Was für eine dumme Kuh.«

Auch Katrijn grinste breit, während Nicolet einwarf, dass eine Kuh ein wertvolles Nutztier sei, was man von jener Frau nicht sagen könne.

Nun lachte Daniela ebenfalls. Es ist gut, dass wenigstens noch die drei bei mir sind, dachte sie, wenn sie schon auf Sofie Vandereelst und die Sportärztin hatte verzichten müssen.

Am Nachmittag wurde Daniela zum Frauenarzt gebracht. Am Steuer saß Carolien, sie selbst und Nicolet hatten es sich auf den Rücksitzen bequem gemacht. Nuber hatte den Beifahrersitz gewählt und sah sich während der Fahrt aufmerksam um.

Da Daniela von Lisbeth geschickt wurde, musste sie nicht warten, sondern durfte sofort in einem Behandlungszimmer Platz nehmen. Zu aller Erleichterung gab es keine Probleme, und so konnte Carolien den Trainingsplan für die kommende Woche aufstellen. Ihr war wichtig, dass Danielas Muskeln nicht erschlafften und sie der Geburt ihres Kindes in einem guten körperlichen Zustand entgegensah.

Anschließend fuhren sie zu einem Café, das Katrijn von Annette empfohlen worden war. Während Carolien und Nicolet schwarzen Tee und Kaffee tranken, gönnte Daniela sich eine

Trinkschokolade und ein kleines Croissant. Nuber saß an einem Nebentisch, hatte vor sich ein Glas Wasser, von dem er kaum trank, und behielt das Café und dessen Umgebung im Auge.

Seine Anwesenheit dämpfte die Stimmung ein wenig. So wie er saß kein Mann in einem Café, der nur eine Kleinigkeit trinken wollte. Daniela fragte sich, wie er als Personenschützer Erfolg haben wollte, wenn er so deutlich nach einem Gorilla aussah.

Wahrscheinlich hatte er bisher Prominente oder Politiker bewacht, und diese brauchten einen Ring misstrauischer Kleiderschränke um sich herum. Schließlich zuckte sie mit den Achseln. Ihr konnte es gleichgültig sein, solange Nuber rechtzeitig zur Stelle war, wenn tatsächlich etwas passieren sollte. Ob er sie allerdings vor der auf sie stürzenden Drohne hätte schützen können, bezweifelte sie.

Es war daher besser, wenn auch sie die Augen aufhielt. Mit dem Gedanken streichelte sie sanft ihren Bauch und lächelte, als sie eine Bewegung unter den Fingern fühlte. Nein!, sagte sie sich. Wir beide werden es schaffen und nicht so kurz vor der Ziellinie scheitern.

7.

Am nächsten Tag war das Joggen im Park auf zwei Stunden nach dem Mittagessen angesetzt worden. Diesmal waren Daniela und Carolien nicht allein, denn Nuber kam mit. Im Gegensatz zu ihnen hatte er sich nicht sportlich gekleidet, sondern trug Jeans, ein dunkles T-Shirt und eine um eine Nummer zu große schwarze Lederjacke, die sein Schulterhalfter mit der Pistole verbarg.

Obwohl er sich auf dem Weg zum Park gewissenhaft umsah, entging auch ihm die kleine Kamera in dem abgestellten Auto. Kaum hatte Daniela den Aufnahmebereich passiert, lief in dem im Wagen verborgenen Computer ein Abgleichprogramm an. Es erkannte sie und gab die Nachricht in Form einer vorbereiteten SMS weiter.

Als Stengel die Meldung las, grinste er breit und tippte eine Nummer ein. Eine nervöse Männerstimme meldete sich.

»Ja, was gibt's?«

»Es ist so weit. Du weißt, was du zu tun hast?«

»Glaub schon.«

»Ich erkläre es dir trotzdem noch einmal«, sagte Stengel. »Du lässt dich von deinem Kumpel zum Park fahren. Dort steigst du mit dem Hund aus und suchst die Frau. Sobald du sie entdeckt hast, hetzt du den Hund auf sie. Pass auf, dass du die Schwangere erwischst und nicht ihre Begleiterin oder eine andere Frau. Dann bekommst du nicht nur kein Geld, sondern auch einen Haufen Ärger.«

»Das krieg ich schon hin«, kam es gepresst zurück.

»Dann los!« Stengel beendete das Gespräch und rief ein Taxi. Zehn Minuten später war er bei dem Auto am Park, bezahlte den

Taxifahrer und stieg in den Wagen. Dabei war er froh, dass man ihm, wenn Mike die Sache richtig machte, nicht das Geringste würde nachweisen können.

Unterdessen umrundete Daniela in leichtem Zuckeltrab den Park. Carolien hielt sich neben ihr, während Nuber ihnen im Abstand von mehreren Metern mit langen Schritten folgte. Für einen Außenstehenden sah es so aus, als hätte er nichts mit den beiden Frauen zu tun.

Das dachte auch der junge Mann, der mit einem großen, kräftigen Hund in den Park kam und diesen kaum bändigen konnte. Er sah sich gehetzt um, entdeckte die beiden langsam laufenden Frauen und atmete auf. Im nächsten Augenblick kniff er die Augen zusammen.

»Daniela? Das ist doch unmöglich.«

Verwirrt blieb er stehen und hielt den Hund mühsam am Halsband zurück. Obwohl Daniela noch ein Stück von ihm entfernt war, sah er, dass ihr Trainingsanzug und ihre Laufschuhe aus keinem Billigladen stammen konnten. Entweder hatte sie das Zeug geklaut, oder sie war in Kreise geraten, denen es nicht an Geld mangelte. Außerdem war sie hochschwanger! Das Weibsstück hatte sich also einen reichen Kerl geangelt, der sie aushielt.

Mike dachte neiderfüllt, dass sie es offenbar gut getroffen hatte, während er für einen windigen Detektiv Dinge tun musste, die, wenn sie aufkamen, einen längeren Aufenthalt in einer Justizvollzugsanstalt nach sich zogen.

Sein Gefühl riet ihm, die Sache sein zu lassen, doch ihn lockte das Geld, das Stengel ihm versprochen hatte. Immerhin war er bereits zwei Monate mit der Miete im Rückstand, und seine neue Freundin meckerte seit Wochen, er solle endlich Geld verdienen. Die einfachste Methode, daran zu kommen, verweigerte sie ihm jedoch. Ebenso wie Daniela war auch Susi nicht bereit, sich für andere Männer hinzulegen und dafür die Hand aufzuhalten.

»Verdammte Weiber!«, schimpfte er, nahm dem Hund den Maulkorb ab und ließ ihn los.

8.

Daniela hatte sich mit Carolien unterhalten und dabei nicht auf den Typen mit dem braun gestromten Hund geachtet. Als sie aus den Augenwinkeln eine Bewegung wahrnahm, drehte sie sich um und sah den Hund mit langen Sätzen auf sich zukommen. Carolien entdeckte ihn ebenfalls, schrie auf und blieb vor Angst erstarrt stehen.

Tausend Gedanken schossen Daniela im Bruchteil einer Sekunde durch den Kopf. Bis Nuber eingreifen konnte, würde es zu spät sein. Auch wusste sie nicht, was ihr Leibwächter unternehmen konnte, wenn der Hund sich in sie oder in Carolien verbissen hatte.

Da war das Tier auch schon heran. In einer Reflexbewegung wich Daniela zur Seite und war froh um die Beweglichkeit, die ihr das Training trotz ihres Umfangs noch ließ. Gleichzeitig hieb sie dem Hund mit beiden Fäusten auf die Schnauze. Die flotte Lola, ihre einstige Nachbarin, hatte ihr mal erzählt, dass Hunde danach davonlaufen würden. Der hier dachte jedoch nicht daran. Er schoss an ihr vorbei, drehte sich um seine Achse und stürmte erneut auf sie los.

Verzweifelt schlug Daniela mit ihrer Rechten nach der Schnauze, doch da hob das Tier leicht den Kopf, und sie sah entsetzt, wie ihre Hand in dessen Maul verschwand. Wenn der Hund jetzt zubiss, war es vorbei, schoss es ihr durch den Kopf. Da spürte sie etwas Weiches zwischen ihren Fingern. Es war die Zunge des Tieres. Daniela packte zu, schlug ihre Fingernägel hinein und zerrte mit aller Kraft daran.

Der Hund blieb ruckartig stehen und würgte. Gleichzeitig stemmte er sich gegen sie, um seine Zunge zu befreien. Daniela begriff nur eines: Sie durfte nicht loslassen, sonst würde der Hund Hackfleisch aus ihr machen. Die Sekunden dehnten sich zu Minuten. Während ihre Finger immer mehr verkrampften, sah sie einen Schatten neben sich auftauchen.

Jemand rief: »Vorsicht!« Dann knallte es zweimal, und der Hund sank in sich zusammen. Er versuchte noch, die Kiefer zu schließen, aber sie ließ schnell genug die Zunge los und zog die Hand zurück.

»Daniela, geht es dir gut?«, fragte Carolien, die schreckensbleich zu ihr trat.

Daniela blickte auf den toten Hund zu ihren Füßen, auf die Pistole in Nubers Hand und auf ihren rechten Arm. Ihren Fingern war nichts passiert, doch ihr Handgelenk blutete an mehreren Stellen und schmerzte.

»Ich glaube, er hat mich gebissen«, sagte sie mit zitternder Stimme.

Sofort nahm Nuber ihren Arm, streifte den Ärmel des Sweatshirts hoch und sah nach. »Die Verletzungen sind zum Glück nicht tief. Sie müssen aber schnellstens versorgt werden, um eine Infektion zu vermeiden«, erklärte er mit verkniffener Miene. »Es tut mir leid, ich bin zu unvorsichtig gewesen. Ich hätte vor Ihnen gehen müssen.«

»Es konnte ja keiner ahnen, dass irgendwo ein Idiot seinen Hund laufen lässt«, antwortete Daniela und rieb sich mit der linken Hand über die Stirn. Sie hatte den Kerl nur Bruchteile von Sekunden gesehen, hätte aber schwören können, dass es sich um ihren Ex-Freund Mike gehandelt hatte, dem sie das Kokain in ihrem Schrank und damit das halbe Jahr Gefängnis zu verdanken hatte.

Unterdessen kamen weitere Parkbesucher herbei. Einige schimpften über die unverantwortlichen Halter, die ihre Hunde frei herumlaufen ließen, andere griffen Nuber mit heftigen Worten an, weil er das Tier erschossen hatte.

»Haben Sie überhaupt einen Waffenschein?«, fragte ein kleiner, dicklicher Mann giftig.

Nuber kümmerte sich nicht um ihn, sondern tätigte mehrere Anrufe und wandte sich dann an Daniela. »Ich habe die Polizei informiert und einen Krankenwagen für Sie angefordert. Glauben Sie, dass Sie es zu zweit in die Klinik und zurück schaffen? Ich muss leider hierbleiben, bis die Beamten eintreffen.«

Daniela sah ihm an, wie sehr es ihn wurmte, dass es ihm nicht gelungen war, sie vor dem Hund zu beschützen. Ohne ihn, sagte sie sich, wäre es allerdings schlimm ausgegangen. Lange hätte sie die Zunge des Höllenviehs nicht mehr festhalten können. Dann aber wäre vermutlich nicht nur sie, sondern auch Carolien dem Biest zum Opfer gefallen.

»Ich glaube, Lisbeth … Frau Dr. Siebert, hat Sie zur richtigen Zeit engagiert«, sagte sie zu Nuber.

»Es wäre mein Job gewesen, es zu verhindern«, antwortete er tonlos. »Wenn Sie nicht so cool reagiert hätten, würde ich jetzt wie der letzte Depp dastehen.«

»Es bringt nichts, wenn Sie sich jetzt mit Selbstvorwürfen martern«, tadelte Daniela ihn. »Machen Sie weiterhin Ihren Job! So wie es aussieht, brauche ich dringend Ihren Schutz.«

Sie fragte sich, wieso ihr Ex-Freund den Hund auf sie gehetzt hatte. War er etwa von Carl Siebert auf sie angesetzt worden? Wenn ja, war die Aktion hirnrissig gewesen. Im Park waren außer ihr und Carolien noch andere unterwegs gewesen. Ihr Blick streifte eine Mutter mit zwei kleinen Kindern. Die drei wären nicht wie sie mit ein paar Schrammen am Handgelenk davongekommen.

Trotz der leichten Verletzung war Daniela froh, als der Krankenwagen vorfuhr und ihr zwei Sanitäter hineinhalfen. In einem Roman, dachte sie, würden die zwei zu den Schurken gehören und sie entführen. So aber brachten die Männer sie und Carolien in die nächste Klinik.

Ein junger Arzt inspizierte die Risse auf ihrem Handgelenk, wusch sie mit einem Zeug aus, das elend brannte, und legte einen Verband um Unterarm und Hand.

»Wie steht es mit Ihrem Impfschutz?«, fragte er dabei.

»Alles ziemlich frisch«, antwortete Daniela. Man hatte sie beim Antritt ihrer Gefängnisstrafe durchgecheckt und sämtliche Impfungen nachgeholt.

»Glauben Sie, dass der Hund Tollwut hatte?«, fragte der Arzt weiter.

»So genau habe ich ihn mir nicht angesehen«, meinte Daniela.

»Ich möchte Sie wegen Ihrer Schwangerschaft ungern impfen. Doch wenn es nicht anders geht, müssen wir es tun. Ich werde umgehend Kontakt mit der Polizei aufnehmen, um die Untersuchungsergebnisse des Hundes zu erhalten. Sie sollten mir noch Ihren Frauenarzt nennen. Ich möchte ihn über die Sache informieren, damit er notfalls die Entscheidung treffen kann, was getan werden muss«, fuhr der Arzt fort.

Daniela teilte ihm den Namen mit und verabschiedete sich.

Draußen wartete Carolien auf sie. »Ich habe zu Hause angerufen. Frau Winkler will Frau Dr. Siebert informieren, damit sie ihren Chauffeur schickt. Ein Taxi sollen wir nicht nehmen.«

Daniela schnaubte leise. »Ich würde ungern warten, denn ich möchte mich hinlegen.«

»Es wird nicht lange dauern«, versuchte Carolien sie zu beruhigen und griff nach einer Zeitschrift. Auch Daniela nahm eine, sah aber, dass es sich um eine Zeitung mit medizinischen Themen handelte, und legte sie wieder hin. Sie hatte im Moment kein Interesse an Hämorrhoidensalbe und Einlagen wegen Blasenschwäche.

Eine halbe Stunde später kam Bernd herein. Seine Miene war angespannt, und er atmete sichtlich auf, als er Daniela im Warteraum sitzen sah.

»Was machst du denn für Sachen?«, sagte er zur Begrüßung.

»Ich habe gar nichts gemacht!«, fauchte Daniela ihn an. »Ein großer Hund ist auf mich losgegangen. Wir müssen unbedingt herausfinden, ob er Tollwut hatte. Sie wollen mich dann impfen, auch wenn es dem Kind schaden könnte.«

»Das Kind ist im Augenblick nebensächlich. Es geht um dich! Was ist eigentlich passiert? Was war da mit einem Hund? Ich habe nur erfahren, dass du dich im Park verletzt hättest.«

»Ein Kampfhund – eine riesige Bestie! – hat uns angegriffen! Er hätte uns beide gefressen, wenn Daniela nicht richtig reagiert und ihn an der Zunge gepackt hätte«, berichtete Carolien aufgeregt.

»An was gepackt?«, fragte Bernd verdattert.

»Ich habe seine Zunge festgehalten, sodass er anfing zu würgen«, antwortete Daniela. »Dabei habe ich mich am Handgelenk verletzt. Wenn das Viehzeug keine Tollwut hatte, ist das ein Klacks.«

»Es hat ganz schön geblutet«, wandte Carolien ein.

»Aber jetzt ist alles verbunden. Ich trage auch meinen Kopf nicht unter dem Arm und kann daher nach Hause fahren und mich ins Bett legen.«

Daniela klang genervt. Der Tag war hart gewesen, und sie wollte endlich das Krankenhaus verlassen.

9.

So schnell, wie Daniela gehofft hatte, kam sie nicht ins Bett. In der Villa warteten Lisbeth, Katrijn, Nicolet, Annette und Frau Winkler auf sie und überschütteten sie und Carolien mit Fragen.

»Ich werde Dr. Haase anrufen und sagen, dass sein Personenschützer ein Fehlgriff war«, erklärte Lisbeth verärgert, als Carolien am Ende ihres Berichts angelangt war.

»Ohne Nuber wären wir vielleicht nicht mehr am Leben«, wandte Daniela ein. »Er hat das Vieh erschossen, bevor es richtig zubeißen konnte.«

»Es ging alles viel zu schnell. Selbst James Bond hätte nicht besser reagieren können«, ergänzte Carolien.

Bevor das Gespräch weitergeführt werden konnte, traf Max ein. Auch er atmete auf, als er Daniela recht munter im Sessel sitzen sah. »Gott sei Dank geht es dir gut! Ich habe mir riesige Sorgen gemacht, als Lisbeth mich angerufen und berichtet hat, ein Hund hätte dich im Park angefallen.«

»Unser Bodyguard hat das Vieh erlegt, bevor es Schaden anrichten konnte«, antwortete Daniela.

»Aber das konnte er nur, weil du den Hund an der Zunge gepackt hattest und er deswegen nicht zubeißen konnte«, setzte Carolien hinzu. »Ich hingegen bin eine Versagerin, denn ich war so erstarrt, dass ich nicht einmal mehr vor Angst zittern konnte.«

»War es ein Anschlag?«, fragte Max.

Daniela zuckte unschlüssig mit den Achseln. »Kann sein, muss aber nicht. Auf jeden Fall …« Sie brach ab und kniff die Lippen zusammen.

»Was ist auf jeden Fall?«, bohrte Bernd nach, da er ahnte, dass sie etwas verschwieg.

Nach kurzem innerem Kampf senkte Daniela den Kopf. »Ich habe den Typen kurz gesehen, der den Hund bei sich hatte. Er sah aus wie mein Ex-Freund Mike. Ich weiß nicht, ob es Absicht war. Vielleicht hat er den Hund aus Überraschung losgelassen, als er mich gesehen hat, oder aus Angst, ich könnte ihn zur Rede stellen.«

»Was auch immer – du hättest getötet werden können!«, erklärte Bernd mit ernster Stimme.

Er musterte Daniela mit einem seltsamen Blick. Sein Vater merkte es und hob kurz die Augenbrauen. Dann wandte er sich lächelnd an Lisbeth.

»Nach diesem Vorfall sollte Daniela etwas Schönes sehen. Wie wäre es, wenn wir mit ihr zusammen an den Gardasee fahren?«

Auch wenn Lisbeth einige Tage zuvor noch erklärt hatte, sie sähe sich bei einer solchen Reise als fünftes Rad am Wagen an, nickte sie. »Es ist wirklich besser, wenn sie für ein paar Tage von hier fortkommt, damit sie diese scheußliche Sache vergisst.«

»Ich halte eine kleine Reise für eine gute Idee«, mischte sich Bernd ein. »Das letzte Angebot ist eingereicht, und ich kann mir ein paar Tage freinehmen. Allerdings würde ich nicht zum Gardasee fahren, sondern nach Venedig, denn dort ist es flacher. Daniela will sicher nicht bergauf und bergab steigen.«

Max wandte sich an Lisbeth. »Wenn du nichts dagegen hast? Ich wäre dabei.«

Diese musterte kurz Bernd und nickte. »Dann fahren wir eben nach Venedig. Allerdings nur wir vier und so schnell, wie es irgend geht.«

»Ich müsste nur noch schnell nach Hause und meinen Koffer packen«, sagte Max und sah dann seinen Sohn an. »Und wie ist es mit dir?«

»In der Firma ist die Lage derzeit ruhig genug, dass ich ebenfalls aufbrechen könnte. Ich muss nur Hübner anrufen, dass er die Sache allein schaukeln soll, und ebenfalls meinen Koffer packen.«

»Mir wäre es lieb.« Lisbeth war der Hundeangriff auf Daniela in die Glieder gefahren, und sie wollte diese so rasch wie möglich wegbringen.

10.

Mike, der verhinderte Hundeattentäter, wagte es nach seinem Fehlschlag nicht, zu Stengel zu gehen. Zwar hatte er nach Nubers Schüssen sofort den Park verlassen, war dann aber ziellos umhergeirrt, bis er eine Kneipe entdeckt und sich gedacht hatte, dass ein Bier oder zwei seinen flatternden Nerven guttun würde.

Während er trank, liefen die entscheidenden Szenen in seinen Gedanken ab. Mittlerweile war er überzeugt, dass die Frau, die der Hund hatte angreifen sollen, seine frühere Freundin Daniela gewesen war.

»Der scheint es ja gut zu gehen«, murmelte er, nachdem er sich das nächste Bier bestellt hatte.

Er hingegen pfiff aus dem letzten Loch. Seine jetzige Flamme stellte sich beim Klauen höchst ungeschickt an und hatte aus Nervosität schon mehrmals Sachen fallen gelassen. Der Drogenhandel lief ebenfalls schlecht, seit die Polizei mehrere seiner Stammkunden mit zu viel Stoff in der Tasche erwischt hatte. Dabei hatte er sich kurz zuvor mit genügend Kokain eingedeckt und sein letztes Geld dafür ausgegeben. Jetzt saß er auf dem Zeug und musste sich erst einen neuen Kundenstamm aufbauen. Wie schwer das war, sah er am Beispiel eines Freundes. Der war an einen zivilen Fahnder der Polizei geraten und sah jetzt mit wenig Hoffnung seinem Prozess entgegen.

Da er kein Geld bei sich hatte, ließ er das letzte Bierglas halbvoll stehen und ging zur Toilette. Die lag jenseits des Flurs in der Nähe der Eingangstür. Mike nützte dies aus, um zu verschwinden, ohne zu bezahlen. Draußen legte er erst einmal ein paar hundert Meter zwischen sich und die Kneipe und suchte danach die nächste Bushaltestelle, um nach Hause zu fahren.

Als er dort ankam, war seine Freundin unterwegs und der Kühlschrank ebenso leer wie die Bierflaschen, die in einer Ecke der Küche gestapelt waren. Mit einem gewissen Ärger dachte er daran, dass Daniela die Flaschen längst zum Supermarkt gebracht und das Pfand dafür kassiert hätte, um damit einkaufen zu können. Susi, mit der er jetzt zusammenwohnte, vergaß das immer wieder und war eher eine Last als eine Hilfe. Auch im Bett lief nicht mehr viel.

»Es ist eine Schande, dass Daniela jetzt aus dem Vollen schöpfen kann und ich in dieser Bruchbude sitzen muss!«, schimpfte er und wollte schon selbst die Bierflaschen wegbringen, um sich für das Pfandgeld zwei, drei volle Flaschen zu besorgen.

Da kehrten seine Gedanken zu Daniela zurück. Sie hatte nicht so ausgesehen, als müsste sie Angst davor haben, dass ihr Vermieter sie auf die Straße setzen könnte. Es müsste doch herauszufinden sein, wo sie wohnte. Vielleicht konnte er sie dazu bewegen, ihm ein paar Scheine abzudrücken. Auch wenn sie sauer auf ihn war, weil er sie mit dem in ihrem Schrank versteckten Kokainpäckchen gelinkt und nun den Hund auf sie losgelassen hatte, würde sie sicher nicht wollen, dass er ihrem neuen Freund steckte, eine Knastschwester auszuhalten.

Kurz entschlossen kehrte er zu dem Park zurück, in dem er Daniela gesehen hatte. Weit von hier, dachte er, konnte Daniela nicht wohnen. Sonst würde sie nicht zu Fuß hierherkommen. Er schlenderte durch die Straßen und las bei einigen Häusern die Klingelschilder, begriff aber schon bald, dass er verdammt viel Glück brauchen würde, um Daniela zu finden.

Die ersten Straßen säumten normale Wohnblocks. Später wanderte er an Ein- und Zweifamilienhäusern vorbei, bis er schließlich in ein Nobelviertel geriet. Die Villen, die hier standen, lagen in großen Grundstücken, von denen jedes bei den hiesigen Grundstückspreisen mehrere Millionen wert war. Auch die Häuser waren vom Feinsten. Wer hier wohnte und Kokain schnupfte, musste es nicht von einem kleinen Straßenhändler wie ihm kaufen. Mike fluchte auf die bessere Gesellschaft, die sich alles leisten konnte, was ihm versagt blieb, und wünschte sich gleichzeitig, eine dieser großen Villen würde ihm gehören.

Da er nicht glaubte, dass Daniela es hierhergeschafft hatte, wollte er schon wieder gehen. Da fuhr eine große Limousine aus einer Einfahrt heraus. Ein junger Mann mit affigem Hut saß am Steuer, und neben ihm befand sich Daniela. Auf den Rücksitzen hatte ein älteres Paar Platz genommen.

Mike drückte sich hinter einen der Alleebäume, starrte dem Wagen nach und schüttelte verdattert den Kopf. Zwar hatte er gewusst, dass Daniela ein vifes Mädchen war, aber dass sie sich gleich einen Kerl aus einer solchen Villa angeln würde, hatte er nicht erwartet. Wenn er es geschickt anfing, konnte ihm diese Tatsache mehr einbringen als sein derzeit arg reduzierter Rauschgifthandel. Er musste nur herausfinden, wer hier wohnte.

Ein Blick auf das Klingelschild verriet ihm, dass die Leute Siebert hießen. Damit und mit der Adresse ließe sich schon etwas anfangen.

Mike kehrte zufrieden nach Hause zurück, schaltete den Laptop ein, den er letztens geklaut hatte, und loggte sich in das WLAN eines Nachbarn ein, der so dumm gewesen war, ihm sein Passwort zu verraten. Eine halbe Stunde später wusste er, dass die Besitzerin der Villa Lisbeth Siebert hieß und es mit Jens Siebert einen Sohn im passenden Alter gab. Wer der ältere Mann war, den er auch im Wagen gesehen hatte, hatte er nicht herausgefunden.

»Ist auch nicht wichtig«, sagte er, als er den Laptop wieder zusammenklappte. »Hauptsache, ich weiß, wer der Macker ist, den Daniela sich geangelt hat.«

ACHTER TEIL
Schöne Tage

1.

Bernd musste nur in Danielas Gesicht schauen, um zu erkennen, wie sehr sie sich freute. Bislang war Venedig für die junge Frau ein fernes Ziel gewesen und ebenso unerreichbar wie China oder der Nordpol. Der Anblick der alten Palazzi, die die Kanäle säumten, war jedoch auch für ihn imponierend. Dabei waren sie bis jetzt noch nicht in den Stadtteilen gewesen, die wegen ihrer Einmaligkeit von den Touristen förmlich überschwemmt wurden.

Einen Augenblick lang dachte Bernd an Jens' Freundin Linda Holmes. Diese hätte vermutlich gemeckert, weil er kein Hotel im Zentrum der Stadt, sondern in der Giudecca gebucht hatte und sie mit dem Vaporetto fahren mussten. Für Daniela hingegen gab es nichts Schöneres, als sich mit einer Tageskarte in ein Vaporetto zu setzen und die gesamte Rundfahrt mitzumachen.

»Es ist schön, nicht wahr?«, meinte Lisbeth zu ihr.

»Wunderschön.«

»Wir sollten morgen zum Markusplatz fahren und eine Fahrt mit einer Gondel auf dem Canale Grande machen«, schlug Max vor.

»Eine Gondelfahrt ist doch sehr teuer.« Daniela gelang es im letzten Moment, das »verdammt teuer« zu vermeiden.

»Von irgendwas müssen die Gondoliere leben«, erwiderte Bernd lächelnd. »Auch wenn das ganze Jahr über Touristen nach Venedig kommen, werden sie im Winter und bei schlechtem Wetter nicht viel Geschäft machen.«

Daniela nickte. »Das verstehe ich. Aber mir ist das Vaporetto trotzdem lieber.«

»Die sind zwar billiger, aber nicht so romantisch. Oder was meinst du, Lisbeth?«, fragte Max.

»Wir haben schönes Wetter, es ist warm, und ich habe Lust auf eine Gondelfahrt«, antwortete Lisbeth.

»Wenn die Chefin das sagt, müssen zwei kleine Angestellte wie wir wohl spuren.« Bernd zwinkerte Daniela dabei zu, damit sie ihm die Angestellte nicht krummnahm.

Er überlegte, ob er eine gemeinsame Fahrt vorschlagen sollte, bei der sie alle vier in einer Gondel sitzen würden. Es könnte zwar nett werden, aber sicher nicht romantisch. Sein Blick suchte seinen Vater und Lisbeth. Zwar vertrugen sich die beiden wieder bestens, könnten aber einen kleinen Schubs in die richtige Richtung gewiss noch vertragen.

»Hast du etwas dagegen, mit mir zu fahren?«, fragte er Daniela.

»Nein, natürlich nicht. Aber ist so eine Gondel nicht groß genug für uns alle?«

»Wir sähen dann aus wie Bustouristen aus Hammehinkel, die zusammengelegt haben, um sich eine kurze Gondelfahrt leisten zu können«, antwortete Bernd.

»Hammehinkel? Wo liegt das?«, fragte Daniela interessiert.

»Das liegt gleich hinter Hintertupfing.«

»Lass dich von Bernd nicht tratzen«, sagte Max lachend. »Außerdem sollte er nicht über Bustouristen spotten. Von denen haben wahrscheinlich die meisten mehr Freude an einem Aufenthalt in Venedig als er.«

»Wie kommst du auf die Idee, diese Reise würde mir keinen Spaß machen?«, fragte Bernd amüsiert. »Tante Lisbeth, wärst du so nett, dich um meinen Vater zu kümmern? Wir kommen sonst noch ins Streiten.«

»Gerne«, antwortete Lisbeth und schenkte ihm einen dankbaren Blick.

Sie war froh, dass Bernd mitgekommen war. Schon unterwegs hatte er Daniela so umsorgt, dass Max mit ihr hatte vorliebnehmen müssen. Es war sogar recht lustig gewesen, und sie hatte nicht das Gefühl, als wäre Max deswegen enttäuscht.

Dieser achtete im Augenblick weniger auf Lisbeth als auf seinen Sohn und auf Daniela, die mit hungrigen Augen zu einem kleinen Ristorante hinblickte. Mit einem aufmunternden Lächeln deutete er darauf. »Was meint ihr, wollen wir dort essen? Gewiss sind die Speisen hier um einiges besser als bei San Marco oder an der Rialtobrücke.«

»Vor allem ist es hier ruhiger als im Touristengebiet«, antwortete Bernd und ging auf die Eingangstür zu.

Kurz darauf saßen sie an einem kleinen Tisch am Fenster, von dem aus sie auf die schmale Straße und den an ihr entlang führenden Kanal hinausblicken konnten. Der Ober brachte die Speisekarten und machte in einem venezianisch gefärbten Italienisch Vorschläge für ein Menü.

»Leisten wir drei uns eine Flasche Wein?«, fragte Bernd.

»Gerne. Rot oder weiß, Lisbeth?«, fragte Max.

»Ich hätte gerne einen Weißwein.«

Max studierte die Weinkarte und deutete auf eine dort abgebildete Flasche. »Den kenne ich von meinem letzten Aufenthalt in Mailand. Er schmeckt ausgezeichnet.«

»Dann nehmen wir ihn«, schlug Lisbeth vor. »Oder möchtest du einen anderen, Bernd?«

Bernd schüttelte den Kopf. »Ich bin mit dem Wein vollkommen zufrieden. Wir sollten Daniela ein halbes Glas davon gönnen.«

Sofort schüttelte Daniela den Kopf. »Bitte nicht. Ich bin seit Monaten keinen Alkohol mehr gewöhnt und habe auch früher nicht viel getrunken.«

»Ein halbes Glas sollte erlaubt sein, nicht wahr, Tante Lisbeth?«

Lisbeth fand es unmöglich, Bernds mit einem Lächeln vorgetragene Bitte abschlägig zu beantworten. »Also gut, aber nur ein Glas«, stimmte sie schließlich zu.

»Ich will nicht.« Daniela lächelte, doch ihre Augen verrieten, dass sie in dieser Sache hart bleiben wollte.

»Wenn es wegen des dummen Vertrags ist, den Haase für mich ausarbeiten musste: Den kannst du vergessen«, sagte Lisbeth und strich Daniela sanft über die Wange. »Du hast es dir verdient.« Und zwar doppelt, dachte sie, denn Daniela hatte sich auch bei den Pausen während der Fahrt meistens Bernd angeschlossen, sodass sie selbst sich mit Max hatte unterhalten können.

»Wir nehmen diesen Wein. Habt ihr schon etwas zu essen ausgesucht?«

»Gibt es Pizza?«, fragte Daniela.

»Das glaube ich weniger. Die gibt es in den Touristenabfütterungen. Dort kann sie billig gemacht und teuer verkauft werden«, antwortete Bernd.

»Was soll ich sonst essen?« Daniela konnte zwar Englisch und hatte sich als zweite Fremdsprache Französisch ausgesucht, wusste aber mit den italienischen Bezeichnungen der Speisen wenig anzufangen.

Auch Max und Bernd taten sich mit dieser speziell venezianischen Speisekarte schwer und waren auf Lisbeths Unterstützung angewiesen. Diese sprach ein passables Italienisch und konnte ihnen die Karte ebenso übersetzen wie den Vortrag des Kellners. Obwohl dieser Fischgerichte und Meeresfrüchte lobte, riet Lisbeth davon ab, sie hier zu genießen. Die meisten Fänge stammten aus der Lagune, und die war ihren Worten zufolge stark mit gesundheitsschädlichen Substanzen verseucht.

Daher gab es für die beiden Männer je ein Fleischgericht, während Lisbeth und Daniela vegetarische Polenta bestellten.

Bernd goss Daniela einen winzigen Schluck Wein ein, sodass sie probieren konnte. Danach gab es für sie Mineralwasser. Während Lisbeth und Max eine angeregte Unterhaltung begannen, hielten Daniela und Bernd sich zurück. Bernd gefiel es, dass Daniela sich nicht aufdrängte, sondern auch zuhören konnte. Die meisten jungen Frauen, die er kannte, wären beleidigt gewesen, nicht im Mittelpunkt zu stehen. Erneut stellte er Vergleiche zwischen Linda Holmes und Daniela an, und auch diesmal gewann Daniela.

Bernd wunderte sich, welch großen Platz die junge Frau mittlerweile in seinen Gedanken einnahm. Dabei widmete er sich ihr vor allem, damit sein Vater sich um Lisbeth kümmern sollte. Natürlich hatte er ihr in erster Linie helfen wollen, sich in der für sie fremden Welt eines Hotels zurechtzufinden. Aber das war kaum nötig, und er freute sich darüber, wie gut ihr auch das gelang.

2.

Es wurde ein vergnügter Abend, aber er währte nicht allzu lange, da Daniela sich nach ihrer Rückkehr ins Hotel sofort verabschiedete, um ins Bett zu gehen. Als sich wenig später auch Bernd zurückzog, blieben Lisbeth und Max allein in der Hotelbar, tranken zum Leidwesen des Barkeepers jedoch nur wenig, sondern unterhielten sich über frühere Reisen nach Venedig.

»Ich bin froh, dass du den Vorschlag gemacht hast, mit Daniela zusammen auf Reisen zu gehen«, erklärte Lisbeth nach einer Weile. »Du hast gesehen, wie entspannt und glücklich sie ist. Das wird auch dem Kind guttun.«

»Mir ging es nicht nur um Daniela, sondern auch um dich«, erklärte Max. »Du warst selbst nach dem Tod deines Mannes nicht so verbissen wie in den Monaten seit Jens' Unfall. Für dich gab es nur noch den Kampf gegen deinen Schwager. Dieser hat selbst die Trauer um deinen Sohn zum größten Teil verdrängt. Doch um dich gegen Carl Siebert behaupten zu können, musst du auch einmal loslassen und neue Kraft tanken. Hier in Venedig ist es natürlich doppelt schön. Du hast angenehme Erinnerung an die Stadt, es ist viel zu sehen und – wie du selbst gesagt hast – freut Daniela sich riesig, hier zu sein.«

»Was nach dem heimtückischen Angriff mit dem Kampfhund auch gut ist«, erklärte Lisbeth nachdenklich.

»Außerdem seid ihr hier außerhalb der Reichweite deines Schwagers.«

»Das mag sein, aber ich will trotzdem nicht zu lange von zu Hause wegbleiben. Wenn wir länger verreisen, müssten wir Danielas Physiotherapeutin und ihre Trainerin mitnehmen, außerdem Nuber oder einen anderen Personenschützer«, erklärte Lisbeth mit leiser Stimme.

Für einen Augenblick spürten die beiden so etwas wie einen dunklen Schatten. Lisbeth fröstelte es, und Max starrte zur Eingangstür, als könnte dort ein von Carl Siebert beauftragter Mörder hereinkommen. Dann aber lachte er über sich selbst.

»Irgendwann halten wir den Beweis in den Händen, dass dein Schwager hinter den Anschlägen auf Daniela steckt. Ich bin gespannt, wie es ihm hinter schwedischen Gardinen gefallen wird.«

Lisbeth zischte leise, griff sich dann aber erregt an die Stirn. »Daran habe ich noch gar nicht gedacht«, stieß sie hervor. »Das wäre ein Ding, Carl Siebert und womöglich auch seinen Sohn im Gefängnis zu sehen. Bei Gott, wenn es nur dazu käme. Es würde so vieles vereinfachen.«

»Das wird es«, antwortete Max überzeugt.

»Du verstehst nicht ganz.« Lisbeth packte ihn am Ärmel und zog heftig daran. »Dieser alte Erbvertrag, mit dessen Hilfe mein Schwager meine Firma in seine Hand bekommen will, hat einige weitere Paragrafen. Mein Schwiegervater war sehr auf sein Ansehen bedacht, und deswegen hat er in diesem Vertrag verfügt, dass ein Mitbesitzer der Firma Siebert, der krimineller Machenschaften überführt wird, seinen Firmenanteil verliert und dieser an den anderen Familienzweig fallen soll.«

Max saß zuerst still da und begann dann zu lachen. »Diesen Vertragsteil hat Carl Siebert mit Sicherheit nicht gelesen. Aber ist es überhaupt möglich, ihm seine Firma wegzunehmen?«

»Wenn der Paragraf gültig ist, mit dem er nach dem Tod meines Sohnes meine Firma fordern kann, muss auch dieser Paragraf gelten.«

Lisbeths Stimme klang hart, denn der Sohn ihres Schwagers war schließlich an dem schweren Unfall schuld, dessentwegen ihr Sohn im Koma lag. »Jetzt pocht Carl Siebert auf diesen alten Vertrag, gegen den er selbst bereits verstoßen hat, um meinen Mann aus der damals gemeinsamen Firma zu drängen. Wir hätten ihn verklagen sollen, doch Ludwig war besorgt, ein Rechtstreit könnte zu viel Staub aufwirbeln und uns bei unserem Neuanfang schaden. Er wollte seinen Bruder aus eigener Kraft übertreffen.«

»Was er auch geschafft hat«, sagte Max. »Aber nun noch mal zu diesem Vertragspunkt, von dem du vorhin gesprochen hast. Hat unser Freund Haase dich darauf aufmerksam gemacht?«

Lisbeth schüttelte den Kopf. »Nein, das habe ich herausgefunden. Haase wollte meinen Schwager auf seine Weise abblocken. Ich werde aber, wenn wir nach München zurückkommen, mit ihm sprechen. Sobald Carl Siebert nachgewiesen werden kann, dass er gegen das Gesetz verstoßen hat, drehen wir den Spieß um.«

»Er wird alles tun, um das zu verhindern«, wandte Max ein und musterte dabei Lisbeth. Ihre Miene wirkte entschlossen, und ihre Augen blitzten.

Carl Siebert ist ein Narr, diese Frau herauszufordern, dachte er. Sie war eine ausgezeichnete Geschäftsfrau und verfolgte ihre Ziele mit äußerster Hartnäckigkeit. Dabei blieb sie gerecht und ehrlich. Wer ihr jedoch auf die Zehen trat, den schmerzten die eigenen im Nachhinein mehr als die ihren.

»Ich würde mich freuen, wenn es so käme«, antwortete er mit einem nachdenklichen Lächeln. »Es tut mir nur leid, dass du und Daniela noch eine gewisse Zeit in Gefahr seid. Je mehr Carl Siebert in die Enge getrieben wird, desto gemeiner wird er zubeißen.«

»Das befürchte ich auch«, gab Lisbeth zu. »Daher ist es wichtig, dass Daniela und ihrem Kind nichts geschieht. Sollte mir etwas passieren, wirst du mein Nachlassverwalter und in dieser

Eigenschaft meinen Schwager auf die Stelle verweisen, an die er gehört.«

Max fasste nach ihrer Hand. »Ich will nicht, dass dir etwas passiert, und auch Daniela und dem Kind nicht.«

»Das will ich auch nicht.« Lisbeth fauchte erneut, zuckte dann aber mit den Schultern. »Daniela und ich sind Carl Sieberts Zielscheiben, gleichzeitig aber auch der Speck in der Falle, in der er sich fangen soll. Aber sprechen wir von etwas anderem. Ich will mir von meinem Schwager nicht den Abend verderben lassen.«

»Weißt du, dass du eine sehr attraktive Frau bist?«, fragte Max und streichelte dabei ihre Hand.

Lisbeths angespannte Miene löste sich und sie lächelte. »Du bist ebenfalls eine stattliche Erscheinung, mein Freund.«

»Obwohl ich, wie du selbst sagtest, kein Jungspund mehr bin?«

»Meine Schulfreundin Christina hat sich nach ihrer Scheidung einen achtundzwanzig Jahre jüngeren Lover zugelegt. Obwohl dieser so tut, als wäre sie sein Ein und Alles auf der Welt, liebt er vor allem das schöne Leben, das sie ihm bieten kann.«

Lisbeth berichtete Max von einigen Begegnungen mit dem jungen Mann und schüttelte zuletzt den Kopf. »Für mich wäre so ein Toyboy nichts. Ein Mann sollte eine gewisse Lebenserfahrung haben, doch Christinas Freund ist im Vergleich zu ihr noch ein halbes Kind. Wenn Jens mir eine Frau meines Alters als neue Freundin vorgestellt hätte, hätte ich ihn für verrückt erklärt.«

»Jens hatte weniger für blondiertes Mittelalter übrig als für taufrische Naturblondinen wie Linda.«

»Obwohl ich nicht recht weiß, was er an ihr gefunden hat.« Lisbeth hatte Linda noch nicht verziehen, dass diese ihr nicht den ersehnten Enkel hatte schenken wollen. Dann aber winkte sie ab. »Aus und vorbei. Ich möchte jetzt zu Bett gehen. Ich bin müde, und Bernd hat morgen ein ausführliches Besuchsprogramm für uns geplant.«

»So ausführlich auch nicht, da er auf Daniela Rücksicht nehmen muss«, wandte Max ein.

»Das will ich ihm auch geraten haben.« Lisbeth lachte kurz, nahm ihre Handtasche und stand auf. »Ich freue mich auf die morgige Gondelfahrt. Ich bin nur gespannt, wie Bernd uns aufteilen will, wir zwei Frauen zusammen und ihr zwei Männer …«

»Ich würde am liebsten mit dir fahren«, sagte Max.

»Dann tun wir das auch«, sagte Lisbeth geschmeichelt und gab ihm vor ihrer Zimmertür einen langen Kuss.

Max überlegte, sie zu fragen, ob er mit ins Zimmer kommen dürfe, verschob es dann aber auf den nächsten Abend.

3.

Während Daniela und ihre Begleiter ihren Aufenthalt in Venedig genossen, lief Carl Siebert wie ein gefangenes Tier in seinem Büro auf und ab.

»Ich begreife das nicht!«, rief er. »Meinen Berechnungen zufolge läuft die Produktion in Lisbeths Werk bereits auf hundertzehn Prozent. Trotzdem hat Bernd Christaller bei einer Ausschreibung ein weiteres Angebot abgegeben und wird wahrscheinlich den Zuschlag erhalten. Wie will er das schaffen?«

»Bernd ist noch ein Jahr jünger als ich und hat zu wenig Ahnung von dem Tagesgeschäft in Lisbeths Firma. Er wird so lange Angebote abgeben, bis er nicht mehr liefern kann und Konventionalstrafen zahlen muss.« Für Ralf Siebert schien dies die einfachste Lösung, doch sein Vater schüttelte den Kopf.

»Der junge Christaller ist kein Idiot. Für mich steckt Lisbeth dahinter. Sie will mich fertigmachen, und wie es aussieht, schafft sie es auch, weil ihr beide, du und Stengel, einfach unfähig seid. Diese falsche Linda läuft immer noch mit ihrem dicken Bauch herum, und wenn ihr jetzt etwas passiert, könnte das Kind bereits gerettet werden.«

»Kann ich etwas dafür, dass irgendein Idiot mit einer Knarre im Park herumgelaufen ist und den Hund erschossen hat?«, fuhr sein Sohn auf.

»Der Kerl ist sicher nicht zufällig dort herumgelaufen«, antwortete sein Vater grimmig. »Ich halte ihn für einen von Lisbeths angeheuerten Bodyguards.«

»Dann wäre er zusammen mit ihr und dieser Frau weggefahren. Stengel sagte jedoch heute Vormittag am Telefon, er habe den Mann gestern bei Lisbeths Haus gesehen.«

»Hat Stengel wenigstens herausgefunden, wohin Lisbeth gefahren ist?«

Ralf Siebert schüttelte den Kopf. »Die Abreise kam zu überraschend, als dass er noch darauf hätte reagieren können. Um jetzt noch etwas zu erfahren, müsste er sich zu weit aus dem Fenster lehnen. Das könnte nach den beiden misslungenen Anschlägen auf die falsche Linda Verdacht erregen.«

»Zu was ist ein Detektiv gut, wenn er sich nicht traut, Informationen zu beschaffen?«, schimpfte Carl Siebert. »Was ist eigentlich mit dem Kerl, der den Hund auf die Leihmutter hetzen sollte?«

»Der hat sich nicht mehr bei Stengel gemeldet. Stengel weiß aber, wo er ihn finden kann, und wird ihn erneut gegen diese Frau einsetzen.«

»Ich hoffe nur, dass die beiden nichts verbocken. Sie haben sich ja nicht gerade mit Ruhm bekleckert.« Carl Sieberts Vertrauen in den Detektiv schrumpfte mehr und mehr. Zwar hatte Stengel ihm in der Vergangenheit gute Dienste geleistet, bei dieser entscheidenden Sache jedoch bisher versagt. Im Augenblick aber war ihm anderes wichtiger.

»Bis jetzt habe ich Lisbeth immer für eine clevere Geschäftsfrau gehalten. Warum rafft sie jetzt so viele Aufträge an sich, obwohl sie weiß, dass sie diese niemals erfüllen kann?«

»Es wäre doch gut für uns, wenn sie es nicht schafft«, meinte Ralf grinsend. »Sobald sie den ersten Auftrag verbockt hat, bringt sie bei weiteren Ausschreibungen kein Bein mehr auf die Erde.«

»Es kommt darauf an, wer länger durchhält, sie oder ich.« Carl Siebert klang besorgt.

»Schade, dass die blöde Maier aufgeflogen ist. Wären sie und Bolger noch in der Firma, könnten sie uns über alles informieren, was dort passiert.« Als Ralf Siebert dies sagte, zuckte sein Vater wie elektrisiert zusammen.

»So müsste es gehen.«

»Was?«

»Bolger hat uns doch von einem ehrgeizigen Abteilungsleiter erzählt. Hieß er nicht Hübner? Wenn wir den auf unsere Seite bringen, kann er uns mehr helfen, als Karin Maier es je getan hat.« Carl Siebert lächelte zufrieden und überlegte bereits, wie viel er aufwenden musste, damit Hübner als Maulwurf für ihn arbeitete. Doch wenn der Mann seine Aufgabe für ihn gut erledigte, war er jede Summe wert.

4.

Danielas Ex-Freund Mike hatte sich zunächst in seiner Wohnung verkrochen. Aber nach ein paar Tagen wurde es seiner Freundin zu viel.

»Jetzt sieh zu, dass du endlich wieder Geld heranschaffst!«, fauchte sie ihn an, nachdem sie festgestellt hatte, dass der Kühlschrank wieder einmal leer war.

»Du hättest vorgestern ein bisschen mehr mitgehen lassen können«, antwortete er giftig. »Solange ich mit Daniela zusammen war, hatten wir immer genug zu essen.«

»Das muss eine selten dumme Kuh gewesen sein, wenn sie so blöd war, für dich zu klauen.«

»Du tust es doch auch.«

»Aber nur, weil ich selbst nicht verhungern will.«

So ging der Streit noch eine Weile weiter. Dabei wusste Mike selbst nur zu gut, dass er dringend zu Geld kommen musste. Der Brief, den ihr Vermieter gestern in den Briefkasten gesteckt hatte, war eindeutig. Könnte er binnen einer Woche die Mietrückstände nicht bezahlen, würden seine Freundin und er am Ende des Monats hinausfliegen. Wenn es dazu kam, würde Susi nicht bei ihm bleiben, sondern sich einen neuen Freund suchen, der ihr mehr Sicherheit bieten konnte als er.

Ihre Wohnung bestand aus zwei kleinen Zimmern, einer Winzküche und einem Badezimmer, in dem man sich zwischen Dusche, Toilette und Waschbecken kaum umdrehen konnte. Im Grunde war es ein Loch, an dem seit Jahren, wenn nicht gar seit Jahrzehnten nichts mehr gemacht worden war. Trotzdem war die Wohnung besser, als gar keine zu haben. Mike musste unwillkürlich an die prachtvolle Villa denken, in der Daniela derzeit wohnte.

Inzwischen hatte er die Telefonnummer herausgefunden, unter der die Villa zu erreichen war. Ihm wäre es zwar lieber gewesen, wenn er Daniela in der Umgebung der Villa hätte abpassen können, doch die Zeit blieb ihm nicht. Als er die Telefonnummer der Villa in sein Handy eintippen wollte, meldete ihm das Gerät, dass das Guthaben nicht mehr für einen Anruf ausreichte. Verärgert steckte er das Ding weg, stand auf und ging zur Tür.

»Was machst du?«, fragte Susi.

»Mir ein neues Handy besorgen.«

»Du meinst klauen. Wenn sie dich erwischen, wanderst du in den Bau.«

»Wegen eines Handys bekomme ich höchstens Sozialstunden aufgebrummt«, antwortete Mike und verließ die Wohnung.

Er wanderte zur nächsten Bushaltestelle und fuhr schwarz in die Innenstadt. Auf dem Marienplatz wimmelte es von Touristen, die auf den Beginn des Glockenspiels warteten. Mike drängte sich durch die Menge und nutzte dabei die Gelegenheit, einer asiatischen Touristin, die angespannt auf das Rathaus schaute, ihr Handy und ihren Geldbeutel aus der Umhängetasche zu ziehen. Den Geldbeutel mit der einen Hand gegen seinen Oberschenkel pressend, tastete er mit der anderen Hand nach dem Papiergeld, zog es heraus und ließ den Beutel auf den Boden fallen. Danach machte er, dass er weiterkam.

Als er seine Beute in der Neuhauser Straße hinter einer Verkaufsbude sichtete, waren es zwei Zwanzig- und zwei Fünfeuroscheine. Für die fünfzig Euro habe ich riskiert, erwischt zu werden, dachte er enttäuscht und wandte sich dem Handy zu. Die Hülle, die ihn verraten konnte, wanderte ebenso wie die beiden Geldscheine aus der Heimat der Frau in einen Abfallkorb. Anschließend ging Mike weiter, suchte sich in einer Nebenstraße eine Gaststätte und bestellte sich dort ein Bier. Während er darauf wartete, betrachtete er das Handy. Wie lange würde es dauern, bis die Besitzerin den Diebstahl bemerkte?, fragte er sich. Wenn er nicht riskieren wollte, dass das Ding nicht nur gesperrt wurde, sondern auch noch seinen Aufenthaltsort verriet, musste er rasch handeln.

Zu seinem Glück war das Ding eingeschaltet und die Tastensperre nicht aktiviert. Er konnte daher die Nummer wählen und wartete nervös, ob jemand abhob.

»Hier bei Siebert«, meldete sich eine Frauenstimme. Sie klang verwundert, denn auf ihrem Display wurde der Anrufer durch eine ausländische Nummer angezeigt. Solche Leute riefen gewöhnlich direkt im Werk an und nicht bei Lisbeth Sieberts Privatadresse.

»Hallo, spreche ich mit Frau Lisbeth Siebert?«, fragte Mike mit vorsätzlich rauer Stimme.

»Ich bin Frau Sieberts Hausdame. Frau Dr. Siebert ist derzeit nicht zu sprechen.«

»Ich will auch nicht mit der Siebert reden, sondern mit der Daniela. Kannst du sie ans Telefon holen?«

»Ich kenne keine Daniela«, gab Frau Winkler kühl zurück und legte auf.

Die Hausdame war sich sicher, dass dies ein Versuch von Carl Sieberts Handlangern gewesen war, sie auszuhorchen. Sie überlegte, ob sie ihre Chefin anrufen und davon berichten sollte, entschied sich aber dagegen, um diese nicht zu beunruhigen. Allerdings würde sie Lisbeth über den Anruf informieren, sobald diese sich bei ihr meldete.

Unterdessen fluchte Mike vor sich hin: »So eine blöde Kuh!«

Die Kellnerin ging gerade vorbei und hörte es. »Was soll des?«

»Was?«, fragte Mike verdattert.

»Du hast mich eine blöde Kuh genannt! Das lass ich mir net gefallen. Zahl dein Bier und verschwinde!«

»Ich hab dich doch gar nicht gemeint«, verteidigte Mike sich, doch da kam ein Kollege hinzu und baute sich vor ihm auf.

»Dich Bürscherl kenn ich doch! Du hast im letzten Monat in dem Lokal, in dem ich damals gearbeitet hab, die Zech geprellt. Ich hab zweiunddreißig Euro aus der eigenen Tasche zahlen dürfen.«

Einen Augenblick überlegte Mike, schnellstens zu verschwinden. Aber wenn ihm nur ein einziger Gast das Bein stellte, war er geliefert. Grollend bezahlte er der Kellnerin das Bier und schob ihrem Kollegen die beiden Zwanzigeuroscheine hin. Der Mann schob sie ein und wies zur Tür. »Der Rest ist für die Umständ, die ich wegen dir gehabt hab. Und jetzt raus!«

Voller Wut gehorchte Mike, dem von seiner Beute gerade noch fünf Euro geblieben waren. Das Handy, das ihn verraten könnte, wanderte nun ebenfalls in einen Papierkorb. Danach überlegte er, was er tun sollte. Daniela war auf jeden Fall in dieser Villa, und wenn nicht, so kannten die Leute, die dort wohnten, ihren Aufenthalt. Doch wie sollte er mit ihr Kontakt aufnehmen? Darauf zu warten, bis sie ihm durch Zufall über den Weg lief, konnte er nicht. Er kehrte daher nach Hause zurück und übergab Susi den gestohlenen Fünfer, damit sie einkaufen gehen konnte. Kaum war sie weg, holte er einen schmutzigen Block und einen Werbekugelschreiber hervor.

Es wurde ein hartes Stück Arbeit, einen Brief aufzusetzen, der sich für Fremde unverfänglich las, Daniela aber zeigen sollte, dass sie mit ihrer Vergangenheit konfrontiert wurde. Zum Schluss forderte er sie auf, ihn an einem Tag in der nächsten Woche um drei Uhr nachmittags am Eingang des alten Südfriedhofs zu treffen. Er überlegte noch kurz, ob er ihr schreiben sollte, dass sie ihm über die tolle Lola den genauen Tag nennen sollte, an dem sie kommen würde. Dann aber schüttelte er den Kopf. Er hatte die Zeit, jeden Tag zum Park zu kommen, und wollte selbst entscheiden, wann er sie ansprechen wollte.

Um kein Geld für die Briefmarke ausgeben zu müssen, fuhr er mit Bus und Tram bis in die Nähe der Villa, schlenderte daran vorbei und steckte den Umschlag in den Briefkasten neben dem protzigen Tor.

5.

Die vier Reisenden saßen vergnügt beim Frühstück, als Bernds Handy klingelte.

»Es ist Hübner«, sagte er nach einem Blick auf das Display.

Was Hübner sagte, konnte Daniela nicht hören. Da sich Bernds Antworten auf »aha«, »na so was« und »danke für den Anruf« beschränkte, wusste sie auch nicht, worum es ging. Als das Telefonat beendet war, steckte Bernd sein Handy weg und sah Lisbeth an.

»Hübner hat heute Morgen einen Anruf von deinem Schwager erhalten, Tante Lisbeth. Siebert hat ihm ein Treffen vorgeschlagen. Hübner ärgert sich genau wie ich darüber, dass dein Schwager Karin Maier als Spionin eingesetzt hat. Deswegen will er jetzt einen Gegenschlag landen und Siebert aushorchen.«

Lisbeth saß ein paar Sekunden wie erstarrt, aber dann wurden ihre Lippen schmal. »Er gibt wohl nicht auf, was? Informiere Hübner, dass er dich und mich umgehend in Kenntnis setzen soll, wenn sein Gespräch mit meinem Schwager erfolgt ist. Jetzt aber will ich Gondel fahren und mir das Vergnügen nicht von der lieben Verwandtschaft verderben lassen.«

»Das sehe ich auch so«, antwortete Max. »Wie wollen wir uns aufteilen, Bernd? Fahren wir zwei Männer zusammen und überlassen Lisbeth und Daniela die andere Gondel?«

»Das wäre ja sehr romantisch«, spottete Bernd. »Wenn du es nicht ausknobeln willst, würde ich vorschlagen, dass du mit Tante Lisbeth fährst. Du bist nicht mehr der Jüngste, und da Daniela wegen ihrer Schwangerschaft ein wenig schwerfällig geworden ist, halte ich es für besser, wenn ich bei ihr bleibe.«

»Nicht mehr der Jüngste!«, rief Max empört. »Und so was nennt sich mein Sohn.«

»Er hat nicht ganz unrecht«, warf Lisbeth ein. »Du und ich gehören nicht gerade zur jungen Generation. Aber wir werden unsere Gondelfahrt trotzdem genießen.«

»Das werden wir ganz bestimmt«, antwortete Max lächelnd und schob seinen Teller zurück. »Treffen wir uns in einer halben Stunde in der Lobby? Ich habe mit dem Hotelbesitzer gesprochen. Sein Sohn fährt uns mit seinem Boot zum Markusplatz, damit wir nicht auf das Vaporetto warten müssen.«

»In einer halben Stunde also«, sagte Lisbeth und stand auf. Da fiel ihr Blick auf Daniela. »Entschuldige bitte, wir haben dich nicht gefragt. Brauchst du vielleicht länger?«

»Die Zeit reicht mir«, antwortete Daniela und stand ebenfalls auf.

»Wer von den beiden, glaubst du, ist eher fertig?«, fragte Bernd seinen Vater.

»Ich würde auf keine von beiden wetten«, antwortete dieser. »Lisbeth ist es gewohnt, sich rasch zu schminken und umzuziehen, und Daniela stammt auch nicht aus Trödelhausen.«

»Machst du es jetzt mir nach und verballhornst Ortsnamen?«, fragte Bernd belustigt.

»Was heißt: dir nachmachen? Das habe ich schon getan, als du noch nicht einmal in der Planung warst«, gab Max gut gelaunt zurück.

»Wir sollten uns ebenfalls rasch frisch machen, sonst sind die Frauen schneller unten als wir«, schlug Bernd vor und verließ den Frühstücksraum.

Max fand sich als Erster in der Hotellobby ein. Der Sohn des Besitzers wartete bereits, bestellte sich an der Bar aber noch einen Espresso.

»Den könnte ich auch vertragen«, sagte Max und bat den

Ober, ihm ebenfalls einen zu bringen. Bernd, der ihm dicht auf dem Fuß gefolgt war, orderte auch einen.

Kurz darauf tauchte Lisbeth auf, sah die beiden mit den Espressotassen in der Hand und lächelte Max an. »Lass ihn dir schmecken.«

»Der Espresso ist hier vorzüglich. Sie haben hier sogar einen koffeinfreien. Den könnte Daniela trinken, denn er schadet ihr sicher nicht.«

Lisbeth seufzte. »Warum müsst ihr mich immer an diesen dummen Vertrag erinnern, den Haase mit ihr abgeschlossen hat? Im Nachhinein sage ich mir, es wäre besser gewesen, ihr nicht so viele Fesseln anzulegen. Sie muss mich in der ersten Zeit für eine Tyrannin ohnegleichen gehalten haben.«

»Nur in der ersten Zeit?«, fragte Max grinsend. »Eine gewisse herrische Art kannst du nicht verleugnen. Allerdings hätte ohne dich und deine Energie Ludwig irgendwann aufgegeben. Du hast ihm den Rücken gestärkt, sodass er sich gegen seinen Bruder durchsetzen konnte.«

Es lag so viel Anerkennung in Max' Worten, dass Lisbeth sich versöhnt fühlte. »Es war nicht leicht, da hast du recht. Gerade deswegen lasse ich mir mein Lebenswerk nicht von Carl Siebert aus den Händen nehmen.«

»Das geschieht auch nicht, wenn ich es verhindern kann.« Bernd war hinzugetreten und hatte ihre Worte vernommen.

»Verhindern wird es Daniela«, antwortete Max, während die junge Frau aus dem Aufzug herauskam und auf sie zueilte.

»Es tut mir leid, dass es so spät geworden ist. Aber ich musste noch einmal zur Toilette«, entschuldigte sie sich.

»Es sind erst fünfundzwanzig Minuten. Damit bist du fünf Minuten früher hier als abgesprochen«, beruhigte Bernd sie und dachte erneut an Linda Holmes.

Diese wäre frühestens zehn Minuten nach der ausgemachten

Zeit aufgetaucht, und das, ohne sich zu entschuldigen. Daniela muss lernen, ein wenig selbstbewusster aufzutreten, dachte er, fand es aber angenehm, dass sie sich nicht in den Mittelpunkt stellte, wie es so viele andere junge Frauen aus seinem Bekanntenkreis taten.

»Magst du einen koffeinfreien Espresso oder einen solchen Latte macchiato?«, fragte Lisbeth.

»Ich möchte jetzt ehrlich gesagt nichts trinken«, antwortete Daniela, weil sie Angst hatte, sonst zu schnell wieder zur Toilette zu müssen.

»Du solltest genug Flüssigkeit zu dir nehmen. Dein Kleines muss schwimmen«, mahnte Lisbeth.

»Keine Sorge. Wenn wir wieder zurück sind, werde ich mehrere Tassen von dem Kräutertee trinken, den Sofie Vandereelst mir empfohlen hat. Keine Sorge, er schmeckt sehr gut«, setzte sie hinzu, als Bernd und Max wie unter einem gemeinsamen Zwang die Gesichter verzogen.

»Du wirst trotzdem auch einen alkoholfreien Latte macchiato trinken«, sagte Bernd und hörte im nächsten Augenblick seinen Vater und Lisbeth lachen.

»Alkoholfreier Latte macchiato. Das ist gut.« Sein Vater schüttelte den Kopf und bot Lisbeth den Arm.

»Wir sollten aufbrechen. Der gute Giorgio hat sicher noch anderes zu tun, als nur darauf zu warten, bis wir uns in Bewegung setzen.«

»Keine Sorge, *signore,* ich habe Zeit«, versicherte der Sohn des Hotelbesitzers und führte sie zu einem Motorboot, das neben mehreren Sitzplätzen auch eine Ladefläche für den Transport kleinerer Güter besaß.

Bernd blieb am Steg stehen, um seinen Vater und Lisbeth einsteigen zu lassen. Er wollte Daniela zurückhalten, musste es aber nicht tun, denn sie hatte spätestens bei dem Streit zwischen

Lisbeth und Max begriffen, dass die Dame auf sie eifersüchtig geworden war. Während sie den alten Herrn sehr nett fand, wusste sie bei dem Sohn nicht so recht, was sie von ihm halten sollte. Trotzdem war es angenehm, neben Bernd zu sitzen und ihm zuzuhören, während er ihr die Umgebung erklärte.

Giorgio legte zuerst ein strammes Tempo vor, musste aber in der Nähe des Markusplatzes langsamer werden, als sich die Silhouette eines riesigen Kreuzfahrtschiffes vor sie schob. Wenig später wurde das Motorboot durch die Bugwelle des Schiffes so hin und her geworfen, dass die Passagiere sich festhalten mussten. Giorgio war ein guter Fahrer, und es gelang ihm rasch, das Boot in ruhigere Gewässer zu steuern. Dabei fluchte der junge Venezianer in seinem heimatlichen Dialekt auf die Narren in der Verwaltung, die noch immer zuließen, dass diese großen Kästen bis in die Innenstadt hineinfuhren.

»Wenn die Schiffe in San Basilio anlegen und die Passagiere zu Fuß oder mit den Vaporetti zum Markusplatz fahren würden, hätte ich nichts dagegen«, erklärte er seinen Passagieren. »So aber wühlen sie mit ihren riesigen Schiffsschrauben den Grund der Lagune auf und zerstören die Bausubstanz der Palazzi. Aber wie bei fast allem in diesem Land wird man das erst begreifen, wenn die ersten Gebäude in der Stadt zusammenbrechen und die Stadt zur Ruine wird.« Giorgio hielt auf einen freien Anlegeplatz zu. »Gleich um die Ecke finden Sie mehrere Gondolieri. Fragen Sie nach Vincenzo und sagen Sie ihm, ich hätte Sie geschickt. Er wird Sie dann nicht nur durch die üblichen Touristenkanäle fahren, sondern Ihnen darüber hinaus einige besonders schöne Stellen unserer Stadt zeigen«, riet er den vieren und warf einem jungen Mann, der fröhlich winkend herankam, das Seil zu, damit dieser das Boot festhalten konnte.

Bernd stieg als Erster aus und half dann Daniela aus dem Boot.

»Danke. Auch wenn ich noch recht beweglich bin, ist es doch besser, wenn ich mich an jemandem festhalten kann«, sagte sie lächelnd.

»Ich halte mich auch noch für recht beweglich, aber ich lasse mir ebenfalls gerne helfen.« Lisbeth reichte Max die Hand und stand kurz darauf auf dem Pflaster.

»Viel Vergnügen!«, rief Giorgio ihnen nach, dann löste sein Freund das Seil, und er fuhr mit aufheulendem Motor davon.

»Jetzt müssen wir schauen, wo wir diesen Vincenzo finden«, sagte Lisbeth, da hob der junge Italiener, der das Boot festgehalten hatte, die Hand.

»Vincenzo ist gleich da drüben. Kommen Sie, ich bringe Sie hin.«

Nach einem kurzen Blickwechsel folgten die vier ihm und erreichten nach wenigen Metern eine Anlegestelle, an der mehrere Gondeln in dem von einem Vaporetto erzeugten Wellenschlag schaukelten. Der junge Mann sprach einen der Gondolieri an und wies auf die Gruppe.

»Er sagt ihm, dass wir Freunde von Giorgio wären und er uns das richtige Venedig zeigen soll«, übersetzte Lisbeth etwas mühsam sein venezianisch gefärbtes Italienisch.

»Wenn die Herrschaften kommen wollen?« Vincenzo wies einladend auf seine Gondel.

»Wir wollen mit zwei Gondeln fahren«, erklärte Lisbeth ihm auf Italienisch.

»Das ist sehr gut!«, rief Vincenzo. »Damit sind die Gondeln leichter, und mein Freund und ich können Sie weiter fahren, als es üblich ist.«

Max übernahm das Finanzielle und bezahlte die beiden Gondolieri. Da er beim Trinkgeld nicht kleinlich war, nickten diese zufrieden und berieten kurz die Strecke, die sie nehmen wollten.

Es zeigte sich, dass Giorgios Rat Gold wert gewesen war. Vincenzo und sein Kollege brachten sie zu Stellen, die selbst Lisbeth noch nicht gesehen hatte, obwohl sie Venedig gut kannte. Sie genoss den Anblick der alten Häuser und das Treiben auf den schmalen Gassen, die sich an den meisten Kanälen entlangzogen. Nach einer Weile fasste sie nach Max' Hand und sah ihn lächelnd an.

»Ich bin als junge Frau mit Ludwig hier gewesen, und ich muss sagen, es ist heute ebenso schön.«

»Das freut mich«, antwortete Max und hielt ihre Hand fest. »Wenn man in so einer Gondel sitzt, fühlt man sich fast in seine Jugend versetzt. Ich war zwar nicht so oft hier wie du und Ludwig, aber diese Stadt übt auch auf mich einen Reiz aus, dem ich mich nicht entziehen kann.«

»Mir geht es ebenso.« Lisbeth lehnte sich leicht an Max und ließ ihre Gedanken wandern. Nicht lange aber, da hielt sie nach der anderen Gondel Ausschau und stellte fest, dass Bernd den Arm um Danielas Schulter gelegt hatte und ihr seinen Gesten nach mit fröhlicher Miene erklärte, was am Kanal zu sehen war. Zuerst freute sie sich darüber, dass der steife junge Mann aufgetaut war, aber dann zog ein Schatten über ihr Gesicht.

»Vielleicht war es ein Fehler, Bernd mitzunehmen.«

»Wieso?«

»Weil er sich etwas zu auffällig um Daniela kümmert. Ich weiß, es geschieht aus Ritterlichkeit, aber ich habe Angst, dass sich zwischen den beiden etwas entspinnt.«

Max sah sie erst ungläubig an und begann zu lachen. »Daniela ist bald im achten Monat schwanger. Da wird sie kaum an intime Stunden denken, zumal diese ihr laut Vertrag verboten sind.«

»Musst du mich schon wieder daran erinnern?«, stöhnte Lisbeth. »Außerdem geht es mir nicht um Sex, sondern darum, dass Bernd sich daran gewöhnen könnte, Daniela um sich zu haben.«

»Wäre das so schlimm?«, fragte Max.

Lisbeth sah ihn verwundert an. »Sie war im Gefängnis.«

»Sie ist aber keine Verbrechernatur, sonst hätte unser Freund Haase sie nicht engagiert. Weißt du, Lisbeth, ich habe länger mit ihm über Daniela gesprochen. Da war von einer schlimmen Jugend die Rede und davon, dass sie wegen regelmäßiger körperlicher Züchtigungen von zu Hause ausgerissen ist. Sie ist dann auf den ersten Kerl hereingefallen, der nett zu ihr war und sie doch nur ausgenützt hat.«

»Das schon, aber …«, wandte Lisbeth ein.

Max sah sie lächelnd an. »Du weißt, ich habe meinen Jungen gern. Während seiner Studienzeit hatte er die eine oder andere Freundin, aber es ist nie etwas Ernsthaftes daraus geworden. Seit er sein Praktikum begonnen hat, war er mit keinem Mädchen mehr zusammen, sondern hat seine ganze Energie in den Job gelegt. Das tut er auch in deiner Firma. Es zählt nur noch seine Arbeit, und alles Private bleibt liegen. Um es offen zu sagen: Ich würde mich freuen, wenn aus ihm und Daniela etwas werden könnte.«

»War es wirklich so schlimm mit Bernd?«, fragte Lisbeth betroffen.

Jens war nie ohne Freundin ausgekommen, und einige davon hatten sich eingebildet, er würde es ernst meinen. Doch erst mit Linda war er länger zusammengeblieben. Deshalb hatte Lisbeth erwartet, von ihr den erhofften Enkel zu erhalten.

Ihr Blick suchte Daniela. Sie war ausgesprochen hübsch, und da wunderte es sie nicht, dass Bernd sich zu ihr hingezogen fühlte. Auch wenn sie Max verstand, hätte sie sich doch gewünscht, sein Sohn würde sich für ein Mädchen entscheiden, das in ihre Gesellschaftsschicht passte.

6.

Ohne zu ahnen, dass er der Gegenstand der Unterhaltung zwischen seinem Vater und Lisbeth war, saß Bernd in der Gondel und hielt Daniela eigentlich nur im Arm, um zu verhindern, dass sie durch den Wellenschlag hin und her gestoßen wurde. Aber er fand es angenehm, ihren warmen Körper neben sich zu spüren, und freute sich, weil sie alles mit staunenden Blicken betrachtete.

»Es ist doch ganz schön, mal ein wenig ausspannen zu können«, meinte er nach einer Weile. »Ich habe es in der letzten Zeit zu wenig getan.«

»Ich freue mich, dass es dir gefällt.«

»Das klingt so, als hättest du daran gezweifelt.«

»Ich hatte Angst, du wärst nur mitgekommen, damit Lisbeth und dein Vater sich nicht die ganze Zeit mit mir beschäftigen müssen.«

»Ich glaube nicht, dass du ihnen zur Last gefallen wärst«, meinte Bernd lachend. »Aber ich wollte den beiden tatsächlich mehr Zeit füreinander gönnen.«

»Du willst Amor spielen?« Daniela lachte, wurde aber rasch wieder ernst. »Die beiden passen wirklich gut zusammen. Lisbeth ist impulsiv und manchmal zu hart. Dein Vater wäre eine ausgezeichnete Ergänzung für sie, denn er ist ein wahrer Gentleman.«

»Was ich nicht bin«, neckte Bernd sie.

Daniela dachte kurz nach und schüttelte den Kopf. »Nein, das bist du nicht. Dafür denkst du zu sehr an deinen Job. Aber wenn du einmal so alt sein wirst wie dein Vater, dürftest du ihm ähnlich sein.«

»Es besteht also noch Hoffnung für mich.« Bernd lachte erneut, verstummte aber schnell. »Vater wirft mir vor, immer nur an meinen Job zu denken. Aber derzeit muss ich das tun. Carl Siebert versucht jeden üblen Trick, um uns auszubooten.«

»Bis jetzt hältst du ihn gut in Schach. Lisbeth lobt dich und deinen Einsatz über den grünen Klee.«

»Trotzdem ist es eine haarige Angelegenheit, und ich befürchte, dass meine geschäftlichen Erfolge Carl Siebert dazu bringen werden, noch gemeiner gegen uns vorzugehen. Damit aber schwebst du in großer Gefahr.«

Daniela drehte sich zu Bernd um und schüttelte den Kopf. »Du musst dir deswegen keine Vorwürfe machen. Ich wäre Siebert auch ein Dorn im Auge, wenn seine geschäftliche Lage besser wäre. Sobald mein Kind zur Welt kommt, kann er seine Hoffnung begraben, sich Lisbeths Firma unter den Nagel zu reißen.«

»Damit hast du zwar recht, aber …«, begann Bernd, doch Daniela unterbrach ihn sofort.

»Es gibt kein Aber. Der Angriff mit der Flugdrohne in den Niederlanden fand zu einem Zeitpunkt statt, als es mit seiner Firma noch nicht bergab ging. Es hat also nichts mit dir zu tun.«

»Er wird dafür bezahlen, und zwar doppelt. Einmal dadurch«, er strich leicht über Danielas Bauch, »und zum anderen durch den Verlust sicher geglaubter Aufträge.«

»Wir sollten ihn vorerst vergessen und uns an der schönen Gondelfahrt freuen. Ich glaube, wir sind gleich bei der Rialtobrücke. Die sieht wirklich so aus wie auf den Prospekten«, sagte Daniela und wies nach vorne.

»Nur sind auf den Bildern nicht so viele Boote wie hier. Anscheinend haben sie damals den Canale Grande gesperrt, um die Fotos machen zu können«, spottete Bernd, da ihnen neben mehreren Motorbooten und einem Vaporetto auch eine Schar

Gondeln entgegenkamen. Auf diesen befanden sich jeweils mindestens vier Touristen, und die in blaue Ringelhemden und Strohhüte gekleideten Gondolieri kamen schwerer vom Fleck als Vincenzo und dessen Kamerad.

»Jetzt ist es gleich vorbei. Aber wir sind ein schönes Stück durch Venedig gerudert worden«, sagte Bernd nach einem Blick auf seine Armbanduhr.

»Ich bin ganz froh darum, denn ich muss schon wieder zur Toilette«, antwortete Daniela kleinlaut.

»Ich kenne in der Nähe ein Café. Dort können wir etwas trinken, und du kannst dich frisch machen.« Bernd lächelte, dachte aber daran, dass Linda an Danielas Stelle darauf gedrungen hätte, die Gondelfahrt bei Harndrang sofort zu unterbrechen.

»Das nächste Mal sagst du es gleich, wenn deine Blase dich zwickt«, sagte er zu Daniela.

»So schlimm ist es nicht«, antwortete diese nicht ganz wahrheitsgemäß. In Wirklichkeit musste sie dringend, hatte das aber wegen der schönen Gondelfahrt erst recht spät bemerkt.

Der Gondoliere steuerte seinen Anlegeplatz an, befestigte das Boot und half ihnen beim Aussteigen. »Ich hoffe, es hat Ihnen gefallen.«

Bernd sah es als Aufforderung an, noch ein kleines Zusatztrinkgeld zu geben, und holte einen Schein heraus. »Hier, für einen Espresso.«

Während der Gondoliere die Banknote zufrieden einsteckte, fasste Bernd Daniela unter und ging mit ihr zu Lisbeth und Max, die ebenfalls an Land gestiegen waren.

»Ich möchte einen Kaffee trinken. Ihr Frauen könnt dabei zur Toilette gehen«, schlug er vor.

Lisbeth warf einen kurzen Blick auf Daniela, sah deren angespannte Miene und nickte lächelnd. »Das wäre mir ganz recht, denn bis zur Giudecca würde ich es nicht mehr schaffen.«

»Dann mal los.« Max reichte Lisbeth den Arm und führte sie zu dem Café. Dort verschwanden Lisbeth und Daniela sofort hinter einer Tür, auf die eine Frau in einem barocken Kleid gemalt war, während er und sein Sohn den Gastraum betraten und von dem Kellner an einen freien Tisch geführt wurden. Als die Frauen zurückkehrten, standen für Lisbeth ein normaler und für Daniela ein koffeinfreier Latte macchiato auf dem Tisch, während Max genießerisch seinen Espresso schlürfte.

7.

In München wartete Carl Siebert angespannt auf Lisbeths Abteilungsleiter Hübner. Da er sich einiges von dessen Besuch erhoffte, hatte er edle Schnittchen besorgen lassen und die besten Flaschen aus seinem Keller geholt. Eben goss Ralf sich einen ausgezeichneten Single Malt Whisky ein und leerte das Glas auf einen Zug.

»Du darfst diesen Whisky doch nicht hinunterkippen wie gewöhnlichen Fusel«, tadelte ihn sein Vater.

»Der ist nicht übel«, meinte Ralf und füllte sein Glas erneut.

Er trank jedoch nicht, sondern sah seinen Vater an. »Wir haben die Sache falsch angepackt. Anstatt die Leihmutter vom Kind zu bringen oder sie gleich umzunieten, hätten wir sie so umgarnen sollen, wie du es bei Hübner vorhast.«

»Was soll der Unsinn?«, grollte Carl Siebert.

»Das ist kein Unsinn«, antwortete Ralf. »Das ist alles nur eine Frage des Charmes. So wie ich den Drachen Lisbeth kenne, wird sie die junge Frau wie eine Angestellte behandeln. Ich hätte nur ein wenig Verständnis zeigen und mit ihr flirten müssen, dann hätte es schon geklappt. Notfalls hätte ich sie mit dem entsprechenden Ehevertrag geheiratet und wäre der Stiefvater des Erben der Ludwig-Siebert-Werke geworden.«

Sein Vater musterte ihn mit einem vernichtenden Blick. »Jetzt bist du anscheinend vollkommen übergeschnappt. Erst einmal hat Lisbeth die Frau vor uns versteckt gehalten, bis die Schwangerschaft weit genug fortgeschritten war, und zum anderen bekommt die Linda-Kopie das Kind mit dem Wissen, dass es der Erbe einer Firma im dreistelligen Millionenwert sein wird. Und da glaubst du, sie fällt auf dich herein? Nein, Ralf, da müssen wir schon andere Maßnahmen ergreifen.«

»Welche? Bis jetzt ist doch alles schiefgegangen.«

»Es waren ja auch deine Pläne. Jetzt werde ich mich dahinterklemmen. Ich habe Stengel informiert, dass ich endlich Ergebnisse sehen will. Andernfalls kann er seine Rechnung in den Ofen stecken.«

»Und was ist, wenn er eine Zentralheizung hat?«, fragte Ralf bissig.

Noch während sein Vater ihm drastisch erklärte, wo Stengel sich die Rechnung sonst noch hinstecken könne, näherte sich jemand dem Haus. Kurz darauf klingelte es, und wenig später führte sein Butler Hübner herein.

»Grüß Gott, Herr Hübner. Es freut mich, dass Sie meiner Einladung gefolgt sind«, begrüßte Carl Siebert den Gast jovial. »Setzen Sie sich doch! Einen Schluck Whisky gefällig? Oder ziehen Sie etwas anderes vor? Hier sind ein paar Kleinigkeiten für den Fall, dass Sie hungrig sind.«

»Danke, das bin ich wirklich. Ich bin direkt von der Firma aus hierhergekommen.«

»Ihr neuer Chef räumt ja eine Ausschreibung nach der anderen ab. Da haben Sie einiges zu tun, damit Ihnen die Arbeit nicht über den Kopf wächst.«

Hübner verkniff sich ein Lächeln, denn Lisbeths Schwager war deutlich anzumerken, wie wenig ihm dies passte.

Carl Siebert blieb aber freundlich, schenkte Hübner persönlich einen Whisky ein und schob ihm das Tablett mit den Lachs- und Hummerschnittchen hin.

Hübner bediente sich mit gutem Appetit und trank auch einen Schluck Whisky, bevor er sich Siebert zuwandte.

»Wir haben natürlich viel Arbeit, denn wenn viele Aufträge kommen, müssen die auch gestemmt werden.«

Carl Siebert nickte. »Wem sagen Sie das? Ihnen muss ja eine Tonnenlast auf den Schultern liegen. Ich habe letztens Ihren früheren Geschäftsführer Bolger getroffen. Dieser bezweifelt, dass Christaller den Überblick behalten hat. Ich hoffe, Sie müssen dessen Fehler nicht ausbügeln. Aber da Sie gerade das Wort lukrativ in den Mund nehmen: Laut Bolger kann Ihre Firma bei den Angeboten, die Christaller macht, nicht viel verdienen. Er glaubt sogar, dass Sie damit Verlust machen.«

»Erwarten Sie eine Antwort von mir?«, fragte Hübner belustigt.

Er hatte etliche Verbesserungsvorschläge gemacht, die von Lisbeth Siebert nicht nur angenommen, sondern auch entsprechend honoriert worden waren. Nicht zuletzt deswegen konnten sie mittlerweile billiger produzieren als die Konkurrenz. Das aber war nichts, was Carl Siebert etwas anging.

»Natürlich nicht«, sagte dieser mit einem missglückten Lachen. »Sie werden jedoch verstehen, dass mir diese Entwicklung Sorgen bereitet. Immerhin fallen die Ludwig-Siebert-Werke durch einen Vertrag zwischen meinem Bruder und mir an mich, wenn es keinen Leibeserben gibt. Sie wissen ja selbst, wie schwer mein Neffe bei jenem Unfall verletzt wurde. Laut ärztlicher Expertise gibt es keine Hoffnung auf Heilung. Er wird noch ein paar Wochen im Koma vor sich hin vegetieren und dann diese Welt verlassen.«

Unbewusst nickte Hübner. Da Lisbeth ihn nicht in ihren Plan eingeweiht hatte, sich über einen Umweg einen Enkel zu beschaffen, musste er damit rechnen, dass Carl Siebert bei dem zu erwartenden Rechtsstreit mit seiner Schwägerin als Sieger hervorging. Bolger hätte sich in einem solchen Fall Carl Siebert angeschlossen, um seinen Posten behalten zu können. Er war jedoch jung und konnte damit rechnen, von Lisbeth Siebert ein ausgezeichnetes Zeugnis zu erhalten, mit dem er jederzeit auf einen ebenso guten Posten wie den jetzigen hoffen konnte. Da ihn jedoch interessierte, welche Pläne Siebert schmiedete, wiegte er scheinbar unschlüssig den Kopf.

»Es steht mir nicht zu, hier irgendetwas zu sagen. Ich mache meinen Job.«

»Das ist eine gute Einstellung«, lobte ihn Siebert. »Aber Sie sollten auch an später denken. Christaller fliegt auf jeden Fall, sobald ich das Werk übernommen habe. Ich werde aber dort jemanden brauchen, der die Abläufe kennt.«

»Das tue ich wohl«, antwortete Hübner.

»Mich würde interessieren, um wie viel Christaller meine Angebote unterbietet, aber auch, wie lange er das noch durchhalten kann.«

Damit ließ Carl Siebert die Katze aus dem Sack. Er brauchte Informationen, um endlich wieder einmal einen Auftrag an Land ziehen zu können. Außerdem hoffte er, Hübner dazu zu bringen, Sand ins Getriebe der Ludwig-Siebert-Werke zu streuen.

Hübner begriff die Absicht seines Gastgebers. Er nahm sich das nächste Hummerschnittchen, um Zeit zum Nachdenken zu gewinnen, und wiegte, als er es gegessen hatte, scheinbar unschlüssig den Kopf. »Es wird langsam knapp, sowohl was den Gewinn angeht wie auch bei der Auslastung des Werks.«

»Sie fabrizieren inzwischen bereits sechs Tage in der Woche. Die Überstunden- und Wochenendzuschläge dürften die Produktionskosten noch einmal steigern«, sagte Carl Siebert in der Hoffnung, mehr zu erfahren.

»Wir werden in Kürze auch sonntags arbeiten müssen«, erklärte Hübner.

»Das kommt noch teurer.« Obwohl die Zahlen seiner Firma seit ein paar Monaten im tiefroten Bereich lagen, sah Carl Siebert endlich Licht am Ende des Tunnels. Dieser Grünschnabel

Bernd Christaller hatte sich mit seinen Ausschreibungen eklatant übernommen.

»Sehen Sie, mein lieber Hübner, bestünde nicht dieser Vertrag zwischen meinem Bruder und mir, würde ich sagen, das Ganze geht mich nichts an. Soll doch meine Schwägerin sehen, wie sie damit zurechtkommt. Als zukünftiger Besitzer der Ludwig-Siebert-Werke muss ich jedoch darauf achten, dass die Firma in einem ordentlichen Zustand verbleibt.«

»Das sehe ich ein.«

Carl Siebert beugte sich vor und fasste nach Hübners rechten Arm. »Aus diesem Grund muss ich wissen, was in der Firma meiner Schwägerin vor sich geht.«

»Das sehe ich auch ein«, wiederholte Hübner.

»Sie sollten sich überlegen, ob Sie nicht der Mann sind, der mich informieren kann. Wenn das Werk an mich fällt, benötige ich einen fähigen Geschäftsführer.«

Bei diesem Angebot geriet sogar Hübner kurz in Versuchung. Schließlich hatte er gehofft, den alten Bolger selbst ablösen zu können. Stattdessen hatte ihm seine Chefin Bernd Christaller vor die Nase gesetzt.

»Ich muss es mir überlegen«, sagte er nach einer kurzen Pause.

»Das ist selbstverständlich.« Carl Siebert nickte zufrieden. Wie es aussah, hatte er den Mann an der Angel.

»Hier ist meine Karte mit der Handynummer. Rufen Sie mich an, sobald Sie eine Entscheidung getroffen haben.« Siebert schenkte Hübner noch einen Whisky ein und verabschiedete ihn wenig später mit größter Freundlichkeit.

»Was meinst du, Vater? Wird er es machen?«, fragte Ralf, als Hübner gegangen war.

Carl Siebert nickte selbstbewusst. »Ich weiß von Bolger, dass Hübner Bernd Christaller nicht mag. Daher wird er alles tun, um Lisbeths Protegé an den Karren zu fahren.«

Auf dem Weg nach Hause zweifelte Hübner noch. Doch kaum war er in seinen vier Wänden, wählte er Bernds Nummer an und berichtete ihm von seinem Gespräch mit Siebert. Er verschwieg dabei auch nicht, dass dieser ihm den Geschäftsführerposten der Firma angeboten hatte.

8.

Hübners Anruf war nicht der einzige, den Bernd und Lisbeth erhielten. Frau Winkler hatte sich entschieden, Lisbeth über den seltsamen Brief zu informieren, der für Daniela in den Briefkasten geworfen worden war. Da sie das speckig aussehende Kuvert nicht geöffnet hatte, konnte sie nur den Namen Mike als Absender nennen. Als Lisbeth Daniela davon berichtete, wurde deren Miene eisig.

»Also habe ich mich im Park nicht getäuscht.«

»Was meinst du damit?« Lisbeth konnte dem Gedankengang nicht gleich folgen, zuckte dann aber zusammen. »Du meinst den Mann mit dem Hund?«

Daniela nickte. »Ich dachte mir schon, ihn erkannt zu haben. Wenn ich das Schwein erwische, drehe ich ihm die Eier ab! Nur weil er sein Kokain in meinem Schrank versteckt hat, musste ich ein halbes Jahr in den Knast.«

Für den Moment war sie wieder die alte Daniela, die es darauf angelegt hatte, ihre Umgebung mit ihrer Sprache zu schockieren.

Obwohl sie dies laut Vertrag zu unterlassen hatte, tadelte Lisbeth sie nicht, sondern legte ihr die Hand auf die Schulter. »Man trifft im Leben immer wieder auf üble Gestalten. Bei dir ist es dieser Mike und bei mir mein Schwager.«

»Ich frage mich nur, wie der Kerl an Carl Siebert geraten ist. Solche Leute sind nicht gerade der Umgang, den er im Allgemeinen pflegt«, erwiderte Daniela, winkte dann aber ab. »Sich jetzt den Kopf darüber zu zerbrechen, bringt nichts. Erst muss ich seinen Brief lesen.«

»Soll ich Frau Winkler anrufen, damit sie ihn öffnet und dir vorliest?«, fragte Bernd.

Daniela schüttelte den Kopf. »Das möchte ich selbst tun. Es kann sein, dass sie einige Anspielungen nicht begreift und daher nicht richtig weitergeben kann.«

»Wir werden deswegen aber nicht früher nach Hause fahren«, warf Max ein. »Ich möchte morgen nach Murano, um bei einem der Glasbläser zwei Schmuckfenster für die Villa eines Freundes zu bestellen.«

»Wir wollten uns eigentlich erholen, doch unsere Männer denken nur an ihre Geschäfte«, spottete Lisbeth.

»Mein Geschäft ist zufällig auch das deine«, gab Bernd amüsiert zurück.

»Ich hoffe, dass sich Hübner nicht von meinem Schwager kaufen lässt«, sagte Lisbeth besorgt, doch Bernd winkte ab.

»Dafür ist er zu ehrgeizig. Hübner will Vorstandsvorsitzender eines Industriegiganten werden und kann sich keine Flecken auf seinem Lebenslauf leisten. Ich werde ihn morgen anrufen und gemeinsam mit ihm überlegen, welche Informationen wir deinem Schwager zukommen lassen können.«

»Hoffentlich so richtig falsche!«, fauchte Lisbeth.

»Das halte ich nicht für gut. Wir müssen halbwegs bei der Wahrheit bleiben, ihm aber dabei genug verschweigen, damit er es anders auffasst, als es der Wirklichkeit entspricht.«

»Das wird ein Kampf der Giganten. Auf der einen Seite der alte Champion Carl Intrigantus Siebert, auf der anderen der junge Herausforderer Bernd Trickreich Christaller. Es werden Wetten auf den Ausgang angenommen.«

Max' Bemerkung löste die Spannung, und alle vier lachten. Doch sie wussten, dass die schönen Tage in Venedig bald vorbei sein und danach eine harte Zeit vor ihnen liegen würde.

NEUNTER TEIL
Der Überfall

1.

Der Umschlag stank nach abgestandenem Bier, Zigarettenrauch und Schweiß. Früher hätte so etwas Daniela nicht gestört, nun aber hob sich ihr der Magen, und sie reichte das Kuvert mit einem kläglichen Lächeln an Bernd weiter.

»Kannst du es für mich aufmachen? Mir wird übel davon.«

Sofort war Nicolet da und massierte ihr die Schläfen, während Bernd sich einen Brieföffner schnappte und den Umschlag aufschlitzte. Dieser enthielt nur ein einzelnes Blatt.

»Willst du ihn lesen?«, fragte er Daniela.

»Nein danke, der Zettel riecht wahrscheinlich genauso wie das Kuvert.«

Bernd schnupperte daran und nickte. »Tut er. Anscheinend hat der Mann Bier darauf geschüttet, ihn mit Zigarettenasche bestreut und sich damit den Schweiß aus den Achseln gewischt.«

»Ich frage mich, ob Mike damals schon so schlampig gewesen war.«

… und vor allem, was ich an ihm gefunden habe, fragte Daniela sich.

Dabei war es ihr eigentlich klar. Nachdem sie ihr Zuhause heimlich hatte verlassen können, war sie froh gewesen, bei jemandem unterzukommen, der sie freundlich behandelt hatte. Mike war auch nicht sofort zudringlich geworden, sondern hatte sie erst nach einigen Tagen so weit gebracht, sich für ihn hinzulegen. Für sie war es der Preis gewesen, den Schlägen ihres Vaters und all seinen wirren Vorschriften und Gängeleien entkommen zu sein. Im Nachhinein sagte sie sich jedoch, dass Mike die denkbar schlechteste Wahl für sie gewesen war.

Während Daniela ihren Gedanken nachhing, las Bernd den

Wisch durch. Als er fertig war, sah er Daniela nachdenklich an. »Der Kerl fordert dich auf, ihn am Eingang des alten Südfriedhofs zu treffen. Er schreibt, dass er in den nächsten Tagen immer gegen drei Uhr am Nachmittag dort wäre. Du sollst ja nicht vergessen, zu kommen. Es werde dir sonst leidtun.«

»Du wirst nicht gehen!«, rief Lisbeth entsetzt.

Max hob abwehrend die Hand. »Das sollten wir Daniela überlassen. Doch wenn sie geht, muss sie gut bewacht werden.«

»Ich werde auf jeden Fall in der Nähe sein«, versprach Nuber, der seinen Dienst als Bodyguard wieder aufgenommen hatte. »Sie sollten diese Person aber nicht zu nahe an sich heranlassen. Es kann sein, dass ich schießen muss.« Das Letzte galt Daniela, die nun doch Mikes Brief in die Hand nahm. Er hatte einige Ereignisse aus ihrer gemeinsamen Zeit aufgezählt, die ihr beweisen sollten, dass er der Absender war.

»Ich frage mich, was er von mir will, nachdem er den Hund auf mich gehetzt hat. Ich mag ihn nicht sehen.«

»Sie sollten es darauf ankommen lassen«, riet Nuber. »Vielleicht erhalten wir durch ihn den Hinweis, wer hinter den Anschlägen steckt.«

»Ich werde mitkommen«, erklärte Bernd kurz entschlossen.

»Ich auch«, sagte sein Vater.

»Davon würde ich abraten«, antwortete Nuber, sah aber den Mienen der beiden an, dass diese sich nicht würden abhalten lassen.

»Also gut, verhalten Sie sich so, als wären Sie ganz normale Friedhofsbesucher. Ich werde mich ebenfalls so tarnen.«

»Ich will Mike nicht treffen!«, rief Daniela außer sich, begriff dann aber selbst, dass sie sich ihrer Vergangenheit stellen musste. »Wenn Sie es für richtig halten, Herr Nuber, bin ich dazu bereit.«

»Es ist nicht ungefährlich«, gab der Personenschützer zu.

»Aber es ist derzeit die einzige Chance, an die Hintermänner heranzukommen, die die Anschläge auf Sie geplant haben. Ich werde Sie mit einem Mikrofon und einem kleinen Sender ausstatten, um Ihr Gespräch mit Mike aufzunehmen.«

Daniela rang sich ein Lächeln ab. »Dann machen wir das so. Ich werde ihn allerdings auch fragen, weshalb er das Rauschgift in meinem Schrank versteckt hat. Ohne das Zeug wäre ich mit Bewährung und Sozialstunden davongekommen. Jetzt aber will ich an meinen Computer und lernen. Das ist sinnvoller, als die ganze Zeit nur an Mike und seinen hinterhältigen Angriff zu denken.«

2.

Daniela stieg aus dem Auto, das Lisbeths Chauffeur in der Nähe des Eingangs des Alten Südfriedhofs geparkt hatte, und blickte sich nervös um. Von Bernd und Max war nichts zu sehen. Dafür kam ein scheinbar von Kummer gebeugter Mann mit einem riesigen Blumenstrauß den Gehsteig entlang und schlurfte an ihr vorbei. Sie brauchte einen Augenblick, um Nuber zu erkennen. Der Blumenstrauß diente als Tarnung für die Pistole, die er schussbereit in der Hand hielt. Es beruhigte sie, ihn in der Nähe zu wissen, denn er würde sich sicher kein zweites Mal mehr so überraschen lassen wie bei dem Angriff des Hundes.

Mit diesem Gedanken trat sie auf das Tor zu und entdeckte Mike auf Anhieb. Er stand vor einem pompös ausgestatteten Grabmal und hielt eine Zigarette in der Hand. Mit Erleichterung sah Daniela, dass er keinen Hund bei sich hatte. Dafür war sie jetzt endgültig sicher, dass er das Biest auf sie losgelassen hatte, denn er trug dieselbe Kleidung wie an jenem Tag. Hatte er früher auch schon so abgerissen ausgesehen?, fragte sie sich. Wahrscheinlich ja. Immerhin hatte sie bei ihrer Einlieferung ins Gefängnis ähnliche Kleidung getragen. Damals hatten Mike und sie über die Spießbürger gespottet, die sich über ihre zerrissenen, abgetragenen Sachen mokiert hatten.

Mike hatte sie entdeckt und kam auf sie zu. Auf Nubers Ratschlag hin hob sie die Hand. »Bleib bitte ein paar Meter von mir weg. Ich vertrage den Zigarettenrauch nicht.«

Zu ihrer Erleichterung blieb Mike stehen und starrte sie an. »Hast dir nach dem Knast nicht viel Zeit gelassen, dir einen dicken Bauch zu holen«, meinte er mit einem angespannten Grinsen.

»Gut, dass du mich an das Gefängnis erinnerst. Ohne dich Schwein wäre ich erst gar nicht hineingekommen. Warum hast du dein Kokainpaket in meinem Schrank versteckt? Der Richter hat mir nicht geglaubt, dass ich nichts damit zu tun hatte, und mir ein halbes Jahr ohne Bewährung aufgebrummt«, rief Daniela zornig.

Mike lachte. »Sieht nicht so aus, als hätt's dir zum Schlechten ausgeschlagen. Du trägst Markenklamotten, wirst im Auto spazieren gefahren und wohnst so schick wie nicht einmal der Ministerpräsident von Bayern. Schätze, der Kerl, der dir den dicken Bauch verschafft hat, und seine Familie wissen nichts von deiner buntscheckigen Vergangenheit.«

»Was willst du damit sagen?«, fragte Daniela, obwohl sie ahnte, wohin Mike hinauswollte.

»Findest du es nicht ungerecht, dass du im Geld schwimmst, während ich nicht einmal mehr weiß, wie ich meine Miete bezahlen kann?«

»Nein, das finde ich nicht ungerecht«, antwortete Daniela ätzend. »Es ist genau das, was ich dir wegen des Kokains in meinem Schrank vergönne.«

»Daran war Gary schuld. Der hat es in deinem Schrank gesteckt«, log Mike. »Es war halt Pech, dass die Bullen gerade in der Zeit unsere Wohnung durchsucht und es gefunden haben. Einen Tag später wär der Stoff nicht mehr da gewesen. Aber das interessiert jetzt nicht. Du hast Geld und ich keins. Daher sollten wir einen Transfer machen, damit ich wieder flüssig bin. Ich müsste sonst der Frau Dr. Siebert stecken, wen sie da in ihr Haus aufgenommen hat.«

Daniela zog eine Augenbraue hoch. »Ach so meinst du das. Weißt du, was du mich kannst? Außerdem steht noch die Rechnung wegen des Kampfhundes offen, den du auf mich gehetzt hast. Glaubst du, ich hätte das vergessen?«

»Das war ein Versehen. Ich hab nicht gewusst, dass du das bist«, platzte Mike heraus.

»Du wirst mir jetzt verraten, wer dich dazu angestiftet hat.« Daniela sah, dass Nuber mittlerweile hinter Mikes Rücken stand, um jederzeit eingreifen zu können. Außerdem näherten sich auch Max und Bernd.

»Warum soll mich einer angestiftet haben? Mir ist halt der Hund ausgebüxt.«

Daniela sah Mike an, dass er log und mehr über die Sache wusste. Wenn sie ihn zum Sprechen bringen konnte, würde sie vielleicht sogar seine Verbindung zu Carl Siebert aufdecken.

»Du hast nie einen Hund gehabt und könntest nicht einmal das Futter für so ein Riesenvieh bezahlen. Wer steckt also hinter dem Ganzen?«

»Niemand.«

Mike klang sauer. Da sein Anschlag auf Daniela misslungen war, hatte er sich bisher nicht zu Stengel getraut. Nun überlegte er, ob er Daniela so zusammenschlagen sollte, dass sie das Kind verlor, um den Detektiv doch noch zufriedenzustellen. Als er sich jedoch umsah, entdeckte er in der Nähe einen Mann mit einem großen Blumenstrauß und weiter hinten zwei Männer, die unverwandt zu ihm herschauten. Es dauerte einen Augenblick, bis er sie als diejenigen erkannte, die mit Daniela im Auto gesessen waren.

»Scheiße!«, murmelte er und funkelte Daniela wütend an. »Du hast dir gleich Unterstützung mitgebracht, du Schnalle, aber das tränk ich dir ein.«

Mit zwei Sätzen war er bei ihr und holte mit der Rechten aus, um zuzuschlagen. Trotz ihres Umfangs wich Daniela ihm geschickt aus. Zu einem zweiten Versuch kam er nicht, denn Nuber schleuderte ihn mit einem Judogriff zu Boden.

Mike begriff, dass es für ihn um alles ging. Obwohl er hart

aufgeschlagen war und ihm die Schulter wehtat, riss er sich los, sprang auf und rannte davon.

»Halt, stehen bleiben!«, rief Nuber und zielte mit der Pistole auf ihn. Er begriff jedoch selbst, dass er nicht ohne einen stichhaltigen Grund auf den Mann schießen konnte, und rannte hinter ihm her. Auch Bernd lief los, während Max auf Daniela zukam und sie bei der Hand fasste.

»Geht es dir gut?«

Daniela nickte. »Danke. Mir ist nichts passiert, denn Nuber war diesmal schnell genug.«

»Hoffentlich ist er es jetzt auch«, sagte Max und sah den drei Männern nach, die quer durch den Friedhof rannten und dabei mehreren ausländischen Nonnen in die Quere kamen. Mike packte im Vorbeilaufen eine davon und stieß sie gegen Nuber. Dieser konnte zwar einen Sturz vermeiden, verlor aber Zeit und wurde sogar von Bernd überholt. Der begriff inzwischen, dass er in der letzten Zeit zu wenig für seine Fitness getan hatte, biss aber die Zähne zusammen, um Mike doch noch einzuholen.

»Sie kriegen ihn nicht!«, rief Daniela erbittert. »Wenn Mike etwas kann, ist es davonlaufen. Das hat er auch damals getan, als die Polizei mit einem Durchsuchungsbefehl in unsere Wohnung gekommen ist. Mich aber haben sie wegen des Kokains in meinem Schrank mitgenommen.«

Bei der Erinnerung daran kamen ihr die Tränen.

Max nahm sie tröstend in den Arm. »Es wird alles gut werden, Daniela. Bald kommt dein Kind auf die Welt.«

»Mein Kind.« Daniela schnaubte leise. »Es wird Lisbeths Kind oder besser gesagt ihr Enkel sein. Ich werde dann nicht mehr gebraucht.«

»Doch, laut Vertrag noch zwei Jahre«, wandte Max ein und sagte sich, dass die Zeit ausreichen würde, um das Verhältnis Danielas zu Lisbeth und vor allem zu seinem Sohn so zu gestalten, wie er es sich wünschte. »Es wird Lisbeths Enkel, das stimmt. Aber du bist die Mutter. Das wird auch Lisbeth nicht bestreiten. Ich gebe zu, dass sie das Kleine am Anfang ganz für sich haben wollte. Inzwischen denkt sie aber anders darüber«, sagte er und wies dann auf Bernd, der keuchend zu ihnen zurückkehrte und enttäuscht den Kopf schüttelte.

»Der Kerl ist mir davongelaufen. Ich muss einfach wieder mehr joggen.«

»Daniela hat schon gesagt, dass Mike ein sehr schneller Läufer wäre«, erklärte sein Vater.

»Dann wollen wir hoffen, dass Nuber ihn erwischt.« Bernd schämte sich vor Daniela, die ihn für einen jämmerlichen Couch-Potato halten musste.

Zu Bernds Ärger kam auch Nuber mit leeren Händen zurück. »Der Bursche hat mich abgehängt«, sagte der Bodyguard wütend. »Auf einmal war er weg. Ich habe gesucht wie ein Irrer, ihn aber nicht mehr gefunden.«

»Das ist dumm. Mike hätte uns sicher einiges verraten können.«

Daniela war so sauer darüber, dass sie für einen Augenblick wünschte, Nuber hätte Mike mit der Schusswaffe gestoppt. Doch auch ihr war klar, dass es für einen Mann wie ihn eine Grenze gab, die er nicht überschreiten durfte. Es war etwas anderes, bei einem Angriff auf einen Schutzbefohlenen die Waffe zu ziehen, als einem Fliehenden in den Rücken zu schießen.

»Wir sollten nach Hause fahren. Ich habe Hunger«, sagte sie und wandte sich zum Gehen. Max bot ihr den Arm, während Bernd und Nuber ihr mit Mienen folgten, als wären ihnen alle Felle davongeschwommen.

3.

Mike hatte noch nie in seinem Leben so rennen müssen wie diesmal, und er war auch nur entkommen, weil er den Alten Südfriedhof besser kannte als seine Verfolger. Immerhin hatte er hier als Friedhofsbesucher getarnt mit Rauschgift gehandelt. Als er jetzt die Waltherstraße in Richtung Goetheplatz entlangging und dabei die Hand gegen die stechende Seite presste, verfluchte er Daniela. Wie es aussah, wusste ihr Lover von ihrer Vergangenheit und war womöglich sogar scharf darauf, eine Knastschwester im Bett zu haben. Aber davon konnte er sich nichts kaufen.

Wütend kickte er eine Bierdose durch die Gegend und kicherte, als sie gegen ein geparktes Auto knallte. Wie er diese braven Bürger hasste, die Auto, Wohnung und einen Beruf hatten, während er selbst am Existenzminimum krebste. Wenn er es wenigstens geschafft hätte, Daniela um ein paar große Scheine zu erleichtern. So aber würde er in ein paar Tagen auf der Straße stehen und »Unter der Wittelsbacher Brücke 1« als neue Adresse angeben müssen.

»Der Teufel soll Daniela holen und das andere Gesindel mit dazu«, stieß er hervor, als er den Goetheplatz erreichte und dort in die U3 Richtung Marienplatz einstieg. Erst als er dort ins Gewimmel der Touristen eintauchte, fühlte er sich vor Verfolgern sicher.

Um sich zu erholen, wollte er in ein Café gehen, blieb aber vor der Tür stehen. Hatte er in letzter Zeit auch hier schon die Zeche geprellt? Er wandte sich verärgert ab und schlenderte in Richtung Hofgarten. Dort gab es ein Café, in dem er noch nie gewesen war.

Während Mike dort ein Bier trank und dazu Weißwürste aß, überlegte er, was er tun sollte. Auch wenn er Angst davor hatte, von Stengel zur Schnecke gemacht zu werden, blieb ihm nichts anderes übrig, als sich bei diesem zu melden. Vielleicht gab ihm der Detektiv doch Geld oder bot ihm wenigstens die Gelegenheit, welches zu verdienen.

Er ließ ein gutes Viertel Bier im letzten Glas, ging zur Toilette und verschwand auf Nimmerwiedersehen. Nach zweimaligem Wechsel der U-Bahn erreichte er das kleine Büro, über das Stengel Kontakt mit Leuten hielt, von denen er nicht wollte, dass sie in seiner Detektei gesehen wurden. Mike klingelte mehrmals, ohne dass sich jemand meldete. Erst als er wieder gehen wollte, erklang die Stimme des Detektivs aus dem Lautsprecher.

»Siehe da, mein Freund Mike. Ich hatte erwartet, dich eher zu sehen.«

Besonders freundlich hörte sich das nicht an, fand Mike, schluckte ein paarmal, um den Frosch zu vertreiben, der sich in seinem Hals breitgemacht hatte. »Ich kann nichts dafür. Ich …«

»Darüber reden wir persönlich. Komm morgen früh um neun wieder«, unterbrach Stengel ihn. Danach knackte es, und die Verbindung war beendet.

Mike ärgerte sich, weil er so knapp abgefertigt worden war. Mangels Alternativen würde ihm nichts anderes übrig bleiben, als am nächsten Tag wiederzukommen. Da er nicht gleich nach Hause wollte, überlegte er wieder, in welchem Gasthaus er noch nicht die Zeche geprellt hatte, und fand, dass er besser eine Liste angelegt hätte. Sein Gedächtnis ließ ihn allmählich im Stich, und so begnügte er sich damit, in einem Supermarkt eine Flasche Bier zu klauen und diese auf einer Bank im Englischen Garten zu leeren.

4.

Als Daniela nach Hause kam, hatte Katrijn Speckpfannkuchen gebacken und koffeinfreien Latte macchiato gemacht. Daher verschwand Daniela nur kurz, um sich frisch zu machen, und begann bereits zu essen, während Max und Bernd noch berichteten, wie dieser Mike ihnen entgangen war.

»Nuber hat sich gleich an seinen Laptop gesetzt, um die Adresse des Kerls herauszufinden«, setzte Max hinzu.

Daniela trank einen Schluck und schüttelte dann den Kopf. »Da wird er Pech haben. Mike hat sich nie offiziell angemeldet. Die Vermieter, von denen er noch eine Wohnung bekommt, nehmen es nicht so genau.«

»Auf jeden Fall hast du den Kerl elegant abblitzen lassen«, lobte Max sie.

»Mir gefällt es nicht, dass Daniela sich in Gefahr begeben muss«, wandte Lisbeth ein. »Wenn ihr das nächste Mal jemanden als Lockvogel braucht, dann nehmt mich.«

»Davon würde ich abraten«, erklärte Daniela. »Im Gegensatz zu mir bist du unersetzlich. Wenn du umgebracht oder auch nur schwer verletzt wirst, wird sich Carl Siebert die Verfügungsgewalt über deine Firma sichern. Ihn dann noch zu vertreiben, dürfte fast unmöglich sein.«

»Ich muss Daniela recht geben«, stimmte Max ihr zu. »Ohne dich hat Daniela kaum eine Chance, sich gegen deinen Schwager zu behaupten. Es würde ihr bereits schwerfallen, einen DNA-Test durchzusetzen, um beweisen zu können, dass ihr Kind von Jens stammt. Und selbst wenn, würde die Angelegenheit jahrelang die Gerichte beschäftigen. In der Hinsicht war Carl Siebert dumm. Er hätte seinen Fokus nicht auf Daniela, sondern auf dich richten müssen.«

»Vielleicht tut er es jetzt«, wandte Bernd ein. »Er dürfte inzwischen wissen, wie gut Daniela beschützt wird.«

»So gut auch wieder nicht.« Lisbeth hatte Nuber nicht verziehen, dass Daniela den angreifenden Hund an der Zunge hatte packen müssen, bevor ihr Bodyguard ihn erschießen konnte.

»Heute war Nuber gut«, erklärte Daniela zwischen zwei Bissen Speckpfannkuchen. »Als Mike zuschlagen wollte, habe ich mich zwar weggedreht, aber Nuber hat ihn nicht zum Schlag kommen lassen.«

»Dafür ist ihm der Kerl davongelaufen«, erklärte Lisbeth erregt.

»Da musst du auch mir die Schuld geben. Wenn ich schneller reagiert hätte, hätte ich Mike aufhalten können«, sagte Bernd kleinlaut.

»Jetzt streitet euch nicht. Das tut mir nicht gut«, erklärte Daniela und sah so hungrig auf ihren leeren Teller, dass Katrijn aufstand, um noch einen Pfannkuchen zu machen.

»Wieder mit Speck?«, fragte sie.

Daniela schüttelte den Kopf. »Nein, diesmal mit Bananen und Kokosraspeln.«

»Jetzt isst du wirklich für zwei«, meinte Carolien in freundschaftlichem Spott.

»So wie ich dich kenne, wirst du für mich ein Trainingsprogramm erstellen, durch den ich meinen Schwangerschaftsspeck bald wieder los bin«, gab Daniela gut gelaunt zurück.

»Dafür hast du nach der Geburt nur sechs Wochen Zeit, denn Katrijn, Nicolet und ich werden dann nach Hause fahren.«

Carolien lächelte bei diesen Worten sehnsüchtig. Auch wenn sie Daniela mochte und auch nichts an Unterkunft und Verpflegung auszusetzen hatte, wollte sie wieder in ihre Heimat zurückkehren.

Bei dem Gedanken, ihre niederländischen Freundinnen zu verlieren, kamen Daniela die Tränen, denn sie hatte sich so sehr an die drei gewöhnt. Deren Aufgabe war jedoch nicht lange nach dem Zeitpunkt zu Ende, an dem sie ihr Kind zur Welt bringen würde. Statt ihrer wollte Lisbeth ein Kindermädchen einstellen, welches sich um das Kleine kümmern sollte. Das wollte Daniela jedoch erst zulassen, wenn der Kampf mit Carl Siebert beendet war. Sie traute es diesem nach den bisher gemachten Erfahrungen zu, auch vor einem Kind nicht haltzumachen.

»Was sollen wir jetzt tun?«, fragte Max. »Wir können Daniela nicht hier einsperren und darauf hoffen, dass ihr nichts passiert.«

»Das stimmt allerdings«, gab Lisbeth bedrückt zu.

Bernd rieb sich gedankenverloren die Nase. »Wir müssen uns in Carl Siebert hineindenken und überlegen, was er als Nächstes unternehmen wird.«

»Ich glaube kaum, dass uns das gelingen wird«, erklärte Daniela. »Wir haben weder mit einem Flugdrohnenangriff noch mit einem Kampfhund gerechnet. Den Hund nehme ich ihm doppelt übel, denn er hätte statt meiner auch Carolien oder jemand anderen – vielleicht sogar ein Kind! – angreifen können.«

»Was sagt die Polizei dazu?«, fragte Carolien. »Die muss doch ein Interesse daran haben, die Sache aufzuklären.«

»Da wir nicht beweisen können, dass Carl Siebert dahintersteckt, zucken die Herren und Damen in Blau mit den Achseln und sagen, sie können erst dann etwas unternehmen, wenn sich ein ernster Zwischenfall ereignet hat. Aber dann ist es zu spät.« Lisbeth hatte diese Auskunft von Haase erhalten und ärgerte sich daher über die Polizeibehörden.

Daniela hingegen verstand, dass diese Carl Siebert nicht auf einen vagen Verdacht hin verhaften konnten. Dies hieß für sie, weiterhin auf der Hut zu sein, um sich und ihr Kind so gut wie möglich zu schützen.

»Er könnte versuchen, die Villa anzünden zu lassen«, sagte sie in Gedanken.

Max horchte auf. »Das ist gar keine so schlechte Überlegung.«

»Meine Villa anzuzünden?«, fragte Lisbeth bissig.

»Das nicht«, antwortete Max mit einem nachsichtigen Lächeln. »Ich meine Danielas Idee. Viel mehr Möglichkeiten hat dein Schwager nicht mehr.«

»Das Haus verfügt über eine ausgezeichnete Alarmanlage. Außerdem würden die Rauchmelder anschlagen. Wenn das geschieht, können wir das Haus noch verlassen – und wenn es im Nachthemd ist«, erklärte Lisbeth und warf einen Blick auf die Stelle der Decke, an der ein Rauchmelder so geschickt befestigt war, dass er kaum auffiel.

»Weiß Carl Siebert von der Alarmanlage?«, fragte Daniela.

Lisbeth nickte. »Er wird es annehmen.«

»Kann man diese Dinger hacken?«, wollte Bernd wissen.

»Die Anlage ist gut abgesichert. Wenn irgendjemand versucht, sich dem Haus zu nähern, gibt es bereits Alarm.«

»Das heißt, dein Schwager müsste auf andere Weise dafür sorgen, dass wir nicht davonkommen«, erwiderte Daniela und schüttelte sich.

»Sie könnten die Fenster und Türen versperren«, überlegte Max.

Lisbeth schüttelte den Kopf. »Du vergisst die Alarmanlage, mein Lieber.«

»Es wäre auch zu auffällig«, wandte Daniela ein. »Solche Manipulationen würden bei der Untersuchung des Brandes entdeckt. Dein Schwager muss sich schon etwas anderes einfallen lassen.«

»Aber was?« Diese Frage konnte Lisbeth niemand beantworten. Alle begriffen jedoch, dass Carl Siebert bald handeln musste, wenn er nicht als Verlierer aus dieser Sache herauskommen wollte.

5.

Da das Abendessen nur noch aus Resten bestand, die Mikes Kommentar zufolge nach Arsch und Friedrich schmeckten, hatte es zwischen ihm und Susi einen heftigen Streit gegeben. Seine Freundin war entsprechend sauer und hatte sich auch am nächsten Morgen noch nicht beruhigt.

»Entweder gibst du mir genug Haushaltsgeld, damit ich vernünftig einkaufen kann, oder wir sind geschiedene Leute«, erklärte sie, während sie schwarzen Tee kochte, der zusammen mit einer Scheibe Brot ihr ganzes Frühstück darstellte.

»Du weißt, dass meine Geschäfte zurzeit schlecht gehen. Ich kann mir das Geld nicht aus den Rippen schneiden.«

»Ich dachte, du wärst ein richtiger Macker, der diesen fettärschigen Bonzen Stoff verkauft und dabei einen Haufen Kohle verdient«, giftete Susi zurück.

»Meine Hauptkunden sind erwischt worden, und ich habe noch keine neuen gefunden«, antwortete Mike mühsam beherrscht.

»Dann würde ich es einmal mit Arbeiten probieren.«

Mike verzog das Gesicht. Seit er vom Gymnasium geflogen war, hatte er sich als Gegenpol zur geordneten Spießerwelt gesehen. Inzwischen hatte er jedoch schmerzlich erfahren müssen, dass auch ein Kanapeerevoluzzer wie er nicht ohne Geld auskommen konnte. Irgendwann hatte er in der letzten Kneipe die Zeche geprellt und konnte nirgends mehr hinein. Beim Handel mit Kokain hatten ihn andere Dealer, die besser untereinander vernetzt waren, aus dem Geschäft gedrängt, und auch der Taschendiebstahl brachte nicht mehr genug zum Leben ein. Zum ersten Mal hatte er das Gefühl, ein Versager zu sein.

Mike überlegte, ob er ihr erneut den Vorschlag machen sollte, sich doch für zahlungswillige Kerle auf den Rücken zu legen, wenigstens, bis sie aus dem Gröbsten heraus waren. Beim letzten Mal hatte sie jedoch gedroht, eher ihre Klamotten packen und zum nächstbesten Bekannten zu ziehen, als dabei mitzumachen.

»Es ist alles scheiße!«, fluchte er und sah auf die Uhr. Wenn er rechtzeitig bei Stengel sein wollte, musste er sich beeilen.

»Ich geh in die Stadt«, erklärte er.

»Bring ja Geld mit!«, fauchte seine Freundin.

Dumme Kuh, dachte er und fand es ungerecht, dass Susi eine noch größere Niete als Daniela im Besorgen von Dingen war, die anderen gehörten, aber für sie zum Überleben notwendig waren.

Als er den nächstgelegenen U-Bahnhof betrat, warnte ihn sein Instinkt vor möglichen Kontrollen, und er verließ ihn durch den anderen Ausgang. Unterwegs sah er, wie die Kontrolleure alle abfingen, die vom Bahnsteig hochkamen, und grinste. Er musste zwar ein Stück laufen, hatte aber die Knechte des Establishments wieder einmal ausgetrickst.

Als er diesmal an dem Haus die Klingel von Stengels Büro drückte, wurde ihm sofort geöffnet. Er stieg zwei Treppen hoch, fand die Tür angelehnt und trat ein. In der Wohnung des Detektivs sah er sich vier stark tätowierten Kerlen gegenüber, von denen jeder einen halben Kopf größer war als er und so breite Schultern hatte, dass sie die eng anliegenden T-Shirts zu sprengen drohten. Zuerst glaubte er, der Detektiv wolle ihm eine Abreibung verpassen lassen, und drehte sich schon halb um, um die Tür zu erreichen. Doch da kam Stengel grinsend auf ihn zu und reichte ihm die Hand.

»Schön, dass du gekommen bist. Ich habe einen Job für euch.«

Der Detektiv gab sich jovial und selbstbewusst. Doch ihm war nicht sonderlich wohl zumute. Er hatte zwar in der Vergangenheit den einen oder anderen Diebstahl angeleiert, um Beweise für seine Auftraggeber in die Hand zu bekommen. Diesmal aber war die Angelegenheit vollkommen aus dem Ruder gelaufen. Am liebsten hätte er die Finger von der Sache gelassen, doch er mochte es gar nicht, vor einem Kunden als Versager dazustehen.

Er hatte diesen Auftrag angenommen und würde ihn erfolgreich abschließen. Dafür brauchte er Männer wie Mike und die vier muskelbepackten Kerle, deren Verachtung für die Welt, die sie nicht hatte hochkommen lassen, groß genug war, um jede Schandtat zu begehen. Das einzige Problem war, selbst ungeschoren davonzukommen. Die dreihunderttausend Euro, die Carl Siebert ihm zuletzt angeboten hatte, waren schon ein guter Anfang.

»Was wollt ihr trinken?«, fragte er.

»Bier«, antwortete Mike, und die vier anderen nickten.

Stengel holte sechs Flaschen Bier aus dem Kühlschrank und machte sie auf. Beim Anblick des Etiketts pfiff einer der vier durch die Zähne.

»Das ist ja ein Edelgesöff. So was kriegen wir normalerweise nicht serviert.«

Auch Mike war zufrieden. In dem Getränkemarkt, in dem es diese feine Sorte auch gab, durften weder Susi noch er sich sehen lassen, da sie sich dort schon zu oft bedient hatten, ohne zu bezahlen.

»Was gibt es?«, fragte er in der Hoffnung, genug Geld zu verdienen, um die nächsten Wochen damit durchzukommen.

Stengel forderte sie auf, Platz zu nehmen, und setzte sich hinter seinen Schreibtisch. »Diesmal ist es eine harte Sache. Wer glaubt, es nicht durchhalten zu können, sollte lieber gleich gehen.«

»Uns ist nichts zu hart«, erklärte der Anführer der bulligen Kerle grinsend.

Auch Mike nickte. »Du weißt, dass ich vor nichts zurückschrecke.«

»Dann ist es gut.« Stengel trank einen Schluck und sah dann jeden einzelnen der Kerle an. »Es geht um eine Villa, deren Bewohnern zu einem raschen Eintritt ins Paradies verholfen werden soll.«

»Also Mord.« Einer der vier machte den Eindruck, als würde ihm das zu weit gehen.

Mike ahnte, gegen wen sich der Anschlag richten sollte, und grinste. Das vergönnte er Daniela, denn sie hatte ihn genug geärgert.

»Ich bin auf jeden Fall mit von der Partie«, erklärte er und stellte die Frage, die ihn am meisten interessierte: »Was springt dabei heraus?«

Laut Carl Siebert hätte Stengel die Kerle von den dreihunderttausend Euro bezahlen sollen, die er erhalten hatte. Auch wenn seine Lust dazu nicht gerade groß war, musste er die fünf mit ein paar Scheinen ködern.

»Fünftausend für jeden von euch.«

Mike schüttelte den Kopf. »Das ist viel zu wenig.«

»Das sage ich auch«, stimmte ihm der Anführer der vier Schläger zu.

»Leute, wo soll ich's denn hernehmen?«, stöhnte Stengel.

»Zehntausend! Drunter mach ich's nicht«, rief Mike, und seine Augen glitzerten gierig. Wenn er Daniela eine ultimative Abreibung verpassen und gleichzeitig ein Bündel Scheine dafür einstecken konnte, wurde die Sache für ihn gleich doppelt amüsant.

»Nicht unter zwanzigtausend«, erklärte der Anführer.

Stengel verzog das Gesicht zu einer gramvollen Grimasse. »Leute, wenn ich jedem von euch zwanzigtausend gebe, bleibt für mich nichts übrig. Außerdem ist der Job lukrativ. In dem

Haus gibt es nämlich einen Safe, in dem etliche zehntausend Euro liegen dürften. Den Schmuck aber lasst in Ruhe! Wenn ihr den verkaufen wollt, haben euch die Kriminaler schneller am Wickel, als ihr bis drei zählen könnt.«

»Und wie bekommen wir den Safe auf?« Mike hatte Blut geleckt. Auch wenn Stengel davor gewarnt hatte, würde er den Schmuck mitnehmen. Irgendwie konnte man das Zeug immer zu Geld machen.

»Das ist ganz einfach. Ihr bittet die Besitzerin höflich, euch den Safe zu öffnen.«

»Was sie sicher tun wird«, brummte einer der vier, dem die Ironie in Stengels Worten entgangen war.

»Depp! Er meint, dass wir ihr ein bisserl Feuer unterm Hintern machen sollen«, wies ihn sein Anführer zurecht.

»Genau das sollt ihr tun, und zwar gründlich. Draußen im Gang stehen drei Flaschen mit einem Brandbeschleuniger. Dagegen ist Benzin eine lahme Brühe.«

Stengel erklärte den Männern nun minutiös, wie sie vorgehen sollten, und schloss mit den Worten, dass es wichtig sei, keine Spuren zu hinterlassen.

»Deshalb auch die drei Flaschen. Wenn das Zeug brennt, bleibt nichts übrig, was die Kripoheinis verwerten könnten.«

Stengel lächelte noch immer, behielt die fünf aber im Auge. Drei der Kerle waren abgestumpft genug, um mitzumachen, und sie würden auch ihren Kumpel dazu überreden, es zu tun. Am meisten überraschte ihn jedoch Mike, denn der sah aus, als würde er sich regelrecht darauf freuen, die Villa überfallen und ausrauben zu können. Er hält sich anscheinend für einen spät geborenen Robin Hood, der es den Reichen nehmen und einem Armen, sprich sich selbst, geben will, dachte er spöttisch.

Trotzdem war es gerade Mike, der die entscheidende Frage stellte: »Eine solche Villa hat doch sicher eine Alarmanlage.«

»Natürlich«, gab Stengel zu. »Aber die kann ich hacken. Ihr habt genau eine Stunde Zeit oder genauer gesagt neunundfünfzig Minuten. Danach gibt es einen Datenabgleich mit der Polizeiinspektion, und die Bullen merken, dass etwas nicht stimmt.«

»Eine Stunde langt uns«, erklärte der Häuptling der vier Schläger selbstbewusst.

»Wer befindet sich alles in der Villa?«, fragte Mike.

»Die Besitzerin, ihre Hausdame, die Köchin, dazu eine junge, schwangere Frau, die ebenso wie die Besitzerin nicht davonkommen darf. Außerdem könnten noch der Chauffeur und eine oder zwei weitere Frauen im Haus sein.«

»Ich bringe keine schwangere Frau um«, brummte der Mann, der schon vorhin das Gesicht verzogen hatte.

»Das brauchst du nicht. Die übernehme ich schon«, antwortete Mike mit einem bösen Grinsen.

Stengel wunderte sich erneut über ihn. Nur dafür, dass die Schwangere seine Attacke mit dem Hund überstanden hatte, war seine Reaktion zu krass. Oder war es wegen seines Hasses auf die Leute, die Geld hatten und sich alles leisten konnten?, fragte er sich. Da ihn Mikes Beweggründe nicht wirklich interessierten, schob er diesen Gedanken beiseite und zeichnete den fünfen den Plan der Villa auf, damit sie wussten, wie sie vorgehen sollten.

6.

Obwohl Daniela und ihre Freunde nicht wussten, wie weit ihre Feinde gehen wollten, fühlten sie sich bedroht. Nuber überprüfte noch einmal die Alarmanlage und die Rauchmelder und ölte die Schlösser und Türen, damit sie im Notfall leichter aufgingen. Außerdem bestimmte er Sammelpunkte in dem kleinen, zur Villa gehörenden Park, falls sie wirklich die Villa würden verlassen müssen.

Lisbeth fragte sich, ob sie nicht besser mit Daniela zusammen auf Reisen gehen sollte, um in der Ferne vor Anschlägen sicher zu sein. Doch Bernd hatte einen Haufen Arbeit im Werk, und Max musste den Entwurf für einen Hotelneubau fertigstellen. Zu seiner Erleichterung war in den USA noch keine Entscheidung über den Stadionbau gefallen, sonst hätte er hinüberfliegen und die Frauen allein lassen müssen. Kurz überlegte sie, ob sie mit Daniela nicht zu Max und Bernd ziehen sollte. Das aber würde ihr Schwager leicht herausfinden können, und sicherer als hier waren sie dort auch nicht.

»Ich wünschte, es wäre alles schon vorbei«, stöhnte Daniela, als Lisbeth, Max und sie an diesem Abend wieder zusammensaßen.

Max nickte mit verkniffener Miene. »Das würde ich mir auch wünschen. Solange Bernd und ich bei uns zu Hause übernachten, können wir euch nicht helfen, wenn hier etwas passieren sollte. Daher habe ich mir überlegt, ob wir uns nicht für ein paar Wochen hier bei dir einquartieren sollen.«

»Du glaubst, mein Schwager wäre so gefährlich, dass ihr uns beschützen müsst?« Trotz ihres spöttischen Tonfalls schauderte es Lisbeth, und sie war daher froh über diesen Vorschlag.

Als Max nickte, seufzte sie. »Dann machen wir es so. Ich lasse gleich die Fremdenzimmer für euch vorbereiten. Würdest du das tun?«

Die Frage galt Sabine Winkler, da die junge Frau, die dieser sonst zur Hand ging, bereits Feierabend gemacht hatte.

»Ich kann dir helfen«, bot Katrijn an.

»Das wäre sehr lieb.« Frau Winkler nickte lächelnd und verließ zusammen mit der Niederländerin den Raum.

Unterdessen rief Max seinen Sohn an.

»Hallo, Paps, wie geht es?«, fragte dieser.

»Im Moment noch gut«, antwortete Max und stellte sein Handy auf laut, damit die beiden Frauen mithören konnten. »Lisbeth und ich sind übereingekommen, dass wir beide für ein paar Wochen bei ihr wohnen. Könntest du zwei Reisetaschen mit den wichtigsten Sachen packen und herkommen? Den Rest holen wir morgen.«

»Gibt es etwas Neues?«, wollte Bernd wissen.

»Das nicht, aber wir haben alle ein ungutes Gefühl, was Carl Siebert betrifft. Daher will ich hierbleiben, um Lisbeth und Daniela jederzeit beistehen zu können.«

Trotz ihrer Anspannung freute Lisbeth sich, weil er sie als Erste genannt hatte. Nun aber war sie auf Bernds Antwort gespannt.

»Ich bin noch im Werk und werde sicher noch eine Stunde brauchen. Wir haben eine weitere Ausschreibung gewonnen, sind jetzt aber am Ende unserer Produktionskapazität angelangt. Daher würde ich mit Tante Lisbeth gerne über unser weiteres Vorgehen sprechen.«

Lisbeth nahm Max das Handy aus der Hand. »Das kannst du jederzeit, Bernd. Gibt es etwas Neues von Hübner?«

»Der übergibt deinem Schwager im Moment falsche Daten, die er und ich zusammen ausgearbeitet haben. Sie dürften Siebert endgültig in Panik versetzen.«

»Das heißt, er wird alles tun, um den Kopf aus der Schlinge zu ziehen, koste es, was es wolle.« Lisbeth wurde blass. »Gut zu wissen, dass uns bald Ärger ins Haus stehen kann«, antwortete sie Bernd.

»Daher halte ich den Vorschlag meines Vaters, vorerst bei euch zu bleiben, für gut. Ihr solltet auch nicht mehr aus dem Haus gehen, ohne dass einer von uns dabei ist. Ich würde vorschlagen, dass mein Vater in einem der vorderen Gästezimmer schläft und ich in Danielas Nähe untergebracht werde.«

Lisbeth sah Max fragend an. »Was meinst du?«

»Das klingt vernünftig.«

»Dann tun wir es auch.« Lisbeth beendete das Gespräch und ging zu Daniela, die sich zwischenzeitlich in ihr Arbeitszimmer zurückgezogen hatte. Dort beantwortete sie gerade einen neuen Test, um sich für die Abiturprüfung vorzubereiten.

»Dass du dich so locker auf deinen Stoff konzentrieren kannst, bewundere ich«, sagte Lisbeth kopfschüttelnd. »Mir gehen alle möglichen Dinge durch den Kopf, mit denen mein Schwager uns schaden kann.«

Daniela klickte die richtige Antwort an und drehte sich dann zu ihr um. »Ich tue es, um mich abzulenken und mir klarzumachen, dass es auch ein Leben nach Carl Siebert gibt. Es bringt nichts, wenn wir uns aus Angst vor dem, was dein Schwager noch alles anstellen könnte, im letzten Loch verkriechen.«

»Das ist richtig, aber …« Lisbeth brach ab, da sie Daniela nicht noch mehr mit ihren Ängsten belasten wollte.

»Können wir denn keinen Polizeischutz verlangen?«, fragte Carolien, die ebenfalls ins Zimmer gekommen war.

»Das ginge nur, wenn wir einen sicheren Anhaltspunkt dafür hätten, dass mein Schwager hinter den beiden Anschlägen auf Daniela steckt. Der Absturz einer Flugdrohne in den Niederlanden und der Hund eines Drogendealers, der sich angeblich losgerissen hat, reichen dafür nicht aus. Deshalb hat Haase auch Nuber engagiert.«

Lisbeth war anzusehen, wie wenig Vertrauen sie in den Personenschützer setzte. In ihren Augen hatte der Mann bei der Hundeattacke nicht früh genug eingegriffen und dann auch noch diesen Mike entkommen lassen.

»Ich finde, ihr macht euch alle viel zu viele Gedanken«, fand Daniela. »Schließlich ist es nicht sicher, ob überhaupt noch etwas passieren wird.«

»Bernd hat meinem Schwager geschäftlich die Schlinge um den Hals gelegt, und ich kenne Carl aus leidvoller Erfahrung. Daher bin ich sicher, dass er nicht klein beigeben wird. Aber was bleibt ihm noch, außer uns beide umzubringen?« Lisbeth wurde ein wenig laut und entschuldigte sich dafür. »Tut mir leid, ich wollte dich nicht anschreien.«

»War nicht schlimm«, antwortete Daniela lächelnd. »Aber es ist doch so: Da wir nicht wissen, was er plant, können wir keine Vorkehrungen treffen. Also sollten wir unser Leben normal weiterführen und dann, wenn es so weit sein sollte, rasch und mit kühler Berechnung handeln.«

»Das ist richtig. Deswegen bin ich auch froh, dass Max uns angeboten hat, mit Bernd zusammen die nächste Zeit hierzubleiben. Bernd bekommt das Zimmer direkt neben dem deinen. Wenn irgendetwas ist, brauchst du nur gegen die Wand zu klopfen.«

Inzwischen hatte Lisbeth sich wieder ein wenig beruhigt und musterte Daniela aufmerksam. Wenn die junge Frau sich darüber freute, Bernd in ihrer Nähe zu wissen, zeigte sie es nicht, denn sie rief mit unbewegter Miene die nächste Aufgabe auf.

7.

Lisbeth Siebert war als Verhandlungspartnerin gefürchtet, und man nannte sie nicht zu Unrecht die Eislady. Doch da sie Daniela und ihr zukünftiges Enkelkind, aber auch sich selbst gefährdet sah, vermochte sie die Anspannung kaum mehr auszuhalten. Daniela war daher froh, dass Max sich entschlossen hatte, in der Siebert-Villa zu wohnen. Mit seiner sanften, fürsorglichen Art übte er einen wohltuenden Einfluss auf Lisbeth aus, sodass diese langsam ruhiger wurde. Bernd hingegen saß auf der Couch, seinen Laptop auf den Oberschenkeln und bearbeitete seine E-Mails. Nach einer Weile hob er den Kopf.

»Es scheint Eindruck zu machen, dass wir eine Ausschreibung nach der anderen gewonnen haben. Eine Firma in Sachsen-Anhalt bietet uns eine Kooperation an. Ich wäre dafür, darauf einzugehen, weil wir die Grenzen unserer Kapazität erreicht haben. Wir könnten in dieser Fabrik einen Teil unserer Aufträge in Lizenz anfertigen lassen. Für Carl Siebert wäre das der sichere Untergang.«

Für einen Augenblick vergaß Lisbeth ihre Ängste und las das Angebot über seine Schulter hinweg. »Ich kenne die Firma. Ihre Werkhallen sind noch keine zehn Jahre alt, und sie arbeitet gut. Es heißt allerdings, dass ihre Kapitaldecke sehr dünn sein soll. Wahrscheinlich haben sie gehofft, bei einer der Ausschreibungen, die wir gewonnen haben, den Zuschlag zu erhalten, und benötigen jetzt einen Partner, um nicht insolvent zu werden.«

Sie überlegte kurz und klopfte dann Bernd auf die Schulter. »Schreibe ihnen, dass wir an ihrem Angebot interessiert sind. Vielleicht fahre ich sogar selbst hin, um mit ihnen zu sprechen.« Noch während sie es sagte, fand Lisbeth, dass es so aussehen könnte, als würde sie Bernd nicht zutrauen, die Verhandlungen zu führen, und rang sich ein Lächeln ab.

»Du kommst natürlich mit, denn du weißt weitaus besser über die internen Strukturen Bescheid. Ich habe auch nur deshalb an die Reise gedacht, weil ich Daniela mitnehmen will.«

»Das ist keine schlechte Idee«, erwiderte Bernd, der sich nicht im Geringsten zurückgesetzt fühlte. »Ich bin sogar froh darum, wenn du die Verhandlungen führst. Mich würden sie versuchen, über den Tisch zu ziehen. Bei dir ist das jedoch unmöglich.«

Daniela hatte bisher auf einem bequemen Sessel gesessen und mit Kopfhörer einen Film angesehen. Jetzt gähnte sie und stellte den Fernseher ab. »Ich glaube, ich gehe ins Bett.«

»Ist es schon so spät?«, fragte Lisbeth und sah auf die Uhr. »Tatsächlich. Aber wenn du den Film zu Ende sehen willst, solltest du das ruhig tun.«

»Es ist eine DVD. Ich kann morgen an derselben Stelle weiterschauen.« Daniela rieb sich kurz über die Augen und wünschte den anderen eine gute Nacht.

Als sie an ihrem Arbeitszimmer vorbeikam, sah sie, dass ihr Computer noch lief. Sie schaltete ihn gerade aus, als Nuber hereinkam.

»Ich will mich überzeugen, dass alle Fenster versperrt und die Schlüssel abgezogen sind«, erklärte er, während er den Fenstergriff verriegelte und den Schlüssel an sich nahm.

»Muss das auch in meinem Zimmer sein? Ich habe in der Nacht manchmal das Gefühl, zu wenig Luft zu bekommen, und würde daher gerne das Fenster öffnen können«, sagte Daniela.

Nuber schüttelte energisch den Kopf. »Es tut mir leid, aber das ist zu gefährlich.«

Zwar fand Daniela seine Vorsicht übertrieben, ließ es aber zu, dass er auch ihr Fenster versperrte und den Schüssel abzog.

Er hielt ihn mehrere Augenblicke in der Hand, dann reichte er ihn ihr.

»Hier, für den Fall, dass Sie wirklich frische Luft brauchen. Vergessen Sie aber nicht, das Fenster danach wieder zuzumachen und den Schlüssel abzuziehen.«

»Ich werde daran denken«, erwiderte Daniela und dachte, dass Nuber übervorsichtig war. Die Villa verfügte über eine ausgezeichnete Alarmanlage, und die würde jeden Versuch, hier einzudringen, bereits im Keim ersticken. Sollte jedoch jemand versuchen, aus einer gewissen Entfernung Molotowcocktails durch ein oder mehrere Fenster zu werfen, waren die versperrten Fenstergriffe sogar gefährlich. Allerdings war das Glas, wie Lisbeth erklärt hatte, bruchfest und hielt angeblich sogar leichten Schusswaffen stand.

»Du wirkst skeptisch. Gefällt dir etwas nicht?« Bernd schaute durch ihre offene Tür herein.

»Ich habe Angst wegen der versperrten Fenster. Wie sollen wir da ins Freie kommen, wenn es brennen sollte?«

»Das ist wirklich ein Problem«, gab Bernd zu. »Mich wundert, dass Nuber nicht daran gedacht hat.«

»Er hat«, meldete sich da Katrijn. »Jede von uns hat den Schlüssel bekommen und soll ihn an einer Stelle aufbewahren, wo sie ihn sofort findet.«

»Dann wollen wir hoffen, dass es auch so klappt«, meinte Bernd bissig.

»Besser sollten wir hoffen, dass wir die Schlüssel nicht benötigen.«

Bernd nickte mit verkniffenen Lippen.

»Wer geht zuerst ins Badezimmer?«, fragte Daniela, der die Vorstellung nicht behagte, dass er jenes mitbenutzte, welches Katrijn, Nicolet und Carolien sich teilten.

»Im vorderen Teil der Villa gibt es noch ein zusätzliches Badezimmer für Gäste. Das reicht für meinen Vater und mich«, antwortete Bernd. Er hatte eigentlich in sein Zimmer gehen und seine Reisetasche auspacken wollen, genoss es jetzt aber, mit Daniela zu reden.

»Willst du deine Abiturprüfung wirklich noch vor der Geburt des Kindes ablegen?«, fragte er.

Daniela zuckte unschlüssig mit den Achseln. »Ich weiß es nicht. Lisbeth meint, es könnte zu anstrengend sein und dem Kleinen schaden.«

»Ist es ein Junge?«, wollte Bernd wissen.

»Es sieht so aus. Ich wollte es ja eigentlich nicht wissen, doch die Frauenärztin hat es letztens angedeutet. Auch Lisbeth meinte es, weil ich während der Schwangerschaft kaum Beschwerden hatte. Das wäre ein untrügliches Zeichen für einen Jungen, sagt sie.« Daniela lachte leise, wurde dann aber wieder ernst. »Wenn Lisbeth recht behält, wird sie sehr zufrieden sein.«

»Das wäre sie auch, wenn es ein Mädchen würde«, antwortete Bernd lächelnd, »denn sie weiß, was eine Frau alles erreichen kann. Ohne sie hätte Ludwig Siebert sich niemals gegen seinen Bruder behaupten können.«

»Sie kann sehr bestimmend sein.«

»Trägst du ihr diesen Vertrag noch nach?«

Daniela zuckte unschlüssig mit den Achseln. »Eigentlich nicht. Sie hat mir diesen Job angeboten und die Bedingungen genannt. Nach denen musste ich mich richten.«

»War es schwer für dich, das Kind eines Fremden auszutragen?«

Die Frage empfand Daniela als arg intim, antwortete aber dennoch darauf. »Wenn du nur die Wahl zwischen Pest und Cholera hast, und dann bietet dir einer an, du sollst für eine überspannte Zicke den Enkel austragen, kommt er dir wie ein rettender Engel vor. Ohne das«, sagte sie und deutete auf ihren Bauch, »wäre ich vor die Hunde gegangen.«

Ihre Worte erschütterten Bernd. »War es wirklich so schlimm?«

»Ich hätte entweder im Puff arbeiten oder unter den Brücken schlafen müssen. Meine Wohnung war weg und Mike spurlos verschwunden, nachdem er noch einmal kräftig Schulden auf meinen Namen bei Versandhäusern gemacht hatte.«

Für einige Augenblicke holte die Vergangenheit Daniela ein, und sie kämpfte mit den Tränen.

Bernd fasste nach ihrer Hand und hielt sie fest. »Es tut mir leid. Ich hätte nicht so dumm fragen sollen.«

Mit einer gewissen Mühe schüttelte Daniela die trüben Gedanken ab und zeigte den Ansatz eines Lächelns. »Für mich war die Sache zunächst ein Job, der drei Jahre dauern sollte. Danach, so glaubte ich, wäre ich frei, das zu tun, was ich möchte.«

»Und jetzt?«, fragte Bernd.

»Es ist ein komisches Gefühl. Laut Vertrag wäre es so, doch ich spüre immer mehr, dass es auch mein Kind ist und nicht nur eines, das ich für eine fremde Frau austrage. Außerdem mag ich Lisbeth trotz ihrer manchmal harschen Art und auch deinen Vater. Er übt einen guten Einfluss auf Lisbeth aus. Ich finde, die beiden sollten heiraten.«

Bernd versuchte, sein Lachen hinter einem Husten zu verbergen. Das aber misslang. »Du meinst das auch? Aber wie ich die beiden kenne, muss man sie zusammen in ein Zimmer einsperren und drei Tage lang nicht mehr herauslassen.«

Jetzt musste auch Daniela lachen.

Bernds Gedanken wanderten unterdessen weiter. »Was wirst du tun, wenn dein Vertrag erfüllt ist?«

»Haase hat mir angeboten, dass ich auf Lisbeths Kosten studieren kann.«

»Das halte ich für vernünftig. Allerdings solltest du in der Nähe bleiben, denn dein Kind braucht seine Mutter. Lisbeth würde es nämlich entsetzlich verwöhnen und …«

Bernd brach ab und sah Daniela bittend an. »Das, was ich dir jetzt sage, darfst du Lisbeth niemals verraten. Sie hat ihrem Sohn viel zu viel durchgehen lassen. Hätte sie ihm rechtzeitig erklärt, wo seine Grenzen liegen, wäre dieser Unfall wahrscheinlich nicht passiert.«

»Aber es soll doch die Schuld von Carl Sieberts Sohn gewesen sein?«, wandte Daniela ein.

»Ralf Siebert behauptet, Jens hätte ihn provoziert, und das glaube ich ihm sogar. Aber du brauchst nicht zu denken, dass dein Sohn genauso wird. Du bist die Mutter, und was auch immer du hast unterschreiben müssen: Bei der Erziehung des Kindes hast du das letzte Wort.«

Bernd klang eindringlich. Zwar hatte er Jens trotz seiner Fehler gemocht, aber er wollte nicht, dass dessen Sohn genauso wurde wie sein Vater.

»Ich fürchte, allein werde ich mich gegen Lisbeth nicht durchsetzen können«, erwiderte Daniela nachdenklich.

»Mein Vater und ich werden dir helfen.« Bernd strich ihr über die Wange und sagte sich, dass noch keine der jungen Frauen, die er kennengelernt hatte, so viel innere Kraft besessen hatte wie Daniela.

8.

Eine gute halbe Stunde später lag Daniela im Bett, war aber durch das Gespräch mit Bernd zu aufgewühlt, um schlafen zu können. Als sie sich die Hand auf den Bauch legte, spürte sie die Bewegungen des Kindes. Nicht mehr lange, dann werde ich dich in den Armen halten, dachte sie lächelnd. Ich werde Bernds Rat befolgen und dich zu einem verantwortungsvollen Menschen erziehen. Auf keinen Fall will ich wie Lisbeth in der Intensivstation stehen und auf einen im Koma liegenden Sohn hinabschauen müssen.

Irgendwann schlief sie dann doch ein, wachte aber kurz nach Mitternacht auf und ging zur Toilette, ohne das Licht einzuschalten. Danach verspürte sie plötzlich einen Heißhunger und beschloss, in Katrijns Kühlschrank nachzusehen, ob es dort etwas zu naschen gab. Unterwegs kam sie an ihrem Arbeitszimmer vorbei und sah in der Dunkelheit etwas blinken. Es dauerte einen Augenblick, bis sie begriff, dass es eine Anzeige der Alarmanlage sein musste. Normalerweise war das Gerät so unauffällig, dass sie es nicht einmal bemerkte. Dieses Blinken irritierte sie jedoch, und so trat sie ein.

Sie wollte schon eine Lampe einschalten, als sie durch das Fenster eine Bewegung wahrnahm und einen menschlichen Umriss entdeckte, der sich dem Haus näherte. Spätestens jetzt hätte die Alarmanlage anspringen müssen. Doch außer dem seltsamen Blinken tat sich nichts.

Bei einem weiteren Blick durch das Fenster zählte Daniela zwei weitere Gestalten, die vom Nachbargrundstück aus über den Zaun stiegen.

Sie beschloss, die anderen zu wecken. Mit Bernd, Max, dem

Chauffeur und Nuber waren immerhin vier Männer im Haus, und Letzterer besaß sogar eine Pistole. Doch auch Katrijn, Carolien, Annette, Frau Winkler und Nicolet waren nicht zu verachten. Wenn es darauf ankam, konnten auch Lisbeth und sie noch eingreifen.

Daniela verließ das Zimmer und öffnete Bernds Tür. Er schien gut zu schlafen, denn er atmete leise und ruhig. Jetzt hätte sie gerne Licht gemacht, doch wenn die Kerle das sahen, würden sie abhauen und es ein andermal wieder versuchen. Sie tastete sich zum Bett und zupfte an der Bettdecke. Bernd grummelte ein wenig, wachte aber nicht auf. Daher fasste sie nach seiner Schulter und zerrte daran.

»Was ist los?«, fragte Bernd noch im Halbschlaf und wollte zum Lichtschalter greifen.

Daniela ahnte es mehr, als dass sie es sah, und hielt seine Hand fest. »Nein, nicht. Draußen schleichen einige Kerle ums Haus. Sie sollen nicht merken, dass wir sie entdeckt haben«, mahnte sie ihn leise.

»Fremde?« Bernd kam wie ein Blitz auf die Beine und eilte ans Fenster. »Tatsächlich. Da draußen sind Leute! Um die Zeit führen die nichts Gutes im Schilde. Weck die anderen Frauen. Ich alarmiere Nuber und meinen Vater. Und egal, was passiert: Lisbeth und du, ihr haltet euch im Hintergrund! Verstanden? Im Extremfall steigt ihr in Lisbeths Wagen und fahrt los!«

»Wenn du noch lange redest, sind die Kerle im Haus, und unsere Leute schlafen noch«, antwortete Daniela und tastete sich zur Tür, um als Erste Katrijn zu wecken. Ihr traute sie es am meisten zu, einen kühlen Kopf zu bewahren.

Fünf Minuten später waren alle im Haus wach. Da Daniela und Bernd die anderen daran gehindert hatten, Licht anzuschalten, wirkte die Villa nach draußen so, als würden alle Bewohner noch schlafen.

»Ich habe fünf Leute gezählt«, erklärte Nuber, der vorsichtig durch mehrere Fenster gespäht hatte. »Sie sammeln sich hinter dem Gebäude, wo sie weder von der Straße noch von den Nachbarhäusern aus gesehen werden können. Entweder brechen sie eine der Hintertüren auf oder dringen durch ein Fenster ins Haus.«

»Das alles würde Krach machen und uns wecken«, wandte Daniela ein.

»Wenn sie schnell hereinkommen, würde uns das nichts nützen. Bei der Bundeswehr wurden wir für solche Fälle ausgebildet«, antwortete Nuber. »Jetzt aber sind wir gewarnt. Sobald sie drinnen sind, schalten wir das Licht ein, damit sie geblendet werden.«

»Das werden wir allerdings auch«, gab Max zu bedenken.

»Wir sind darauf vorbereitet. Haben Sie eine Sonnenbrille?«

»Ja, aber nicht hier, sondern zu Hause.«

»Schade«, sagte Nuber. »Eine Sonnenbrille würde uns für einige Sekunden den Vorteil bringen, den wir brauchen. Dann wären wir nämlich nicht geblendet.«

»Ich habe genug Sonnenbrillen«, bot Lisbeth an.

Daniela erinnerte sich an die entsetzliche rosa Sonnenbrille, die Adrienne ihr in den Niederlanden gekauft hatte, und ging sie holen. Es dauerte einen Augenblick, bis sie das Ding in der Dunkelheit gefunden hatte. Als sie wieder zu den anderen zurückkehren wollte, sah sie, dass draußen vor einem Fenster eine kleine, blaue Flamme entzündet wurde. Rasch holte sie Nuber hinzu und zeigte es ihm.

»Was ist das?«

»Eine Methode, lautlos Glas zu schneiden – sogar Panzerglas«, antwortete der Bodyguard. »Die Kerle sind moderner ausgerüstet, als ich erwartet habe. Dann dürften sie auch bewaffnet sein. Gehen Sie in Ihr Zimmer und sperren Sie von innen zu. Den Rest übernehmen wir.«

»Tu das, Daniela!«, forderte Bernd, der ihnen gefolgt war, sie auf.

»Warum rufen wir nicht die Polizei?«, fragte Daniela verwirrt.

»Das werde ich gleich tun«, erklärte Nuber. »Es wird aber ein paar Minuten dauern, bis die Einsatzkräfte hier sind. So lange müssen wir durchhalten. Und nun gehen Sie endlich in Ihr Zimmer.«

Der Gedanke an ihr Kind brachte Daniela dazu, sich tatsächlich zurückzuziehen.

9.

Mike zog langsam einen Kreis in der Nähe des Fenstergriffs, wartete, bis das Glas etwas abgekühlt war, und brach dann die herausgeschweißte Stelle aus der Scheibe. Zwar wollte er das Stück festhalten, schaffte es aber nicht und atmete auf, als nur ein leises Geräusch ertönte.

»Da ist anscheinend Teppich. Wir müssen jetzt schnell hinein, bevor er anfängt zu brennen.« Trotz seiner Warnung grinste er. Das verging ihm jedoch, als er den Fenstergriff ertastete und diesen verriegelt fand.

»Scheiße!«, stieß er hervor und nahm erneut den kleinen Glasschweißer in die Hand.

»Hoffentlich haben wir genug Gas in dem Ding, sonst müssen wir die Scheibe einschlagen, und das würde selbst ein Toter mitbekommen«, erklärte der Anführer der vier Muskelmänner.

»Das werden wir gleich sehen!« Mike entzündete die Flamme erneut. Das Loch musste groß genug sein, damit auch seine Begleiter hindurchpassten. Mehrfach korrigierte er sich und verbrauchte dabei wertvolles Gas. Er schaffte es dennoch, den Kreis zu vollenden, bevor die Schweißflamme flackernd erlosch.

»Jetzt muss mir einer von euch helfen«, sagte er zu seinen Begleitern und drückte gegen die Scheibe. Diesmal war es weitaus schwerer, das herausgeschweißte Stück zu entfernen, und er verbrannte sich die Finger, als er verhindern wollte, dass das Glas herabfiel. Zusammen mit einem seiner Kumpane stellte er die Scheibe ab und schlüpfte rasch durch das Loch.

Drinnen roch es bereits brenzlig. Er vergewisserte sich, dass die Tür des Raumes geschlossen war, und tastete nach dem Lichtschalter. Als die Lampe brannte, war es ein Leichtes, die an den Rändern noch immer heißen Glasstücke nach draußen zu reichen und den glimmenden Teppich zu löschen.

Danach trat er beiseite, damit die anderen einsteigen konnten. »Herinnen wären wir«, meinte er zufrieden. »Jetzt müssen wir nur sehen, dass uns niemand entkommt.«

»Die Hütte hat drei Türen nach draußen«, sagte einer der Kerle.

»Die dürften zugesperrt sein. Es soll aber noch eine direkte Verbindung zur Garage geben, und die müssen wir als Erstes sichern. Wenn die Weiber es bis dorthin schaffen, schauen wir mit dem Ofenrohr ins Gebirge.«

Mike klang nervös. Es war leicht, sich auf einem gezeichneten Plan zurechtzufinden, es aber in der Nacht in einem unbeleuchteten Haus zu tun, war eine andere Sache.

»Wir machen das Licht wieder aus und nehmen die Taschenlampen.« Einer der Männer hatte offenbar mehr Erfahrung mit Einbrüchen als Mike und zog eine lange Stablampe aus einer Umhängetasche, in der auch die Flaschen mit dem Brandbeschleuniger verstaut waren.

»Den Rest brauchen wir jetzt noch nicht. Daher können wir das Zeug hierlassen, bis wir alle Vögel eingefangen haben«, setzte er leise hinzu.

Mike gefiel es gar nicht, dass ein anderer sich plötzlich als Anführer aufspielte. Aus dem Grund blieb er etwas zurück, als die anderen in den Flur eindrangen. Der Lichtkegel der Taschenlampe wanderte die Wände entlang und traf schließlich auf eine Tür. Als einer der Stiernacken sie öffnen wollte, war sie verschlossen.

»Sollen wir sie aufbrechen?«, fragte er seinen Anführer.

Der schüttelte den Kopf. »Zuerst müssen wir den Übergang in die Garage finden.«

»Die Garage ist auf der linken Seite. Daher muss auch der

Übergang links sein.« Sein Kumpan ging weiter zur nächsten Tür und fand sie offen stehend. Doch als er hineinschaute und den Raum mit der Taschenlampe ausleuchtete, sah er nur ein benutztes, aber leeres Bett, einen kleinen Tisch und einen Schrank.

»Da hat jemand geschlafen, ist aber nimmer da«, meinte er verblüfft.

»Lass schauen.« Sein Anführer blickte in den Raum und kratzte sich am Kinn. »Wo kann der sein?«

»Wenn, dann ist es eine Sie. Laut Stengel sollen im Haus bloß ein paar Weiber und der Chauffeur sein, und der ist nicht mehr der Jüngste.«

Mike war den anderen gefolgt und versuchte, die Führung wieder an sich zu reißen. Bevor er jedoch mehr sagen konnte, ging schlagartig das Licht an.

»Stehen bleiben und Hände hoch«, befahl jemand in scharfem Tonfall.

Es traf die fünf wie ein Schlag. Dann aber brüllte der Anführer los: »Das können nicht viele sein. Los, auf sie!« Er stürmte wie eine Dampframme vorwärts und ließ die Fäuste wirbeln. Bevor er Nuber erreichte, senkte dieser kurz die Pistole und drückte ab.

Der Warnschuss in den Fußboden blieb ohne Wirkung, und für einen Augenblick sah es so aus, als könnte der Eindringling Nuber über den Haufen rennen. Dieser wich mit einer geschmeidigen Bewegung aus und schlug dem Mann den Griff der Pistole mit voller Wucht auf den Hinterkopf. Noch während der Eindringling betäubt zu Boden sank, richtete Nuber seine Waffe auf die drei anderen Einbrecher.

»Halt oder ich schieße!«

Die Sprache verstanden die Kerle und hielten erschrocken inne.

»Einzeln vortreten, mit dem Gesicht zum Boden hinlegen

und die Hände auf den Rücken«, befahl Nuber. Angesichts des überzeugenden Arguments in seiner Hand gehorchten die drei.

»In meinem Zimmer sind Kabelbinder. Damit können Sie die Kerle fesseln«, erklärte Nuber, ohne die überrumpelten Einbrecher aus den Augen zu lassen. Den fünften Schurken, der sich in das offene Zimmer geflüchtet hatte, bemerkten weder er noch die anderen.

Mike wollte nicht glauben, was ihm seine Augen zeigten. Die vier bulligen Kerle, von denen jeder so aussah, als könnte er es mit sechs normalen Männern aufnehmen, lagen am Boden und ließen sich widerstandslos die Hände auf den Rücken binden. Was für Weicheier, dachte er wuterfüllt und überlegte, was er tun sollte. Das Fenster in dem Raum, in dem er sich befand, war versperrt. Die Scheibe einzuschlagen und zu versuchen, durch das Fenster nach draußen zu klettern, war angesichts der Pistole, die einer der Hausbewohner in der Hand hielt, keine Alternative. Als er sah, dass alle auf die vier Gefangenen sahen, huschte er zur Tür hinaus. Fast im gleichen Augenblick hob Nuber den Kopf.

»Ich habe vorhin fünf Eindringlinge gezählt. Hoffentlich bleibt Daniela in ihrem Zimmer.«

Als Bernd das hörte, stürmte er los und entdeckte Mike. »Stehen bleiben!«, rief er, doch der Fliehende wurde nur noch schneller.

Nach ein paar Schritten nahm Bernd entsetzt wahr, dass Danielas Tür geöffnet wurde und sie herausschaute.

»Bleib drinnen und sperr zu!«, brüllte er.

Mike aber sah seine Chance und spurtete los, um Daniela als Geisel zu nehmen. Diese trat einen Schritt zurück, wartete, bis er im Türrahmen auftauchte, und schlug dann die Tür mit aller Kraft zu.

Der Aufprall traf Mike wie ein Vorschlaghammer. Er spürte

noch, wie sein Nasenbein brach, dann sank er halb betäubt in die Knie. Bevor er wieder auf die Beine kam, war Bernd heran, stieß ihn zu Boden und bog ihm die Arme auf den Rücken. Katrijn half ihm, ihn zu fesseln, und dann war Mike ebenso gefangen wie seine Kumpane.

Bernd klopfte erleichtert an Danielas Tür. »Es ist alles in Ordnung. Ich habe den Kerl. Du hast bewundernswert reagiert.«

»Das hat sie«, stimmte Lisbeth ihm zu. »Mir ist fast das Herz stehen geblieben, als Daniela die Tür aufgemacht hat.«

»Mir auch«, erklärte Nuber. »Ich befürchtete bereits, der Kerl könnte Frau Reuss als Geisel nehmen.«

»Dafür hätte er etwas früher aufstehen müssen.« Katrijn grinste fröhlich. Dabei war auch ihr klar, dass sie nur um Haaresbreite einem Verhängnis entgangen waren.

Daniela steckte erneut den Kopf aus ihrem Zimmer und sah auf den am Boden liegenden Mike herab. Das, was sie zu ihm sagte, war nicht besonders fein, dafür hatten jedoch alle Verständnis.

»Mich würde interessieren, weshalb die Alarmanlage nicht funktioniert hat«, sagte Lisbeth angespannt.

»Sie hat vorhin ganz komisch geblinkt«, meldete Daniela.

»Das Signal bedeutet, dass ihre Programmierung geändert wurde«, erklärte Nuber. »Also hat jemand die Anlage gehackt, und von der Alarmanlage ist kein Signal auf dem Revier angekommen. Hätten uns die Banditen überraschen können, hätten wir alt ausgeschaut. So aber habe ich die Polizei bereits informiert. Die Einsatzwagen werden gleich hier sein.«

10.

Nachdem sich die erste Aufregung gelegt hatte, galt die Aufmerksamkeit aller Hausbewohner Daniela. Annette und Katrijn eilten gemeinsam in die Küche, um einen Kräutertee für sie aufzuschütten, Frau Winkler holte ihr Kekse und besorgte auf Lisbeths Anweisung einen von ihren Morgenmänteln.

»Setz dich ins Wohnzimmer!«, bat Lisbeth danach Daniela. »Hoffentlich hat dir die Sache nicht geschadet.«

Daniela legte kurz die Hand auf den Bauch. »Meinem Kleinen geht es gut.«

»Ich meine nicht das Kind, sondern dich.« Lisbeth kämpfte gegen die Tränen an und zog Daniela an sich. »Hättest du uns nicht gewarnt, wären wir alle in großer Gefahr gewesen. Ich bewundere dich. Es war sehr mutig von dir, dem fünften Gauner die Tür so an den Kopf zu schlagen, dass er in die Knie ging. Das hätte ich nicht geschafft.«

»Den Schlag hat Mike verdient«, antwortete Daniela sehr zufrieden.

Lisbeth kannte die Geschichte um Mike noch nicht. Da sie jedoch spürte, dass es eine Verbindung zwischen Daniela und ihm geben musste, fragte sie nach.

»Schlafen werden wir zunächst ohnehin nicht mehr können. Bis die Polizei kommt, können wir miteinander reden«, antwortete Daniela und berichtete von den knapp zweieinhalb Jahren, die sie mit Mike zusammen gewesen war.

Lisbeth hörte ihr aufmerksam zu und schüttelte gelegentlich den Kopf. Als sie hörte, dass Daniela wegen Mikes Kokain eingesperrt und verurteilt worden war, zischte sie empört. »Eine gebrochene Nase ist eine viel zu geringe Strafe für so einen Schuft.«

»Mir reicht es fürs Erste«, antwortete Daniela gelassen. »Außerdem kommt bei Mike noch ein ganzer Rattenschwanz an Delikten hinzu. Nuber will ihn auch wegen des Hundes vor Gericht bringen. Zusammen mit dem Überfall läppert sich da schon etwas zusammen.«

»Ich bin so froh, dass du das alles so kühl hinnimmst«, erklärte Lisbeth und legte die Arme um Daniela. »Es freut mich, dass du die Mutter meines Enkels wirst.«

Sie meint es ernst, dachte Daniela und lächelte. »Ich hoffe, dass du ihn bald in deinen Armen halten kannst.«

Lisbeth wollte etwas darauf antworten, doch da klang vor dem Haus Sirenengeheul auf. Wenig später bogen mehrere Polizeiautos in die Einfahrt ein und hielten auf dem Parkplatz an. Nuber empfing die Beamten an der Tür und hielt ihnen seinen Ausweis unter die Nase, der ihn als staatlich lizenzierten Personenschützer auswies. Er übernahm es auch, den Polizisten und Kripobeamten die Situation zu erklären. Daniela, Lisbeth und die anderen wurden zwar befragt, doch nahmen die Beamten Rücksicht auf Danielas Schwangerschaft, sodass sie doch noch in dieser Nacht ins Bett kam.

Vier der Einbrecher wurden gleich ins nächste Untersuchungsgefängnis verfrachtet. Für Mike machten die Polizisten einen Umweg über eine Klinik, um seine Nase und seinen angebrochenen Oberkiefer zu verarzten. Danach wurde er zur Vernehmung gebracht. Anders als bei seinen Kumpanen, die vor allem wegen Schlägereien und Schutzgelderpressung polizeibekannt waren, wurde er bereits seit Längerem wegen Rauschgifthandel gesucht. Sogar die Sache mit dem Kokain, das er Daniela untergeschoben hatte, stand in seiner Akte. Sein einstiger Kumpan hatte es gestanden, aber die Information war nicht weitergeleitet und Daniela dadurch nicht entlastet worden. Deswegen hatte sie ihre volle Zeit absitzen müssen.

Dr. Haase, den Max informiert hatte, suchte am Vormittag den mit Danielas Fall betrauten Staatsanwalt auf und wies ihn nachdrücklich auf diese Tatsache hin. Als er nach diesem Gespräch in die Villa fuhr, um Lisbeth und den anderen Bescheid zu geben, nickte er Daniela lächelnd zu.

»Das Problem mit deiner Gefängnisstrafe wird bereinigt. Allerdings wirst du nur mit dreißig Euro Entschädigung pro Tag rechnen können.«

»Das wären knapp fünfeinhalbtausend Euro und damit gerade mal die Hälfte dessen, was ich Ihnen schulde«, rief Daniela enttäuscht.

»Waren wir nicht kürzlich beim Du angelangt? Wenn nicht, sollten wir endlich dazu übergehen«, erklärte Dr. Haase freundlich. »Was diese Schulden betrifft, so habe ich in deinem Namen Anklage gegen Mike wegen Betrugs, Diebstahls und dergleichen eingereicht. Du wirst von ihm zwar keinen einzigen Groschen erhalten, da man einem nackten Mann nicht in die Tasche greifen kann. Aber es wird sein Sündenregister um etliche Monate Gefängnis erhöhen.«

»Das vergönne ich ihm.« Daniela klang zufrieden, während Lisbeth sie bewundernd ansah. Ein weniger willensstarkes Mädchen als sie hätte dem Lumpen nachgegeben und sich für ihn prostituiert oder im größeren Stil gestohlen, nicht nur ein paar Lebensmittel, wenn der Kühlschrank leer war.

»Ich verstehe den Richter nicht, der Daniela zu einer Gefängnisstrafe verurteilt hat, obwohl es im Grunde nur Mundraub war«, rief sie empört.

Daniela hob abwehrend die Hand. »Es war besser so. Wer weiß, ob ich sonst die Kraft gefunden hätte, mich von Mike zu lösen. Irgendwann wäre ich zermürbt genug gewesen, um auf den Strich zu gehen und die Kerle dabei zu bestehlen.«

»Es mag eine harte Schule gewesen sein, aber sie hat dir zum

Guten ausgeschlagen.« Max tätschelte ihre Hand, und Lisbeth ergriff die andere.

»Jetzt gehörst du zu uns. Ich werde das tun, was ich mit Linda Holmes machen wollte, nämlich dich als meine Nachfolgerin aufbauen. Bis dein Junge so weit ist, um das Werk zu übernehmen, bin ich achtzig und werde froh sein, dich an meiner Seite zu wissen.«

»Tante Lisbeth, bist du nicht ein wenig zu einnehmend?«, wandte Bernd ein. »Damit würdest du Daniela die Möglichkeit nehmen, ein selbstbestimmtes Leben zu führen.«

Lisbeth senkte betrübt den Kopf. »Es tut mir leid. Das wollte ich nicht.«

»Ich möchte auf jeden Fall das Abitur nachholen und studieren«, erklärte Daniela. »Bernd meinte, ich könnte das auch von hier aus tun.«

»Du würdest bei mir bleiben?« Lisbeth atmete auf, doch da legte Bernd seinen Arm um Daniela.

»Sagen wir, sie bleibt in deiner Nähe.«

Max hörte einen eigenartigen Unterton in seiner Stimme und zwinkerte Lisbeth zu.

»Du kannst beruhigt sein, meine Liebe. Ich glaube, es wird alles gut. Wir müssen jetzt nur noch zusehen, dass die Angelegenheit mit deinem Schwager geklärt wird. Dann sollten wir beide heiraten.«

Lisbeths Augen leuchteten erfreut auf, trotzdem reagierte sie kühl. »Wie kommst du auf einmal auf diesen Gedanken?«

»Ich dachte mir, dein Enkel könnte einen Großvater brauchen. Außerdem bist du eine ansehnliche Frau, und ich denke, du magst mich ähnlich gern wie ich dich.«

Lisbeth musste hellauf lachen. »Wenn das ein Heiratsantrag gewesen sein soll, so nehme ich ihn an. Aber nur, damit mein Enkel einen Großvater bekommt.«

Jetzt mussten auch die anderen lachen. Bernd wurde als Erster wieder ernst und beugte sich über Daniela. »Wenn die beiden heiraten, bin ich allein – und das gefällt mir gar nicht.«

»Dann musst du dir endlich eine Frau suchen, auch wenn du das ebenso fürchtest wie der Teufel das Weihwasser«, spottete sein Vater.

»Dafür musst du nicht einmal weit gehen«, setzte Lisbeth hinzu und sah Daniela dabei so durchdringend an, dass diese errötete.

»Du kannst doch nicht mich meinen?«

»Warum nicht?«, fragte Bernd. »Wir beide passen ausgezeichnet zusammen. Ich bin keiner von den romantischen Typen, die himmelhoch jauchzend ewige Liebe und Treue schwören und vor lauter Verliebtsein alles andere vergessen. Dazu habe ich auch keine Zeit, denn ich bin in der Firma ziemlich eingespannt. Aber für ein gemeinsames Abendessen und den einen oder anderen Ausflug reicht es.«

»Du bist ein Egoist, wie er im Buche steht!«, schalt ihn Max. »Du sagst die ganze Zeit, was dir wichtig ist, fragst aber kein einziges Mal, was Daniela sich wünscht.«

»Und was wünschst du dir?«, fragte Bernd, ohne ihre Hand loszulassen.

»Ein Heim, in dem ich geborgen bin, Menschen, die mich mögen, dazu ein abgeschlossenes Studium und einen Job, der mich unabhängig macht.«

»Und was ist mit einem Freund oder Ehemann?«, fragte Max nach.

»Auch das – wenn ich einen finde, dem ich vertrauen und den ich lieben kann.«

»Ich kenne Bernd, seit er zur Welt gekommen ist, und weiß, dass man ihm vertrauen kann«, erklärte Lisbeth. »Was die Liebe betrifft, so glaube ich, dass er dir nicht ganz gleichgültig ist. Gib ihm einfach eine Chance.«

»Zuerst muss mein Kleiner zur Welt kommen, und dann habe ich noch zwei Jahre, die ich laut Vertrag …«

»Mein lieber Dr. Haase«, unterbrach Lisbeth sie. »Wenn du nachher in deine Kanzlei zurückkehrst, zerreißt du diesen elenden Vertrag in tausend Stücke.«

»Was ich mit Vergnügen tue, denn er wäre von keinem Gericht in Deutschland anerkannt worden.« Haase lächelte. Wie es aussah, hatte er mit Danielas Wahl einen Glückstreffer gelandet. Sie würde nicht nur für Lisbeths Enkel und damit den Fortbestand der Ludwig-Siebert-Werke sorgen, sondern auch Bernd an die Leine nehmen, und das tat diesem sicher gut. Immerhin war er bereits auf dem besten Weg gewesen, Frauen für seinen weiteren Lebensweg als überflüssig anzusehen.

ZEHNTER TEIL
Vertragserfüllung

1.

Mike und drei der Einbrecher hielten bei den Vernehmungen dicht, doch der Mann, dem die Sache von Anfang an nicht behagt hatte, erklärte sich bereit, mit dem Staatsanwalt zu kooperieren. Daher erhielt Detektiv Stengel noch am selben Vormittag Besuch von mehreren uniformierten Herren und ein paar in Zivil, die ihm einen Haft- und Durchsuchungsbefehl unter die Nase hielten. Den Kripobeamten war klar, dass er schon mehrfach in zweifelhafte Aktionen verwickelt gewesen war, hatten ihm aber bislang nichts nachweisen können. Als sie nun so unverhofft die Möglichkeit dazu erhielten, arbeiteten sie besonders gründlich. Sie fanden nicht nur heraus, dass Stengel die Flaschen mit dem Brandbeschleuniger und den Schneider für Panzerglas besorgt hatte, sondern auch zwei unangemeldete Flugdrohnen von der gleichen Bauart besaß wie jene, die in den Niederlanden im Kamikazeflug auf Daniela gesteuert worden war. Einige andere Gesetzesübertretungen, die nichts mit diesem Fall zu tun hatten, konnten ihm ebenfalls nachgewiesen werden.

»Das sieht nicht gut für Sie aus«, erklärte der vernehmende Staatsanwalt mit emotionsloser Stimme. »Da das Steuergerät und die dazugehörige Datenbrille der niederländischen Drohne bei einer Kanalreinigung gefunden worden sind und das Gerät selbst nun genau untersucht wird, dürfte man anhand von DNA-Spuren bald feststellen, dass das Gerät Ihnen gehört hat. Ebenso wird sich herausstellen, wer es gesteuert hat. Zusammen mit dem Überfall auf Frau Dr. Sieberts Villa wird es auf eine Anklage wegen Mordes aus niedrigen Beweggründen hinauslaufen.«

Stengel begriff, dass er geschlagen war. Wenn er nicht zur vollen Gefängnisstrafe verurteilt werden wollte, ohne Aussicht, früher freizukommen, musste er seine Auftraggeber ans Messer liefern.

»Wie viel sind Ihnen gewisse Informationen wert?«, fragte er angespannt.

»Ich glaube nicht, dass Sie in der Lage sind, zu feilschen«, antwortete der Staatsanwalt, beugte sich jedoch interessiert vor. »Aber wenn Sie mit den Strafverfolgungsbehörden kooperieren, ist es immer besser, als wenn Sie es nicht tun.«

Es war nur ein Strohhalm. Doch da nichts Besseres nachkommen würde, griff Stengel zu und packte aus.

»Es ist alles Carl Sieberts Schuld«, erklärte er. »Ich sollte ihm zunächst einige Informationen verschaffen. Dann wollte er die Drohne haben, angeblich, um seiner Schwägerin nachspüren zu können. Erst später habe ich erfahren, dass er damit einen Mordanschlag auf eine junge Frau durchführen ließ. Ich wollte aussteigen, aber er drohte mir, die Rechnung nicht zu bezahlen, und ich brauchte das Geld dringend.«

»Und deswegen sind Sie beinahe zum Mörder geworden«, erklärte der Staatsanwalt mit kaum verhohlenem Sarkasmus. »Wenn Sie sich ein paar Jahre Gefängnis ersparen wollen, dann reden Sie. Wer hat den Hund besorgt, der Frau Reuss angegriffen hat?«

»Ralf Siebert.«

»Und den Kerl, der das Tier auf Frau Reuss gehetzt hat?«

Stengel senkte den Kopf. Aus der Schlinge konnte er sich nicht herauswinden. Die Aussicht, ein paar Jahre weniger aufgebrummt zu bekommen und vielleicht vorzeitig entlassen zu werden, brachte ihn dazu, kräftig auszupacken. Rücksicht auf Siebert nahm er dabei nicht. Immerhin war der Mann daran schuld, dass es so weit gekommen war. Ein auf Band aufgenommener Anruf von Siebert, in dem dieser ihm gedroht hatte, ihm das Honorar vorzuenthalten, untermauerte seine Aussage.

Am Abend desselben Tages fuhren mehrere Kripobeamte vor Carl Sieberts Villa vor und läuteten. Als Sieberts Butler ihnen die Tür öffnete, zückten sie ihre Ausweise und verlangten den Hausherrn zu sprechen.

Carl Siebert saß im Wohnzimmer und scrollte sich auf dem Laptop durch die Online-Ausgabe einer Münchner Boulevardzeitung in der Hoffnung, von dem Brand in der Villa einer bekannten Industriellenwitwe zu lesen. Als die Kripobeamten ins Zimmer traten, glaubte er zuerst, es wäre Ralf, der noch im Werk geblieben war.

»Es steht noch nichts über meine Schwägerin in der *Abendzeitung*. Langsam steige ich Stengel aufs Dach, damit er etwas unternimmt.«

»Ich glaube nicht, dass Sie uns das sagen wollten, Herr Siebert. Es bestärkt nämlich den Anfangsverdacht gegen Sie.«

»Wer sind Sie und was wollen Sie hier?«, fuhr Carl Siebert auf.

»Kripo München, Mordkommission. Wir haben einen Haftbefehl gegen Sie wegen Anstiftung zum Mord an Ihrer Schwägerin Lisbeth Siebert sowie an Frau Daniela Reuss. Ihr Handlanger Stengel, den Sie mit der Durchführung der Morde beauftragt haben, hat bereits alles gestanden.«

»Stengel soll der Teufel holen!«, schrie Siebert unbeherrscht.

»Vorerst holen wir Sie«, erklärte einer der Beamten und zückte seine Handschellen. »Wenn Sie so freundlich wären, mitzukommen. Unsere Kollegen werden gleich hier sein, um Ihre Villa zu durchsuchen.«

Carl Siebert begriff, dass sein Schicksal auf Messers Schneide stand, und deutete auf das Telefon. »Kann ich meinen Anwalt anrufen?«

»So viel Zeit haben wir noch«, antwortete der Kripobeamte und steckte die Handschellen wieder weg.

2.

Als die Kripobeamten mit Siebert das Haus verlassen hatten, griff der Butler zum Telefon und rief in der Firma an. »Gott sei Dank treffe ich Sie noch an«, rief er erleichtert, als Ralf Siebert sich meldete.

»Was gibt es?« Ralf hatte eben Feierabend machen wollen und ärgerte sich über die Verzögerung.

»Es ist etwas Entsetzliches vorgefallen. Die Kriminalpolizei war eben hier und hat Ihren Vater verhaftet.«

Die Antwort bestand aus einem gotteslästerlichen Fluch, dann unterbrach Ralf die Verbindung. Zwar wusste er nicht, was geschehen war, konnte es sich aber denken. Stengel hatte wieder einmal Mist gebaut, und nun saß sein Vater in der Tinte.

»Und ich mit ihm.« Wenn alles herauskam, würde man ihn als denjenigen entlarven, der die Flugdrohne auf die falsche Linda gesteuert und den Kampfhund besorgt hatte. Zwar wusste Ralf nicht, wie schwer die Strafe dafür sein würde, doch auf einige Jahre musste er sich einrichten. Sein Vater würde wahrscheinlich noch länger sitzen, und bis sie wieder entlassen wurden, würde die Firma am Boden liegen.

Warum dann hierbleiben?, schoss es ihm durch den Kopf. Sein Vater hatte im Firmensafe als eiserne Reserve eine größere Summe liegen. Wenn er rasch handelte und noch ein paar Schecks auf die Firmenkonten ausfüllte, konnte er morgen früh bereits in einem Land sein, das kein Auslieferungsabkommen mit Deutschland besaß.

Kurz entschlossen betrat Ralf das Büro seines Vaters, entfernte das Bild an der Rückwand und öffnete den Safe. Er fand mehr Geld darin, als er erwartet hatte. Rasch verstaute er die Scheine in einem Aktenkoffer, legte einige Blankoschecks dazu und verließ anschließend das Werk durch einen Nebenausgang. Um nicht aufzufallen, ließ er seinen schweren Geländewagen stehen, stieg in ein Firmenauto und fuhr los.

Zu seiner Erleichterung hielt ihn niemand auf. Wenig später erreichte er die Autobahn und fuhr in Richtung Flughafen. Als er dort ankam, stellte er das Auto auf dem Parkdeck ab, klappte seinen Laptop auf und suchte nach einem für ihn sicheren Land. Als er es gefunden hatte, orderte er online ein Flugticket dorthin und machte sich auf den Weg ins Terminal 2. Am Schalter erhielt er das Ticket und sah sich fast schon gerettet. Jetzt musste er nur noch die Kontrolle hinter sich bringen, dachte er und stellte sich an.

An dem Tag waren die Sicherheitsleute doppelt scharf. Wie die Passagiere vor ihm musste auch er neben seinem Jackett Schuhe und Gürtel ausziehen und zusammen mit seiner Aktentasche in eine Schale legen. Zu seiner Erleichterung kam er, ohne Alarm auszulösen, durch die Sicherheitsschleuse. Als er jedoch seine Sachen wieder an sich nehmen wollte, traten zwei Männer vom Sicherheitsdienst auf ihn zu und ergriffen seinen Aktenkoffer.

»He, was soll das?«, rief er empört.

»Wir müssen Sie bitten, mitzukommen. Ist wegen der neuen Bestimmungen die Geldwäsche betreffend«, erklärte einer der beiden.

»Was heißt hier Geldwäsche? Das Geld in dem Koffer gehört mir«, rief Ralf empört.

»Wenn Sie das beweisen können, wird sich die Sache rasch aufklären.«

»Ich bin Ralf Siebert, zweiter Geschäftsführer der Carl-Siebert-Werke. Ich soll mit diesem Geld ein Werk in der Karibik kaufen, und der Besitzer besteht auf Barzahlung.«

Noch während er es sagte, erkannte Ralf, dass es eine denkbar schlechte Ausrede war. Er besaß weder eine Bestätigung, dass er das viele Geld zu Recht mit sich führte, noch ein Schreiben, mit dem er den vorgegebenen Verkauf beweisen konnte. Er überlegte, ob er losrennen und versuchen sollte, das nächste Flugzeug zu erreichen, das von hier aus startete. Doch auch das war keine Lösung, da die Polizei den Flieger sicher am Boden halten würde.

Ihm blieb nichts anderes übrig, als den Sicherheitsbeamten in eine kleine Kammer zu folgen und dort zu warten. Eine halbe Stunde später wurde die Tür geöffnet, und eine Polizistin trat samt Kollegen ein.

»Sie sind Ralf Siebert?«, fragte sie.

»Der bin ich«, antwortete Ralf und reichte ihr den Pass.

Die Frau warf einen kurzen Blick darauf und sah ihn dann mit ernster Miene an. »Herr Siebert, ich habe einen Haftbefehl für Sie.«

3.

Als Lisbeth von der Verhaftung ihres Schwagers und seines Sohnes hörte, fiel ihr eine Lastwagenladung Steine vom Herzen. »Endlich ist es vorbei!«, rief sie und umarmte Daniela.

»Ich bin froh darüber«, antwortete Daniela. »Jetzt kann ich mich wieder frei bewegen, ohne Angst haben zu müssen, dass mich irgendjemand ins Himmelreich befördern will.«

»Wir sollten ein wenig feiern«, schlug Lisbeth vor.

Daniela atmete tief durch und blickte sehnsüchtig zum Fenster hinaus. »Ich würde am liebsten einen schönen, langen Spaziergang im Park machen. Seit der Sache mit dem Hund durfte ich ja nicht mehr hingehen.«

»Wir gehen zusammen«, versprach Lisbeth und winkte ihre Hausdame heran. »Zuerst aber stoßen wir darauf an, dass wir es überstanden haben.«

»Ja, aber ohne Alkohol«, wandte Daniela ein.

»Heute kannst du dir ein kleines Glas Sekt leisten«, sagte Lisbeth augenzwinkernd und erteilte Frau Winkler den entsprechenden Befehl. Diese verschwand kurz und kehrte mit einem Tablett voller Sektgläser zurück. In eines war gerade mal ein Fingerhut voll Sekt eingefüllt worden.

Lisbeth reichte es an Daniela weiter. »Zum Anstoßen reicht es. Auf dein Wohl!«

»Auf das deine!« Daniela stieß mit ihr an, dann mit Max und den anderen Frauen einschließlich Frau Winkler und zuletzt mit Bernd.

»Es ist schön, dass es vorbei ist«, sagte sie leise.

»Das ist es wirklich«, antwortete Bernd. »Was wirst du jetzt machen? Dich gemütlich auf die Geburt vorbereiten?«

Daniela schüttelte den Kopf. »Ich möchte die Schule durchziehen. Vielleicht schaffe ich das Abitur doch noch vorher. Wenn das Kind erst einmal da ist, weiß ich nicht, ob ich so schnell dazu komme.«

»Du solltest nicht zu ehrgeizig sein«, mahnte Lisbeth.

Max legte ihr lächelnd die Hand auf die Schulter. »Lass sie. Daniela hat recht. Wenn das Baby erst einmal da ist, wird sie sich mehr um das Kleine kümmern müssen als um die Schule.«

»Den Spaziergang im Park machen wir aber trotzdem.« So ganz war Lisbeth nicht überzeugt, beugte sich aber den Argumenten der anderen.

Unterdessen las Bernd mehrere SMS und sprach dann Lisbeth an. »Was machen wir mit der Firma deines Schwagers? Haase meint, er könnte sie mit dem Paragrafen einfordern, die von den Nachkommen deines Schwiegervaters ein gesetzmäßiges Leben fordert. Bis Carl und Ralf wieder in Freiheit sind, ist sie wahrscheinlich restlos zusammengebrochen.«

»Ich werde mich darum kümmern«, versprach Lisbeth.

Sie ließ sich, Daniela und Carolien von ihrem Chauffeur zum Park fahren und schlenderte mit den beiden unter den alten Bäumen dahin.

»Es ist dir hoffentlich nicht zu anstrengend?«, fragte sie Daniela nach einer Weile besorgt.

»Ganz und gar nicht. Carolien hat dafür gesorgt, dass ich in guter Verfassung bin«, antwortete Daniela.

»Du musst dir vorgekommen sein wie in einer Kaserne. Es tut mir so leid, dass ich anfangs zu wenig Rücksicht auf dich genommen habe.« Lisbeth klang bedrückt, denn sie selbst hätte eine solche Behandlung, wie sie Daniela zuteilgeworden war, nicht so leicht verziehen.

Daniela hingegen lachte hellauf. »Es war auf jeden Fall besser, als jeden Morgen vom Drachen Irmgard im Gefängnis geweckt zu werden.«

»Es war trotz allem eine schöne Zeit«, warf Carolien ein. »Wenn ich daran denke, wie Daniela der Amerikanerin ihre Unverschämtheit und die ihres Personals heimgezahlt hat. Die Frau hat sich wirklich wie die Krone der Schöpfung gefühlt und alle anderen als weit unter ihr stehend angesehen.«

»Das müsst ihr mir erzählen«, bat Lisbeth.

Daniela und Carolien taten ihr diesen Gefallen. Während sie zuhörte, schüttelte Lisbeth ein ums andere Mal den Kopf. »Wie kann ein Mensch nur so von sich eingenommen sein?«, rief sie zuletzt, erinnerte sich dann aber daran, wie sie Dr. Haase abgekanzelt hatte, weil dieser ihr eine Frau gebracht hatte, die frisch aus dem Gefängnis gekommen war.

»Du musst mich zu Beginn gehasst haben«, sagte sie seufzend.

Daniela lachte leise auf. »Ich bin in einer Umgebung aufgewachsen, die mir wie ein nie endender Albtraum vorkam, mit erstickenden Vorschriften und Regeln, die mir mit Stock und Lederriemen eingebläut wurden. Als ich dem entkommen war, bin ich in einen anderen Albtraum geraten, der mich bis hinter Gittern geführt hat. In Dr. Haases Angebot habe ich schließlich die letzte Chance gesehen, aus dem Teufelskreis auszubrechen, in dem ich gefangen war, und ein besseres Leben führen zu können. Ich war dir im Gegenteil sehr dankbar für die Hoffnung, die du mir geschenkt hast.«

»Das sagst du aber nicht nur, um mich zu beruhigen?« Lisbeth hatte noch immer ein wenig Angst, Daniela könnte ihr die Sache übel nehmen. Als Antwort schloss diese sie in die Arme und küsste sie auf die Wange.

Als sie in die Villa zurückkehrten, wartete Max auf sie. »Darf ich dich kurz unter vier Augen sprechen, Lisbeth?«

»Jederzeit. Was gibt es?«, fragte Lisbeth und folgte ihm in den Garten.

Max wusste nicht so recht, wie er anfangen sollte, entschloss sich dann aber, schnurstracks auf sein Ziel loszugehen. »Ich war im Gefängnis bei deinem Schwager. Mittlerweile ist er ein gebrochener Mann und würde keinen Privatkrieg mehr gegen dich beginnen.«

»Das hätte er sich früher überlegen sollen«, antwortete Lisbeth unversöhnt.

»Es geht ihm um seine Firma. Er weiß, dass sie so, wie es jetzt steht, zusammenbrechen wird. Ebenso weiß er, dass er und sein Sohn, wenn sie einmal aus dem Gefängnis entlassen werden, genauso vor dem Nichts stehen werden, wie es bei Daniela der Fall war.«

»Worauf willst du hinaus?«, fragte Lisbeth angespannt.

»Carl Siebert ist bereit, dir seine Firma zu einem günstigen Preis zu verkaufen, damit er und Ralf nach der Verbüßung ihrer Strafe irgendwo neu anfangen können. Ich habe mit Bernd gesprochen. Er hält diese Lösung für die beste, da sie dich am wenigsten Geld kosten und dir einen Prozess ersparen würde. Außerdem könnte er das Werk sofort übernehmen und hätte damit Luft für neue Aufträge.«

Ihr Hass auf ihren Schwager wollte Lisbeth zwingen, Nein zu sagen. Aber es würde Zeit und viel Geld kosten, die Übernahme vor Gericht zu erzwingen, und ob die Carl-Siebert-Werke so lange unter einem von ihrem Schwager aus dem Gefängnis eingesetzten Geschäftsführer durchhielten, war fraglich. Daher war Bernds Überlegung, die Carl-Siebert-Werke kurzerhand zu kaufen, genau richtig. Sie war Geschäftsfrau genug, um die Vorteile, die sich ihr bei diesem Vorgehen boten, erkennen zu können.

»Also gut«, sagte sie. »Ich kaufe die Firma meines Schwagers. Die Verhandlungen mit ihm werden aber du, Bernd und Haase führen. Ich will nicht mehr damit zu tun haben, als meine Unterschrift unter den Vertrag zu setzen.«

»Wenn du erlaubst, werde ich Bernd anrufen und ihm deine Entscheidung mitteilen«, erwiderte Max.

Lisbeth lachte kurz auf. »Das mach ich selbst. Immerhin ist er mein Geschäftsführer und muss lernen, dass er mit allem, aber auch wirklich allem zu mir kommen kann und nicht dich als Vermittler braucht. Es ist nicht gegen dich gerichtet, Max. Es freut mich, dass du es diesmal getan hast. Ich vertraue Bernd jedoch genug, um mir auch ausgefallene Vorschläge anzuhören, ohne dass ich ihn gleich fresse.«

Jetzt lachte auch Max. »Sage ihm, dass du die Carl-Siebert-Werke kaufen willst und ihn mit den Verhandlungen betraust. Ich sage ihm das andere.«

»Was?«, fragte Lisbeth, die seinem Gedankengang nicht folgen konnte.

»Dass du ihn nicht dafür frisst.«

Lisbeth brach in ein so schallendes Gelächter aus, dass Daniela davon angelockt wurde.

»Was gibt es so Lustiges?«, fragte sie neugierig.

»Lisbeth hat eben erklärt, dass sie Bernd nicht dafür fressen wird, weil er die Carl-Siebert-Werke kaufen will«, erklärte Max grinsend.

»Ich glaube nicht, dass er besonders gut schmecken würde«, antwortete Daniela trocken und brachte Lisbeth und Max damit noch mehr zum Lachen.

4.

Es ist schade, dass Bernd dich nicht fahren kann«, erklärte Lisbeth bedauernd. »Aber er ist voll damit beschäftigt, das Werk oder besser gesagt das frühere Werk meines Schwagers in unsere Firma zu integrieren. Ich habe zwar auf seinen Vorschlag hin Hübner mit der einstweiligen Geschäftsführung der früheren Carl-Siebert-Werke beauftragt, aber es bleibt trotzdem vieles an ihm hängen.« Lisbeth schwieg einen Augenblick und fasste nach Danielas Händen. »Willst du deine Abiturprüfung wirklich am ersten Termin ablegen, der dir genannt worden ist? Laut Kalender wäre das nur vierzehn Tage vor dem errechneten Geburtstermin.«

»Da habe ich wenigstens etwas zu tun und sitze nicht nur herum und warte darauf, bis mein Untermieter ans Ausziehen denkt.« Mit einem versonnenen Lächeln streichelte sich Daniela über den Bauch.

Trotz ihrer Besorgnis musste Lisbeth lachen. »Dir kann so leicht nichts die Laune verhageln.«

»Du hast aber auch alles ausgezeichnet organisiert.« Daniela klang allerdings nicht hundertprozentig begeistert. Schließlich hatte Lisbeth dafür gesorgt, dass sie ihre Prüfung nicht hier in München, sondern in der Provinz ablegen musste. Hier, so hatte Lisbeth erklärt, wäre zu viel Trubel für eine hochschwangere Frau wie sie, und sie müsste in einem Raum mit mehr als einem Dutzend anderer Prüflinge sitzen. Weder diese noch die Lehrkräfte würden Rücksicht auf sie nehmen.

Unterdessen sprach Lisbeth weiter: »Da Bernd nicht kann, wollte ich, dass mein Chauffeur dich fährt, damit er sein Gehalt nicht nur dafür bekommt, indem er Frau Winkler oder Annette beim Einkaufen hilft. Haase hat jedoch vorgeschlagen, dass Adrienne dich fahren soll. Sie kennt dich besser und wird die entsprechende Rücksicht auf dich nehmen. Carolien, Nicolet und Katrijn werden dich ebenfalls begleiten, damit du gut versorgt sein wirst.«

»Meinetwegen muss wirklich kein solcher Aufstand betrieben werden«, wandte Daniela ein.

»Du bist immerhin einige Tage weg und sollst alles haben, was du brauchst.«

Für Lisbeth waren Dinge selbstverständlich, die Daniela auch jetzt noch als überflüssigen Luxus ansah. Sie selbst hätte sich mit einem normalen Hotelzimmer zufriedengegeben, doch Lisbeth hatte auf einer großen Suite mit eigener Kochgelegenheit bestanden. Für Adrienne, Carolien, Katrijn und Nicolet waren Zimmer auf der gleichen Etage des Hotels gebucht worden.

Damit Daniela es auch während der Fahrt bequem hatte, stellte Lisbeth ihnen ihre große Limousine zur Verfügung. Nicolet sollte mit ihr und Adrienne kommen, während Carolien mit Katrijn in einem kleineren Wagen vorausfuhr, um alles für Danielas Ankunft vorzubereiten.

Am Abend vor der Fahrt kamen Max und Bernd vorbei, um Daniela zu verabschieden. Bernd wirkte ein wenig abgespannt, denn er hatte in den letzten Wochen einen Höllenjob erledigen müssen.

»Aber es hat sich gelohnt«, meinte er, als Lisbeth ihn darauf ansprach. »Inzwischen sind wir die Nummer eins auf dem deutschen Markt und haben bereits die erste Ausschreibung für ein Projekt in Frankreich gewonnen.«

»Du solltest trotzdem ein wenig zurückschrauben«, mahnte Daniela ihn.

Bernd atmete tief durch und nickte. »Die Fusion mit den Carl-Siebert-Werken ist demnächst abgeschlossen, und ab dann wird es leichter. Aber was sagt ihr dazu? Vater und sein amerikanischer Partner haben den Zuschlag für das Football-Stadion erhalten. Er wird bald für ein paar Monate in die Staaten reisen müssen.«

»So lange?«, rief Lisbeth enttäuscht.

»Ich würde ungern allein reisen«, meinte Max grinsend. »Was hältst du davon, mit mir zu kommen und einen kleinen Abstecher nach Las Vegas zu machen? In unserem Alter brauchen wir doch das ganze Gedöns mit Brautjungfern und dergleichen nicht mehr.«

»He! Drückt euch ja nicht um die Hochzeitsfeier!«, rief Bernd augenzwinkernd.

Sein Vater lachte. »Ganz gewiss feiern wir, aber erst wenn wir wieder zurückkommen. Bis dorthin ist Danielas Kleiner so weit, dass sie ihn auch mal für ein, zwei Stunden allein lassen kann.«

»Erst einmal muss er zur Welt kommen«, warf Daniela lachend ein, wurde dann aber wieder ernst. »Jetzt steht mir zunächst mal die Abiturprüfung bevor. Das wird eine harte Nuss werden.«

Lisbeth legte ihr lächelnd die Hand auf die Schulter. »Du wirst es schon schaffen. Außerdem habe ich Adrienne Wiegel aufgefordert, beim Einreichen der Prüfungsunterlagen auf deine fortgeschrittene Schwangerschaft hinzuweisen. Man wird darauf Rücksicht nehmen.«

»Ich will keine Extrawurst gebraten bekommen«, erwiderte Daniela störrisch.

»Die gibt es auch nicht, leider. Du wirst daher zusammen mit einigen anderen geprüft werden. Ich hoffe nur, dass es dir nicht zu anstrengend wird und mitten in der Prüfung die Wehen einsetzen! Nicolet und Adrienne werden im Nebenraum sitzen, um eingreifen zu können, wenn es notwendig ist.«

Lisbeth war es gewohnt, zu organisieren, und hatte auch

diesmal nichts dem Zufall überlassen. Bevor Daniela erneut etwas einwenden konnte, trat Max auf sie zu und kniff sie in die Wange. »Viel Erfolg bei der Prüfung!«

»Das wünsche ich dir auch.« Bernd reichte ihr die Hand, besann sich aber auf ein mahnendes Hüsteln seines Vaters hin und legte die Arme um sie.

»Du bist ein tapferes Mädchen! Das, was du erreicht hast, hätten nur wenige geschafft. Linda auf jeden Fall nicht.«

»Wenn das ein Stich gegen mich gewesen sein soll, so ist er danebengegangen«, antwortete Lisbeth gelassen. »Linda zählte für mich in dem Augenblick nicht mehr, in dem sie sich entschlossen hat, nach Kanada zurückzukehren. Eigentlich müsste ich ihr dafür dankbar sein. Sie hätte weder den Anschlag mit der Flugdrohne noch den Hundeangriff überstanden.«

»Lassen wir sie in Frieden drüben in Kanada arbeiten und konzentrieren uns auf wesentlichere Dinge«, sagte Max und umarmte Daniela ebenfalls. »Komm gut zurück!«

»Das hoffe ich doch«, meinte Daniela und erklärte nach einem Blick auf die Uhr, ins Bett gehen zu wollen. »Für meinen Kleinen ist Schlafenszeit. Außerdem will ich morgen früh ausgeruht sein.«

»Ich hoffe, du kannst irgendwann wieder einmal sündigen.« Max zwinkerte ihr zu, doch anders als vor etlichen Monaten empfand Lisbeth keine Eifersucht mehr. Sie und Max würden in Las Vegas heiraten, und was Daniela und Bernd betraf, so bedurfte es sicher keiner großen Überredung mehr, um auch die beiden vor den Traualtar zu locken.

Mit diesem Gedanken wünschte sie Daniela eine gute Nacht, blieb aber selbst noch ein wenig mit Max und Bernd im Wohnzimmer sitzen.

Als Daniela sich am nächsten Tag zu Adrienne ins Auto setzte, fühlte sie sich unsicher. War es wirklich richtig, die Prüfung so knapp vor ihrer Niederkunft abzulegen?, fragte sie sich. Sie hatte zwar gut gelernt und den gesamten Stoff bewältigt. Aber reichte es aus, um vor der Prüfungskommission zu bestehen?

Das Gefühl steigerte sich während der Fahrt noch, zumal Adrienne sich kaum ein Wort zu sagen traute. In den Niederlanden hatte sie sich Daniela gegenüber wie eine Kerkermeisterin aufgeführt und nun Angst, diese könnte sich revanchieren. Inzwischen war Daniela von Lisbeth Siebert wie ein Familienmitglied aufgenommen worden und seit Neuestem auch eine Duzfreundin ihres Chefs.

»Sie sagen mir bitte, wann wir eine Pause einlegen sollen«, bat sie Daniela nach knapp hundert Kilometern Fahrt.

»Ich hätte nichts dagegen, wenn wir am nächsten Rastplatz haltmachen könnten. Ich muss nämlich zur Toilette«, antwortete Daniela und überlegte, ob sie das Ganze nicht besser abblasen sollte.

Sie sagte aber nichts, und so fuhren sie weiter. Als sie ihr Ziel erreichten, hatten Carolien und Katrijn bereits alles eingeräumt. Ein leichtes Mittagessen wartete auf Daniela, dazu stand eine Kanne von Lisbeths Kräutertee bereit.

»Heute werde ich aber wieder verwöhnt«, sagte Daniela und musste trotz ihrer Anspannung lachen.

5.

Die Schule war ein Koloss, den irgendein Architekt in beliebiger Gesichtslosigkeit geplant hatte. Adrienne musste halb um das Gebäude herumgehen, um den Haupteingang zu finden. Ein Schild wies ihnen den Weg zu den Prüfungsräumen.

Dort wartete bereits ein gutes halbes Dutzend weiterer Prüflinge sowie mehrere Prüfer beiderlei Geschlechts.

»Und wer ist nun der Prüfling, Sie oder Sie?«, fragte die Frau, während ihr Blick von Daniela zu Adrienne und zurück wanderte.

»Ich«, antwortete Daniela und wünschte sich, dass es anders wäre.

»Kommen Sie mit!«

Die Frau führte sie in einen Raum und wies ihr einen Tisch ganz vorne zu. Daniela setzte sich und spürte sofort, wie unbequem der Stuhl für sie war. Nach einem anderen zu fragen, schien ihr jedoch sinnlos, es sei denn, man würde den Schreibtischstuhl des Rektors für sie holen.

Es muss eben so gehen, dachte sie, während nun auch die anderen Prüflinge hereinkamen und sich auf Anweisung im ganzen Raum verteilten. Die Ecke, in der Daniela saß, mieden sie allerdings, und die meisten bedachten sie mit fragenden Blicken.

Unterdessen begann die Frau, den Ablauf der Prüfung zu erklären, während ein Kollege die Prüfungsbögen verteilte.

Danielas Kopf war mit einem Mal wie leer gefegt, und sie hätte sich wie bei einer Quizsendung im Fernsehen einen oder besser mehrere Joker gewünscht, um Hilfe zu erhalten.

»Glauben Sie, Sie schaffen es?«, fragte der Prüfer, als er ihr die Unterlagen reichte und festgestellt hatte, dass die Schwangere erschreckend blass geworden war.

Daniela nickte. »Irgendwie stehe ich das schon durch.«

Danach starrte sie auf die erste Aufgabe, die genauso auf Chinesisch hätte geschrieben sein können, denn sie begriff überhaupt nichts. Nervös sah sie sich die zweite an und wusste sie genauso wenig zu beantworten. Fast war es, als hätte sie niemals auf diese Prüfung gelernt. Sie überlegte schon, ob sie mit Hinweis auf Schwangerschaftsbeschwerden aufgeben und die Prüfung zu einem späteren Zeitpunkt nachholen sollte.

Bevor sie eine Entscheidung treffen konnte, las sie die dritte Prüfungsaufgabe und holte tief Luft. Genau diese hatte sie bei einem der letzten schriftlichen Tests gestellt bekommen und richtig beantwortet. Sie formulierte die Antwort sorgfältig. Danach konnte sie die übernächste Aufgabe ebenfalls schnell und dennoch ausführlich beantworten. Mit einer gewissen Hoffnung beschloss sie, all jene Teile zu bearbeiten, die sie kannte, und sich erst danach den härteren Brocken zu widmen.

Ihre Nervosität war mit einem Mal wie weggeblasen, und es gab nur noch sie und die Aufgaben. Sie konnte eine geforderte Erläuterung locker niederschreiben, dann eine Beschreibung formulieren, und plötzlich flutschte es.

Als sie das Ende des ersten Blocks erreicht hatte, ging sie wieder an den Beginn der Klausur und sah sich die Aufgaben an, die ihr zunächst unverständlich geblieben waren. Mit ein wenig Nachdenken fand sie Formulierungen, die ihr richtig erschienen, und schrieb sie nieder. Als sie erneut das Ende des Blocks erreicht hatte, hob der Prüfer die Hand.

»Sie haben noch fünf Minuten Zeit.«

Jetzt erst wurde Daniela sich wieder der anderen Prüflinge bewusst. Die meisten saßen über ihre Aufgaben gebeugt und schrieben. Nicht jeder von ihnen sah zufrieden aus. Sie selbst sah rasch noch einmal alle Aufgaben durch, ob sie nicht doch etwas vergessen hatte. Dies war nicht der Fall, und so lehnte sie sich zurück, während der Prüfer laut die letzten zehn Sekunden zählte. Kaum war er bei null angelangt, kam er auf Daniela zu und nahm ihr die Blätter ab.

»Sie können jetzt eine halbe Stunde Pause machen«, erklärte die Prüferin.

Daniela war froh, denn als sie vom Stuhl aufstieg, drückte ihre Blase. Rasch verließ sie den Raum und sah Adrienne mit einer Zeitschrift in der Hand in einer Ecke sitzen, während Nicolet durch das Fenster auf den gepflasterten Schulhof schaute.

»Wissen Sie, wo hier die Toiletten sind?«, fragte sie drängend.

»Gleich links im nächsten Gang. Wenn Sie zurückkommen, habe ich eine Tasse Tee und ein Sandwich für Sie. Mehr sollten Sie nicht essen, damit Ihr Magen nicht zu sehr belastet wird«, erklärte Adrienne. Den letzten Satz hörte Daniela aber nicht mehr, da sie bereits auf dem Weg war.

Als sie wiederkam, konnte sie Tee trinken und das Sandwich essen, das Katrijn für sie vorbereitet hatte. Noch vor Ende der halben Stunde kehrte sie in den Prüfungsraum zurück und setzte sich an ihren Platz.

Kurz darauf wurde der nächste Prüfungsbogen verteilt.

Nach der Erfahrung des ersten Durchgangs konzentrierte Daniela sich zunächst auf die Teile, deren Lösungen sie aus vielen Übungen und Zwischenprüfungen kannte. Erst als sie damit fertig war, widmete sie sich dem Rest. Sie war nach einer Dreiviertelstunde fertig und überprüfte sämtliche Aufgaben und Lösungen noch einmal. Es war auch gut so, denn sie entdeckte einen groben Fehler und konnte ihn gerade noch korrigieren, während der Prüfer zu zählen begann. Diesmal begann er am anderen Ende und nahm ihr als Letzter den Prüfungsbogen ab.

Daniela wollte schon sitzen bleiben, doch der Gedanke an den Tee in Adriennes Thermosflasche und an eines von Katrijns leckeren Sandwichs trieb sie hinaus. Eine knappe halbe Stunde später stellte sie sich dem dritten Block. Bei diesen Prüfungsaufgaben wurden einige jener seltsamen Fragen abgehandelt, über die sie sich während des Fernstudiums gewundert hatte. Da sie sich gründlich mit diesen beschäftigt hatte, war sie in der Lage, sie ausführlich zu beantworten. Zwar konnte sie die letzte Aufgabe erst abschließen, als der Mann bereits zu zählen begann, doch dann war es für diesen Tag geschafft.

Adrienne und Nicolet brachten Daniela ins Hotel zurück. Dort erhielt sie einen leichten Imbiss und unternahm dann mit Carolien zusammen einen Spaziergang durch die Stadt. In Danielas Gedanken schwirrten jedoch die Prüfungsfragen wie Schmetterlinge durcheinander, und sie war kaum ansprechbar. Wieder im Hotel nahm sie einen ihrer Arbeitsordner zur Hand und ging ihn durch. Der nächste Tag würde entscheidend für ihre Prüfung sein, sagte sie sich. Wenn sie an dieser Stelle versagte, würde sie das Abitur niemals schaffen.

Mit dieser Überlegung ging sie zu Bett und erlebte einen Albtraum, in dem alles schiefging. Sogar ihre Schwangerschaft erwies sich als Täuschung, denn sie war einfach nur fett geworden.

Als sie am nächsten Morgen erwachte, fühlte sie sich wie gerädert. Eine Tasse Kräutertee und ein Pfannkuchen zum Frühstück weckten ihre Lebensgeister jedoch so weit, dass sie Adrienne und Nicolet in die Schule folgen konnte.

An diesem Tag ging es besser als erwartet. Zu ihrer eigenen Verwunderung war Daniela vollkommen konzentriert und konnte alle Fragen in der vorgegebenen Zeit beantworten. Bei einigen war sie zwar unsicher, doch selbst wenn ein paar Antworten falsch waren, glaubte sie, genug Punkte gesammelt zu haben. Als alle ihre Prüfungsbögen abgegeben hatten, besprachen sich die Prüfer kurz, dann wandte sich ihre Teamleiterin den Prüflingen zu.

»Der mündliche Teil beginnt morgen um neun Uhr. Aufgrund

besonderer Umstände wird Frau Reuss als Erste an die Reihe kommen. Auf Wiedersehen.«

Während ihre Mitprüflinge rasch den Raum verließen, blieb Daniela noch einen Augenblick sitzen. Dann aber raffte sie sich auf und verließ mit Adrienne und Nicolet zusammen das Gymnasium. Unterwegs trafen sie auf etliche Schülerinnen, die sie mit großen Augen anstarrten und leise einige Worte wechselten.

»Mit so einem dicken Bauch wie die möchte ich nie herumlaufen«, hörte Daniela eine sagen, dann waren die Mädchen vorbei. Mit einem Achselzucken ging sie weiter, setzte sich draußen ins Auto und schloss die Augen, während Adrienne den Wagen zum Hotel steuerte.

Dort wartete Katrijn bereits mit einem Apfelpfannkuchen sowie einer Portion Poffertjes mit Erdbeeren und Schlagsahne auf sie. Dazu gab es einen koffeinfreien Latte macchiato. Daniela aß mit gutem Appetit und sah sich dabei den Fragen der anderen ausgesetzt.

»Ich hoffe, dass ich in der schriftlichen Prüfung nicht durchgefallen bin, sonst ist die mündliche Prüfung morgen für die Katz«, meinte sie etwas genervt.

»Du wirst sicher nicht durchfallen«, prophezeite Nicolet und bat Daniela, sich aufs Bett zu legen, damit sie sie massieren konnte. Sie ging dabei sehr vorsichtig vor, tastete aber auch Danielas Bauch ab.

»Es würde mich wundern, wenn es wirklich noch anderthalb Wochen dauern sollte«, sagte sie besorgt.

»Solange es nicht morgen während der mündlichen Prüfung losgeht, ist mir das wurscht«, antwortete Daniela. »Wenn ich diesen Teil wiederholen müsste, wäre dafür noch einmal extra viel Lernen angesagt, und das würde mir nicht gefallen.«

Dann bat sie Katrijn um eine weitere Tasse Tee.

6.

Am nächsten Morgen war Daniela zwar immer noch nervös, aber es ging ihr besser als an den beiden Tagen zuvor. Die mündliche Prüfung war auch weniger schlimm, als sie befürchtet hatte. Da sie bei ihren Antworten ein gutes Gefühl gehabt hatte, war sie ruhiger als Adrienne, die kaum einen Moment lang stillsitzen konnte.

»Wieso können die die Noten nicht gleich bekannt geben? Jetzt müssen wir noch Wochen warten, bis wir es wissen«, klagte diese.

Daniela lächelte, wurde dann aber ernst. »Liebe Adrienne, findest du nicht auch, dass wir beide zum Du übergehen sollten? Wenn Carolien, Nicolet und Katrijn wieder in die Niederlande zurückkehren, würde ich mich über eine Freundin in München freuen. Ich hätte sonst niemanden in der ganzen Stadt, mit dem ich reden könnte.«

So ganz stimmte das nicht, denn sowohl Lisbeth wie auch Max und Bernd würden ihr jederzeit zuhören. Aber das waren eben keine Freundinnen in ihrem Alter.

Adrienne starrte sie einen Augenblick lang fassungslos an. »Meinen Sie das im Ernst?«, fragte sie dann.

»Todernst.«

»Ich freu mich so.« Gerührt schloss Adrienne Daniela in die Arme. »Ich hatte schon Angst, ich hätte die Sache in Holland verbockt.«

»Hast du nicht! Wir sind doch ausgezeichnet miteinander ausgekommen, und du hast auch nichts gegen Caroliens und meine Poffertjes-Ausflüge gesagt.«

Daniela wollte noch mehr sagen, doch da erschien das Prüferpaar. Die Frau streckte Daniela die Hand hin.

»Herzlichen Glückwunsch, Frau Reuss. Sie haben durchgehalten und dabei eine sehr gute mündliche Prüfung abgelegt. Jetzt kommt es noch auf die schriftlichen Antworten an. Wenn diese ähnlich gut sind, haben Sie das Abitur geschafft.«

»Das hoffe ich doch«, antwortete Daniela, obwohl sie sich mittlerweile ausgelaugt und erschöpft fühlte. Einen Augenblick lang dachte sie an Bernd. Wenn sie tatsächlich die Prüfung bestanden hatte, hatte sie es auch ihm gezeigt.

Jetzt tu nicht so, als wenn du ihn nicht mögen würdest, tadelte sie sich selbst. Bernd würde sich ebenso darüber freuen wie Lisbeth.

Eigentlich hatte Lisbeth geplant, dass Daniela noch eine Nacht vor Ort bleiben sollte. Aber nun drängte sie alles, nach Hause zu fahren, um mit Lisbeth zu reden und vor allem auch Bernd zu sehen. Immerhin hatte er ihr am meisten zugeredet, an ihrem Plan festzuhalten, ihr Abitur zu machen und zu studieren.

»Er mag keine dummen Frauen und ich keine dummen Männer«, sagte sie leise und lachte, als Adrienne sie verwundert ansah.

»Ich habe nur mit mir selbst gesprochen«, meinte sie und sah auf die Uhr. »Wenn wir uns beeilen, sind wir um sechs zu Hause.«

»Du willst heute noch zurückfahren?«, fragte Nicolet erstaunt.

»Hier sitze ich nur in einem Hotelzimmer herum und weiß nicht, was ich tun soll, während ich dort in meinem eigenen Bett schlafen kann.«

Noch vor ein paar Monaten hätte Adrienne einen solchen Vorschlag entschieden abgelehnt. Nun aber fuhr sie zum Hotel und bat Katrijn und Carolien, Danielas Koffer zu packen. »Wir fahren nach Hause. Ihr könnt morgen nachkommen.«

Katrijn schüttelte den Kopf. »Was sollen wir noch hier, wenn Daniela weg ist? Wir fahren auch.«

»Ich regle das mit dem Hotelmanagement«, erklärte Adrienne, während sie ihre Sachen in den Koffer warf.

»Ich bringe ihn zum Auto, während du uns abmeldest«, bot Katrijn an, hielt dann aber inne. »Wir fahren aber nicht, weil Daniela die Prüfung nicht bestanden hat?«

»Natürlich nicht. Ich glaube fest daran, dass wir die Prüfung bestanden haben«, antwortete Daniela und tätschelte dabei ihren Bauch. »Danke, du bist während der Prüfung ganz brav gewesen und hast mich überhaupt nicht gestört.«

So als hätte es das gehört und wolle sich wieder in Erinnerung bringen, erhielt sie einen kräftigen Tritt des Kleinen.

7.

Wenig später lenkte Adrienne den Wagen nach Süden, während Carolien und Katrijn noch das restliche Gepäck versorgten und ihnen etwas später folgen würden.

Die Anspannung bei der Prüfung forderte nun ihren Tribut. Nach einer Weile gab Daniela es auf, gegen ihre Müdigkeit anzukämpfen, sondern stellte die Rückenlehne ein wenig zurück und schloss die Augen. Innerhalb kurzer Zeit war sie eingeschlafen und wachte erst wieder auf, als Adrienne auf den Parkplatz vor Lisbeths Villa einfuhr.

Lisbeth sah sie kommen und eilte ihnen entgegen, während Frau Winkler die Köchin aufforderte, Tee zu bereiten, und selbst Kekse auf den Tisch stellte.

»Willkommen zurück!«, rief Lisbeth und schlang die Arme um Daniela. »Ich habe Max und Bernd bereits Bescheid gesagt. Die beiden kommen heute Abend, und dann …«

In dem Augenblick stöhnte Daniela unter einem schmerzhaften Ziehen im Bauch und hielt sich rasch am Auto fest »Ich glaube, das Kleine will früher heraus«, sagte sie gepresst.

Nicolet legte ihr die Hand auf den Bauch und nickte. »Ich sagte doch, dass es nicht mehr bis zum errechneten Termin dauern wird. Es ist am besten, wenn wir dich gleich in die Klinik bringen. Sonst ist das Kind schneller auf der Welt, als wir dort sind.«

Die Schmerzwelle ebbte zwar ab, dennoch war Daniela froh, als Adrienne sie in die Entbindungsstation brachte, die Lisbeth für sie ausgesucht hatte, und sie sich in die Obhut jener kompetenten Hebamme begeben konnte, die sie schon seit einigen Wochen betreute. Diese untersuchte sie und lächelte ihr aufmunternd zu.

»Keine Sorge, es wird alles gut«, meinte sie und gab Daniela noch einige Ratschläge, wie sie die Wehen am besten veratmen konnte. Ein Arzt kam hinzu, untersuchte Daniela ebenfalls und wies zwei Krankenschwestern an, sie in das vorbereitete Geburtszimmer zu bringen.

»Sie meinen den Kreißsaal«, warf Daniela stöhnend ein.

»Oh nein. Wir legen Wert darauf, dass unsere werdenden Mütter ihre Kinder in einer möglichst angenehmen Umgebung zur Welt bringen und nicht in einer Krankenhausatmosphäre aus Edelstahl und weißen Wandkacheln. Glauben Sie, dass Sie den Weg dorthin noch zu Fuß schaffen, oder soll ich einen Rollstuhl holen lassen?«

»Die paar Meter kann ich noch gehen«, antwortete Daniela und biss die Zähne zusammen, weil sich die nächste Wehe ankündigte.

Die nächsten Stunden waren um vieles härter, als sie es sich vorgestellt hatte. Gelegentlich wurde der Schmerz so stark, dass Daniela bedauerte, sich auf diese Sache eingelassen zu haben. Sie befolgte jedoch die Anweisungen der Hebamme und des Arztes und war schließlich überglücklich, als der erste, noch etwas klägliche Schrei des neuen Erdenbürgers ertönte.

»Sie haben es geschafft! Es ist ein hübscher Junge«, erklärte die Hebamme und legte Daniela das Kind auf den Bauch. Diese sah es mit staunenden Augen an. Zu Beginn ihrer Schwangerschaft hatte sie sich wenig Gedanken über dieses Wesen gemacht und erst im Lauf der Zeit begriffen, dass es nicht nur Jens Sieberts Kind, sondern auch das ihre war. Nun aber war sie von dem kleinen Gesichtchen bezaubert und streichelte es mit dem Zeigefinger. Der Kleine öffnete die Augen und sah sie an. In dem Augenblick wusste Daniela, dass sie ihre Entscheidung niemals bereuen würde.

Nachdem die Nachgeburt abgegangen und sie selbst gesäubert

worden war, brachte man Daniela in ihr Zimmer. Sie fühlte sich erschöpft und müde und schlief rasch ein.

Als sie wieder wach wurde, stand eine der Krankenschwestern mit dem Kind auf dem Arm im Zimmer und meinte lächelnd, dass der Kleine Hunger habe. Mit ihrer Hilfe legte Daniela den Jungen an die Brust. Während er trank, dachte sie daran, dass sie beim Abschluss des Vertrags gespottet hatte, sie würde nach der Geburt die Milchkuh des Kindes sein. Das, was sie nun für den Kleinen empfand, war jedoch weitaus intensiver, als sie es sich jemals hatte vorstellen können.

»Darf er eine Weile bei mir im Bett bleiben?«, fragte sie die Krankenschwester mit einem Blick auf das Kinderbett, das an der anderen Wand stand.

»Ich wollte Sie eben fragen, ob ich den Jungen eine Stunde bei Ihnen im Bett lassen kann«, antwortete die Frau lächelnd. »Frau Dr. Siebert kommt nämlich gleich und wird Sie so mit dem Kind sehen wollen.«

Lisbeth wird glücklich sein, dachte Daniela und berührte mit der Spitze des Zeigefingers die rechte Hand des Kleinen. Sofort schlossen sich die winzigen Finger um ihre Fingerkuppe, und sie wunderte sich, welche Kraft so ein kleines Wesen bereits entwickeln konnte.

Wenig später kam Lisbeth herein, und Max und Bernd folgten ihr auf dem Fuß. Adrienne begleitete sie, blieb aber vor der Tür stehen.

»Du kannst ruhig mit hereinkommen. Mein Kleiner beißt nicht«, forderte Daniela sie auf.

Lisbeth holte tief Luft. »Du bist schon wieder guter Laune. Das freut mich.«

Sie näherte sich dem Bett, sah den Säugling neben Daniela liegen und beugte sich vorsichtig zu ihm hinab.

»Mein Enkel!«, sagte sie leise, und in ihren Augen glitzerten

Tränen, teils aus Freude, teils wegen ihres Sohnes, der diesen Augenblick nicht mehr bewusst erleben durfte.

»Jens wäre glücklich gewesen, stolzer Vater zu sein«, setzte sie mit ernster Stimme hinzu.

Daniela blickte müde zu ihr auf. »Wie Sie sehen, habe ich meinen Vertrag erfüllt, Frau Dr. Siebert.«

»Was soll das auf einmal?«, fragte Lisbeth verwirrt.

»In den Niederlanden habe ich mir immer wieder überlegt, was ich zu dir sagen werde, wenn es so weit ist, und bin auf diesen Satz gekommen.«

»Und den wolltest du jetzt loswerden.« Max streichelte ihr lachend über die Wange und sah sich zu seinem Sohn um. »Und du sagst nichts?«

Bernd betrachtete Daniela, die erschöpft und abgespannt wirkte, dann das Kind und legte den Arm um Lisbeths Schulter. »Dein Wunsch hat sich erfüllt.«

»Der eine ja, doch inzwischen hege ich einen weiteren.« Der Blick, mit dem Lisbeth ihn und Daniela musterte, ließ keinen Zweifel daran aufkommen, was sie im Sinn hatte.

»Sobald Daniela dazu in der Lage ist, sollten wir mit ihr in einen Kurort fahren, in dem sie sich von der Geburt erholen kann. Jetzt, da die härtesten Brocken aus dem Weg geräumt sind, kann ich mir eine Woche freinehmen und euch begleiten.«

»Auch wenn die Temperaturen derzeit erträglich sind, so haben wir noch Januar und es kann jederzeit wieder kalt werden. Ich würde mit Daniela und dem Kleinen lieber irgendwohin fliegen, wo es warm ist, nach Gran Canaria etwa, aber noch besser nach Madeira«, wandte Lisbeth ein.

»Nicht mit einem Neugeborenen«, wandte Daniela ein. »Meinem Kleinen tut das Fliegen nicht gut, habe ich im Internet gelesen. Außerdem würde ich lieber hierbleiben und es genießen, mich von meinen niederländischen Freundinnen und natürlich auch von Annette und Frau Winkler verwöhnen zu lassen.«

»Das halte ich auch für besser«, stimmte Bernd ihr zu. »Ich hatte auch eher an Abano Terme gedacht. Das ist ein hübsches Städtchen mit ausgezeichneten Kurhotels. Venedig ist nicht weit entfernt. Wir könnten einen Ausflug dorthin machen, und mit einer guten Decke ist es in einer Gondel auch um diese Jahreszeit warm.«

»Ein wenig milder als bei uns wäre es schon«, gab Lisbeth zu und sah Max an. »Was hältst du davon?«

»Eigentlich wollte ich nächste Woche mit dir in die Staaten fliegen, aber ich sehe ein, dass ich dich nicht von deinem Enkel trennen darf.«

Es klang ein wenig traurig, denn Max hatte sich auf die Reise und die Trauung in Las Vegas gefreut.

»Wir machen es anders«, erklärte Lisbeth mit Nachdruck. »Du fliegst jetzt erst einmal allein in die USA, während ich mit Daniela, dem Kleinen und unseren Helferinnen nach Abano Terme fahre. Dort bleiben wir drei Wochen. Danach bringe ich alle nach München zurück und folge dir über den Großen Teich. Ich bin auf jeden Fall früh genug zu unserer Hochzeit in Las Vegas.«

»Wenn mein Kleiner etwas älter ist, sollten wir vielleicht doch einmal nach Madeira fliegen. Ich wollte schon immer einmal dorthin«, sagte Daniela sehnsüchtig.

»Das tun wir auch, als kleines Dankeschön für die Erfüllung des Vertrags.« Lisbeth kniff Daniela leicht in die Wange und nahm dann das Kind in den Arm. »Ich bin deine Oma, weißt du das?«

Unterdessen trat Bernd an das Bett und ergriff Danielas Hand. »Und wie war es bei der Abiturprüfung? Glaubst du, dass du sie bestanden hast?«

»Ich denke schon«, antwortete Daniela.

»Was willst du studieren?«

»Ich hoffe, du wirst mich beraten«, antwortete Daniela.

Bernd nickte lächelnd. »Das tu ich gerne. Am besten wählst du ein Fach, das du auch in der Firma brauchen kannst. Lisbeth ist ein beredtes Beispiel dafür, wie eine Frau mit Verstand und Kompetenz ein Unternehmen voranbringen kann. Ich würde mir wünschen, wenn du mich einmal ebenso beraten könntest.«

»Junge! Als es in der Schule das Fach Romantik gab, hast du anscheinend gefehlt«, stöhnte Max. »Einer Frau, die eben ein Kind geboren hat, kommt man doch nicht mit so etwas.«

»Bernd hat mir das schönste Kompliment gemacht, das man sich denken kann«, erklärte Daniela mit Nachdruck. »Er hat mir gezeigt, dass er meinen Verstand schätzt.«

»Er sollte an dir ein bisschen mehr schätzen als nur den Verstand«, erwiderte Max mit einem tadelnden Blick auf seinen Sohn.

»Wisst ihr was? Das mit Abano lassen wir lieber. Wenn ihr beide wieder aus den Vereinigten Staaten zurück seid, fahren wir nach Venedig. Dort werde ich Daniela beweisen, dass ich nicht nur ihren Verstand bewundere. Jetzt ist es erst einmal wichtig, dass sie sich wieder erholt. Carolien stellt bereits ein Trainingsprogramm zusammen, damit sie ihren Schwangerschaftsspeck so rasch wie möglich verliert.«

»Wie war das mit dem Fehlen beim Fach Romantik?«, spottete Max. Er erhielt jedoch keine Antwort mehr, da sich nun alle um den Kleinen scharten und erklärten, wie hübsch er wäre.

8.

Daniela sah den Markusdom hinter sich verschwinden und dachte, wie sich ihr Leben gewandelt hatte. Noch vor fünfzehn Monaten war sie als Vorbestrafte ohne jede Perspektive gewesen. Jetzt saß sie hier in Venedig mit Bernd zusammen in einer Gondel, und die einzige Sorge, die sie hatte, war, ob sie rechtzeitig ins Hotel zurückkommen würde, um den kleinen Jens stillen zu können. Dazu hatte sie mit Lisbeth und Max zwei Ersatzeltern, wie sie liebevoller nicht sein konnten. Einen Augenblick zog ein Schatten über ihr Gesicht. Trotz aller negativen Dinge, die in der Vergangenheit passiert waren, hatte sie versucht, mit ihren Eltern Kontakt aufzunehmen, war aber nicht einmal einer Antwort gewürdigt worden.

»Bedrückt dich etwas?«, fragte Bernd besorgt.

Auch wenn er, wie er behauptete, kein Romantiker war, hatte er diesen romantischen Aufenthalt in Venedig geplant. Daniela spürte, dass sie ihm viel bedeutete, und in seiner nüchternen Art zeigte er ihr dies auch. Er war ein Mann, auf den sie sich felsenfest verlassen konnte. Trotzdem empfand sie eine gewisse Scheu, sich wieder zu binden. Mike war ein zu schlechtes Beispiel für einen Partner gewesen. Jetzt stell dich nicht so an, rief sie sich zur Ordnung. Bernd mit Mike zu vergleichen, war eine Beleidigung.

Sie sah zu Bernd auf und schüttelte den Kopf. »Nein, mich bedrückt nichts. Mir gehen nur alle möglichen Sachen durch den Kopf.«

»Hoffentlich angenehme.«

»Leider nicht nur. Aber man muss sich auch den unangenehmen Dingen des Lebens stellen.« Daniela lächelte, um zu zeigen, dass die jetzige Situation alles andere als unangenehm war.

Auch Bernd lächelte. »Die Welt besteht nun einmal aus angenehmen und unangenehmen Dingen. Die einen sollte man genießen, so wie du deine ausgezeichnete Note bei der Abiprüfung, und mit den anderen muss man fertigwerden.«

Mittlerweile war er sich absolut sicher, dass Daniela die einzig richtige Frau für ihn war. Sie war schön, intelligent und einfühlsam und verstand, dass es für ihn Pflichten gab, denen er sich nicht entziehen konnte. Bei ihr brauchte er nicht zu befürchten, dass sie ihm eine Szene machte, wenn er einmal spät von der Arbeit nach Hause kam oder auf Geschäftsreise gehen musste.

»Ich bin mit einigen unangenehmen Dingen fertiggeworden.« Für einen Augenblick passierte erneut die Vergangenheit in Danielas Gedanken Revue, dann lachte sie fröhlich auf. »Ich werde auch noch mit vielem anderen fertigwerden.«

»Das glaube ich dir unbesehen«, antwortete Bernd. »Aber ich glaube, unser Gondoliere hat sich verirrt. Ich sehe Lisbeth und meinen Vater nicht mehr.«

»Deren Gondel ist dort vorne abgebogen, und ich glaube, die unsere wird das auch gleich tun. Zu lange können wir ohnehin nicht mehr bleiben, denn ich muss Jens stillen. Er schreit sonst Adrienne die Ohren ab.«

»Ich finde es furchtbar nett von Haase, dass er sie uns mitgegeben hat«, fand Bernd.

»Sie macht sich gut als Kindermädchen«, antwortete Daniela lachend. »Außerdem mag ich sie, und seit Katrijn, Nicolet und Carolien in ihre Heimat zurückgekehrt sind, bin ich froh, sie als Freundin zu haben.«

»Es ist wirklich schade, dass die drei nicht bleiben wollten. Lisbeth hätte sie sicher weiter engagiert. Aber da fällt mir ein, du könntest Annette nach unserer Rückkehr den Unterschied zwischen einer Niederländerin und einer Holländerin erklären«, sagte Bernd.

»Das hat Adrienne letztens schon versucht und ist gescheitert. Dabei ist es ganz einfach. Die Niederlande sind das ganze Land und Süd- und Nordholland nur zwei Provinzen unter vielen. Das ist ungefähr dasselbe, als würde man zu einem Niedersachsen oder Rheinländer Bayer sagen.«

»Oder zu einem Bayern Preuß.« Bernd lachte kurz und sah dann Daniela an. »Da du eben Adrienne erwähnt hast. Glaubst du, dass sie auch heute Nacht für eine Stunde auf den Kleinen aufpassen könnte?«

»Ich glaube schon.« Daniela lehnte den Kopf gegen seine Schultern und spürte, dass sie sich darauf freute, mit Bernd allein zu sein. Dann aber lachte sie erneut auf.

»Darf ich mitlachen?«, fragte Bernd.

»Ich dachte nur daran, dass mir laut Vertrag noch für einundzwanzig Monate sexuelle Kontakte zu Männern verboten sind.«

»In diesem Fall wird Lisbeth sicher großzügig darüber hinwegsehen«, antwortete Bernd und küsste sie. Als er sie wieder losließ, funkelten seine Augen amüsiert. »Außerdem hat Lisbeth den Vertrag schon vor etlichen Monaten zerreißen lassen.«

»Dieser Vertrag hat mir in meinen übelsten Stunden neue Hoffnung gegeben, und ich bin stolz darauf, ihn erfüllt zu haben. Außerdem …«, sie küsste ihn, bevor sie weitersprach, »… außerdem hat er mein Glück begründet.«

»Und das meine«, antwortete Bernd und fand, dass es erneut an der Zeit war, sie zu küssen.

Inzwischen war die Gondel mit Lisbeth und Max in einen kleinen Seitenkanal eingebogen. Plötzlich erscholl der Klingelton von Lisbeths Handy. Als sie sich meldete, war ihre Hausdame am Telefon.

»Frau Dr. Siebert«, sagte Frau Winkler mit belegter Stimme. »Die Klinik hat eben angerufen. Bei Ihrem Sohn ist es heute

Nacht zu einem massiven Organversagen gekommen. Er konnte trotz aller Bemühungen der Ärzte nicht mehr gerettet werden.«

»Oh … Danke für den Anruf. Kümmern Sie sich bitte um die nötigsten Dinge, bis ich zurück bin.« Lisbeth beendete das Gespräch und wandte sich mit Tränen in den Augen Max zu. »Ich wusste, dass es einmal so kommen würde, aber es tut trotzdem weh.«

»Mir tut es so leid um ihn und um dich«, antwortete Max und nahm sie in den Arm.

Lisbeth warf einen Blick nach hinten und sah Danielas und Bernds Gondel ebenfalls in den Kanal einfahren. Die jungen Leute saßen eng umschlungen und hatten weniger Augen für die pittoreske Umgebung als für sich.

»Diesen Tag sollten wir ihnen noch gönnen«, sagte sie leise. »Morgen früh müssen wir es ihnen jedoch sagen.«

9.

Die Beisetzung des Industriellensohnes Jens Siebert war ein Ereignis, das neben der Familie und entfernteren Verwandten auch Geschäftsfreunde, Bekannte und etliche Schaulustige auf den Friedhof gelockt hatte. Viele Trauergäste kamen zu Lisbeth, um ihr zu kondolieren, und nicht wenige von ihnen wunderten sich über die schöne, junge Frau in einem eleganten, schwarzen Kostüm, die neben ihr stand, ein kleines Kind auf dem Arm trug und eine Rose in der Hand hielt.

»Ist das Jens' Freundin Linda Holmes?«, fragte eine Frau ihren Sohn.

Dieser musterte Daniela genauer und zuckte mit den Achseln. »Eine gewisse Ähnlichkeit besteht, aber es ist nicht Linda. Die ist etwas größer und pummliger.«

»Aber wer kann es dann sein?«, fragte seine Mutter verwundert, während der Sarg langsam in das offene Grab hinabgelassen wurde.

Der Pfarrer, der Jens Siebert im Trauergottesdienst in einem besseren Licht hatte erscheinen lassen, als es der Wahrheit entsprach, segnete den Sarg, als dieser am Boden ruhte, mit Weihwasser und trat dann beiseite, um der Familie und den Freunden Gelegenheit zu geben, sich von dem Toten zu verabschieden.

Alle erwarteten, dass seine Mutter als Erste vortreten würde. Doch da berührte diese den Ellbogen der jungen Frau.

»Bitte, Daniela.«

Als Daniela zögerte, schob Lisbeth sie mit sanfter Gewalt nach vorne. Als sie auf den Sarg hinabblickte, kamen ihr die Tränen.

»Ruhe in Frieden, Jens Siebert«, sagte sie leise. »Wir hatten zwar nie die Chance, einander kennenzulernen. Doch dein

Unglück hat mir ein neues Leben ermöglicht, und das werde ich niemals vergessen. Du wirst in deinem Sohn weiterleben, das verspreche ich dir.«

Nach diesen Worten warf sie die Rose auf den Sarg und sah, dass sie an der Stelle liegen blieb, an der die Brust und damit das Herz des Toten sein musste.

Nun trat Lisbeth nach vorne und ließ ihre Rose in das Grab fallen. Danach küsste sie Danielas Wange und anschließend das Kind.

»Du hast mir Hoffnung gegeben in einer dunklen Zeit. Das werde ich dir niemals vergessen«, sagte sie mit einem schmerzlichen Lächeln und trat beiseite, damit Max und Bernd ans Grab treten konnten.

»Der heutige Tag soll dem Toten gehören«, sagte sie, als die beiden sich ihr zuwandten. »Am nächsten Ersten werden wir Danielas und Bernds Verlobung feiern, wenn auch in kleinerem Rahmen, als ich es mir gewünscht hätte.«

»Wir werden trotzdem glücklich sein«, antwortete Bernd, und diesen Worten hatte Daniela nichts hinzuzufügen.